Os delírios de Natal de Becky Bloom

OBRAS DA AUTORA PUBLICADAS PELA EDITORA RECORD

Como Sophie Kinsella

Fiquei com o seu número
Lembra de mim?
A lua de mel
Mas tem que ser mesmo para sempre?
Menina de vinte
Minha vida (não tão) perfeita
Samantha Sweet, executiva do lar
O segredo de Emma Corrigan
Te devo uma

Juvenil
À procura de Audrey

Infantil
Fada Mamãe e eu

Da série Becky Bloom:
Becky Bloom — Delírios de consumo na 5ª Avenida
O chá de bebê de Becky Bloom
Os delírios de consumo de Becky Bloom
A irmã de Becky Bloom
As listas de casamento de Becky Bloom
Mini Becky Bloom
Becky Bloom em Hollywood
Becky Bloom ao resgate
Os delírios de Natal de Becky Bloom

Como Madeleine Wickham

Drinques para três
Louca para casar
Quem vai dormir com quem?

SOPHIE KINSELLA

Os delírios de Natal de Becky Bloom

Tradução de
Natalie Gerhardt

1ª edição

EDITORA RECORD
RIO DE JANEIRO • SÃO PAULO
2019

CIP-BRASIL. CATALOGAÇÃO NA PUBLICAÇÃO
SINDICATO NACIONAL DOS EDITORES DE LIVROS, RJ

K64d Kinsella, Sophie, 1969-
Os delírios de Natal de Becky Bloom / Sophie Kinsella; tradução de Natalie Gerhardt. – 1ª ed. – Rio de Janeiro: Record, 2019.
23 cm.

Tradução de: Christmas Shopaholic
ISBN 978-85-01-11824-0

1. Romance inglês. I. Gerhardt, Natalie. II. Título.

CDD: 823
19-60439 CDU: 82-31(410.1)

Meri Gleice Rodrigues de Souza – Bibliotecária – CRB-7/6439

TÍTULO ORIGINAL:
CHRISTMAS SHOPAHOLIC

Copyright © 2019 by Madhen Media Ltd
Copyright da tradução © 2019 by Editora Record

Publicado originalmente na Grã Bretanha em 2019 por Bantam Press, um selo da Transworld Publishers.

Texto revisado segundo o novo Acordo Ortográfico da Língua Portuguesa.

Todos os direitos reservados. Proibida a reprodução, no todo ou em parte, através de quaisquer meios. Os direitos morais da autora foram assegurados.

Este livro é uma obra de ficção e, exceto no caso de fatos históricos, quaisquer semelhanças com pessoas vivas ou mortas é mera coincidência.

Direitos exclusivos de publicação em língua portuguesa somente para o Brasil adquiridos pela
EDITORA RECORD LTDA.
Rua Argentina, 171 – Rio de Janeiro, RJ – 20921-380 – Tel.: (21) 2585-2000, que se reserva a propriedade literária desta tradução.

Impresso no Brasil

ISBN 978-85-01-11824-0

Seja um leitor preferencial Record.
Cadastre-se no site www.record.com.br e receba informações sobre nossos lançamentos e nossas promoções.

Atendimento e venda direta ao leitor:
sac@record.com.br

Para Kim Witherspoon

De: Gerência da Loja
Para: Becky Brandon
Assunto: Re: Dúvida

Prezada sra. Brandon,

Muito obrigado por entrar em contato conosco.

Fico feliz em saber que planeja fazer um "montão" das suas compras de Natal na Hector Goode: Moda Masculina.

Também fico feliz em saber que a senhora deseja comprar o casaco "Campbell" para seu marido, Luke.

Temo, porém, não poder informar se ele entrará em promoção antes do Natal.

Boas festas para a senhora e sua família.

Atenciosamente,

Matthew Hicks

Gerente
Hector Goode
Moda Masculina
Rua New Regent, 561
Londres

De: Gerência da Loja
Para: Becky Brandon
Assunto: Re: Re: Re: Dúvida

Prezada sra. Brandon,

Obrigado pelo seu e-mail.

Entendo que será "extremamente chato" se o preço do casaco "Campbell" diminuir pela metade depois que a senhora o tiver comprado.

Também sei que não quer postergar muito a compra e correr o risco de a mercadoria esgotar e a senhora acabar tendo de "correr como uma barata tonta para lá e para cá, em pânico, na véspera do Natal".

Ainda assim, essa não é uma informação que eu possa divulgar no momento.

Boas festas para a senhora e sua família.

Atenciosamente,

Matthew Hicks

Gerente
Hector Goode
Moda Masculina
Rua New Regent, 561
Londres

De: Gerência da Loja
Para: Becky Brandon
Assunto: Re: Re: Re: Re: Re: Dúvida

Prezada sra. Brandon,

Obrigado pelo seu e-mail.

Não, não tenho como dar "uma dicazinha".

Sinto muito que a senhora veja as compras de Natal como tendo se tornado um jogo de "quem pisca primeiro".

Concordo, de fato as coisas eram mais fáceis quando os produtos só entravam em liquidação depois do Natal e ninguém ficava perdido "como cego em tiroteio".

Desejo boas festas para a senhora e sua família.

Atenciosamente,

Matthew Hicks

Gerente
Hector Goode
Moda Masculina
Rua New Regent, 561
Londres

UM

Tudo bem. Nada de pânico. Nada de pânico. Ainda tenho 5 minutos e 52 segundos antes da minha sessão de compras expirar. É mais que suficiente! Tudo que preciso fazer é encontrar, rapidinho, mais um produto para bater £75 e ganhar frete grátis.

Vamos lá, Becky. Você consegue encontrar alguma coisa.

Estou diante do computador, navegando pelo site da BargainFamily como se fosse uma engenheira da NASA tentando manter a calma sob momentos de indescritível pressão. O *timer* está na minha visão periférica em contagem regressiva e, logo abaixo, o aviso: *Sua sessão vai expirar!* Mas você não pode deixar o medo do *timer* te dominar quando está adquirindo produtos em sites de preços baixos. Você tem que ser forte. Como tungstênio.

Fazer compras mudou muito para mim no decorrer dos anos. Ou talvez eu tenha mudado. Parece que se passaram séculos desde a época em que eu morava com Suze em Fulham, era solteira e fazia compras todo dia. Sim, eu gastava dinheiro compulsivamente. Não tenho vergonha de admitir. Cometi erros. Como diz Frank Sinatra em *My Way*, fazia tudo do "meu jeito".

(Só que o "meu jeito" incluía esconder faturas do cartão de crédito embaixo da cama, coisa que aposto que Frank Sinatra nunca fez.)

Mas aprendi algumas lições importantes, que realmente mudaram meu modo de agir. Como, por exemplo:

1. Não uso mais sacolas de lojas. Elas eram minha maior felicidade na vida. Ah, *meu Deus,* a sensação de pegar uma sacola novinha em folha... as alças... o farfalhar do papel de seda... (Ainda fico boba de vez em quando com a coleção antiga que guardo no fundo do armário.) Mas agora uso *ecobags.* Pelo bem do planeta e tudo mais.

2. Apoio completamente o consumo responsável. Todo mundo sai ganhando! Você compra coisas legais *e* ainda consegue ser altruísta.

3. Nem gasto mais dinheiro. Eu só *economizo.*

Tudo bem. É óbvio que isso não é exatamente, realmente, literalmente o que eu faço. Mas a questão é que estou sempre atrás de bom negócio. Acho que, como mãe, é minha responsabilidade encontrar todas as coisas de que minha família precisa com o melhor custo-benefício possível. E é por isso que a loja virtual da BargainFamily é *perfeita* para eu fazer compras. Todos os preços são mais baixos! Inclusive dos produtos de marca — tudo!

A única questão é que você precisa ser rápida, caso contrário, a sessão expira e você tem que começar tudo de novo. Já cheguei aos £62,97, então só preciso de mais um produto que custe mais ou menos doze libras. Preciso ser rápida. Deve ter alguma coisa de que eu esteja precisando. Clico em um cardigã laranja que custava £45 e agora está por £13,99, mas quando dou um *zoom* na imagem vejo um rendado horroroso.

Camisa branca?

Não, comprei uma na semana passada. (Cem por cento linho, de £99,99 por £29,99. Realmente preciso me lembrar de usá-la.)

Clico no meu carrinho para verificar o que já comprei e uma janela se abre, anunciando: *Você economizou £284 hoje, Becky!*

Sinto uma onda de orgulho enquanto revejo minhas compras. Economizei £284! E comprei um roupão de coelhinho lindo para Minnie, uma jaqueta maravilhosa da DKNY, de £299,99 por £39,99, na liquidação, e uma enorme boia de borracha no formato de flamingo, que podemos usar nas próximas férias.

Sim, realmente. Eu *poderia* finalizar as compras agora e pagar £5,95 de frete. Mas não seria prudente da minha parte. Não fui jornalista econômica à toa, sei como as coisas funcionam. É muito mais sensato, do ponto de vista econômico, encontrar alguma outra coisa de que preciso e conseguir frete grátis.

Vamos lá, tem que ter alguma coisa. Meia-calça? Todo mundo precisa de meia-calça.

Ah, mas sempre completo minhas compras com meias--calças. Já tenho tantas fumê que vão durar até meu centésimo aniversário. E cometi um grande erro quando comprei aquela meia-calça estampada na semana passada.

Acesso a categoria dos artigos para casa e passo rapidamente pela lista. Escultura prateada de antílope de £79,99 por £12,99? Hum, não sei. Vela aromatizada? Meu Deus. Não. Não posso comprar mais velas. Nossa casa inteira tem cheiro disso. Inclusive, um dia desses, Luke me perguntou: "Becky, será que você pode comprar uma vela com cheiro de ar fresco?"

Estou vendo um porta-pães no formato do Big Ben quando uma janela brota diante dos meus olhos — *Seu tempo está se esgotando, Becky!* —, e meu coração dispara com o susto.

Gostaria *muito* que eles não fizessem isso. Já *sei* que meu tempo está acabando.

— Eu sei! — exclamo em voz alta. — Não precisa me estressar!

Só para me acalmar, clico novamente no meu carrinho de compras e sinto o sangue gelar. A boia de flamingo está esgotada!

Esgotada!

Nããããão! Demorei demais. Droga! O problema desses sites de descontos é que você não consegue ver as outras pessoas tirando os produtos baratos da sua mão. Agora meu coração está martelando para valer. Eu me *recuso* a perder minha jaqueta ou o roupão de coelhinho da Minnie. Só preciso encher esse carrinho e finalizar a compra o mais rápido possível.

— Manhêêê!

Ouço a voz da Minnie atrás da porta, seguida imediatamente da voz de Luke pedindo:

— Minnie! Deixe a mamãe em paz enquanto ela medita. Desculpe, Becky — diz ele para mim do outro lado da porta. — Não queríamos atrapalhar você.

— Hum... Tudo bem! — respondo, sentindo uma pontada de culpa.

Sei que Luke acha que estou sentada meditando na maior tranquilidade. E eu estava mesmo. Na verdade, o vídeo ainda está correndo no canto da tela, então, de certa forma, ainda *estou* fazendo a meditação, só que baixei o volume para me concentrar nas compras.

Meditar virou parte da minha rotina. Eu venho aqui para o escritório, ligo a meditação guiada e isso mantém a minha mente equilibrada. Só uma vez ou outra acesso sites de compras.

A questão é que os produtos da BargainFamily mudam todos os dias, então faz sentido ver as "Promoções do dia". Minnie precisa de um roupão novo, comecei por aí — mas como alguém poderia *deixar* de comprar uma jaqueta da DKNY por £39,99? É, afinal, uma promoção maravilhosa, e é o tipo de jaqueta que dura a vida toda. E isso acabou me incentivando a comprar outros produtos só para conseguir o frete grátis. Foi quando baixei o volume da videoaula de meditação. O instrutor é até legal, mas um pouco sério demais e acaba me distraindo do que tenho que fazer.

Enfim, comprar *é* um exercício de meditação, na minha opinião. Eu me esqueci de todas as minhas preocupações agora. Estou vivendo plenamente o momento. Estou em sintonia com o agora.

Olho para o *timer* e sinto um frio na barriga. Dois minutos e trinta e quatro segundos antes de a sessão expirar. Vamos lá, Becky...

Clico rapidamente em Acessórios. É isso. Acessório nunca é demais, não é? E você sempre pode dar um de presente para alguém.

Vou descendo a página cheia de carteiras bregas, chapéus excêntricos e colares de ouro horrendos. Toda vez que a página carrega mais itens, vem uma onda de otimismo, mas a decepção vem logo atrás. Não tem nada que preste. Qual é o meu problema? Será que sou *tão* exigente assim?

Quando penso que vou ser obrigada a admitir derrota e pagar o frete pela primeira vez na vida, aparecem os produtos da página seguinte. Sinto um nó na garganta. Não pode ser...

Será que estou vendo coisas?

Estou olhando para uma echarpe de seda azul-turquesa estampada, finíssima. Não pode ser...

Denny & George? Na BargainFamily? *Sério?*

Pisco, sem acreditar enquanto leio a descrição. *Echarpe de seda de £239 por £30.*

Trinta libras por uma echarpe da Denny & George? *Trinta libras?*

Desço um pouco mais a página e vejo que tem mais duas unidades disponíveis. Todas cem por cento seda. Todas lindas. Todas com a observação de "estoque limitado". Droga. Preciso ser rápida!

Sem pensar duas vezes, começo a clicar. *Comprar. Comprar. Comprar. Visualizar carrinho. Finalizar a compra.* Sinto-me como uma grande pianista, acertando todas as notas na sua melhor apresentação. E consegui tudo isso com vinte segundos de folga! Meu carrinho está intacto! As informações do meu cartão estão gravadas, não vai levar muito tempo...

Sua senha não é segura.

Uma janela interrompe meus pensamentos. Eu a encaro, esbaforida. Qual é o problema agora? Leio o restante da mensagem:

Você gostaria de trocar a senha? Sugerimos C?/ x887dau.

Que bela sugestão. Agora podem ir se catar! Minha senha é ótima. Digito cuidadosamente *Ermintrude2* e clico em *Concluir.*

Recosto na cadeira, hiperventilando, enquanto uma nova mensagem aparece na tela. *Parabéns! Você economizou £879 hoje!*

Isso só demonstra o que eu digo. Um centavo economizado é um centavo ganho, o que significa que acabei de ganhar £879! Em uma única sessão de compras pela internet! Se eu ganhasse isso todos os dias, meu salário seria... Fecho os olhos, tentando fazer a conta de cabeça. Bom, enfim, seria um salário de seis dígitos. Acho que Luke não gosta muito dessa minha mania, de eu ficar o tempo todo ganhando na minha cabeça milhares de libras em benefício do nosso orçamento familiar.

Só falta uma coisinha: preciso comprar alguma peça produzida de maneira sustentável e responsável. É um hábito que peguei da minha irmã Jess (meia-irmã, na verdade). Ela é politicamente correta e economicamente também. Uma vez tivemos uma discussão acalorada, uma briga, na verdade — sobre compras. Meu argumento foi que comprar ajuda a economia, e ela retrucou que a economia não merecia ser ajudada. E depois ela disse "Tipo assim, Becky, se de vez em quando você adotasse um consumo responsável..."

E isso me tocou. Fez com que eu me sentisse culpada, na verdade. Eu *deveria* fazer isso. Todos deveriam! Então desenvolvi um novo hábito — sempre que me descontrolo nas compras, tento levar algum produto de uma empresa sustentável e responsável. Exatamente como aquelas pessoas que compram árvores para compensar suas viagens de avião.

Acesso o Ethical Consumer Today e dou uma olhada na página inicial. O único problema é que já comprei quase todos os produtos do site. Velas de cera de abelha e café orgânico com selo de sustentabilidade e todas as pulseiras de yoga...

Espere um pouco. Tem um produto novo! "Mistura pronta de *falafel* orgânico." Perfeito! Mistura pronta de *falafel* orgânico nunca é demais, não é mesmo? Adiciono ao carrinho oito pacotes (frete grátis), concluo a compra e me recosto na cadeira, satisfeita. Vou avisar ao Luke que toda terça-feira teremos a Noite do *Falafel, o* que a gente devia fazer de qualquer jeito, porque é saudável.

Ao pensar em Luke, resolvo aumentar o volume do programa de meditação, e a hora não poderia ser mais perfeita, porque a porta se abre quando o instrutor começa a dizer "Esqueça suas preocupações".

Eu me viro e abro um sorriso calmo e pleno.

— Oi! — digo.

— Achei melhor avisar — diz Luke, em tom de desculpa.
— Precisamos sair para o restaurante em quinze minutos. Como está indo aí?

— Muito bem — respondo. — Muito bem, mesmo.

— Você está radiante. — Ele me olha com admiração.
— Não sei, está com um ar sereno. Feliz.

— Eu estou muito feliz mesmo! — Olho exultante para meu marido.

Três echarpes da Denny & George por trinta libras cada! Como eu poderia *não* estar feliz? Vou dar uma de presente de aniversário para Suze e guardar uma para Minnie...

— Fico muito feliz que tenha encontrado esse caminho — comenta Luke, dando um beijo na minha cabeça. — Eu tinha minhas dúvidas quanto a esse lance de meditação, mas você me convenceu.

— É só uma questão de se concentrar no que realmente *importa* na vida — declaro sabiamente, quando a campainha toca.

Luke vai atender e ouço uma série de baques na sala. Alguns momentos depois, a porta de casa se fecha e Luke aparece novamente na porta do escritório.

— Chegaram algumas encomendas para você.

— Ah! — Eu logo fico animada. — Encomendas!

* * *

Amo como as coisas que compramos na internet simplesmente vêm até nós. Corro para ver as três caixas e um pacote de plástico da ASOS no corredor. Excelente! Eu queria muito receber a entrega da ASOS antes de hoje à noite. Pego o pacote e abro com uma tesoura que deixo na sala exatamente para isso e tiro quatro macacões de cetim azul-marinho.

— Uau! — exclama Luke, olhando para o mar de cetim marinho. — São muitos... o que quer que isso seja. Você precisava de tantos?

— Eu não vou ficar com *todos* — digo como se estivesse explicando uma expressão de álgebra para um aluno bastante promissor. — Não é para ficar com *todos*. Você experimenta todos para ver qual fica melhor e devolve o restante. E estava pela metade do preço — acrescento por precaução, abrindo o tamanho 42 que tem o comprimento maior e botando na frente do corpo. — Foi um excelente negócio.

Luke ainda me olha com a testa franzida, perplexo.

— Mas você precisava mesmo ter pedido quatro?

— Eu não sabia qual ia caber em mim nem qual comprimento era melhor, o médio ou o longo. Não *me* julgue, Luke — digo, e completo: — A culpa é do sistema de tamanhos falho da indústria da moda, que penaliza o consumidor inocente.

— Hum. E quanto àquelas oito almofadas? — pergunta Luke, olhando para o conteúdo da entrega de ontem, encostada no rodapé. — Também foi uma questão de tamanho?

— As cores não apareciam direito na tela do computador — respondo na defensiva. — Eu precisava ver todas pessoalmente para me decidir. Vou ficar só com duas e devolver as outras amanhã. Devolução gratuita. E eu economizei 52 libras!

— Becky, eu pagaria 52 libras para nossa casa não parecer um maldito depósito — reclama Luke, olhando para todas as caixas e pacotes espalhados pela sala. — Só está faltando um cara com macacão marrom e uma empilhadeira.

— Hahaha — reviro os olhos, debochada.

— E quando é que você vai devolver aquelas estátuas? — Luke aponta para as estátuas de tamanho natural de Afrodite e Hermes que estão próximas à escada, ainda parcialmente embrulhadas em papel pardo. — Já estão aqui há uma semana. E são grotescas.

— Não são grotescas — digo, na defensiva. — São *avant-garde*. E não posso devolver porque foi uma compra responsável.

— *Responsável?* — Luke fica olhando para mim.

— Fique sabendo que elas foram feitas por um grupo de jovens que vivem à margem da sociedade — esclareço. — Eles usaram materiais reciclados de peças de bicicletas e geladeiras.

Não vou mentir, são monstruosas mesmo. E eu não sabia que eram tão grandes. Mas como é que vou devolver? Se eu fizer isso, esses jovens vão ficar arrasados. Toda a autoestima deles vai por água abaixo, tudo porque nossa mente não é aberta o suficiente para ver beleza em seu trabalho.

— Bem, Minnie está tendo pesadelos por causa delas — declara Luke. — Eu tive que cobrir a cabeça da Afrodite com um saco.

— Acho que ela ficou bem mais sinistra *com esse* saco na cabeça — argumento. — Está assustadora. Parece que é uma refém.

— Ela fica ainda mais assustadora nos encarando com aqueles olhos frios de metal. — Luke estremece. — Será que não poderíamos simplesmente ter doado algum dinheiro para esse grupo de jovens?

— Não é assim que a compra responsável *funciona*, Luke — digo, pacientemente. — Você precisa *comprar as coisas*. De qualquer forma, eu tenho que experimentar os macacões. A que horas temos que sair?

— Em oito minutos — responde Luke. — E já estão valendo.

Subo correndo, segurando os pacotes. Experimento rapidamente o primeiro macacão. Hum. Ficou comprido demais. Visto o tamanho médio e me olho no espelho. Finalmente!

Eis o que aconteceu: eu estava vendo um programa de TV na semana passada e vi um macacão maravilhoso. Obviamente parei de prestar atenção ao programa na hora, peguei meu notebook e comecei a pesquisar macacões no Google. Demorou um tempo até encontrar um que não estivesse esgotado — mas aqui estão eles.

Examino meu reflexo, tentando ser completamente objetiva. O tecido é ótimo. O tom de azul-marinho é elegante e a calça boca de sino favorece a silhueta. Mas a parte da frente está me deixando um pouco apreensiva. Na verdade, a ausência da parte da frente. O decote é ainda mais revelador do que era na TV.

Será que posso usar um macacão com decote que mostra até o umbigo?

Será?

Será que já estou velha demais para isso?

Não. Não! A moda é para todas as idades. As pessoas devem usar o que gostam. Essas regras não existem mais. Mulheres usam roupas assim o tempo todo no tapete vermelho, penso, numa tentativa de aumentar minha autoconfiança. Costelas de fora são o novo colo. Além disso, não está *indecente*. Não exatamente. Não dá para ver meus mamilos.

Não muito.

E, tudo bem, não estou indo para o tapete vermelho, estou indo jantar com meus pais no Luigi's em Oxshott — mas posso muito bem usar uma roupa de vanguarda, não posso? As pessoas vão se referir a mim como "garota do macacão icônico". Vão me olhar com admiração quando eu passar deslizando por elas, desejando poder usar algo tão ousado.

Exatamente.

Decidida, começo a passar o batom vermelho. Eu posso fazer isso. Posso vestir o que eu quiser e arrasar. É isso aí, Becky.

DOIS

O ar de novembro está seco e frio, e sinto cheiro de fogueira. O pessoal do outro lado da rua já começou a colocar as luzinhas decorativas. O Natal está chegando. Só de pensar nisso, já sinto a felicidade crescer dentro de mim. O Natal é simplesmente tão... *Natalino*. A árvore. Os presentes. O presépio que temos desde sempre (só que perdemos o Menino Jesus alguns anos atrás e agora usamos um prendedor de roupas no lugar). Músicas natalinas e mamãe fingindo que fez o pudim de Natal. Papai acendendo a lareira e Janice e Martin nos visitando para tomar um xerez usando suéteres horrorosos com desenhos natalinos.

A questão do Natal na nossa família é que é sempre igual. De um jeito bom. Mamãe sempre compra as mesmas coisas, dos tubos que estouram revelando lembrancinhas-surpresa ao rocambole de chocolate do Waitrose. Agora que temos Minnie, ficamos ainda mais animados — e este ano ela já tem idade para entender o que está acontecendo. Vou comprar para ela um macacãozinho fofo com as cores do Natal e vamos ficar procurando Papai Noel no céu, e deixar um pedaço de tartelete para ele... Ou seja, *mal posso esperar!*

O pai e a irmã do Luke vão passar o Natal na Flórida e, para ser justa, eles nos convidaram para ir também. A mãe, Elinor, vai para os Hamptons e também nos convidou. Mas recusamos os dois convites. Queremos um Natal em família simples, normal e feliz.

Enquanto coloco Minnie na cadeirinha do carro, olho para a nossa casa e penso como é difícil acreditar em como a vida mudou para mim e Luke no último ano. Moramos no centro de Londres por um tempo, quando eu trabalhava em uma loja de departamentos chamada The Look. Sabíamos aonde queríamos chegar e tudo parecia bem encaminhado.

Então viajamos para a Califórnia, uma grande aventura que mudou nossas vidas — e, durante o tempo que ficamos por lá, a The Look faliu e as ofertas de emprego em outras lojas diminuíram muito. Na mesma época, minha melhor amiga Suze decidiu ampliar sua loja de presentes em Letherby Hall, a imponente mansão onde mora. (A loja estava mais para uma "feirinha de garagem" até então.) Certa noite, quando estávamos tomando vinho e eu reclamava porque não conseguia encontrar um emprego, e ela, porque não conseguia encontrar a pessoa certa para trabalhar em sua loja de presentes — e me perguntando se eu tinha alguma ideia —, encontramos a solução.

Então agora sou funcionária da Letherby Hall Gift Shop! Não apenas isso, Luke e eu nos mudamos de Londres para a cidadezinha de Letherby. Estamos a três minutos da casa de Suze, em uma casa alugada de uma família que vai passar dois anos em Dubai. Alugamos nossa casa de Londres. Luke vai de carro para o trabalho, e Minnie frequenta a mesma escola que os filhos de Suze. É perfeito! As opções de compra em Letherby não são *tão* boas assim — mas dá para conseguir tudo pela internet com entrega para o dia seguinte. Então está tudo bem.

Papai e mamãe também estão muito felizes porque 1) Letherby não fica tão longe de Oxshott, onde moram, e porque 2) a casa que alugamos tem garagem. Garagem é tipo a religião dos meus pais. Assim como vidro duplo nas janelas e cortinas "de qualidade".

(Embora mamãe e eu tenhamos percepções diferentes do que seriam cortinas "de qualidade". Descobrimos isso quando ela me levou a uma loja que vende produtos de segunda mão e tentou me obrigar a comprar umas cortinas drapeadas com estampa florida azul que custavam "*dez vezes menos do que custariam se fossem novas. Dez vezes*, Becky, meu bem..." No fim das contas, falei: "Vou comprar persianas." Ela ficou arrasada e protestou: "Mas essas cortinas são da melhor qualidade!", e eu disse: "Mas são horrorosas." Mas eu não deveria ter dito isso.)

(Deu tudo certo no final. Mamãe só ficou chateada por meia hora. E sempre que a visito, digo: "Essas cortinas ficaram *ótimas* no quarto de hóspedes. E a colcha combinando é *maravilhosa*.")

Quando paramos em frente ao portão gigantesco do casarão da Suze, Minnie começa a vibrar de alegria. Ela gosta tanto de dormir com os amigos na casa da Suze que eu quase me sinto ofendida. Qual é o problema de dormir lá em casa?

— Wilfie! — Ele mal aparece e ela já está berrando. — Wilfie! Aqui! Aqui! Vamos *blincar* de *Monter Tucks!*

"Monter Tucks" é como Minnie pronuncia Monster Trucks, aquelas caminhonetes de brinquedo com rodas enormes. Minnie, Wilfie e seu irmão gêmeo, Clemmie, passam horas e mais horas empurrando os carrinhos pelos corredores intermináveis de Letherby Hall. Eu até comprei um para Minnie deixar aqui.

Contei isso nos meus e-mails para a Jess, que atualmente está morando no Chile. Ela e o marido, Tom, estão tentando adotar um filho em vez de aumentar o problema do crescimento populacional mundial, e Jess está sempre no meu pé, falando para eu criar Minnie ensinando a neutralidade de gênero e me mandando livros com títulos como *A criança carbono-zero*.

Então na semana passada escrevi um e-mail para ela: "Estou incentivando Minnie a brincar sem se importar com os padrões de gênero" e anexei uma foto da minha filha segurando sua caminhonete e usando uma calça jeans do Wilfie. (Ela tinha caído na lama e teve que trocar a saia de babadinhos pela calça.) Jess respondeu: "Parabéns, Becky. Nós temos que lutar contra estereótipos sexistas, mas será que você não poderia ter comprado uma caminhonete feita de madeira sustentável?"

Ainda não respondi. (Perguntei para Luke se ele poderia fazer uma caminhonete de madeira sustentável para Minnie e ele só ficou olhando para a minha cara.)

Também não falei sobre a coleção infinita de bonecas e asas de fada brilhantes de Minnie, nem como ela implora para vestir rosa todos os dias. Porque não dá para contar *tudo* para sua irmã financeiramente responsável, vegana e cheia de princípios, não é?

Consigo dar um beijinho de despedida na minha filha antes de ela entrar correndo na casa com Wilfie, carregando a mochilinha com o que vai precisar para passar a noite lá. Em seguida, Suze aparece, usando calça de yoga e moletom, o cabelo loiro preso no alto da cabeça.

— Vou entrar para ver se está tudo bem com a Minnie — diz Luke, afastando-se.

— Obrigada por ficar com ela, Suze — agradeço enquanto nos abraçamos.

— Sempre que precisar! — responde Suze. — E mande um beijo para seus pais.

— Claro. — Faço uma pausa antes de acrescentar, como quem não quer nada: — Suze, sabe aquela área do seu jardim com as esculturas?

Eu lembrei de repente do North Lawn, um jardim em Letherby Hall com várias esferas de metal, pedras esculpidas e coisas do gênero. É uma parte da propriedade que é aberta ao público e seria a solução perfeita.

— Sim? — Suze parece surpresa. — Que que tem?

— Bom, eu queria saber se você não teria interesse em algumas obras de arte... Estou doando.

— *Obras de arte?* — Ela me encara.

— É. Duas estátuas. Bem *avant-garde* — acrescento despretensiosamente. — Se você mesma fizer o transporte, não vai precisar pagar nada por elas.

— Estátuas? — Suze olha para mim, sem entender. Mas logo vê aonde quero chegar. — Você *não* está se referindo àquelas monstruosidades na sala da sua casa, né?

Droga. Não sabia que ela tinha visto.

— Não são monstruosidades — defendo. — São obras de arte. Mas quando foi que você as viu?

— Quando deixei Minnie lá no outro dia. Bex, elas são horrorosas. Por que você comprou aquilo?

— Para dar uma ajuda aos jovens que as fizeram — explico com altivez. — E, *sinceramente*, acho que eles têm muito talento artístico.

— Bom para você — comenta Suze. — Espero que faça bom proveito delas. Mas se você acha que elas são tão incríveis assim, por que cobriu a cabeça de uma delas com um saco?

Ai, meu Deus. Não posso continuar fingindo.

— Suze, fica com elas, *eu imploro*. Você tem tanto espaço. Pode simplesmente esconder elas atrás de uma árvore, que ninguém vai nem notar.

— Nem pensar. — Suze cruza os braços. — Por que você não as devolve?

Sério? Será que ela não me ouviu?

— Não posso devolver! Foram feitas por *jovens que vivem à margem da sociedade!*

— Bom, então dê para outra pessoa.

— Para quem? — pergunto, desesperada.

— Sei lá. — Suze encolhe os ombros. — Só sei que para mim não vai ser.

Estou prestes a insistir quando Luke volta.

— Tudo pronto? — pergunta ele para mim.

— O que você está usando aí por baixo? — pergunta Suze, olhando para minhas pernas cobertas de cetim. — Ah, calça nova?

— Macacão — respondo, orgulhosa.

— Ah, eu quero muito um! — exclama Suze. — Deixa eu ver.

Começo a desabotoar o casaco — e paro.

— É um pouco... ousado.

— Ótimo! — Suze faz um gesto para eu continuar desabotoando, mas meus dedos travam. Por algum motivo, estou apreensiva de mostrar o look completo.

— Tipo, é bem ousado mesmo — acrescento, tentando ganhar tempo.

— Maravilha! — Suze está ansiosa. — Anda logo, Bex. Deixa eu ver!

Até Luke parece estar interessado agora.

Costelas de fora são o novo colo, penso novamente. Então, quase que num gesto de desafio, abro tudo de uma vez e digo:

— *Ta-dá!*

Sinto o ar noturno de novembro roçar no peito e agradeço silenciosamente pelo sutiãzinho de silicone adesivo nos seios, mas, se um deles cair no chão, eu vou *morrer*.

Ninguém fala nada. O queixo do Luke está praticamente no chão. Suze dá um passo para trás e pisca umas vinte vezes.

— Uau — diz ela por fim. — Isso é...

— Não está faltando uma parte? — pergunta Luke, direto ao ponto. — Na frente?

— Não! — respondo. — A roupa é assim mesmo.

— Bom, acho que você está espetacular — afirma Suze.

— Arrasou, Bex.

— *Obrigada*. O que foi? — pergunto para Luke.

— Nada. De verdade. Está lindo. Vamos. — Ele contrai um pouco os lábios. — Tenho certeza de que seus pais vão ficar impressionados.

Luigi é um desses restaurantes agradáveis e aconchegantes que recebem você com o cheiro de alho e vinho. Nossa mesa está pronta — mas meus pais ainda não chegaram —, e, quando tiro o casaco, me sinto muito estilosa. Esse macacão é *fantástico*. Eu devia comprar um de cada cor! Vejo meu reflexo no vidro das janelas enquanto ando até a mesa e não me seguro, vou desfilando como uma modelo, exibindo as ondas reluzentes do cetim.

Até me imagino numa revista de moda listando cada peça, um velho hábito meu. Casaco: Topshop. Macacão: Asos. Sapatos: See by Chloe. Pulseira: acervo pessoal da modelo (não lembro onde comprei).

Uma adolescente que está jantando com os pais me encara com os olhos arregalados e abro um sorriso gentil para ela. Eu lembro como era ser uma adolescente do subúrbio, babando ao ver mulheres elegantes com suas roupas sofisticadas. Um senhor quase cospe a sopa quando passo, mas ele provavelmente nunca ouviu falar de Miranda Kerr, então não conta.

Usei uma fita adesiva para prender o macacão à minha pele para não precisar me preocupar com nada saindo do lugar e estou aproveitando cada segundo do meu momento vanguardista. Quando nosso garçom puxa a cadeira, sorrio, graciosa, antes de me sentar e...

Merda.

Merda. Ai, meu *Deus.*

O tecido dobra. Quando você se senta. Ele dobra e um vão se abre!

Sinto o sangue gelar porque, assim que me sento, o cetim se solta da fita adesiva (que *não* é "cem por cento confiável para todas as ocasiões", aqueles *mentirosos*). O decote todo se desprende da minha pele e dá para ver o meu...

Ai, meu Deus, ai, meu *Deus*...

Minhas mãos instintivamente agarram o tecido e o sustentam no lugar, mas só tenho dez dedos e ainda tem muita pele, fita adesiva e silicone aparecendo. O garçom, depois de olhar horrorizado na altura dos meus seios, joga o sofisticado cardápio sobre a mesa e se afasta apressadamente. Não sei o que fazer. Meu corpo está travado, estou em pânico. Será que alguém notou? Será que todo mundo no restaurante está olhando para mim? O que eu faço agora?

Desesperada, olho para Luke, que está me observando com ar de deboche.

— A roupa é assim mesmo? — pergunta ele. — Desculpe, eu sei que não entendo muito de moda.

— Hahaha, muito engraçado — sussurro, furiosa.

Esse macacão é para ser usado em festas onde as pessoas fiquem de pé, e não sentadas num jantar. Deveriam ter deixado isso bem claro no site. Deveriam ter incluído a legenda: *para ser usado apenas em pé/com os ombros para trás/rindo de comentários espirituosos.*

— Luke, eu preciso do seu paletó — sussurro depressa. — Vamos, passe para cá agora.

— Eu não trouxe meu paletó. — Ele encolhe os ombros.

— Desculpe.

Ele *o quê?*

— Por que você não trouxe seu paletó? — pergunto. — Você sempre usa paletó!

— Porque você me disse para não usar — responde Luke calmamente.

— O quê? — Fico olhando para ele. — Eu nunca disse isso!

— Disse, sim. Da última vez que saímos para jantar você disse: "Você está sempre de paletó, Luke. É tão sem graça. Por que você não varia um pouco?"

Ah, é. Lembro vagamente de ter dito algo assim. Talvez ele esteja certo.

— Bom, mudei de ideia agora — respondo, nervosa. — Você *sempre* deve usar paletó para o caso de eu ter algum problema com a minha roupa.

— Sempre usar paletó. — Luke finge fazer uma anotação no celular. — Mais alguma coisa?

— Sim. Me dá seu guardanapo. Rápido!

Ainda bem que os guardanapos desse restaurante são enormes e têm um tecido vermelho estampado bem elegante. Eu emendo logo três e faço uma espécie de top, amarro no meu tórax e levanto a cabeça, sem fôlego. O lado bom é que não estou mais indecente. Mas, por outro lado, como é que eu *estou?*

— Supersexy — declara Luke, como se estivesse lendo meus pensamentos.

— Para. — Fulmino meu marido com o olhar.

— Estou falando sério, você ficou muito gata. — Ele sorri para mim. — Mandou bem.

— Querida! — Ouço a voz do meu pai e me viro para vê-los se aproximando da mesa. Meu pai está com um paletó de linho e um lenço colorido no bolso junto à lapela. Minha mãe está com um conjunto florido que sei que é da Janice, nossa vizinha.

Mamãe e Janice estão sempre trocando peças entre si para dar uma "renovada" no guarda-roupa. Janice veste dois números a menos que minha mãe, mas isso não é impedimento para elas. Mamãe simplesmente deixa metade dos botões abertos, enquanto Janice prende tudo com um cinto.

— Becky, querida! Tudo bem? E a Minnie? — Mamãe me dá um abraço apertado e olha para mim. — Que roupa diferente! Isso aqui é aquele "top-lenço"?

— Hum... Mais ou menos. — Evito o olhar de Luke e trato de perguntar: — Vamos beber alguma coisa?

Um garçom idoso já está trazendo xerez para minha mãe e gim-tônica para meu pai. Eles são *conhecidos* aqui. Moram em Oxshott desde antes de eu nascer e vêm ao Luigi's umas duas vezes por mês. Mamãe sempre pede o prato do dia e papai passa uma eternidade estudando o cardápio, como se esperasse encontrar algo novo, antes de pedir Vitela Marsala.

— Luke. — Meu pai aperta a mão do meu marido antes de me abraçar. — Que bom ver você.

— Temos *tanta* coisa para conversar! — diz mamãe. — Vocês já sabem o que vão pedir?

Pedimos as bebidas e o garçom serve água, enquanto minha mãe se remexe, impaciente. Já sei que ela quer dizer alguma coisa, mas nunca fala nada na frente dos garçons, nem mesmo no Luigi's. Eu não sei o que ela acha que pode acontecer. Talvez uma ligação anônima para a coluna de fofocas do *Oxshott Gazette*: *Os Bloomwoods estão planejando comprar um cortador de grama novo, mas não conseguem se decidir quanto à marca.*

— Então! — começa mamãe assim que o garçom se afasta. — Não sei nem por onde começar.

— Pelo Natal — sugere papai.

— Ah, o Natal. — Olho radiante para ele. — Mal posso esperar. Vou levar os tubos com surpresinhas. Vamos comprar aqueles que vêm com cortadores de unhas e outras miudezas ou aqueles com pinguins de dar corda?

Minha expectativa é que meu pai responda "pinguins", porque no ano passado ele ganhou a corrida de pinguins e ficou ridiculamente feliz com isso. Para minha surpresa, porém, ele não responde imediatamente. Ele olha para minha mãe. Na verdade, lança um olhar *cúmplice* para minha mãe.

Meu radar com relação aos meus pais é bem preciso. Sei quando tem alguma coisa acontecendo. E consigo adivinhar quase na hora o que vão falar: eles vão viajar no Natal. Deve ser um cruzeiro. Tem que ser um cruzeiro. Aposto que Janice e Martin os convenceram e que já compraram as roupas em tons pastel.

— Vocês vão fazer um cruzeiro? — deixo escapar, e minha mãe parece surpresa.

— Não, querida! Por que você acha isso?

Está bem, meu radar não é tão aguçado quanto pensava. Mas o que foi aquele olhar cúmplice?

— Tem alguma coisa acontecendo — declaro.

— Sim — confirma meu pai, olhando novamente para minha mãe.

— Algo a ver com o Natal — digo, me sentindo uma Sherlock Holmes usando todas as minhas habilidades de dedução.

— Bem... Sim, em parte — revela minha mãe.

Em parte.

— Mãe, o que está acontecendo? É algo ruim? — pergunto sentindo uma onda repentina de medo.

— Claro que não! — Mamãe dá uma risada. — Não é nada de mais. Nós só concordamos que a Jess pode se mudar lá para casa. E o Tom também, é claro — acrescenta ela. — Os dois.

Tom é filho da Janice e do Martin, e é casado com a Jess, então somos todos meio que da mesma família agora.

— Mas eles moram no Chile — digo, como uma idiota.

— Eles vão passar alguns meses aqui — explica papai.

— Jess não comentou nada comigo! — protesto, indignada.

— Ah, você sabe como a Jess é cuidadosa com o que fala — diz minha mãe. — Ela guarda qualquer novidade até estar cem por cento certa. Ah, as bebidas chegaram.

Enquanto as bebidas são servidas, minha mente começa a fazer especulações a mil por hora. Os e-mails da Jess para mim são sempre bem curtos e diretos, e mamãe está certa, ela é do tipo que guarda as novidades, não importa quais sejam. (Uma vez ela ganhou um grande prêmio de geologia e não me contou, depois simplesmente explicou: "Achei que você não se interessaria pelo assunto.")

Será que isso é porque... Ai, meu Deus! Assim que o garçom se afasta, eu pergunto, ansiosa:

— Pode me contar! Saiu a adoção?

Só de olhar para a expressão no rosto da minha mãe, percebo que errei de novo.

— Ainda não — responde mamãe, e vejo papai fazer uma careta. — Ainda não, querida. Mas as coisas estão andando. Toda essa burocracia e tudo mais. A Janice, coitada, já até parou de perguntar.

— Ah — respondo, desanimada. — Eu achei que talvez... Poxa. Está demorando muito, não é?

Quando Jesse me mostrou uma foto de um garotinho fofo, séculos atrás, achei que logo o conheceríamos. Mas a adoção não foi aprovada e todos sofremos com isso. Desde então, Jess e Tom têm controlado um pouco mais suas expectativas.

— Eles vão conseguir — comenta meu pai, alegre e determinado. — Vamos ter fé.

Enquanto Luke coloca mais água tônica no seu gim--tônica, imagino Jess e Tom, no Chile, esperando notícias do processo de adoção, e sinto um aperto no coração. Fico muito triste pela Jess. Ela seria uma mãe *genial* (do jeito rígido e vegano dela, e com roupas reaproveitadas), e parece injusto que esteja demorando tanto.

Começo a pensar em Suze e sinto outro aperto no coração. Assim que voltamos dos Estados Unidos, ela perdeu um bebê, o que foi um choque para todos nós. E, embora ela não toque muito no assunto e diga apenas "eu já sou tão abençoada... não era para ser...", sei que ela ficou arrasada.

Quanto a mim, a gente adoraria ter mais um filho, mas não aconteceu ainda.

Agora meu coração já está bem pequenininho. A vida é estranha. Você pode *saber* que é o ser humano mais sortudo do mundo. Você pode *saber* que não tem nada do que reclamar. E mesmo assim ficar triste porque falta aquela pessoinha a mais na sua vida.

— Saúde! — exclama Luke, erguendo o copo, e abro um sorriso. — Um brinde a... o que, exatamente?

— É isso que estou tentando contar — diz meu pai, depois de tomarmos um gole de bebida. — Jess e Tom vão passar um tempo aqui na Inglaterra. Janice estava preocupada em dar espaço para eles... E nós decidimos emprestar nossa casa para eles por alguns meses.

— Eles vão estar bem ao lado da Janice, mas pelo menos não vão estar na casa dela — explica mamãe. — E Janice não vai ter que servir grão-de-bico todos os dias. Tadinha, estava tão preocupada com isso! Afinal, a Janice é tão vegana quanto qualquer um, mas ela adora um ovinho cozido no café da manhã.

— Quanto tempo eles vão ficar? — pergunta Luke antes que eu tenha a chance de perguntar para a minha mãe se ela sabe o que significa "vegano".

— Bem, essa é a questão! — exclama mamãe. — Até janeiro, pelo menos. O que significa que o Natal não vai poder ser lá em casa esse ano. Então a gente estava pensando, Becky... — Ela faz uma pausa e se vira para mim com um floreio. — Agora que você tem uma casa maravilhosa, talvez seja a hora de *você* receber a gente para o Natal!

— *Eu* dar uma festa de Natal? — Fico olhando para minha mãe. — Mas...

A sensação que eu tenho é de que até agora alguém vinha tocando "Eis dos anjos a harmonia" em vinil — e de repente a agulha da vitrola foi levantada depois de arranhar o disco, deixando o ambiente em silêncio absoluto.

Eu não organizo a festa de Natal. É a *minha mãe* que faz isso. Ela sabe tudo sobre o assunto. Sabe desembalar o rocambole de chocolate, colocar em cima de uma toalhinha rendada de papel e salpicar açúcar de confeiteiro.

— Tá legal. — Engulo em seco. — Uau. Organizar a festa de Natal. Que medo! — Dou uma risada para dar a entender que não estou falando sério. (Mas eu meio que estou.)

— Você consegue, filha. — Minha mãe dá uns tapinhas na minha mão, certa de que eu dou conta. — Compre um bom peru e já é meio caminho andado. Convidamos Janice e Martin — acrescenta ela. — E Jess e Tom, é claro. Afinal, somos todos uma família só agora, não é?

— Claro. — Tomo um gole do meu gim-tônica, tentando processar tanta informação.

Jess e Tom vão passar um tempo na Inglaterra, e nós vamos receber todos para o Natal e...

— Espera aí — digo, balançando a cabeça enquanto recapitulo tudo que acabei de escutar. — Vocês disseram que ofereceram a casa de vocês para Jess e Tom. Isso quer dizer que vocês vão hospedá-los ou...

— Vamos nos mudar por um tempo — responde meu pai, os olhos cintilantes. — Vamos embarcar numa aventura, Becky.

— *Outra* aventura? — pergunto, trocando um olhar com Luke. Depois da nossa viagem aos Estados Unidos, achei que já tivessem batido a cota de aventura para o resto da vida.

— Uma mudança de ares — concorda mamãe. — Nós voltamos dos Estados Unidos e ficamos com isso na cabeça. Sempre moramos na mesma casa por todos esses anos e nunca tentamos nada novo. E seu pai sempre quis criar abelhas.

— Eu sempre tive esse sonho — confirma meu pai, parecendo um pouco constrangido.

— Se não fizermos isso agora, quando faremos? — pergunta minha mãe.

— Uau — comento, tentando digerir tudo. É verdade, eu sei que meus pais não fizeram muita coisa diferente na vida. É bom que eles estejam tentando algo diferente. Até consigo imaginar meu pai em uma casinha de campo cuidando de uma colmeia e um pomar. Podemos ir visitar. Minnie pode colher maçãs e eu posso montar um look de catadora de maçãs comprando uma saia de linho no catálogo da Toast...

Na verdade, estou curtindo a ideia.

— Então, onde vocês estão procurando? — pergunto.

— Vocês poderiam se mudar para Letherby. Acho que deve haver algumas casinhas para alugar. Na verdade, tem um *cottage* com telhado de sapê para alugar no terreno da Suze! — Eu quase engasgo de entusiasmo quando me lembro disso. — É uma gracinha. Vocês poderiam se mudar para lá.

— Ah, meu amorzinho. — Mamãe troca um olhar divertido com papai. — Não é bem esse tipo de casa que estamos procurando no momento.

— Letherby é bom para você e Suze — concorda meu pai, gentilmente. — Mas nós queremos um lugar um pouco mais movimentado.

Lugar movimentado? Meus pais?

— Então para onde vocês vão se mudar? — pergunto, desnorteada. — Dorking?

— Filha! — Minha mãe dá uma risada. — Você ouviu isso, Graham? Dorking! Não, filha, nós queremos nos mudar para Londres. Para o centro de Londres.

— Não exatamente para o *centro* — contradiz meu pai na hora. — Para a zona leste de Londres.

— Você está falando besteira, Graham. A zona leste de Londres *faz parte* do centro hoje em dia. Não é, Becky? — pergunta minha mãe.

— Sei lá — respondo, perplexa. — Vocês estão se referindo a que lugar especificamente?

— Então — começa minha mãe, com tom de quem sabe tudo. — É um bairro pequeno. Meio escondido. Nós passamos por ele quando seu pai estava me mostrando onde o antigo escritório dele ficava. Chama-se... — Ela faz uma pausa para criar suspense. — Shoreditch.

Shoreditch? Fico olhando para ela, boquiaberta, achando que eu talvez tivesse ouvido errado.

Shoreditch?

— Tem uma estação de metrô — continua minha mãe. — Ao norte da Liverpool Street. Vai ser fácil nos achar, filha.

— Eu sei onde fica — respondo, minha voz voltando. — Mas mãe, vocês não podem se mudar para Shoreditch.

— Por que não? — Mamãe parece ofendida.

— Porque Shoreditch é um lugar para jovens! Só tem hipsters! É o lugar da cerveja artesanal e do pão caseiro. Não é... — Giro as mãos, sem saber mais o que dizer. — Não é um lugar para vocês.

— E quem disse que não é para nós? — pergunta minha mãe, indignada. — Acho que tem tudo a ver com a gente! Seu pai gosta muito de cerveja.

— É só que... é outra *vibe*... — tento de novo.

— Outra *"vibe"*? — repete minha mãe, revirando os olhos. — Que besteira! Ah, Carlo, sinto muito — acrescenta ela, fazendo um gesto para o garçom. — Dá só um minutinho para a gente, por favor? Depois você nos conta como foram as férias da sua filha. — Ela dá uma piscadela para Carlo antes de tomar um gole do drinque me lançando um olhar fulminante por cima.

— Olha só, mãe, é claro que vocês podem morar onde vocês bem entenderem. — Tento outra abordagem. — Mas você não acha que o lugar de vocês é aqui? — Abro os braços, em referência ao sofisticado restaurante. — Você conhece todos os garçons. Você conhece as famílias deles. Papai gosta da Vitela Marsala. Shoreditch é... Shoreditch.

— Talvez eu não queira mais comer Vitela Marsala — intervém meu pai de repente. — Talvez eu queira... — Ele hesita, e depois conclui: — Creme de abacate.

Ele ergue o queixo afrontosamente, e eu olho para ele sem entender. Papai quer creme de abacate?

— Abacate? — pergunta Carlo, virando para ele. — Camarão e abacate de entrada? E depois a Vitela Marsala?

Percebo que Luke está segurando o riso e lanço um olhar ameaçador para ele, embora, para ser sincera, eu mesma também esteja me segurando com essa história toda.

— De qualquer forma, a gente já encontrou um apartamento — continua minha mãe na defensiva. — E já podemos nos mudar. As venezianas são lindas, Becky. E já estão inclusas.

— Tem vista panorâmica da cidade — acrescenta papai, satisfeito.

— E não tem aquele batentinho no chão entre o chuveiro e o banheiro, o que é ótimo para os mais velhos — acrescenta minha mãe, orgulhosa.

— E tem uma apicultura comunitária na cobertura — conta meu pai, todo feliz. — E uma banheira de hidromassagem aquecida!

— E tem garagem? — Não resisto perguntar e minha mãe nega com a cabeça, com ar de pena.

— Filha, às vezes você pensa tão pequeno. Vamos andar de Uber!

Não sei o que dizer. Meus pais vão se mudar para Shoreditch. Percebo, de repente, que estou com um pouco de inveja. Eu não me importaria de morar em um apartamento com uma hidromassagem e vista panorâmica da cidade.

— Muito bem, então! — Ergo meu copo. — Um brinde à vida nova!

— Adorei a notícia — diz Luke, caloroso. — Acho que vai ser muito bom para vocês, Graham e Jane. Podemos visitar vocês no apartamento novo?

— É claro! — responde minha mãe, deixando a indignação de lado. — Vamos fazer um *open house*. Vai ser maravilhoso.

Ela olha radiante para todos e, de repente, se detém no meu peito por alguns segundos, antes de olhar incrédula para mim.

— Becky, filha! Acabei de reparar! Seu top combina perfeitamente com os guardanapos!

De: Jess Bertram
Para: Becky
Assunto: Natal

Oi, Becky.

Você já deve estar sabendo da nossa volta. Estamos doidos para voltar para a Inglaterra e ver nossa família. Foi muita generosidade dos seus pais oferecer a casa deles para a gente.

Também queria agradecer por nos convidar para a sua festa de Natal. Estamos muito ansiosos. Gostaríamos, é claro, que a festa levasse em consideração nossos valores sustentáveis e não consumistas. Tenho certeza de que vamos nos divertir muito.

Jess

De: Jess Bertram
Para: Becky
Assunto: Re:Re: Natal

Oi, Becky.

Sim, eu ainda sou vegana. O Tom também é.

Jess

De: Jess Bertram
Para: Becky
Assunto: Re:Re:Re:Re: Natal

Oi, Becky.

Não, não nos damos um "dia de folga do veganismo" no Natal como "recompensa".

Quanto aos presentes, não, não tem nada que a gente "queira muito". Tom e eu vamos nos presentear com coisas intangíveis, com o objetivo de impactar o mínimo possível nossa já tão arrasada Terra.

Se você não conseguir resistir à pressão de comprar objetos desnecessários apenas para seguir a "tradição", permita-me sugerir que pelo menos escolha presentes sustentáveis, não consumistas, produzidos por moradores locais e que reflitam o verdadeiro princípio de amizade em vez da satisfação mundana com bens materiais.

Ansiosa para comemorarmos esse dia.

Jess

TRÊS

Quando chego à escola com Minnie na manhã seguinte, minha mente está um turbilhão de pensamentos. Mas não sei ao certo se minha maior preocupação é que 1) meus pais vão se mudar para Shoreditch ou que 2) o Natal vai ser lá em casa pela primeira vez na vida.

É só um dia do ano, repito para mim mesma. Não é nada de mais. Tipo, qual é a pior coisa que poderia acontecer? (Aliás, deixa para lá. É melhor não seguir essa linha de raciocínio.)

Seja como for, está tudo bem, porque já comecei a planejar. Dei uma olhada no *Pinterest* e encontrei um milhão de listas com instruções para dar a festa de Natal perfeita. Já comprei dois ingressos para a Feira de Decoração de Natal em Olympia. Vou com minha mãe em busca de inspiração. Além disso, vou começar as compras de Natal *agora*. Ainda estamos em novembro. Tem muito tempo pela frente!

Levo Minnie até o local onde as crianças deixam seus casacos e a ajudo a pendurar o dela antes de seguirmos para a sala de aula. Logo avisto Eva, uma das amiguinhas da Minnie, com a mãe, Petra — e sinto um aperto no peito.

— Veja! — exclama Minnie, com olhos arregalados. — Olhe o tambor! É *glandão*.

Petra está segurando um tambor tribal enorme, feito com gravetos, lona e decorado com laços. Eva começa a batucar enquanto Petra olha em volta radiante e convencida, e o queixo de Minnie continua caído. Foram elas que *fizeram* esse tambor?

Fecho os olhos por um instante e abro novamente. Adoro a escola municipal e adoro a professora da Minnie, a srta. Lucas, mas será que ela *precisa* ser tão louca por projetos de arte? Está sempre inventando "atividades opcionais divertidas" que, na verdade, de "opcionais" não têm nada, porque todo mundo faz. Esse fim de semana foi "faça um instrumento musical com objetos que você tem em casa". *Fala sério!*

Minnie e eu colocamos grãos de feijão em um pote vazio e achei que nós tínhamos nos saído muito bem — mas aquele tambor é outro nível.

— Que projeto *divertido* — diz Petra, puxando o saco da srta. Lucas. — A família toda participou.

— Que bom! — Srta. Lucas fica radiante. — A criatividade é *tão* importante. Minnie, você fez um instrumento musical?

— Fizemos um chocalho — respondo, tentando demonstrar autoconfiança.

— Que maravilha! — A srta. Lucas está entusiasmada. — Posso ver?

Ai, meu Deus.

Relutante, tiro o chocalho da mochila da minha filha. Eu ia pintar ou algo assim, mas esqueci completamente.

Então mostro basicamente um pote de creme da Clarins. Vejo Petra arregalar os olhos, e a srta. Lucas fica sem reação por um momento, mas mantenho o queixo erguido. Afinal, ela disse que era para usar "objetos que temos em casa", não é?

— Maravilha! — exclama a srta. Lucas por fim. — Vamos colocar ao lado do tambor da Eva na exposição!

Que ótimo. Eva tem um tambor tribal, e Minnie, um pote de creme da Clarins.

Felizmente, Minnie parece não se importar — mas sinto o calor subir pelo meu corpo. Vou tirar nota máxima no próximo projeto de artes, prometo para mim mesma. Deixar todo mundo no chão. Mesmo que eu precise trabalhar o fim de semana inteiro.

— Tchau, filha, querida. — Beijo Minnie e ela segue toda feliz para a aula.

— Tarkie, cuidado! — A voz aguda de Suze faz com que todos se virem e eu tomo um susto.

Que *porra* é aquela que a Suze está carregando? É um arranjo complexo de tubos, funis e fita crepe, e ela e o marido, Tarquin, precisam carregar o projeto juntos enquanto os filhos vêm atrás.

— Lady Cleath-Stuart! — exclama a srta. Lucas. — Minha nossa!

— É um eufônio — informa Suze, sem fôlego. — Toca três notas.

Suze ama projetos de arte e sempre foi boa nisso. Sempre incentiva os filhos a fazerem bonecos de papel machê e colagens com macarrão, e deixa tudo secando na cozinha. Então não fico nem um pouco surpresa que ela tenha conseguido fazer um eufônio com objetos de casa.

— Suze! — digo. — Ficou incrível!

— Ah, não foi nada de mais — responde Suze, com modéstia. — Vamos levar isso lá para dentro. Tarkie, cuidado na hora de virar...

— Merda. — Uma voz baixinha atrás de mim atrai minha atenção. — Merda, *merda*.

Desvio o olhar de Suze e sua batalha com o eufônio artesanal para uma mãe chamada Steph Richards, olhando apreensiva pela janela.

— O maldito guarda de trânsito está chegando — diz ela. — Não tinha vaga e eu acabei *tendo* que estacionar na área proibida. Harvey, querido, vá logo para sua sala.

A voz está tensa, e o rosto, contraído de preocupação. Não conheço Steph muito bem, mas sei que ela teve o filho no dia do aniversário dela de quarenta anos (ela contou isso em uma reunião de pais). Ela tem um emprego importante na área de Recursos Humanos e é quem sustenta a família, e está sempre com a testa franzida. O sotaque é de Yorkshire e uma vez me contou que foi criada em Leeds, mas que se mudou quando entrou na faculdade e nunca mais voltou.

— Não se preocupe — digo impulsivamente. — Eu vou até lá distrair o guarda enquanto você se despede do Harvey com calma.

Saio disparada da escola e vou correndo pela rua, que está sempre cheia de carros na hora de deixar as crianças. Vejo o guarda se aproximar. E o carro de Steph parado em lugar proibido.

Juro para mim mesma que ela não vai ser multada. Não vou deixar isso acontecer.

— Olá! Seu guarda! — Ofegante, chego até ele, que está à distância de três carros do de Steph. — Que *bom* que o senhor está aqui.

— Pois não? — O guarda me lança um olhar desencorajador, mas eu simplesmente ignoro.

— Eu queria perguntar sobre as regras de estacionamento na Cedar Road — declaro, bem-humorada. — Se tem uma faixa amarela dupla e uma placa que diz "Proibido estacionar das 6h às 9h", mas também tem linhas brancas em zigue-zague... Quais são as regras para motocicletas?

— Hã? — O guarda olha para mim.

— Além disso, o que "carga e descarga" realmente quer dizer? — Pisco os olhos, fazendo a sonsa. — Digamos que eu esteja me mudando e tenha seis sofás para transportar e uns vasos de plantas bem grandões; na verdade, estão mais para árvores... O que eu devo fazer nesse caso?

— Ah — diz o guarda. — Se você está se mudando, talvez precise de uma autorização.

Vejo Steph dando uma carreirinha pela rua, os saltos dos sapatos estalando na calçada. Ela passa por mim, mas eu nem pisco.

— Uma autorização? — repito, como se estivesse fascinada por cada palavra dele. — Entendi. Uma autorização. E com quem eu conseguiria essa autorização?

Steph chega ao carro e abre a porta. Está a salvo agora.

— Olha, na verdade, deixa para lá — acrescento antes que o guarda tenha chance de falar. — Acho melhor procurar na internet. — Lanço um olhar agradecido para ele. — *Muito* obrigada!

Vejo Steph sair do local proibido, dirigir por alguns metros até estacionar em uma vaga que acabou de ficar livre perto do meu carro. O motor ainda está ligado.

— Obrigada — agradece ela pela janela com um sorriso sofrido. Ela é muito magra, tem cabelo escuro e o tipo de pele sem brilho que deixa o cansaço aparente. O que também dá para perceber pelas olheiras. Além disso, ela precisa espalhar melhor a base pela linha do queixo, mas prefiro não comentar essas coisas.

— Sem problemas — respondo. — Pode contar comigo.

— As manhãs são sempre um pesadelo. — Ela meneia a cabeça. — E não ajuda quando metade das mães traz a porra da Orquestra Sinfônica de Londres. Eu sei que você é amiga da Suze Cleath-Stuart, mas um *eufônio*?!

Dou uma risada, mas sinto que estou traindo minha amiga.

— Sabe que "instrumento" eu fiz com Harvey? — continua Steph. — Um tambor com pote de margarina e uma colher de pau como baqueta.

— Nós enchemos um pote de creme com feijão — digo. — E nem o pintamos.

Nossos olhares se cruzam e damos um sorriso — então, para a minha surpresa, os olhos dela se enchem de lágrimas.

— Steph! — exclamo, horrorizada. — É só um projeto de artes. Não é *importante*.

— Não é isso. É que... — Ela hesita e vejo sofrimento em sua expressão, querendo sair. — Harvey não sabe ainda, está bem? — continua ela, com a voz baixa e trêmula, olhando de um lado para o outro. — Mas Damian saiu de casa. Três dias atrás. Foi embora sem avisar. Harvey acha que ele está viajando de férias.

— *Não.*

Fico olhando para ela, chocada. Não conheço bem o marido de Steph, mas já o vi com Harvey umas duas vezes, então sei qual é a aparência dele. É mais velho que ela — um cara barrigudo com olhos muito próximos um do outro e barba grisalha.

— Pois é. Desculpa — acrescenta ela. — Eu não devia estar incomodando você com meus problemas. Ninguém merece isso a essa hora da manhã.

— Imagina... Você não... — Tento desesperadamente encontrar algo para dizer. — Você quer conversar? Tomar um café? Eu posso ajudar de alguma forma?

Mas Steph nega com a cabeça.

— Eu tenho que ir. Reunião importante. E você já me ajudou, Becky. Obrigada mais uma vez — Ela abre um sorriso triste e engata a marcha.

— Espera — digo, antes de conseguir me controlar. Pego um lenço de papel na bolsa e me inclino para retocar a base dela. — Desculpa, mas eu precisava fazer isso.

— Imagina. Obrigada. — Ela se olha no espelho. — Maquiagem não está na minha lista de prioridades no momento. — Ela hesita antes de acrescentar: — Você pode guardar segredo? Sobre mim e Damian. Sabe como são as fofocas na escola.

— Claro — respondo enfaticamente. — Não vou contar para ninguém.

— Obrigada. Tchau, Becky.

Fico olhando o carro se afastar, sentindo uma vontade imensa de dar uma cacetada na cabeça do marido dela, bem forte. Saberia perfeitamente o que fazer. E o que usaria: minha bolsa nova da Zara. Ela tem as extremidades bem pontudas.

Quando chego ao trabalho, estou louca para contar as péssimas notícias de Steph para Suze, mas prometi que não contaria. De qualquer forma, Suze ainda não chegou. Então, em vez disso, pego o celular para verificar rapidamente meus e-mails, sentindo-me levemente preocupada ao ver o e-mail da Jess com o assunto *Natal — algumas outras questões*.

Para falar a verdade, não sei por que fico nervosa com isso. Jess e eu já trocamos alguns e-mails bem amigáveis e ela já disse que sabe que não somos veganos e que vai entender se quisermos comer peru no Natal. (Mesmo que, em outro nível, ela não compreendesse e jamais compreenderia.)

Mas também está ficando cada vez mais claro para mim que ela acha que enfeites de Natal são uma coisa do mal, purpurina é algo monstruoso e luzinhas decorativas são obra do próprio diabo. Como vamos enfeitar nossa árvore de Natal? E quanto à rena de plástico que pisca da minha mãe?

Eu amo e admiro profundamente minha irmã Jess. Ela é determinada e sincera e só quer fazer o bem para o mundo. Quando não está pesquisando rochas no Chile, sempre se oferece para fazer trabalhos de caridade nada glamorosos, como uma vez passou uma semana inteira cavando latrinas. (Quando eu gritei, "Minha nossa, Jess!", ela só olhou para mim, sem entender o espanto, e respondeu: "Alguém tem que fazer isso.")

Ela é bem séria, mas, quando abre um sorriso, ilumina seu dia. Ela é incrível, ponto. Só que eu acho um *pouquinho* difícil seguir os princípios dela.

Enfim, vai dar tudo certo, repito para mim mesma. É só o Natal. Vai dar tudo certo.

Guardo o celular e entro na Letherby Hall Gift Shop. Olho em volta para ver se tudo está no devido lugar. Vendemos roupas, almofadas, cartões de felicitação, caixas de chocolate... Um pouco de tudo. São coisas bastante aleatórias, mas tento organizar tudo por temas nos expositores e sinto um orgulho especial da minha mesa de "*Hygge*", na qual coloquei cobertores, velas perfumadas, latas de achocolatados em pó, pijamas de algodão orgânico, produzido localmente, e uns casacos de alpaca cinza-claro bem fofos.

Pauso para dar uma ajeitadinha no mostruário, delicadamente, e então vejo Suze entrar usando uma minissaia azul-clara de *tweed* que temos na loja e fica *maravilhosa* nela. (Foi ideia minha usarmos as mercadorias que vendemos. Principalmente porque, se alguém consegue fazer uma saia de *tweed* ficar sexy, esse alguém é Suze.)

— Oi! Seu eufônio ficou demais!

— Ah, obrigada! — O rosto de Suze se ilumina. — A srta. Lucas é o máximo. Ela tem ideias maravilhosas para projetos de arte!

— Pois é — concordo, relutante. — Mas acho que ela passa projetos *demais,* você não acha?

— Mas é tão divertido! — exclama Suze. — Quem me dera ser professora de crianças pequenas. Adoro tudo aquilo.

Ela abre o caixa e arruma uma pilha de panfletos de passeios locais. Depois, pigarreia. Olho para ela e vejo que as pernas estão cruzadas. Na verdade, ela parece estranha. O que será que está acontecendo?

— A propósito, Bex — começa ela com voz casual. — Pensei bem e acho que vou aceitar as estátuas.

— O quê? — Fico olhando para ela.

— Vou ficar com as estátuas. Podemos colocá-las aqui.

— Você vai *ficar* com elas? — pergunto, chocada. — E você decidiu isso assim? De uma hora para outra?

— Exatamente! — confirma ela, evasiva. — Por que não? Não é nada de mais.

— Suze — digo, apertando os olhos. — O que você quer?

— Por que você acha que eu *quero* alguma coisa? — pergunta ela, nervosa. — Minha nossa, Bex, como você é desconfiada! Eu só estou me oferecendo para ficar com as estátuas. Eu fui lá dar outra olhada nelas e achei que, na verdade, são bem impressionantes.

— Nada disso — retruco sem acreditar. — Você só está me agradando porque quer pedir alguma coisa em troca.

— Não é nada disso! — Suze fica vermelha.

— É sim.

— Tá legal! — Ela enfim abre o jogo. — Sim, eu vou pedir uma coisa em troca! Bex, você tem que nos convidar para passar o Natal com vocês. O Rufos, tio do Tarkie, convidou a gente para passar o Natal no castelo dele, lá na Escócia, e eu não quero ir nem morta. Simplesmente não dá para mim.

Ela está tão angustiada que fico olhando para ela com vontade de rir.

— E qual é o problema do tio do Tarkie? Não deve ser tão ruim assim.

— É *horrível* — afirma Suze, desesperada. — Ele não gosta de ligar o aquecimento e a empregada dele prepara banho de banheira frio para todo mundo de manhã, e eles não servem cereal matinal no café da manhã, só buchada, e as crianças são obrigadas a descascar batata o dia inteiro.

— As *crianças*?

— Ele acha que faz bem para elas. Ele entrega as batatas e se deixarem um pedacinho de casca, ele briga com elas.

— Caramba.

— Exatamente! E ele ligou lá para casa ontem à noite para nos convidar. Meus pais vão para a Namíbia, então ele sabe que não vamos passar o Natal com eles, e eu não sabia o *que* fazer. Então eu disse: "Ah, tio Rufus, muito obrigada pelo convite, mas a mãe da minha amiga Becky já nos convidou para passar o Natal com eles." Você não precisa nos *convidar* de verdade — complementa ela, ligeira. — Só ser nossa desculpa. E eu fico com as estátuas — conclui ela, sem fôlego.

— Na verdade, o Natal esse ano não vai ser na casa da minha mãe — informo.

— Ai, meu Deus! — Ela está pálida. — *Não* me diga que vocês vão viajar ou algo do tipo. Mesmo assim eu posso dizer para o tio Rufus que vamos passar o Natal com vocês?

— Melhor ainda, você pode *realmente* passar o Natal com a gente — digo com um floreio. — Porque, adivinha, o Natal vai ser lá em casa *esse* ano!

— Na *sua* casa? — Suze parece chocada.

— Não me olhe assim! — digo, zangada. — Vai ser o máximo!

— Claro que vai! — Suze trata de se recompor. — Foi mal, Bex. Eu só fiquei um pouco... surpresa. Porque você não é muito...

— O quê? — pergunto, desconfiada. — Eu já organizei festas, não? E nenhuma foi um fracasso, nem nada. Foi?

Na verdade, pensando bem, a maioria pode ser considerada mais ou menos um fracasso. Mesmo assim, Suze não precisa ficar me olhando desse jeito.

— Não. — Suze desconversa. — Vai ser tudo! Você vai arrasar! Mas por que não vai ser na casa dos seus pais?

— Menina, você não vai nem acreditar — digo, empolgada, porque eu estava doida para contar tudo para a Suze. — Jess e Tom vão passar um tempo aqui na Inglaterra!

— Mentira! — exclama Suze, animada. — Então a adoção saiu?

— Não — respondo, pausando um pouco. — Ainda não. Mas acho que não falta muito — acrescento, determinada a continuar com o pensamento positivo. — Tenho certeza disso. Mas, continuando, eles vão ficar na casa dos meus pais... e meus pais vão se mudar para um apartamento em Shoreditch!

— Shoreditch? — Suze arregala os olhos, chocada. — Seus pais?

— Pois é! E eu perguntei: "Mas por que Shoreditch?", e meu pai disse que quer creme de abacate.

— *Creme de abacate?* — Suze está pasma e eu caio na risada. — Ele sabe que ele pode comprar abacate em qualquer Waitrose de Cobham? — pergunta ela, séria. E começo a rir de novo.

— Bom dia, meninas! — Irene, a outra funcionária, entra na loja vestindo uma calça de *tweed* que vendemos na loja e um colete de lã de carneiro.

Irene deve ter uns sessenta anos e é um amor de pessoa. Trabalha na loja desde que era apenas um armário com algumas caixas de doce de leite e ainda se lembra do tio-bisavô de Tarkie, conhecido como lorde Cleath-Stuart, o Louco, que mandou fazer um salão com ladrilhos cor-de-rosa e murais eróticos sobre os quais ninguém nunca fala.

— Bom dia, Irene! — cumprimenta Suze. — Como foi aqui na loja ontem?

— Correu tudo bem — responde ela, balançando a cabeça. — Nada de mais. Ah, só um cliente que pediu para deixar um "oi" para você, Becky.

— Para *mim?* — pergunto, surpresa. Normalmente são antigos amigos da família da Suze com nomes como Ruffy Thistleton-Pitt que aparecem para deixar um "oi".

— Ele disse que sabia que você trabalhava aqui e ficou bem triste quando viu que não estava. Pediu para eu passar o recado. Qual era o nome dele mesmo? — Irene ergue a sobrancelha. — Arnold? Eu escrevi em algum lugar. Onde será que...

— Arnold? — Franzo a testa. Eu não conheço nenhum Arnold.

— Arnold era o *sobrenome*. Ou será que era Irwin? — pergunta-se ela.

— Irwin? — Nego com a cabeça. — Nunca ouvi falar.

— Era um rapaz jovem — continua Irene. — Da sua idade mais ou menos. Bonitão. — Ela olha para mim como se esperasse que eu dissesse "Ah, o bonitão. É *claro!*".

— Bom, se você lembrar, me fala — sugiro, gentilmente. — Senão, tudo bem.

Irene se afasta e Suze abre um sorriso debochado.

— Um bonitão, hein?

— Eu não confio muito no gosto da Irene — respondo, revirando os olhos. — Pode ter sido até meu antigo professor de geografia.

— Ele era bonitão?

— Só se você curte um cara com caspa — respondo.

E a gente começa a rir de novo.

Suze se recompõe e diz:

— Mas, voltando, ainda não acabamos de falar sobre o Natal. Me diz o que eu posso fazer para ajudar. O que você vai fazer? Meu único compromisso é ir à missa de manhã na igreja de São Cristóvão. Porque o padre compôs uma canção de Natal e está muito orgulhoso disso. Você pode encaixar isso na sua agenda?

— Claro — respondo. — Com certeza! Eu ainda não planejei exatamente o *que* vou fazer no dia — conto, sentindo a necessidade de ser sincera. — Na verdade, eu ainda não planejei *nada*. Mas ainda é cedo.

— Claro — concorda Suze. — O mais importante quando o Natal é na nossa casa é ter bebida suficiente.

— Minha mãe disse que o mais importante é o peru — argumento, sentindo a ansiedade crescer.

— Ah, é claro, isso aí não precisava nem falar — argumenta Suze, distraída. — Espere um pouco — diz ela, parecendo preocupada. — Se a Jess vai vir para o Natal, a comida vai ser vegana?

— Não. Fica tranquila. A gente vai poder comer peru — asseguro. — E eu vou comprar um peru vegano para Jess e Tom.

— Peru vegano? — Suze me encara. — Isso existe?

— Aposto que existe — respondo, confiante. — Existe a versão vegana para tudo. Aliás, Jess disse que acha que os presentes devem ser sustentáveis, não consumistas, produzidos por moradores locais e que reflitam o verdadeiro princípio de amizade em vez da satisfação mundana com bens materiais.

— Ah, sim. — Suze fica olhando para mim, um pouco assustada. — Nossa. Quer dizer, ela tem razão. Total. A gente devia comprar mais produtos locais. É uma coisa, tipo, vital para o planeta.

— Muito.

— Com certeza.

Ficamos em silêncio e parece que nós duas estamos reavaliando nossa lista de Natal.

— Tipo... a Harvey Nichols *pode* ser considerada uma loja local, não é? — pergunta Suze por fim. — Em comparação com outros lugares.

— Em comparação com lojas da... Austrália, por exemplo.

— Exato! — Suze parece aliviada. — E, tipo, tem gente que viaja para lugares ridiculamente distantes só para fazer compras. Minha prima Fenella uma vez foi a Nova York só para isso.

— Isso é tão prejudicial para o planeta. — Minha voz sai até em tom de censura. — Vamos combinar então de só comprar por aqui, na Selfridges, na Liberty e em lojas assim?

— Combinado! — concorda Suze, seríssima. — Vamos fazer isso. Só compras locais. O que você vai comprar para o Luke? — pergunta ela. — Já sabe?

— Já está tudo certo — respondo, um pouco convencida.

— *Já?* — Suze me encara.

— Bom, para falar a verdade, eu ainda não comprei — admito —, mas sei exatamente o que vou dar para ele. A gente estava na Hector Goode outro dia e vimos um casaco lindo, e Luke disse que gostou. Então eu respondi: "Olha, talvez um duende dê de presente para você!"

— Que sorte a sua — comenta Suze, com inveja. — Eu não faço *a menor* ideia do que vou dar para o Tarkie! Por que você ainda não comprou?

— Eu queria saber se ia entrar na promoção — explico. — Mas o pessoal da loja se recusa a me dizer. Parece até que estão de má vontade.

— *Realmente* — concorda Suze, solidária. — Por que você não espera até a *Black Friday?*

— Talvez esgote até lá. Então decidi comprar hoje à noite, pela internet... — Paro no meio da frase quando duas mulheres com casaco acolchoado entram na loja e me aproximo delas, sorrindo: — Olá! Bem-vindas à Letherby Hall Gift Shop. Vocês precisam de ajuda ou preferem ficar à vontade para olhar tudo?

Elas simplesmente me ignoram. Noto que muita gente faz isso, mas eu apenas abro ainda mais meu sorriso.

— *Hygge* — diz uma delas, olhando sem entender para a plaquinha. — O que é isso?

— Ah, eu já ouvi falar disso — responde a amiga. — Só que achei uma bobagem.

Bobagem? Olho para ela, me sentindo ofendida. Como ela ousa chamar minha mesa maravilhosa de "bobagem"?

— *Hygge* é uma palavra escandinava — explico da forma mais charmosa que consigo. — Significa aconchego e conforto... amizade em um inverno frio... velas acesas e uma sensação de acolhimento. Como o Natal — acrescento, de repente decidida a organizar um Natal totalmente *hygge*. Isso mesmo. Eu tenho um milhão de velas e mantas de lã e copos para servir *glogg* (ou seria *Glug*? *Glygge*?).

Quando as mulheres se afastam, começo a fazer uma lista na minha mente — velas, mantas, *glogg* —, e percebo que eu realmente preciso começar a anotar essas coisas. Resolvo comprar uma linda agenda para organizar tudo que vou precisar fazer para o Natal. E uma belíssima caneta temática nova. Isso mesmo. E *aí* tudo vai entrar nos eixos.

QUATRO

Eu me sento no sofá à noite, com minha agenda de Natal e minha caneta novas. (Ambos da seção de couro da Letherby, que comprei com quinze por cento de desconto por ser funcionária.) Minnie está brincando tranquilamente com seu conjuntinho de chá antes de ir para a cama, então tenho tempo para começar minha lista.

Escrevo *Natal* na primeira página e fico admirando o resultado, satisfeita. Pronto. Comecei. As pessoas se estressam tanto com o Natal, mas não vejo a menor necessidade disso. Basta fazer uma lista com todas as tarefas e ir eliminando o que tiver feito. Simples assim.

Rapidamente escrevo: *comprar peru vegano*.

Depois, fico olhando para a página. Onde vou encontrar um peru vegano?

Tudo bem, talvez eu esteja equivocada. Talvez seja melhor começar com uma tarefa bem simples que eu consiga concluir logo. Escrevo *Comprar o presente do Luke* e abro meu notebook. Vou fazer o pedido em dois minutos, riscar a tarefa e seguir em frente.

Encontro o link para comprar o casaco e me aproximo da tela para ver as fotos. O casaco é lindo. Perfeito! Eles têm duas opções de cor: azul-marinho e cinza. Qual ele iria preferir? Tento imaginar Luke no azul-marinho... Depois, no cinza... Depois no azul-marinho de novo...

— Oi, amor.

Quando ouço a voz do Luke, cubro a tela do computador com as mãos, olho para ele — e congelo. Luke está parado, bem na minha frente, usando o casaco azul-marinho que está no site. Como isso é possível? Será que eu o materializei apenas com a força do meu pensamento? Será que tenho superpoderes? Sinto-me de repente dentro de um desses filmes com sino dos ventos e coisas estranhas acontecendo.

— Tudo bem, Becky? — pergunta ele, com um olhar curioso.

— Luke... — Minha voz falha. — Onde você conseguiu esse casaco?

Se ele responder "Esse casaco já é velho, querida", sem um pingo de emoção na voz, eu vou ter um ataque.

— Comprei hoje. — Ele dá uma volta. — Bonito, não é? Vou com ele para Madri depois de amanhã.

— Você comprou *hoje*? Mas...

Meu choque foi substituído por indignação. Luke comprou o casaco para *ele*? Como ele pôde fazer isso? Ninguém compra nada para si mesmo em novembro ou dezembro, porque *vai que* você recebe de presente.

— O que foi? — Luke parece não entender.

— Eu ia comprar esse casaco de presente de Natal para você! — exclamo em tom de reprovação. — Você sabia!

— Não sabia, não.

— Sabia, sim! Nós vimos esse casaco na Hector Goode no mês passado, lembra?

— Claro que lembro. — Luke olha para mim como se eu estivesse ficando louca. — Foi por isso que voltei lá para comprar.

— Mas eu disse que ia comprar para você no Natal! — reclamo, frustrada. — Você devia ter *esperado*!

— Becky, eu lembro muito bem da nossa conversa — retruca Luke, calmamente. — Você não mencionou presentes de Natal nem uma vez.

Sério? Luke leva tudo ao pé da letra! Para ser sincera, esse é um dos maiores defeitos dele. Sempre digo isso para ele.

— Eu fui sutil! Eu disse "Bem, talvez um duende compre de presente para você!" O que você *acha* que eu quis dizer com "duende"?

— Ah, Becky — responde Luke, parecendo achar tudo muito divertido. — Não se preocupe. Esse pode ser meu presente de Natal. Eu amei. Muito obrigado. — Ele dá um beijo na minha cabeça e segue para a porta, mas não me acalmo nem um pouco.

— Você não pode ganhar um presente de Natal em novembro! — exclamo. — Você precisa ganhar um presente para abrir no dia de Natal.

— Me dê uma loção pós-barba — sugere ele.

Loção pós-barba? Ele está falando sério? *Loção pós-barba?* Esse é o presente mais óbvio que alguém poderia escolher para um homem em um catálogo de presentes para pais cheio de camisas polo e gravatas cafonas.

Por outro lado... é bem fácil.

Abro minha agenda de Natal e acrescento *loção pós--barba* ao lado de *Comprar o presente do Luke*. Mas não vou comprar a mesma que ele sempre usa, decido enquanto escrevo. Vou comprar a loção mais fabulosa que ele já viu.

Volto minha atenção para Minnie, que está brincando perto da lareira com seu lindo conjuntinho de chá. Ela oferece uma xícara para seus ursinhos de pelúcia e pega a chaleirinha para servir o "chá".

— Minnie, meu amor — digo. — O Natal está chegando e, se você for boazinha, o Papai Noel vai trazer um presente para você! O que você gostaria de ganhar?

— Eu *quelo*... — responde ela, ainda envolvida na brincadeira. — ...uma latinha. Por favor. — Ela reforça. — Por favor, eu *quelo* uma latinhaaaaa.

Olho para ela sem entender. Uma *latinha*? Como assim?

Então, olho para a caixa do conjunto de chá, que anuncia outros produtos da mesma linha. É claro! Ela vem há séculos me pedindo para comprar as latinhas que vêm dentro da cesta de piquenique completa, com os copinhos de plástico, guardanapos e comidinhas de mentirinha. As comidinhas vêm dentro dessas latinhas, pelas quais ela parece obcecada. Isso é bem fácil.

Entro rapidamente no mesmo site de brinquedos em que comprei o conjuntinho de chá e pesquiso "cesta de piquenique". É linda, forrada com um tecido xadrez e contendo faquinhas, garfinhos e até um lindo vasinho com flores de plástico. Eles só têm cinco em estoque, ainda bem que perguntei a ela agora. Além disso, meus dados de pagamento já estão gravados no site, então levo menos de um minuto para comprar. Pronto!

Quando recebo o e—mail de confirmação do pedido, sinto uma pontada de orgulho. Comecei as compras de Natal! Pego minha agenda de Natal e escrevo *Comprar o presente da Minnie,* e marco como tarefa concluída. Haha! Está tudo perfeitamente sob controle. Só preciso permanecer calma e me organizar.

Só que basta você se sentir calma e no controle que a vida decide derrubar você. Às sete e meia da manhã seguinte, não estou nem perto disso. Estou correndo loucamente pela casa, ajudando Luke a procurar documentos importantes que ele precisaria levar para a reunião, mas "despareceram".

— Você colocou os papéis aqui? — pergunta ele, abrindo a gaveta do aparador da sala.

Fico morrendo de raiva. Por que ele está jogando a culpa em cima de mim? Por que eu ia pegar um monte de documentos maçantes e colocar em outro lugar?

— Não — respondo calmamente. — Eu não coloquei aí.

— E aqui? — Ele abre a porta dos armários do aparador. — O que você guarda aqui? — Assim que ele abre a porta, um dilúvio de sacolas de lona cai.

— Isso não é nada — apresso-me a dizer, correndo para impedi-lo de mexer, mas é tarde demais. Droga.

— Mas que diabos é isso aqui? — pergunta Luke, incrédulo, olhando para a montanha de sacolas aos pés dele.

— Hum... É... São só umas sacolas — respondo.

— Que sacolas?

— Sacolas! Você sabe? Sacolas. Talvez seus documentos estejam na cozinha. Vamos até lá procurar.

Estou tentando tirá-lo dali, mas Luke não se mexe. Fica olhando para a pilha enorme e confusa de sacolas por um momento, depois começa a pegá-las e ler o que está escrito nelas.

— Sacola reutilizável. Ecobag. Salve o planeta. Tesco... Waitrose... Becky? Que *porra* é essa?

Tá legal. A verdade é que às vezes eu compro sacolas reutilizáveis e me esqueço de levá-las quando vou ao mercado, então acabo comprando outra. Sei que não é o ideal porque acabei com um armário cheio delas.

Mas já descobri que a melhor defesa com Luke nessas horas é o ataque.

— Estou sempre comprando sacolas reutilizáveis — declaro, cheia de orgulho — porque sou uma consumidora responsável que não usa mais sacolas plásticas. Mas você prefere que eu continue usando sacolas plásticas e acabe com toda a vida marinha do planeta? Bem, essa é uma visão muito interessante da sua bússola moral, Luke. Muito interessante mesmo.

Luke contrai os lábios e levanto a cabeça provocadoramente.

— Eu não disse que você deve usar sacolas plásticas — retruca ele com toda a calma do mundo. — Estou sugerindo que você use *uma* sacola reutilizável. Como diz o próprio nome, meu amor, "sacola reutilizável". O nome não é "use uma vez, enfie no armário e compre outra".

Ele abre a outra porta e uma montanha ainda maior de sacolas cai no chão. Merda. Eu tinha esperanças de que ele não visse as outras.

— Meu Deus do céu — diz ele, genuinamente chocado. — Becky, de quantas malditas sacolas reutilizáveis você precisa?

— Elas vão servir para alguma coisa um dia — respondo, na defensiva. — Enfim, você ainda não encontrou seus documentos. Você está procrastinando.

Nesse momento, Minnie entra na sala, empurrando a boneca no bercinho estilo moisés com rodinhas. Luke olha para o bercinho. E depois olha de novo.

— Ah, aí estão eles! — exclama ele, pegando um monte de papéis no moisés.

— É meeeu, papai! — exclama Minnie, tentando pegá-los de volta. — É *pla* ficar no meu *calinho*.

"*Calinho*" é como Minnie pronuncia "carrinho". E, sim, eu sei que deveríamos corrigi-la, mas é tão *fofo*. Tipo, ela sabe falar. É bastante articulada para a idade (a própria srta. Lucas disse isso quando perguntei). Só troca o "r" pelo "l" e fala "blincar", "calinho", "pla", "elado ".

— Eles não são para o seu *calinho*, filha — diz Luke para Minnie. — Esses são documentos importantes do papai. Aqui, isso é para você. — Ele coloca uma sacola reutilizável perto da boneca de Minnie no moisés sobre rodas. — Tem muito mais, se você quiser. — Ele dá um beijo na cabeça de Minnie e se levanta. — Então eu vou buscar a Minnie na casa da Suze?

— Se você puder — concordo com a cabeça. — Eu vou para Londres logo depois do trabalho. Tenho que fazer as compras de Natal. — Solto um suspiro e franzo as sobrancelhas de leve. — Tenho muita coisa para fazer agora que o Natal vai ser aqui em casa.

— Eu sei — concorda Luke, parecendo preocupado.

— Becky, eu quero muito ajudar. Vou ter algumas viagens antes do Natal, mas é só me dizer o que fazer que eu faço.

— Tudo bem — concordo. Ele me dá um beijo e sinto um pinicar no meu lábio superior. Olho para ele, surpresa.

— Você não fez a barba hoje?

— Ah — responde Luke, um pouco constrangido. — Decidi deixar o bigode crescer.

— *Bigode?* — Fico olhando para ele.

— Sim, por causa do novembro azul — explica ele. — É uma campanha de conscientização.

— Ah, sim! — Eu me obrigo a sorrir. — Claro. Fico feliz por você. — Não curto muito bigode para ser bem sincera. Mas se é para uma campanha de conscientização, tudo bem, eu apoio. — Já está ficando bonito — acrescento em tom de aprovação e o beijo de novo. — Combina muito com você. Até mais tarde!

— Boas compras — responde Luke, e fico olhando para ele, um pouco ofendida. Será que ele não ouviu o que eu disse?

— Eu não vou fazer compras. Eu vou fazer *compras de Natal*. É completamente diferente. É *trabalho*. Eu tenho uma lista *enorme*. — Faço um gesto dramático. — Presentes, decoração, comida, extras...

— Extras? — Luke franze as sobrancelhas. — Que extras?

— Coisas extras, ué... Você sabe, *extras*.

Não consigo pensar em nada no momento, mas sei que não estou inventando isso, porque todos os guias de Natal falam sobre "as coisas que precisamos comprar de última hora".

— Espere um pouco. — Luke franze a testa ao se lembrar de alguma coisa. — Becky, você já não *fez* suas compras de Natal? Naquela feira local durante o verão? Sim! Você comprou cinco almofadas artesanais de couro e disse que seriam excelentes presentes de Natal. Eram pesadas para cacete — acrescenta ele, fazendo uma careta. — Tive que carregá-las o dia todo. Onde elas estão?

Sinto o rosto esquentar. Eu meio que esperava que ele tivesse se esquecido disso.

— A escola pediu contribuições para o bazar. — Tento soar casual. — Então doei as almofadas. Achei que era a coisa certa a fazer.

— Você deu todas as almofadas? — Ele fica olhando para mim.

— Foi por uma boa causa — respondo na defensiva.

Não vou admitir em voz alta: "Além disso, percebi que eram uma porcaria quando as coloquei no sofá e elas ficaram caindo."

A culpa não foi minha. O vendedor era muito charmoso. Ele me convenceu a comprar as almofadas *e* um elefante de couro.

— Será que a gente não pode fazer isso pela internet? — sugere Luke. — Se a gente pegar o notebook e sentar juntos, podemos resolver tudo rapidinho. Ou então me deixe encarregado de alguma coisa. Eu posso cuidar da decoração. Não vai levar nem cinco minutos.

Luke? Comprar os enfeites de Natal? Será que ele enlouqueceu de vez? Da última vez que ele ficou responsável por isso, comprou seis balões roxos horrorosos e, quando reclamei, ele disse: "Achei que ficou legal."

— Não, pode deixar — respondo, depressa. — Preciso ver e escolher tudo pessoalmente. De qualquer forma, nós precisamos apoiar o comércio de rua.

— Será que não tem nenhuma loja mais próxima do que a Selfridges?

— Eu não me importo com a distância. — Dou um suspiro sofrido. — Ninguém disse que seria fácil. Até mais, querido.

CINCO

Meu *Deus*, como senti falta de fazer compras. E de Londres. E de tudo isso.

Quando empurro a porta pesada da Selfridges, com uma ecobag da Letherby Hall Gift Shop no meu ombro, fico encantada. Tudo é tão *brilhante!* A gente ainda está em novembro, mas já está tudo decorado para o Natal. Há luzinhas e guirlandas por todo canto. Enormes bolas de Natal vermelhas decoram as escadas rolantes. Canções natalinas, uma atmosfera calorosa, um aroma delicioso. Não sei nem por onde começar. Estou sentindo um misto de euforia e pânico. Para onde eu vou? Subo? Desço? Não faço compras há *séculos.*

Sei que tenho feito compras pela internet, é claro. Mas é algo completamente diferente. Na verdade, acho que deveriam dar um nome diferente para isso. Comprar pela internet não é a mesma coisa que fazer compras. É *fazer uma aquisição.* Você *adquire* coisas na internet. Mas você não sente a emoção de entrar em uma loja e ver pessoalmente todos aqueles produtos maravilhosos, sentindo a textura, passando a mão e sendo seduzida por tudo.

Dou um passo à frente para sentir a atmosfera. Morar fora de Londres é ótimo de muitas formas — mas sinto falta de tudo isso. Sinto falta de passar por vitrines iluminadas todos os dias para ver as novidades. Sinto falta de parar para admirar um lindo casaco Chanel. Sinto saudade de entrar na Anthropologie a caminho de algum lugar e decidir parar para ver quais são as novidades da Zara, e ainda encontrar uma promoção na Topshop.

Por outro lado, isso exigiu que me tornasse alguém mais eficiente. O problema de morar longe de Londres é que você tem que aproveitar ao máximo quando vai lá. Você basicamente precisa correr e comprar tudo que puder, porque quem sabe quando vai estar de volta?

Luke e eu não concordamos com relação a isso. Mas isso não é surpresa alguma, já que temos conceitos diferentes da palavra "eficiente". Luke uma vez disse que comprar todo o estoque de produtos da Clarins com desconto na TK Maxx não era "eficiente", e sim ridículo. Mas ele não sabe de nada. Não consegue ver quanto dinheiro economizei? E tempo! Estou bem servida de produtos para cuidar da pele praticamente pelo resto da vida. E são só duas caixas na garagem. Quase nada.

(O único probleminha — que obviamente não mencionei para Luke porque ele não precisa saber de cada detalhe da minha vida — é que, quando fui guardar as caixas na garagem, encontrei outra cheia de potes de hidratantes da L'Oreal, que comprei com desconto e da qual eu tinha me esquecido completamente. Mas tudo bem, porque hidratante nunca é demais. É um item de primeira necessidade.)

Percebo, de repente, que ainda estou parada, sonhando acordada, no meio da seção de perfumes da Selfridges, e me dou uma sacudida mental. Vamos lá, Becky! Concentração. Compras de Natal. Pego minha agenda na bolsa e olho para a lista — e fico um pouco assustada. Eu meio que me empolguei ontem à noite enquanto anotava minhas ideias. Há uns cem itens que vão desde "luzinhas decorativas de Natal sem chiado" até "jogo americano temático?" e "CHOCOLATE!!!"

Por onde eu começo?

Um homem com um bigodão grosso passa por mim e me distrai completamente. E se Luke decidir ter um bigode igual àquele?

Não. Ele não vai. Não seja boba. E, além do mais, ele está fazendo isso por uma boa causa. Preciso pensar positivo. Dou mais um passo, tentando me concentrar. Vamos lá. Estou na seção de perfumes. Vou procurar a loção pós--barba do Luke. Muito bem. Ótimo plano.

Tem um cara vestido de preto demonstrando uma nova fragrância chamada "Granito". Pego a tira de papel que ele oferece, mas o cheiro me faz tossir. É um verdadeiro mistério para mim por que tantos perfumes caríssimos são tão fedidos. A maioria parece uma mistura de todos os perfumes que encalharam, posta num frasco elegante com um novo nome, tipo Celebrity Pow!

Luke sempre usou a loção pós-barba da Armani, mas quero dar a ele algo *diferenciado*. Vou dar uma olhada na Prada, decido ao ver o balcão do outro lado. Não dá para errar com Prada, não é?

Mas depois de três minutos ali, fico ainda mais perplexa. Existem tantas *opções*. Cheiro "L'Homme Prada", "Luna Rossa" e "Marienbad". Volto para "L'Homme Prada" — e um vendedor gentil atrás do balcão chamado Erik começa a borrifar amostras nas tiras olfativas para eu cheirar.

Mas quando chego à oitava tira, já não sei qual é qual. Erik fica falando sobre notas de âmbar e toques de couro e respondo "Ah, legal", mas, para ser sincera, tudo tem cheiro de pós-barba.

— Você poderia me mostrar esse de novo? — peço, apontando para o "Desert Serenade". — Na verdade, acho que vou precisar ver todos de novo... E será que você tem algum parecido com o "Babylon", mas não tão... — Faço um gesto vago com as mãos.

— Com licença. — Uma voz grave me interrompe e eu me viro e me deparo com um homem de terno cinza e lenço azul, franzindo a testa para mim com impaciência. — Você vai levar o dia todo?

— Estou escolhendo uma loção pós-barba para o meu marido — explico enquanto Erik começa a borrifar minhas tiras novamente.

— Daria para você andar logo e comprar de uma vez, por favor?

— Não, não daria para eu andar logo e comprar de uma vez! — retruco irritada com o tom dele. — Preciso fazer a escolha certa. — Cheiro novamente o "Desert Serenade" e torço o nariz. — Não. Definitivamente, não.

— Ah, você é uma *dessas* — declara o homem, revirando os olhos e eu o fulmino com o olhar.

— Como assim *uma dessas?*

— Uma dessas esposas que insistem em escolher uma nova loção pós-barba para o marido no Natal.

— Meu marido *pediu* uma loção pós-barba de presente de Natal, para a sua informação — respondo friamente. — Não que isso seja da sua conta.

— Talvez ele tenha pedido — responde o homem sem se deixar abater. — Mas ele estava se referindo à loção que ele sempre usa.

— Só que não.

— Só que sim.

— Você nem conhece meu marido! — Eu lanço um olhar ameaçador.

— E nem preciso. Ninguém na história da humanidade acertou na escolha de uma fragrância para outra pessoa. "L'homme Prada Intense", por favor, vidro de 100ml — acrescenta ele para Erik. — Vou esperar ali no caixa.

Erik entrega uma caixa luxuosa ao homem, que dá as costas e deseja "Feliz Natal".

Hmph. As pessoas são tão grosseiras. Volto minha atenção para Erik e dou um sorriso para ele. *Ele* pelo menos me entende.

— Já diminuí as opções para estas aqui — digo, balançando três tiras.

— Perfeito! — comemora Erik. — Excelentes escolhas! Tenho certeza de que ele vai adorar! — Ele olha para as tiras e acrescenta, solícito: — Recomendo que você teste na pele dele. Porque a química corporal influencia bastante, não *é?*

Ah, pelo amor de Deus. Ele só me diz isso *agora*? E se elas ficarem com um cheiro podre na pele do Luke ou ele achar enjoativo? E se eu achar enjoativo?

Odeio admitir, mas aquele desgraçado de lenço azul tinha razão. Dar loção pós-barba de presente não é nada fácil no fim das contas. Ou você compra a de sempre, o que não exige esforço algum e é patético, ou dá um tiro no escuro e escolhe uma nova, que ele provavelmente vai odiar, mas vai ter de dizer que gosta. E você vai passar o resto da vida sem saber se ele falou a verdade, até que no leito da morte ele murmure: "Eu sempre odiei L'Homme Prada!", antes de cerrar os olhos para a eternidade.

(Vocês sabem. Na pior das hipóteses.)

— Vamos finalizar a compra? — pergunta Erik, interrompendo meus pensamentos e olho para ele, meio perdida. Não quero comprar algo caro e que seja um erro, mas também não quero dar o braço a torcer.

Nesse exato momento, o babaca de lenço azul passa por mim em direção à saída e lança um olhar debochado.

— Ainda aí? — pergunta ele. — Você devia fazer uma pausa para um café.

— Algumas pessoas não se importam de se esforçar para dar um presente de Natal para o marido — respondo em tom glacial.

Ele ergue as sobrancelhas, achando graça, e sai da loja. Observo enquanto ele se afasta, um pouco estressada — mas aquelas palavras só serviram para aumentar minha determinação. Eu *posso*, sim, surpreender o Luke positivamente com uma nova loção pós-barba. Só preciso ser metódica.

— Será que vocês têm aqueles tubinhos de amostras? — pergunto para Erik com um sorriso charmoso.

Entro em casa três horas depois, sentindo-me orgulhosa por dentro. Ninguém pode dizer que eu não me entreguei de corpo e alma à minha tarefa. Cheirei cada uma das loções pós-barba daquela maldita loja e agora estou com uma sacola da Prada com 31 amostras, que preciso esconder de Luke. Também preciso esconder a sacola de compras da Selfridges que está pendurada no meu...

Hum. Tarde demais. Aqui está ele.

— Como foi tudo? — pergunta ele, dando um passo na minha direção com um sorriso solidário. — Você parece estar exausta.

— Estou bem — respondo, confiante. — Não foi nada mal.

— Deixa eu ajudar você. — Luke estica a mão para a luxuosa sacola da Selfridges. — O que tem aí dentro? Enfeites? Presentes?

— Ah, só coisas de Natal — respondo vagamente, segurando firme a sacola. — Pode deixar que eu guardo tudo.

Antes que ele tenha a chance de insistir, subo correndo.

— Você conseguiu cortar muitos itens da sua lista? — ouço Luke perguntar. — Foi um dia produtivo?

— Hum... Mais ou menos — respondo sem olhar para trás.

Corro para o quarto e fecho a porta. Largo a sacola com as amostras de loção pós-barba em cima da cama e pego a sacola da Selfridges. Passo um instante olhando para ela, admirando, e depois tiro com todo o zelo do mundo o pacote embrulhado em papel de seda. Enquanto desfaço o embrulho, respiro fundo. Não consigo acreditar no que estou segurando. Um vestido Alexander McQueen que estava com setenta por cento de desconto só porque tinha um fio solto nas costas! Vou arrasar no Natal!

E, tudo bem, eu sei que "comprar um vestido novo" não estava na minha lista de tarefas. Mas todo mundo sabe que a chave para ter sucesso nas compras é ser flexível e saber identificar oportunidades. Eu estava seguindo para a seção de Natal, decidida a comprar enfeites, quando passei pelo departamento de moda feminina. E por uma arara com peças de estilistas em liquidação, onde esse vestido impecável da marca Alexander McQueen esperava por mim. Com mangas com babados e listras de lantejoulas. O único *probleminha* — nada de mais — é que ele é um tamanho menor que o meu.

Só um. Pouca coisa. Bobagem...

É que, tipo assim, aquele era o último vestido que eles tinham e estava com setenta por cento de desconto, então eu simplesmente não consegui *suportar* a ideia de não comprar. Além disso, não é como se eu não conseguisse entrar no vestido. Só está um pouquinho... apertado. Mas a gente não precisa respirar muito no Natal, né? Ou mexer muito os braços? E eu provavelmente vou emagrecer um pouco até lá...

Talvez. Meu Deus...

Olho ansiosa para o vestido, que parece encolher diante dos meus olhos. Mesmo com desconto, foi caro. Eu *preciso* entrar nesse vestido até o Natal.

Penso que talvez seja uma boa ideia investir na saúde antes do Natal. Começar a me exercitar e a tomar suco verde ou qualquer coisa assim. Assim consigo emagrecer e o vestido vai me servir tranquilamente. E de quebra ainda vou ficar mais saudável. Perfeito.

Fico olhando apaixonada para o vestido por mais alguns segundos e, depois, enfio no guarda-roupa e tiro a agenda da bolsa. Escrevo "Comprar um vestido novo para o Natal" e risco a tarefa, com satisfação.

Então me volto para a cama e encaro a sacola com as amostras de loção pós-barba. Tenho um plano que vai funcionar, com certeza — só preciso que Luke durma profundamente. Escondo a sacola na gaveta do meu criado-mudo, desço as escadas e sugiro, como quem não quer nada:

— Luke! Quero comemorar! Vamos tomar vinho?

Três horas depois, estou deitada na cama, olhando para o teto, ansiosa e frustrada. Eu não sabia que Luke demorava tanto para dormir. Qual é o *problema* dele?

Dou umas cutucadas de leve nele para ver se já está dormindo, mas ele sempre responde "Hum?" ou "O quê?", e eu respondo "Foi mal, só estou me alongando". Até que ele abre os olhos e reclama, irritado:

— Becky, meu voo para Madri é amanhã bem cedo e estou exausto. Será que você poderia parar de fazer yoga na droga da cama?

Então eu me levanto um pouco, tamborilando os dedos com impaciência até ele finalmente parecer apagado e nem se mexer quando digo, meio desesperada:

— Luke, acho que tem um ladrão aqui em casa!

Depois eu me preocupo de realmente *haver* um ladrão, então, desço a escada de fininho, segurando um salto alto como arma e acendo todas as luzes, ando pela casa e não encontro nada, então apago as luzes, dou uma olhada em Minnie e volto para a cama.

Estou bem cansada a essa altura, mas tenho um plano a executar. Sem fazer barulho, pego a sacola de amostras de loção pós-barba e tiro quatro tubinhos. Aplico um pouco da "Royal Oud" da Creed logo abaixo da orelha esquerda de Luke e escrevo um "R" discreto com canetinha. Passo um pouco da "Luna Rossa" da Prada abaixo da orelha direita e escrevo um "L" para não me perder nas amostras. Coloco "Quercus" no pulso direito e "Sartorial" no esquerdo, e escrevo Q e S, respectivamente. Sinto o cheiro de cada loção e registro a nota na minha agenda. Até agora a Sartorial está ganhando. É maravilhosa.

Luke está dormindo tão placidamente que acho que posso arriscar mais uma. Então, tiro da sacola uma amostra chamada "Pacific Lime". Inclino-me para passar discretamente no peito dele — mas, bem na hora que aperto o *spray*, uma mariposa enorme surge do nada e dou um grito, assustada, levantando os braços.

— *Argh!* — Luke se senta imediatamente e aperta os olhos. — Becky! Está tudo bem? O que houve?

Ele está piscando para mim, ainda sonolento. Percebo de repente que o olho dele está úmido. Merda! Joguei um *spray* de "Pacific Lime" no olho dele! Mas talvez ele não perceba.

— Está tudo bem — respondo, ofegante. — Foi só uma mariposa.

— Puta merda. *Ai*. Tem alguma coisa no meu olho. — Ele ainda está apertando o olho, que está começando a ficar vermelho.

Sinto um aperto no coração, horrorizada. Ai, meu Deus, por favor, não permita que eu tenha cegado meu marido. Já consigo ver a manchete no jornal: *Ironia do destino — mulher cega o marido na busca pelo presente perfeito*.

— Vou pegar uma toalhinha molhada — declaro, desesperada. — Você está enxergando? A sua visão está embaçada?

Corro para o banheiro e volto com uma toalhinha encharcada, que esfrego na cara de Luke.

— Estou todo molhado agora! — reclama ele.

— Melhor prevenir do que remediar — retruco, olhando ansiosa para o olho dele. — Você está se sentindo melhor? Quantos dedos estou mostrando?

— Quatro — responde Luke, e sinto um aperto no coração.

— Não! — exclamo, apavorada. — Ai, meu Deus, Luke, precisamos ir para o hospital!

— Eu não errei! — exclama Luke, impaciente. — Um, dois, três, quatro. Olhe direito.

Olho para minha mão e percebo que *de fato* estou mostrando quatro dedos. Ah, que bom.

— Eu estou bem. — Luke pisca mais algumas vezes, depois olha para mim com cara de cansado. — Mas o que *foi* que aconteceu? Eu estava dormindo tão bem.

— Uma mariposa — respondo depressa. — Foi só uma mariposa.

— Uma mariposa acordou você? — pergunta ele, incrédulo.

— Sim... É que era uma mariposa *bem* grande. Por que você não volta a dormir?

Fico torcendo para que Luke volte logo a dormir. Então ele olha para o pulso. Fica encarando o "Q" por alguns segundos, tentando assimilar o que está vendo.

— Alguém escreveu "Q" no meu pulso — diz ele, por fim.

— Uau! — exclamo, tentando parecer surpresa. — Que estranho. Deve ter sido a Minnie. Olha, está ficando tarde...

— E tem um "S" no outro — diz Luke. Ele se levanta da cama e vai até o espelho. — Que *porra* é essa? — Está olhando para as letras no pescoço. Ele se vira um pouco depois e olha para a cama, e seus olhos pousam na canetinha, que deixei em cima da colcha. Eu sou muito *burra*.

— Becky?! — pergunta ele, em tom ameaçador.

— Tudo bem, fui eu — admito. — Eu estava experimentando algumas amostras de loção pós-barba na sua pele enquanto você dormia. Para seu presente de Natal — acrescento, séria, esperando que a expressão no rosto dele se suavizasse e ele dissesse algo como: "Ah, querida, que gentil da sua parte."

Mas não é o que ele diz.

— Uma hora da manhã — declara ele com ar de alguém que está se controlando para não perder o controle. — E tem um monte de letras *escritas* no meu corpo. Cara, você achou que eu não ia *perceber*?

— Você sempre toma banho assim que acorda. — Não consigo esconder o orgulho que sinto do meu plano. — E a canetinha é lavável. Eu sabia que ia sair tudo e você nem ia notar.

— Que coisa — resmunga Luke, voltando para a cama. Mas ele se detém e olha para caneta de novo. — Espera aí. Você usou caneta permanente.

— Não usei, não.

— Usou, sim!

— Só existe caneta permanente preta. Eu usei uma caneta azul — explico.

— Essa azul que você usou também é permanente! — explode Luke. — Olhe. — Ele pega a caneta e quase esfrega na minha cara, apontando para a palavra: — Permanente.

Como assim?

Pego a caneta e olho para ela. Meu Deus, ele está certo. É permanente *mesmo*. Eu sempre usei essa caneta e nunca soube! É um pouco engraçado, na verdade...

Então vejo a expressão de Luke e meu sangue gela. Talvez não seja tão engraçado assim.

— Tem um "L" e um "R" no meu pescoço — declara Luke, com a voz tranquila de um instrutor de yoga. — E, amanhã, tenho uma reunião com o ministro da Fazenda da Espanha.

— Foi mal. — Engulo em seco. — Você não pode usar um cachecol?

Luke nem se dá ao trabalho de responder. (E nem posso reclamar.)

— Desculpa, de verdade — digo no tom mais humilde que consigo. — Eu só queria dar para você o presente mais perfeito de Natal. E, já que estamos falando nisso... — acrescento. — ...Você gostou de alguma das loções que passei em você? Eu gostei muito da do pulso esquerdo.

Olho para ele cheia de expectativa, mas Luke nem sequer faz menção de cheirar o pulso esquerdo.

— Eu gosto da loção que eu sempre uso — declara ele.

— Será que a gente pode dormir agora?

Histórico de busca

Quanto tempo leva para um bigode crescer?
Bigodes mais atraentes
Bigodes fazem mal à saúde
Sexo com bigode
Perder três quilos até o Natal
Perder um quilo até o Natal
Personal Trainer on-line
Personal Trainer on-line que não seja muito rígido
Roupas de ginástica
Leggings
Calça de yoga
Short de ginástica
Cinta para diminuir dois tamanhos
Dieta de chocolate

SEIS

Luke acorda de mau humor na manhã seguinte. Estou dizendo "manhã", mas está mais para madrugada. Eu achava que sendo chefe e dono da própria empresa você *não* precisaria acordar tão cedo para pegar um avião, mas parece que as coisas não são bem assim.

Dou um beijo antes de ele sair e faço uma careta ao sentir a textura do bigode. (É para uma campanha de *conscientização*, tento lembrar o tempo todo.) Vejo o táxi se afastar e aceno, tentando parecer o mais amorosa e arrependida possível. Então vou para a cozinha e me sento, com as costas curvadas.

Também estou um pouco mal-humorada. Não dormi bem e me sinto péssima por quase ter deixado meu marido cego. Meu plano foi um desastre total. Passei *séculos* escolhendo as amostras de loção pós-barba — para nada. Luke não quer uma nova loção pós-barba. Ele quer a mesma que sempre usou. Isso é tão contrário ao espírito de Natal! Imagina se todas as cartas ao Papai Noel dissessem: "Querido Papai Noel, quero a mesma coisa sempre." Seria o fim dele!

Ligo a chaleira elétrica e me lembro do cara irritante da Selfridges que disse que meu marido não queria uma loção pós-barba nova. Odeio admitir que ele estava certo — mas insisto na minha resposta. Algumas pessoas *estão* dispostas a se esforçar para comprar o presente de Natal para o marido. O casaco não funcionou, nem a loção pós-barba. Mas não vou desistir. Estou mais determinada que nunca a encontrar um presente que deixe Luke de queixo caído.

(De um jeito positivo. Não porque é um casaco angorá roxo. Mas, na verdade, eu guardo a nota fiscal daquele casaco roxo e *ainda* acho que combina com ele. Foi tudo culpa da minha mãe por ter soltado um "Minha nossa senhora!" em um tom de choque quando ele experimentou. Às vezes não entendo como posso fazer parte de uma família de analfabetos da moda. Não dá mesmo para entender.)

Quando deixo Minnie na escola, procuro Steph para ver se ela quer conversar ou algo assim — mas não a encontro, então vou para o trabalho. Preparo um café e me encosto no balcão, olhando para a loja em busca de alguma inspiração. Mas já presenteei Luke com o cantil de bolso, o conjunto de lenços masculinos e a caixa de chocolate com crumble de flor de sal. (Tá legal, esse último foi muito mais para mim do que para ele.)

Solto um suspiro e resmungo. Eu jamais deveria ter comprado um cantil de bolso para ele. Deveria ter deixado para dar de Natal.

— Tudo bem, Bex? — Suze entra e me olha, surpresa.

— Eu não dormi muito bem — respondo de mau humor.

— Na verdade, Luke e eu discutimos.

— Por quê?

— Por causa dos presentes de Natal e outras besteiras — respondo de forma vaga.

Não vou contar que escrevi na pele do Luke com caneta permanente, pois isso seria um pouco estranho.

— Ah, presentes de Natal. — Suze revira os olhos, compreensiva. — Tarkie e eu também tivemos uma briga. Ele quer dar um cordeiro para cada filho, mas eu quero dar um porquinho. Quem quer saber de cordeiro quando se pode ter um porquinho? — Ela fica olhando para mim.

— Hum... — Eu não ia querer nenhum dos dois, mas acho que não é a resposta que ela está esperando.

— Será que a Minnie não quer um porquinho também? — Suze fica animada. — Eu posso comprar um para ela.

Um porquinho? No nosso jardim? Roncando e fazendo a maior bagunça até virar um porcão enorme? Eu amo a Suze, de todo o coração, mas temos visões completamente diferentes sobre certas coisas.

— Acho melhor *não* — respondo, com delicadeza. — Ela não é do tipo que curte porquinhos. Na verdade, comprar o presente de Natal da Minnie foi a única tarefa que consegui concluir até agora — acrescento. — Ela estava doida por uma cesta de piquenique completa em miniatura, cheia de latinhas de comida que ela *ama*, e eu já fiz o pedido.

Fico esperando um "Muito bem!" da Suze ou que ela peça para ver a foto, mas, em vez disso, ela parece apreensiva.

— Mas você já comprou?

— Já. Por quê?

— Hum. — Suze contrai os lábios. — Não é um pouco cedo? E se ela mudar de ideia?

Mudar de ideia? Isso nem *passou* pela minha cabeça.

— Ela não vai mudar de ideia — digo, tentando soar mais confiante do que estou me sentindo. — Ela já está pedindo isso há um tempão.

Mas Suze meneia a cabeça.

— As crianças são muito imprevisíveis. Você tem de estar sempre pronta para alguma reviravolta. Elas dizem "eu quero muito um Pogobol, é o que mais quero na vida. Por favor, *por favor,* eu quero um Pogobol". Então, três dias antes do Natal, vão à casa de um amigo e veem uma sereia que fala na TV e, de repente, aquilo passa a ser o que elas querem. Só que esse brinquedo já está esgotado — diz ela com uma satisfação sombria. — Então você tem que procurar no eBay e pagar o triplo do preço.

— Minnie não vai mudar de ideia — insisto. — Ela ama aquela cesta e cada latinha de comida que vem dentro dela.

— Vai esperando — retruca Suze, parecendo um velho pescador prevendo uma tempestade. — Ela vai ver uma sereia falante na TV e a ideia da cesta de piquenique completa com todas as suas latinhas vai por água abaixo.

— Bom, eu não vou *deixar* que ela veja a sereia que fala — digo, irritada. — Vou proibir a Minnie de ver TV até o Natal.

— Ah, tá — debocha Suze. — Vai se mudar para uma aldeia Amish também?

Estou prestes a responder "Talvez!" e pesquisar "aldeias Amish" no Google (será que *existe* alguma em Hampshire?), quando Irene aparece, estendendo um pedaço de papel para mim.

— Ah, Becky! — exclama ela. — Boas notícias. Achei o nome do cara que estava procurando você.

— O *bonitão*? — pergunta Suze, rindo para mim.

— Exatamente. — Irene sorri, inocente. Então lê o nome: — Craig Curton.

Fico olhando para ela, ligeiramente perturbada. Craig Curton?

— Você conhece esse cara? — pergunta Suze, curiosa, enquanto Irene me entrega o papel.

— Conheço, sim — respondo. — Na verdade, ele é meu ex-namorado.

— Seu ex-namorado? — Suze fica olhando para mim, surpresa. — Mas eu nunca ouvi falar dele! Quando foi isso?

— Séculos atrás. — Faço um gesto vago com a mão. — Na época da faculdade.

Eu tinha me esquecido completamente do Craig Curton. Não *esquecido*, exatamente, mas não posso dizer que eu pensava muito nele.

— Becky, querida, ele é um *gato* — comenta Irene, empolgada. — *Muito* charmoso. — Ela se afasta para atender um cliente e Suze abre um sorriso maldoso.

— Irene está de olho no seu ex. Ele é modelo ou algo assim?

— Acho que a Irene tem expectativas bem baixas — respondo, rindo. — Na verdade, ele é um pouco estranho. Sabe, cabelo pintado de preto, branquelo e dentes tortos. Ele tinha uma banda — acrescento rapidamente. — Foi por isso que comecei a sair com ele.

— Bem, eu vou procurar o nome dele no Google. Tenho que ver esse deus grego com meus próprios olhos.

— Ele não é nenhum deus grego. — Reviro os olhos. — Na verdade, eu nem sei por que eu saí com ele, mesmo ele tendo uma banda.

Espero uma resposta de Suze, mas ela está olhando para o celular, parecendo um pouco surpresa.

— Sabe, Bex? — diz ela, devagar. — Acho que ele é um deus grego, sim. A não ser que seja outro cara. É esse aqui?

Ela mostra a tela do celular e fico completamente chocada. Esse cara é lindo de morrer. Não *pode* ser Craig Curton.

Fico olhando a foto, tentando assimilar. Ok, dá para ver que é o Craig. Um Craig mais velho. Mas o cabelo dele, que era esquisito e bagunçado, agora está na altura dos ombros, com ondas escuras e brilhantes. E o sorriso está perfeito. E ele está todo bronzeado. E aqueles *braços*?

— Ele é lindo — declara Suze.

— Ele mudou. — Encontro minha voz. — Ele... Ele não era assim. Não mesmo.

— O que ele faz? — Suze desce a página, que parece uma espécie de LinkedIn. — Músico — comenta ela, impressionada. — A última música que ele lançou foi "Love Underneath".

— Sério? — Tento pegar o celular da mão dela, mas Suze não deixa.

— Eu ainda não terminei de ver! — reclama ela. — No ano passado, ele lançou "Honest". E fez uma turnê na Alemanha com a Blink Rage. Que banda é essa?

Não faço ideia de que banda seja, mas não estou disposta a admitir.

— Você nunca ouviu falar na Blink Rage, Suze? — pergunto em tom de pena.

— Oi, Becky. — Uma voz masculina rouca se dirige a mim e nós duas olhamos para trás imediatamente. E quase tenho um treco.

É ele. É ele. Ele está aqui. E nós estamos olhando uma página dele na internet. Puta merda.

— Oi! — exclama Suze, soltando um gritinho estranho e largando o celular. — Oi. Bem-vindo à... Oi! — Quando ele se aproxima, ela pega o celular e esconde, mas não antes de todos vermos o rosto dele na tela.

Fico vermelha como um pimentão. Que *vergonha*.

— Oi, Craig — digo, tentando soar casual. — Oi. A gente só estava... Oi. Que surpresa! Já faz...

— Anos — concorda ele. — Surreal, né?

Ele parece um deus do rock com aquela voz rouca. E é tão bonito quanto um, com o cabelo comprido e jaqueta de couro desbotada e uma caveira tatuada no lóbulo da orelha.

Ele me cumprimenta com dois beijos no rosto e dá um passo para trás com um sorriso fácil e confiante. Isso também é novidade. Ele nunca sorria assim na faculdade, gostava de ler notícias deprimentes no jornal e me dizer que eu deveria me envolver mais na militância.

— Essa é a Suze — apresento.

E Suze responde:

— Ah, oi!

Eles trocam um aperto de mão e ela fica olhando hipnotizada para ele, enrolando o cabelo no dedo como uma adolescente de 14 anos.

— Ah, você voltou! — interrompe Irene, eufórica, e corre em nossa direção. — Que bom! — Para meu horror, ela olha para mim e, de forma nada discreta, diz só com os lábios: — *Bonitão*!

Ai. Meu. Deus. Que mico.

— Então. Hum... O que traz você aqui, Craig?

— Eu moro aqui agora — revela ele, tranquilo.

— Você *mora* aqui? — pergunto, surpresa.

— Aluguei o Lapwing Cottage. — Ele se vira para Suze: — Sou seu inquilino.

— Ah! — Vejo o rosto de Suze se iluminar quando ouve aquilo. — Eu não sabia que o Lapwing Cottage já tinha sido alugado!

Pode acreditar quando ela diz que não sabe que uma casa da sua propriedade foi alugada. Ela e Tarkie têm tantas casas e investimentos e coisas assim que ela não consegue acompanhar. Uma vez estávamos comendo em um café local e todos nos ofereceram fatias de bolo de cortesia e foram muito gentis com a gente. Não entendemos o motivo até Suze perceber que eram todos inquilinos dela.

— Está tudo bem? — pergunta ela, ansiosa. — Se você tiver qualquer problema, é só falar com Gordon, o administrador dos nossos imóveis. Ele resolve tudo.

— Está tudo ótimo — responde Craig. — É um charme. Retrô. Rústico.

— E como você ficou sabendo que eu trabalho aqui? — pergunto.

— Mundo pequeno — responde ele. — Eu aluguei o *cottage* pela internet. Queria sair um pouco de Londres. Ter um lugar para escrever minhas músicas. Relaxar, sabe? Então lá estou eu fazendo compras no mercado quando vejo um anúncio: *Três pás de jardinagem novas à venda. Por favor, entrar em contato com Becky Brandon (nascida Bloomwood).* Então pensei com meus botões: "Bom, é impossível existir outra Becky Bloomwood." Aí perguntei ao vendedor e ele disse que você trabalhava aqui. Quem diria, hein?

— Uau — comenta Suze.

— Mas eu tenho uma pergunta — acrescenta Craig, pousando os olhos escuros em mim. — *Três* pás de jardinagem?

— Estavam na promoção — respondo, um pouco na defensiva. — Então acabei comprando várias. Nosso jardim é bem grande e achei que talvez precisássemos de um monte. Mas foi um equívoco.

— Bem a sua cara, isso. — Ele parece achar engraçado.

— Bem, tenho que ir agora. Foi bom ver você, Becky. A gente podia sair um dia desses para tomar um drinque. O que você tem feito esses anos todos?

— Ah... Eu... — Dá um branco total na minha mente. O que eu *fiz* durante todos esses anos? Não consigo pensar em absolutamente nada. — Um monte de coisas — respondo como uma boba. — Você sabe.

— Legal. — Ele assente. — Ouvi dizer que você já é mãe.

— Sim. Eu tenho uma filha. Minnie.

— Legal. — Ele se vira para Suze. — Mais uma pergunta: tudo bem se eu colocar uma banheira de hidromassagem aquecida no jardim?

— Uma banheira de hidromassagem? — Suze parece chocada.

— Eu curto muito.

Ele dá um sorriso, mostrando os incríveis dentes novos, e começo a imaginá-lo na banheira com o cabelo molhado, brilhando e o peito peludo como o do Ross Poldark.

Não que tivesse o peito peludo do Ross Poldark quando namoramos, mas aposto que agora tem.

— Uma banheira de hidromassagem — repete Suze, parecendo uma pouco aturdida. — Nossa! Mas é claro! Nós não costumamos... mas... se é o que você quer...

— Legal. — Ele assente novamente. — E estou pensando em fazer uma festa de Natal. Vou mandar convites para vocês duas.

— Ah! — exclama Suze. — Obrigada!

— Vejo vocês por aí. — Ele acena e sai da loja com passos firmes. Ele não andava assim. Deve ter aprendido em algum lugar.

Olho para Suze, que suspira.

— Uau — comenta ela.

— Pois é — respondo, ainda um pouco embasbacada.

— Bem, aí está. Esse é o meu ex.

— Ele é muito legal. — Ela me olha, desconfiada. — Bex, você era popular na faculdade?

Fico tentada a retrucar: "Como assim 'era'? Eu ainda sou popular!", mas é com Suze que estou conversando.

— Eu fui *ligeiramente* popular — respondo, falando a verdade. — Por, tipo, meio semestre.

— Você também fazia parte da banda?

— Eu... hum...

Eu pigarreio, pensando no que responder. A banda é uma ferida aberta para mim, porque eu *deveria* ter feito parte dela. Cheguei a comprar um baixo cor-de-rosa maneiríssimo e aprendi a tocar várias notas, e Craig disse que eu tinha uma chance. Mas depois do primeiro ensaio a banda se uniu contra mim e disse que eu não era boa o suficiente. Foi muita sacanagem. Não me deixaram nem tocar pandeiro.

— Eu era a musa inspiradora do Craig — respondo, por fim. — Era uma relação de cooperação. Bons tempos — acrescento, me sentindo *a* roqueira.

— Então, por que vocês terminaram? — pergunta Suze, curiosa.

— A banda conseguiu um contrato para gravar um disco e eles largaram a faculdade.

— Sério? — Suze cobre a boca com a mão. — Que legal! Será que eu conheço alguma música?

— Bom... Não — admito. — O que aconteceu foi o seguinte: eles foram para Devon gravar...

— Você também foi? — interrompe Suze.

— Não. — Sinto a antiga fisgada de ressentimento. — Meus pais não me deixaram abandonar a faculdade. Enfim, eles foram gravar o disco, mas não paravam de brigar por causa disso. E um deles partiu para a briga física e chamaram a polícia. Então os pais de todos foram até lá, cancelaram o contrato com a gravadora e os obrigaram a voltar para a faculdade.

— Ah — comenta Suze, decepcionada. Dá para perceber que ela esperava um final do tipo "E os ingressos para o show deles em Wembley esgotaram!".

— Craig teve uma briga fenomenal com os pais — continuo. — Ele se recusou a voltar para Bristol, e a banda acabou.

— E o que Craig fez?

— Tirou um ano sabático e foi para Manchester. Mas àquela altura, eu já tinha terminado com ele.

— Por causa da banda? — pergunta Suze, quase ofegante. — Porque o pessoal via você como a Yoko?

— Mais ou menos. — Hesito, sentindo que preciso ser sincera. — Além disso, ele não era gostoso assim na época. Para falar a verdade, era bem chatinho.

A conversa sobre meu ex-namorado já rendeu demais, então decido arrumar os macacões em exibição na vitrine, querendo trabalhar. Mas Suze vem atrás de mim, sem entender o recado.

— E agora ele está aqui, morando em Letherby — diz ela, pasma. — Deve ser estranho para você.

— Nem é.

É um pouco, mas não quero dar o braço a torcer.

— Deve ser um *pouco* estranho, sim — insiste Suze.

— Nem um pouco — respondo, com firmeza. — Por que seria?

— Ah, ele é bem diferente do Luke — comenta Suze, ignorando minhas negativas. — Você vai à festa de Natal dele?

— Não sei — respondo, depois de uma pausa. — Você vai?

— É claro que vou — responde ela, ávida. — Nós temos que ir! Aposto que vai ser incrível, um monte de músicos e gente legal.

Nesse momento, ouvimos um barulho e interrompemos a conversa porque uma cliente derruba uma pilha de caixas de bombons. Enquanto arrumo a bagunça, tento digerir esse fato inusitado em minha vida. Craig Curton está morando em Letherby. E está tão *diferente*! Os braços. O cabelo! Tão volumoso e brilhante, e aquela barba por fazer combina tanto com ele...

Eu me distraio e deixo a pilha cair de novo, Suze olha para mim e me apresso a dizer:

— *Ops!*

— Sonhando acordada, Bex? — pergunta Suze, levantando as sobrancelhas com malícia. Ergo o queixo, indignada. É claro que não estou sonhando acordada. Pelo menos não vou admitir isso a Suze.

Mas, meu Deus. Não consigo evitar. Parece que ver Craig abriu uma porta para o passado. As lembranças da faculdade inundam minha mente. A calça jeans que eu usava. E aquele batom. Onde eu estava com a *cabeça*?

Eu fiquei completamente fascinada por Craig quando nos conhecemos. Eu pensava que ele era o maior intelectual só porque falava sobre Schopenhauer e pedia uma marca de gim que eu não conhecia. Mas agora, na maturidade, vejo que eu não devia ter me impressionado tanto. Tipo, qualquer pessoa pode tomar gim e falar sobre celebridades alemãs. Eu mesma estava falando da Heidi Klum um dia desses.

Enfim, já faz muito tempo que isso tudo aconteceu. A gente é meio sem noção quando jovem e acaba saindo com pessoas esquisitas. Quando conheci o Luke, ele estava saindo com uma metida a besta chamada Sacha de Bonneville, então quero só *ver* se ele vai ter a *pachorra* de falar alguma coisa. (Por que estou discutindo com Luke sobre isso na minha cabeça? Não faço a mínima ideia.)

Coloco a última caixa no lugar e arrumo o cabelo. É só uma dessas coincidências aleatórias e estranhas. E Suze está certa: se Craig der uma festa de Natal, nós deveríamos ir. Talvez a gente veja alguém famoso. Ou talvez ele toque alguma música nova e nós sejamos as primeiras a ouvir.

Talvez a gente consiga ingressos VIP para o próximo show! Sinto de repente que tenho um novo símbolo de status que posso usar casualmente em uma conversa. "Sim, é claro, eu namorei um roqueiro famoso...", "Sim, é claro, eu sempre fui a musa inspiradora dele...", "Sim, é claro que ele compôs uma música sobre mim..."

E então meu sangue congela. Ai, meu Deus. E se ele *realmente* tiver escrito alguma música sobre mim?

Histórico de pesquisa

Craig Curton
Craig Curton Becky Bloomwood
Craig Curton letras de músicas
Músicas de Craig Curton inspiradas em uma mulher
    desconhecida e misteriosa
Celebridades amigas de Craig Curton
Sacha de Bonneville
Venetia Carter
Sereia que fala
Heidi Klum

SETE

Na manhã seguinte, eu já tinha pesquisado as letras de todas as músicas escritas por Craig Curton. Ouvi trechos, vi clipes e *ainda* não consegui descobrir se existe alguma coisa sobre mim.

Eu definitivamente não estou na música mais conhecida dele, "Garota solitária". A letra começa com "Ela é hipnotizante", e no início pensei: "Ah, pode ser sobre mim, sim, eu sou muito hipnotizante." Mas depois continua: "Ela está em toda parte, ela está no ar. Sinta a dor, conheça a dor." Que dor? De qualquer forma, não sou solitária. Então não posso ser a garota solitária da música.

Depois tem uma música chamada "Garota que partiu meu coração", mas ele diz que "ela é toda francesa, nos lábios, nos beijos, na alma e no coração". Então acho que também não sou eu.

É melhor que eu não tenha sido a inspiração para a mulher da música "Século 23", porque a letra começa perguntando: "O que você aprenderá com ela?", e a resposta é: "Ódio, apenas ódio, puro ódio." O que não é muito positivo.

Na verdade, nenhuma das músicas dele é para cima. São todas horríveis e barulhentas, e as letras são deprimentes. É bem melhor assistir aos vídeos sem som. (Melhor não comentar isso com ele.)

Também comecei a seguir o perfil dele no Instagram e ele é bem legal. Não parece vestir nada além de couro, camisetas rasgadas e botas com tachas, e a barba está sempre por fazer. As fotos dele são sempre em bares fumacentos com muitas garotas em volta — e todas muito bonitas, com argolas no nariz, tatuagens pelo corpo e sombra azul vibrante. Ele sempre gostou de festas. Disso eu me lembro muito bem. Quando estávamos juntos, fui a mais festas do que durante todo o resto da minha vida. Acho que não fiz um *único* trabalho da faculdade naquela época.

Até mesmo quando não estávamos em festas, nossos horários eram extremos. Eu lembro que ficávamos acordados a noite toda, queimando incensos, deitados no chão, olhando para o teto. Craig às vezes tocava violão e falava sobre a política da América Latina, que sempre foi muito importante para ele. Eu não sabia *muita* coisa sobre a política de lá, mas estava tendo aula de espanhol na época, então soltava casualmente expressões como *"por supuesto!"* e me sentia especial, como se tivesse acabado de resolver todos os problemas do mundo, acompanhada por uma ótima trilha sonora acústica...

— Com licença!

A voz de uma idosa invade minhas lembranças e sou trazida de volta à realidade. Estou parada na Jermyn Street, cercada por pessoas fazendo compras de Natal e bloqueando a entrada de uma loja. *Oops.*

— Desculpe! — digo, enquanto me afasto com uma pontada de culpa. Tá legal, preciso parar de pensar no meu ex. Foco, Becky, foco. Tirei esse dia especialmente para as *compras de Natal*. E é isso que tenho que fazer.

Dou uma volta, olhando todas aquelas vitrines decoradas, tentando entrar no clima. Vejo luzinhas de Natal por todos os lados, consigo ouvir uma música de Natal ao longe (adoro músicas natalinas), e isso ajuda.

Noite passada, dei uma olhada em algumas revistas de decoração que me deixaram bem inspirada. Nossa, eu adoro as edições de Natal. Você vai virando as páginas num estupor de alegria, vendo todas aquelas ideias incríveis e fotos de mulheres sorridentes bebendo champanhe com roupas brilhantes e pensa: "Ah, eu quero tanto *tudo* isso; e preciso de uma blusa nova de lantejoulas, é claro; e realmente espero que minha mãe compre aquele bolo de Natal com recheio de laranja."

Mas é claro que este ano sou eu que vou comprar o bolo de Natal. Estou no comando. Às vezes, me sinto um pouco insegura quanto à responsabilidade que me foi dada. Felizmente, porém, as revistas estão cheias de dicas úteis — por exemplo, o "enfeite da moda" este ano é uma lhama com pelo prateado e as palavras PAZ NA TERRA bordadas na lateral num tom de rosa. Para ser sincera, eu não sabia que existia um "enfeite da moda". Mas ali estava a informação, na revista, então encomendei seis. Nossa árvore de Natal vai seguir as tendências mais atuais!

As revistas também disseram que é melhor comprar nos supermercados com antecedência, então já fiz o pedido e agendei a entrega. Na verdade, agendei duas: uma para

22 de dezembro, com o peru e outras coisas importantes, e a outra para o dia 24, para o caso de eu ter esquecido alguma coisa. Veja como sou organizada!

Eu já estava ficando empolgada demais. Então li um artigo genial intitulado "Não tente resolver dez problemas de uma vez!", que dizia que o segredo para fazer as compras de Natal sem estresse é estabelecer prioridades e fazer uma coisa de cada vez. Então hoje tenho uma missão muito simples: comprar um presente para o Luke.

Mas *que* presente?

Estou completamente sem inspiração. Já dei uma olhada em todas as lojas de departamento. Ok, vi um monte de coisa legal — mas nada me fez pensar "É isso!". Então fui para a Jermyn Street, porque é a rua da moda masculina, não é? Mas agora, que já andei um pouco, percebi que todos os ternos precisam de ajustes, e isso seria complicado demais...

Não. Espera aí.

Paro e olho para cima. Acabo de ver o roupão mais maravilhoso do mundo em uma vitrine. É azul-marinho, com estampa de guepardos e parece ser de seda pura. O tipo de roupão que um astro do cinema usaria. Em um filme chamado *O roupão*.

Entro na loja, que se chama Fox & Thurston e tem vários coletes, chapéus e meias coloridas. A seção de roupões fica no fundo e vou direto para lá. E lá está ele. É ainda mais bonito de perto, e Luke definitivamente precisa de um roupão.

Examino a peça discretamente, mas não encontro a etiqueta com o preço. Então me afasto e pego o celular. Meu novo princípio em lojas caras é: não pergunte o preço, pesquise no Google. Porque aí você pode chorar sozinha, em vez de diante de alguma vendedora metida a besta.

Entro no site da loja e clico na seção de Roupões Exclusivos. Vou passando por vários modelos até encontrar o azul-marinho. Ele se chama Nuvem de Guepardo e é feito de seda chinesa e custa...

Como é que é?

Fico olhando, incrédula, para o valor. Quatro mil libras por um roupão? Não *mesmo*. Vejo que o cinto do roupão custa £350 e aperto os lábios para não rir alto. Por que alguém compraria apenas o cinto de um roupão?

— Olá! — Uma loira bonita e magra se aproxima com um sorriso. — Em que posso ajudá-la?

Por uma fração de segundo não sei bem o que dizer — mas, então, tenho uma ideia genial.

— Olá — digo em tom profissional. — Meu nome é Becky Brandon, nascida Bloomwood. — Estendo a mão para ela. — Eu trabalho com consultoria de marcas. Com quem eu poderia falar a esse respeito?

A garota arregala os olhos e responde:

— É melhor eu chamar o Hamish.

Alguns minutos depois, um cara de barba, calça vermelha e colete de listras vem na minha direção.

— Hamish MacKay — apresenta-se ele. — Sou o gerente. Posso ajudar?

— Olá — respondo enquanto aperto a mão dele, confiante. — Meu nome é Becky Brandon, nascida Bloomwood. Sou consultora de embaixadores de marcas e gostaria de saber quem são os embaixadores de vocês atualmente?

— Ah, sim — diz Hamish, olhando para mim com curiosidade. — Até onde sei, não temos um embaixador para a nossa marca.

— *Sério?* — Finjo estar chocada. — Você sabia que todas as grandes marcas têm embaixadores? Acho que estão sendo pouco ambiciosos. — Vejo que Hamish vai abrir a boca para protestar, mas me apresso para continuar: — Por sorte, eu tenho um cliente que está disponível e acho que ele seria um ótimo embaixador para vocês. Ele é muito bonito, elegante e tem um perfil respeitado no mundo dos negócios. Ele é exatamente a pessoa de quem vocês precisam agora.

— Desculpe, mas de que você acha que eu preciso? — pergunta Hamish, sem entender.

— De um acordo — explico, sem me abater. — Tudo que você precisa fazer é deixar algumas peças de roupa comigo, talvez um terno ou um roupão, e em troca ele usaria suas roupas em eventos sociais importantes. É um bom negócio para ambas as partes. Funciona muito bem.

Segue-se uma pausa e Hamish olha para mim. Depois diz:

— Qual é seu nome mesmo?

— Becky Brandon, nascida Bloomwood. Posso levar uma ou duas peças comigo agora, para adiantar o lado de vocês — acrescento, casualmente estendendo a mão para o roupão. — O que acha de eu levar essa peça e mandar os documentos depois? Conheço um rapaz que vai participar de uma série de eventos importantes em breve e certamente seria do seu interesse vê-lo usando sua marca.

— Um *roupão?* — pergunta Hamish, olhando incrédulo para a peça que está nos meus braços. — Como ele vai usar um roupão em um evento importante?

É... Acho que não pensei muito bem no meu discurso.

— Bom... o que *é* um roupão hoje em dia? — retruco, audaciosa. — Você pode chamar isso de "roupão"... ou de "sobretudo".

— Isso não é um sobretudo — interrompe ele. — É um roupão.

— Essas convenções são coisa do passado — continuo, ignorando o que ele disse. — Ele poderia perfeitamente usar essa peça por cima de um smoking... Ou, caso opte por um look mais despojado, pode usá-lo por cima de um paletó...

— Usar por cima de um *paletó*? — pergunta ele, parecendo enojado.

— Por que não? — desafio, tentando não imaginar o momento em que eu disser a Luke que ele vai ter de usar um roupão por cima do paletó.

— Essa peça é muito cara — informa Hamish, tirando o roupão dos meus braços. — Por favor, não toque em mais nada. Qual é o nome desse senhor que você mencionou?

— Luke Brandon, da Brandon Communications — respondo, orgulhosa, e dá para ver nos olhos de Hamish que ele já entendeu tudo.

— Então estamos falando do seu marido?

Droga. Eu devia ter usado um pseudônimo.

— Talvez — respondo, erguendo o queixo. — Mas isso é irrelevante. Nós somos extremamente profissionais e...

— E você só está tentando conseguir algumas roupas de graça — continua ele, sério.

Olho para ele, ofendida. Roupas de graça? Como ele se atreve?! Eles deveriam dar *graças a Deus* se Luke usasse a marca deles.

— Parece que o senhor não está entendendo os princípios básicos do que significa ser um embaixador de marca — declaro com arrogância.

— Não, acho que eu entendi muito bem. — Hamish parece se divertir. — Mas valeu a tentativa.

Hmph. Ele não vai me dar o roupão, não é? Então é melhor eu desistir, enquanto estou por cima.

— Bem, se é isso que você acha — respondo com dignidade. — Então é melhor eu ir embora e deixar você aqui pensando na oportunidade que perdeu. Sempre se perguntando "Será que o Luke Brandon teria realmente sido o embaixador perfeito para a nossa marca...?" Você vai se arrepender por ter deixado essa oportunidade passar. Só posso dizer que estou com pena de você.

Jogo o cabelo para trás e me encaminho para a saída, esperando ouvir: "Espere! Você está certa! Aqui está o roupão!"

Mas não é o que acontece. Droga.

Saio, fecho a porta e sigo pela rua, bem mal-humorada. O que vou fazer agora? Decido ir à Fortnum & Mason tomar uma xícara de chá. Acho que preciso de um pouco de açúcar no sangue ou algo assim. Também vou comer um bolinho.

Percebo que estou há alguns minutos andando sem rumo, então decido voltar para Piccadilly. Vou a passos largos, olhando automaticamente para as vitrines no caminho — quando algo chama minha atenção. Paro chocada e meu coração parece prestes a sair pela boca.

Isso! Encontrei o presente perfeito! Uma mala!

Uma mala.

Desde que eu e Luke fomos comprar malas juntos quando mal nos conhecíamos, eu me tornei obcecada por malas. (Na verdade, ele estava comprando para a Sacha de Bonneville, mas vamos deixar esse detalhe de fora... De qualquer forma, quem foi que acabou se casando com ele? Exatamente!)

Além do mais, ela é linda. É uma mala que parece virar um guarda-roupa quando abre, com cabides e compartimentos e tudo mais. (Acho que existe um nome específico para isso, mas não consigo lembrar agora.) É feita de um couro marrom escuro incrível e é *tão* elegante.

Quando me aproximo mais, sinto uma pontada de incredulidade. A mala é forrada com seda e tem as letras LB estampadas em todo canto. As iniciais do Luke! E tem um LB gravado na lateral. E — ai, meu Deus — um pingente com LB pendurado na alça.

Fico olhando, fascinada. Como algo tão perfeito podia estar simplesmente esperando por mim? Será que o Deus dos Presentes de Natal vai aparecer para mim?

Olho para cima para ver o nome da loja, mas não é uma loja. É a vitrine de uma... O que diabos é esse lugar? Fico olhando para a fachada do que parece ser uma casa. É um prédio de paredes brancas com uma enorme porta pintada.

Depois vejo uma discreta placa metálica na lateral da porta: *LONDON BILLIARDS.* Logo abaixo, com letras menores: *Clube de bilhar e música de salão, desde 1816.* Ah, *é claro.* Essa região de Londres é cheia de clubes sofisticados. Luke é sócio de um, na verdade, ele me levou algumas vezes, mas é chatíssimo. Não tem música e eles não servem *mojitos*.

(Para ser justa, Luke também acha chato, mas diz que é bom para os negócios. Por que é bom para os negócios se sentar em uma poltrona velha e comer petiscos de camarão está além da minha compreensão. Mas é isso.)

Porém nada disso importa agora. A questão é que eu quero comprar aquela mala. Sem hesitar, aperto a campainha e, um segundo depois, a porta se abre. Quando entro, estou em uma sala com ladrilhos antigos pintados, uma escadaria com tapete vermelho e um homem — parece ter uns 93 anos de idade — sentado atrás de uma mesa falando em um aparelho de telefone antiquado. Ele cobre o fone com a mão e diz:

— Um minuto, minha jovem — antes de voltar a falar com seu interlocutor.

Como ele está ocupado, ando até o outro lado e me deparo com enormes portas duplas que levam a um salão maior. Tem uma lareira de mármore e um monte de poltronas antigas, exatamente como no clube de Luke. Mas o clube de Luke é alegre e animado comparado com este lugar. Por um motivo: tem pouca gente ali. E por outro motivo também: todo mundo parece ter 93 anos. Até os mais jovens parecem ter 93 anos. Nunca vi tantas cotoveleiras de couro em mangas de paletó.

Enquanto observo, um garçom enrugado empurra um carrinho de madeira cheio de bebidas. Ele para ao lado de uma poltrona e se inclina para falar com um dos jovens de 93 anos.

— Xerez? — pergunta ele em tom fúnebre.

Mordo o lábio para não rir. O garçom parece mais velho do que todo mundo. Na verdade, me impressiona que ele consiga levantar a garrafa de xerez.

— Minha jovem? — O senhor que estava ao telefone me chama, e me apresso para ir até lá.

— Olá! — cumprimento com um sorriso amigável. — Meu nome é Becky Brandon, nascida Bloomwood. Vi aquela mala maravilhosa na vitrine e gostaria de comprá-la. Por favor — acrescento. — Obrigada.

O homem atrás da mesa dá um suspiro cansado.

— Minha jovem — começa ele.

— Becky — corrijo.

— Becky — repete ele com desdém, como se nunca tivesse ouvido o nome Becky antes e parecendo não gostar dele. — Temo que o *portmanteau* na vitrine...

— *Portmanteau*! — Não consigo me segurar. — Eu *sabia* que esse tipo de mala tinha um nome!

— Temo que não esteja à venda. É o prêmio da rifa de Natal.

Uma *rifa*. Isso é bem típico.

— Bem, posso comprar uma rifa, por favor? — pergunto. — Na verdade, quero muitas rifas.

Vou comprar quantas eu puder pagar, decido. Afinal alguém precisa ganhar, não é? E por que não deveria ser eu?

— A rifa é só para sócios do clube — informa o homem em tom desencorajador.

— Ah — respondo, desanimada. — Certo. Entendi.

Como posso resolver essa questão? Será que eu poderia pedir para um dos velhos de 93 anos comprar vinte rifas para mim? Eu poderia elogiar a cotoveleira dele e começar daí...

— Quanto é cada rifa? — pergunto em tom casual. — Só para saber.

— Vinte libras — responde o homem e fico olhando para ele chocada.

Vinte libras? *Vinte* libras? Por uma rifa? Não pode ser. Isso é totalmente contra as leis das rifas. Se eu fosse sócia desse clube, faria uma reclamação.

— Posso ajudá-la com mais alguma coisa? — pergunta o homem, levantando as sobrancelhas.

Sério, será que ele precisa ser tão metido? Fico tentada a responder: "Sim, na verdade eu sou inspetora de vinhos e vim inspecionar o carrinho de bebidas."

— Acho que não — respondo por fim. — Obrigada mesmo assim. Mas por que o nome do clube é London Billiards? — Não consigo evitar a pergunta. — E o que aconteceu com a música de salão?

— A música de salão entrou em declínio — explica o homem em tom desgostoso, embora não fique claro para mim se o desgosto é pela música de salão ou pelo fato de ela ter acabado.

Na minha opinião, eles poderiam ter um pouco de música de salão por aqui.

Se a música de salão fosse Beyoncé, e o salão, uma boate.

— Tchau, então — despeço-me. — Boa sorte com o bilhar.

Sigo de má vontade para a porta com os olhos fixos no *portmanteau*. Seria um presente tão perfeito... *tão perfeito*... E, de repente, tenho uma ideia.

— Com licença — digo, voltando até a mesa. — O senhor poderia fornecer o nome e os dados para contato da pessoa que fez o *portmanteau*?

Estou muito satisfeita por ter usado "dados para contato". Soa bastante pretencioso.

Dá para perceber que o homem está tentando encontrar um motivo para dizer "não", mas não consegue.

— Muito bem — diz ele por fim, abrindo um livro e passando as páginas.

Ele aperta os olhos para ler o nome e anota em um pedaço de papel. Foi uma pessoa chamada Adam Sandford e o endereço é em Worcestershire.

— Muito obrigada. *Mesmo.* — Olho para ele, radiante.

Isso é ainda melhor. Vou encomendar um *portmanteau* especial para Luke.

Não deixe para depois o que pode fazer agora: envio um e-mail para Adam Sandford assim que saio do clube. Depois, satisfeita, decido ir à loja de brinquedos Hamleys. Passo por dentro da Burlington Arcade, cujo corredor de arcos está lotado com as árvores e os enfeites vermelhos mais maravilhosos e brilhantes do mundo e pego a Regent Street, toda iluminada com anjos.

Quando me aproximo das faixas vermelhas icônicas da Hamleys, sinto uma leveza no meu passo. Uma máquina solta bolhas de sabão bem na frente da loja, ouço uma canção natalina e vejo dois gnomos distribuindo cestas de compras. Estou prestes a pegar uma quando sinto o telefone vibrar no meu bolso. É ele! Adam Sandford já me respondeu.

Mas, quando leio as palavras dele, toda a minha alegria se esvai.

Querida sra. Brandon, nascida Bloomwood,

Agradeço seu contato sobre o portmanteau. Seria um prazer fazer um para seu marido, mas tenho certeza de que entenderá que fazer um item como este demanda muito tempo e eu já tenho uma fila de espera. Estimo que poderei entregar o do seu marido em 36 meses. Esse prazo está bom para a senhora?

Atenciosamente,
Adam Sandford

Trinta e seis meses? Três *anos*? Do que adianta isso?

— Com licença! — pede uma mulher, segurando umas seis sacolas da Hamleys, e me afasto rapidamente. Sigo andando, desolada, pensando no que fazer. Agora que vi o *portmanteau,* qualquer outro presente para Luke parece inadequado. Será que devo ir pessoalmente falar com Adam Sandford? Ou pedir que ele recomende outro artesão? Mas por que ele recomendaria um concorrente? A não ser que o filho dele também atue nessa área...

Mas então, do nada, a resposta surge na minha mente.

* * *

Vinte minutos depois, estou do lado de fora do *LONDON BILLIARD, clube de bilhar e música de salão, desde 1816.* Eis meu plano: vou entrar como sócia do clube e vou comprar uma rifa. E, se eu não ganhar, vou convencer a pessoa que *ganhar* a vender o *portmanteau* para mim. Perfeito! Talvez seja necessário ter referência de alguém para entrar no clube, mas com certeza vou conseguir isso. Tá legal. Vamos lá.

Empino os ombros, entro no clube e vou até a mesa atrás da qual o mesmo senhorzinho de 93 anos de antes se encontra. Ele parece intrigado, mas respiro fundo antes que ele tenha a chance de dizer qualquer coisa.

— Olá de novo! Meu nome é Becky Brandon, nascida Bloomwood, e eu gostaria de me tornar sócia do *London Billiard, clube de bilhar e música de salão* — declaro em tom grandioso. — O senhor pode pedir referência pessoal para Lorde Tarquin Cleath-Stuart, cujo ancestral criou o bilhar em 1743. — Isso talvez não seja verdade, mas eles nunca vão saber, e posso muito bem convencer Tarkie a confirmar a história. — O nome dele era Billiard Cleath-Stuart — reforço por precaução. — Por isso, o nome é "bilhar". Outra referência é Danny Kovitz, o designer internacional e também conhecido apoiador do bilhar. — Vou pedir para Danny fazer uma camiseta com a estampa "eu ♥ bilhar" e vai dar tudo certo. — A terceira pessoa que pode dar referências a meu respeito... — começo, mas o homem ergue uma das mãos. Não parece nem um pouco impressionado com a minha lista de referências. Na verdade, parece estar esperando para falar.

— Minha jovem — diz ele com impaciência.

— Becky — corrijo.

— Minha jovem — repete ele com ênfase. — O London Billiard, clube de bilhar e música de salão, é exclusivo para cavalheiros.

Fico olhando para ele enquanto sou tomada por uma falta de ar. Clube de cavalheiros? Isso é *tão* injusto.

Ah. Será que devo me apresentar como homem? Será que devo dizer "Na verdade, não é Becky, eu me confundi, eu me chamo... Geoff?".

Não. Porque isso significa que eles se safariam. Eles deveriam permitir que mulheres sejam sócias. Por que mulheres *não* podem ser sócias?

— Bem, eu gostaria de questionar isso — retruco com vigor. — Como uma mulher que ama bilhar *e* música de salão, sinto que é extremamente discriminatório da parte deste clube me excluir. Para quem devo escrever sobre essa questão?

O homem me lança um olhar glacial.

— O presidente é *Sir* Peter Leggett-Davey — revela por fim. — Você pode enviar sua carta para esse endereço.

— Muito obrigada — agradeço, fazendo uma pequena reverência. — Muito grata, *sir,* excelentíssimo etc.

Não sei bem o que eu quis dizer com isso, mas as palavras simplesmente começaram a sair da minha boca.

— Passar bem — diz ele, encerrando a conversa.

— Passar bem — repito e me viro para uma saída triunfal, só que minha bolsa bate na mesa por acidente e sou obrigada a acrescentar: — *Oops,* desculpa.

Quando saio, já estou pensando nas cartas que vou escrever para *Sir* Peter Leggett-Davey — e dou um pulo quando sinto alguém tocar o meu braço e dizer:

— Minha jovem, você foi um estouro!

Eu me viro e vejo um senhor olhando para mim. É alto e magro, com pele cheia de sinais, cabelo grisalho meio comprido e um lenço com estampa Paisley enfiado na gola da camisa.

— Ouvi o que falou e *não* poderia concordar mais! — afirma ele, enfático. — Este clube ainda está na idade média! Tentei encontrar alguma mulher disposta a mudar as regras, mas minha sobrinha não demonstrou o menor interesse.

— Bem, eu estou interessada — confirmo. — Com certeza.

— Eu sou Edwin — apresenta-se o homem, pegando a minha mão para um aperto. — *Muito prazer* em conhecê-la. Será que posso oferecer um drinque para discutirmos sua ideia de se tornar sócia?

— Você quer dizer... lá dentro? — pergunto, apontando para o clube.

— É claro! Como minha convidada. Eles permitem que mulheres entrem como convidadas.

— Ah, tudo bem — digo com um sorriso radiante. — Obrigada. Só que não posso demorar muito porque tenho que fazer compras de Natal.

— Só uma dose — concorda Edwin, assentindo de modo conspiratório. — Com certeza.

Ele me acompanha de volta ao clube e autoriza a minha entrada sob o olhar reprovador do idoso atrás da mesa, enquanto dou um sorriso convencido para ele. Edwin então me leva até o salão com poltronas antigas, a lareira e o carrinho de xerez.

— Agora vamos encontrar um bom lugar para sentar — diz ele, dando uma olhada em volta. Mas parece que o salão está cheio e que todas as poltronas já estão ocupadas.

— Lorde Tottle? — chama um homem de avental, aproximando-se de nós. — Está tudo bem?

— Todas as poltronas estão ocupadas — declara ele, irritado. — Ninguém está se movendo. Na verdade, Baines ali parece que já morreu. Você *tem* que evitar que sócios morram nas poltronas, Finch.

— Por aqui, meu lorde — diz Finch calmamente enquanto nos leva para outro salão, onde nos acomoda perto da lareira. — Devo pedir xerez?

— Meu Deus, não — responde Edwin, parecendo chocado. — Queremos o que tiver de melhor. Você aceita um *gimlet*?

— Seria ótimo, obrigada — respondo, um pouco surpresa.

Não é nem meio-dia, percebo. Mas talvez uma bebida me ajude a fazer as compras de Natal, na verdade, tenho certeza de que é isso que vai acontecer.

— Finch está do nosso lado — cochicha Edwin, quando o garçom se afasta. — Estamos tentando há uns dez anos, só que nunca conseguimos. Mas tenho um bom pressentimento dessa vez. Acho que você vai conseguir. Vou ser seu proponente, é claro, e preciso encontrar três apoiadores no clube, pois você vai precisar.

— Ah, obrigada. — Abro um sorriso radiante de novo.

— Eu conheço a família Cleath-Stuart — acrescenta ele em tom casual. — Nunca soube da história sobre a criação do bilhar.

— Ah, isso é só uma lenda — apresso-me a responder. — Na verdade, está mais para um mito urbano.

Finch coloca os drinques na mesa e Edwin propõe um brinde.

— À futura sócia do clube! — exclama ele. — Agora, se não for pedir muito, posso escrever a carta para você enviar para *Sir* Peter? Sei exatamente o que dizer para convencê-lo, aquele velho pedante!

— Claro! Obrigada.

— E então a questão será discutida na assembleia geral em dezembro. — Edwin olha para mim através da borda da taça e eu noto que ele usa abotoaduras cor-de-rosa esmaltadas, maravilhosas. — Você poderia dizer algumas palavras na assembleia, Becky? Ficarei muito feliz em escrever um discurso, se você puder fazer uma leitura bem apaixonada...

— Pode contar comigo — respondo, com firmeza.

— Maravilha. — Ele brinda novamente. — Vou enviar os detalhes para você e entraremos juntos nessa luta. Sou amigo das minorias, minha querida, sempre fui, e ficarei muito feliz se vencermos essa batalha. E foi ótimo conhecer alguém tão apaixonada por bilhar quanto você — acrescenta ele, com brilho no olhar. — É incomum e inspirador.

Ah, certo. Eu tinha me esquecido da parte sobre o bilhar.

— Bem... — digo depois de uma pausa. — Você sabe como é, né? O *bilhar* é tão... — Faço um gesto amplo com as mãos. — Como não amar?

—Exatamente! — concorda Edwin, animado. — Ele cruza as pernas e noto que está usando meias roxas que combinam com o lenço. — Conhecer outra aficionada é sempre um prazer.

—Eu só tenho uma pergunta — arrisco, como quem não quer nada. — Quando será o sorteio da rifa?

—Rifa? — Edwin parece não entender.

—A rifa de Natal. Fiquei sabendo lá na entrada.

—Ah. Sim. Claro. Costuma ser logo depois da assembleia geral. Servimos vinho quente e alguma coisa para comer. Um momento festivo. — Ele dá uma piscadinha para mim. — Vamos torcer para que nós tenhamos o que comemorar, querida!

Sorrio para ele, feliz, enquanto tomo um gole do meu drinque. Tudo está se encaixando perfeitamente. Vou à assembleia geral, leio o discurso genial que Edwin vai escrever para mim, me torno sócia do clube, compro a rifa e ganho o *portmanteau*. E Luke vai ficar encantado. Haha!

Ainda estou radiante quando chego à estação de Letherby. Tive uma tarde perfeita. Não só dei um grande passo para conseguir o presente perfeito para Luke, como voltei à Hamleys e comprei um unicórnio fofo que a Clemmie vai amar. Estou tão adiantada nos meus planos.

Tenho que buscar Minnie na casa de Suze, mas decido passar em casa primeiro para esconder o unicórnio. Ele é enorme, mas acho que consigo...

—Becky.

Quando ouço a voz rouca e familiar, dou um pulo de susto e me viro. Craig está caminhando na minha direção, usando a mesma jaqueta desbotada de couro e uma calça jeans preta grafitada.

— Ah, oi! — exclamo, tirando o unicórnio da frente para vê-lo direito. — Craig! Como vai?

— Acho que estávamos no mesmo trem e não percebemos. — Ele sorri para mim por cima do unicórnio. — Aqui, deixa eu te ajudar.

— Ah, obrigada. — Desajeitada, entrego algumas sacolas. Ele lança um olhar curioso para o unicórnio e começa a me acompanhar enquanto andamos pela rua principal.

Craig caminha em um ritmo diferente do de Luke. Na verdade, tudo que ele faz tem um ritmo diferente. Ele é mais comedido. Não gosta que ninguém o apresse, lembro bem disso. (Eu achava bastante irritante.)

Ele acende um cigarro e olha para mim.

— Quer um?

— Não, obrigada — respondo. Observo enquanto ele traga e solta uma nuvem de fumaça. — O que está achando de Letherby?

— Esse lugar é exatamente do que eu precisava — diz ele, pensativo. — Um pouco de tranquilidade, sabe? Um lugar totalmente calmo, no meio do nada, onde nada acontece. Perfeito.

Fico um pouco na defensiva por Letherby. Dizer que *nada* acontece aqui é um exagero. Temos o mercado da cidade e a loja de Suze e tem o restaurante Lamb and Flag, que serve um excelente almoço aos domingos. Mas não menciono nada disso, só comento:

— Provavelmente é disso que você precisa.

— Nem me diga. — Ele afirma com a cabeça. — Acabei de voltar de uma turnê de dois meses. Antes disso, passei seis meses em Kiev. Você sabe com são as coisas em Kiev. — Ele olha para mim. — Uma festa atrás da outra.

Kiev? Não sei nada sobre Kiev, a não ser que já comi frango à Kiev. Mas não vou admitir isso.

— Ah, Kiev! — Balanço a cabeça, tentando parecer uma pessoa experiente e sábia. — Nossa, que legal. Radical. Doideira!

— É a nova Berlim. — Craig sopra mais uma nuvem de fumaça.

— Exatamente — concordo, animada. — É o que costumo dizer também. A nova Berlim.

— E Tbilisi — continua Craig, pensativo. — Que lugar *maravilhoso*.

— Tbilisi! — balanço a cabeça entusiasmada. — Total. É incrível. A nova Kiev — arrisco.

Onde fica Tbilisi mesmo?

— Você já foi lá? — Craig olha para mim com interesse. — Quando você foi?

— *Quando* eu fui? — repito, tentando ganhar tempo e franzo os olhos tentando me lembrar. — Hum. Será que foi Tbilisi... ou Tenerife? Então você ainda tem contato com o pessoal da banda? — pergunto para mudar de assunto.

— Não mesmo. — Craig parece surpreso com a pergunta. — Perdi o contato com aqueles fracassados. Ei, Becky. — Ele se concentra em mim como se só agora me notasse. — Um grupo de amigos vai para Varsóvia no fim de semana para conhecer uma boate nova. O pessoal da Blink Rage e mais algumas pessoas... Quer vir com a gente?

Fico olhando para ele. *Ele acabou de me convidar para ir a uma boate em Varsóvia com a Blink Rage?* Por um momento, estou lá, usando sombra azul vibrante e sapatos maravilhosos (que eu teria de comprar), pulando e dançando ao som de alguma música em uma boate e as pessoas se referindo a mim como "A garota com a sombra azul mais incrível", só que em polonês...

E então lembro que Minnie tem balé no sábado. E prometi a Suze que tomaria conta dos três filhos dela no domingo enquanto ela e o Tarkie vão ao memorial de um amigo da família. E temos entrega do supermercado.

— Parece ótimo — digo, com pena. — Mas já tenho compromisso. Quem sabe na próxima?

— Com certeza — responde Craig daquele jeito despreocupado. Caminhamos um pouco mais e ele diz, em tom casual: — Eu sempre pensava em você, Becky. Ficava imaginando o que você estaria fazendo.

— Eu também — respondi. Isso não é verdade, mas o que eu podia dizer? "Na verdade, nunca mais pensei em você"? Caminhamos mais um pouco e pergunto: — E aí... Eu sou o que você esperava?

— Hum. — Craig para, olha para mim e pensa um pouco. — Sinceramente? Achei que você seria mais descolada.

Olho para ele, chocada. Mais descolada?

— Mas eu sou descolada! — exclamo, tentando dar uma risada leve. — Nossa, eu sou muito descolada.

— Sério? — pergunta ele, parecendo duvidar. — Porque tudo que estou vendo é uma cidadezinha calma, marido, filha, *tweed*... — Ele olha para o unicórnio. — E seja lá o que é isso.

— É um unicórnio — respondo, e ele levanta as sobrancelhas.

— Exatamente o que eu disse.

— Essa é só uma parte de quem eu sou! — retruco, um pouco alterada. — Eu ainda sou totalmente descolada. Eu sou... Sei lá. Antenada. Radical.

Ai, meu Deus, o que estou *dizendo*? Ninguém diz "radical", só hippies de um milhão de anos.

— Justo. — Ele encolhe os ombros. — As pessoas se casam, têm filhos, baixam a bola.

Tento levantar o cabelo de um jeito mais descolado, desejando ter uma tatuagem para revelar.

— Legal. — Craig sorri, mas não sei se é só para me agradar.

Chegamos à esquina que leva para a casa dele e paramos na calçada.

— Você quer que eu leve isso até a sua casa? — pergunta ele, referindo-se ao unicórnio.

— Não precisa. Eu mesma levo. — Pego o pacote da mão dele. — Obrigada. E, olha só, pode contar comigo da próxima vez que for para Varsóvia! Eu ainda gosto de curtir. Sou descolada...

— Ah, sra. Brandon! — Uma voz alegre chama por mim e me deparo com Jayne, a enfermeira da escola, caminhando na minha direção, arrumada para sair à noite.

— Que unicórnio enorme! — Ela acaricia a crina macia, admirando. — Que sorte encontrar você, porque não a vi hoje na hora da saída. Sinto muito dizer, mas tem um caso de piolho na escola.

Piolho. Entre todas as coisas que ela poderia dizer, ela tinha que falar justamente de *piolho*?

— Minha nossa — digo, apressadamente. — Obrigada por...

— Então, estamos pedindo para todos os pais para olharem a cabeça das crianças hoje à noite. Lembre-se de que as lêndeas são *brancas* e os piolhos são *marrons*. — Ela abre um sorriso para Craig. — Olá!

— Oi — responde Craig, parecendo se divertir. — Bem, acho melhor deixar você resolver suas coisas. Até mais, Becky!

Ele vai embora e sinto uma onda de frustração. Não é justo. Ninguém consegue parecer descolada quando está falando sobre piolhos. Nem mesmo a *Kate Moss* conseguiria isso.

Finalmente, Jayne termina de explicar como usar um pente fino e nos despedimos. Continuo o caminho para casa, ainda chateada. Sei que foi um comentário inocente, mas a opinião de Craig sobre mim realmente me incomodou.

De: Myriad Miracle
Para: Becky Brandon
Assunto: Sua nova assinatura

Prezada sra. Brandon (nascida Bloomwood),

Bem-vinda ao sistema de treinamento da Myriad Miracle®!
Parabéns por ter escolhido mudar sua vida com o nosso reno-
mado programa de estilo de vida e saúde, totalmente desen-
volvido por especialistas.
Com o nosso "Exer-Monitor"®, nossa equipe poderá monitorar
e orientar sua rotina diária, observando seus níveis de atividade
com nosso aplicativo interativo. Vamos enviar diariamente
várias mensagens divertidas e motivacionais, dicas de nutrição,
além do "Exercício do dia".
Todos os dias!
Você escolheu o Ultra Miracle, o pacote mais completo do
programa. Maravilha! Isso significa que vamos enviar para você uma
análise semanal das suas atividades físicas, nutrição e meditação.
Como apoio, forneceremos mensagens ilimitadas e você ainda
terá oportunidade de fazer sessões em tempo real por Skype.
Sra. Brandon, você é uma pessoa muito especial. Aproveite
a vida. Aproveite a busca pela saúde. Aproveite o sucesso da
Myriad Miracle®.

Atenciosamente,

Russ Danbuster
(fundador)

OITO

Eu ainda sou descolada. *Claro* que sou. Na medida do possível. Não sou?

Durante todo o caminho para Shoreditch no dia seguinte, não consigo parar de pensar naquela conversa. Não consigo esquecer a expressão de pena no rosto de Craig. Quando saímos do carro, estou tão preocupada que não consigo me segurar e pergunto:

— Luke, você me acha descolada?

— Não, acho você linda — responde ele, distraído, e sinto uma pontada de desânimo.

— Então você está dizendo que eu sou cafona — retruco, impertinente, e Luke olha para mim.

— *O quê?* — Ele fica olhando para mim. — Becky, eu acabei de dizer que você é linda. Como é que você consegue transformar isso em "eu sou cafona"?

— Você disse que não sou descolada. Ser descolada é *bom.* — Bato na tecla. — É *bom.*

— Ah — diz Luke, parecendo confuso. — Então tá. Você é descolada. Se a gente não se conhecesse e eu visse você na rua, eu pensaria "Uau, que mulher descolada".

Hmph. Ele não está falando sério, está?

Fico olhando criticamente para meu reflexo nas janelas dos carros enquanto caminhamos até o prédio. Tá legal, eu não estou mais na universidade. Nem vou a festas todos os dias da semana. Mas será que é muito pior que isso? Será que sou completamente careta?

Meu macacão novo de cetim é bem descolado, penso. Por outro lado... Olhe só essas botas com salto quadrado que estou usando com uma calça jeans *skinny*. São confortáveis e práticas. São botas de "mãe que trabalha fora", percebo, horrorizada. Tenho que me livrar delas! Preciso fazer alguma coisa. Preciso voltar a ser descolada antes que seja tarde demais.

— Ei, Luke — digo casualmente quando viramos a esquina. — Acho que a gente deveria passar um fim de semana em Varsóvia. Você não acha?

— *Varsóvia?* — Luke parece confuso. Mas a expressão logo passa. — Eles abriram algum shopping novo lá?

— Não! — respondo, um pouco ofendida. — Acho que devíamos ir a algumas boates lá. Parece que as boates de música eletrônica lá são as melhores — acrescento casualmente. — Você sabia que a LL Dee é a DJ da Luzztro nesse fim de semana? Parece que ela está sendo muito requisitada esse ano.

— Quem? — pergunta Luke, meio perplexo e sinto uma onda de frustração. Aqui estou eu, tentando ser descolada, e meu marido nunca ouviu falar da LL Dee!

Tá legal, eu também nunca tinha ouvido falar nela até a noite passada quando procurei no Google, mas pelo menos fiz um esforço.

— Estou surpresa de você nunca ter ouvido falar da LL Dee, Luke. Você é dono de uma empresa de comunicação. Você devia conhecer *todo* mundo.

— Minha praia são relações públicas financeiras — responde ele, pacientemente. — DJs não estão exatamente no escopo do meu trabalho.

Sério. Luke pode ser tão sem graça. Estou prestes a dizer isso para ele — mas sou impedida por uma pontada de desânimo. É a milésima pontada de desânimo desde que ele voltou de Madri com o bigode tão... parecido com bigode.

Estou tentando manter a mente aberta. Estou mesmo. Fico me lembrando de que é para um movimento de conscientização importante. Eu só gostaria que eles nunca tivessem tido a ideia de usar bigodes.

Ainda não cresceu totalmente, e fico olhando discretamente para ele para tentar imaginar como vai ficar. Será que vai ser um daqueles bigodões cheios? Ou fininho e eriçado? Tenho pesquisado no Google imagens de bigodes para tentar encontrar um que me agrade, mas não gostei de nenhum até agora.

— Mamãe! Olha o coelhinho! — Minnie interrompe meus pensamentos, apontando animada para uma mulher de cabelo cor-de-rosa que caminha rapidamente em nossa direção empurrando um carrinho de bebê. — Ele tá no *calinho*. No *calinho*!

Olho com atenção e percebo que Minnie está certa — a mulher está empurrando um coelho de verdade em um carrinho de bebê. Ai, meu *Deus*. Fico olhando enquanto a mulher passa e Luke e eu nos entreolhamos. Isso com certeza não é algo que se vê em Letherby.

Já estive em Shoreditch algumas vezes, e ainda parece bem exótico para mim. Parece mais uma área comercial moderna de Nova York do que um bairro londrino, com seus prédios de tijolos e grafites e lojas diferentonas por todos os lados e pessoas empurrando carrinhos com coelhos.

Meus pais moram em um lugar mais descolado que eu, percebo de repente. Isso deveria ser contra as leis da natureza, não é? Os pais deveriam ser menos descolados que os filhos.

Será que deveríamos nos mudar para Shoreditch também? Ou para algum lugar ainda mais moderno como Dalston? Sinto vontade de pegar meu celular e pesquisar "bairros mais descolados de Londres". Mas antes mesmo de processar o pensamento já percebo que não é isso o que eu quero. Minnie está tão feliz na escola e é maravilhoso morar tão perto da Suze. De qualquer forma, posso ser descolada em Letherby, não posso?

— São presentes para os seus pais? — pergunta Luke, olhando para a sacola na minha mão.

— O champanhe é para os meus pais, mas esse aqui é um presente de boas-vindas para a Jess — respondo, levantando uma sacolinha quadrada. — Loção corporal à base de ervas.

— Um presente para a Jess! — exclama Luke, apreensivo. — Será que não é arriscado demais?

—É vegano — explico. — E é feito por um coletivo. Ela *tem* que gostar.

Eu sei por que Luke está apreensivo. É que algumas vezes no passado eu errei na escolha do presente da minha irmã. Como a vez que comprei para ela um rímel de última geração e, em vez de dizer "Obrigada! Amei!", como uma pessoa normal, ela me passou um sermão enorme sobre o custo ambiental dos cosméticos.

Mas hoje vou dar para ela o presente mais digno do mundo. É vegano e ecológico e tem um tom de verde gosmento. Estou muito orgulhosa de mim mesma.

—Chegamos. — Luke para e olha para a porta do prédio. — The Group.

Esse é o nome do prédio dos meus pais: O Grupo. Parece uma fábrica antiga, com janelas de metal pretas, arcos de tijolos e pinturas de elefantes nas paredes. Olho para a fachada e fico impressionada.

—Que bom para os seus pais — diz Luke. — Parece um ótimo lugar.

—É incrível.

—*Viva, trabalhe e relaxe.* — Luke leu as palavras em uma placa. — *Co-living para os dias de hoje.* Será que tem um interfone?

Começo a procurar botões quando a porta se abre e minha mãe aparece.

—Vocês vieram! Bem-vindos! — exclama ela, animada. — Janice e Martin já estão aqui, e a Jess também, é claro. Seu pai está preparando Espressos Martinis!

Espressos Martinis?

Estou prestes a perguntar "E desde quando papai sabe fazer Espressos Martinis?", quando noto de repente a roupa que minha mãe está usando: uma calça laranja bem largona, como aquelas dos monges budistas, e uma camiseta com a frase "50% namastê, 50% vaisefudê".

O quê?

Minha mãe percebe que estou olhando para a roupa dela e abre um sorriso.

— Essa calça não é o máximo, filha? Comprei em um estande na Brick Lane. Um conforto só. Entrem, venham ver nossa casa nova.

Ela passa pelo hall com paredes de tijolos aparentes e rebites de metal em todos os cantos, além de placas de neon com as palavras "Trabalho", "Diversão" e "Relaxamento".

— Essa é uma das áreas de relaxamento... — Ela abre uma porta e mostra uma sala cheia de pufes e sofás confortáveis. A iluminação é fraca e tem uma música ambiente suave. Um jovem com *dreadlocks* parece estar cochilando em um canto. Minnie corre para um dos pufes, mas Luke a segura e a puxa de volta.

— Desculpe incomodar, Kyle! — diz mamãe em um sussurro, antes de fechar a porta. — Esses pufes são maravilhosos — acrescenta ela. — Ótimos para os joanetes! Agora, vou mostrar o "jardim de estar"...

Antes que eu tenha a chance de dizer qualquer coisa, ela nos leva por um corredor e abre uma porta para um terraço muito legal. Tem plantas penduradas em cestos, dois sofás na área externa e uma lareira.

— Nossa! — exclamo, admirada.

— É um ambiente muito agradável — comenta minha mãe. — As abelhas ficam na cobertura. E temos também um bicicletário onde seu pai guarda o monociclo dele.

— O quê?

— O monociclo. Ele começou a frequentar aulas de circo — diz ela, radiante. — É muito divertido. E aqui está a área de trabalho.

Passamos por outra porta e entramos em um espaço grande e arejado, com claraboias e uma enorme mesa de madeira. Umas dez pessoas estão digitando nos seus notebooks, a maioria com fones de ouvido, e algumas erguem a mão para nos cumprimentar.

— E aí, Jane?

— E aí, Lia — cumprimenta mamãe, alegre. — E aí, Tariq. Esta é a minha filha Becky, o marido dela Luke e minha netinha Minnie.

— Oi — digo, acenando e sorrindo para eles.

— Querida — cochicha minha mãe no meu ouvido. — Um conselho? Ninguém diz "oi" por aqui. É coisa de velho. Todo mundo diz "E aí?"

— Ah, sim — respondo, constrangida.

— Que tipo de trabalho as pessoas desenvolvem por aqui? — quer saber Luke, olhando para os notebooks.

— *Startups* — explica minha mãe. — Inclusive, seu pai e eu estamos pensando em abrir uma — acrescenta ela. — Temos pensado bastante nisso no nosso tempo livre.

— Que ótimo! — exclama Luke, contraindo ligeiramente os lábios. — Boa ideia.

— Mas vamos subir agora — diz minha mãe, afastando-se do espaço de trabalho e nos levando em direção a um elevador antigo. — Vamos tomar um drinque e depois reservamos uma mesa para o *brunch*. Jess está muito animada — acrescenta ela. — Ela está *doida* para ver você.

— Ela disse disso? — pergunto, surpresa, porque a Jess não costuma expressar os sentimentos.

— Talvez não com essas palavras — confessa minha mãe depois de uma ligeira pausa. — Mas tenho certeza de que foi isso que ela *quis dizer*.

Tá legal. Só estou dizendo que *algumas* pessoas, se estivessem reencontrando a meia-irmã depois de séculos sem terem se visto, talvez corressem para um abraço. Mas já me acostumei com o jeito da Jess. Enquanto mamãe nos acompanha até o apartamento, Jess olha para mim, ergue uma das mãos e diz:

— Oi, Becky — com sua voz tranquila e calma.

Sério? Será que ela acha que vou simplesmente responder "Oi, Jess" nesse tom de voz morto e pronto?

— Jess! — Corro para dar um abraço apertado nela, mesmo que ela não queira.

Ela parece mais magra e musculosa, a pele está bronzeada, e o cabelo, queimado de sol.

— Cadê o Tom? — pergunto, olhando em volta. — Ele está aqui?

— Não — responde Jess.

— Como assim? — pergunto, surpresa, e fico desconcertada quando vejo Jess se encolher.

Ela nunca faz isso. Ela é forte. O que está acontecendo?

— Tom precisou ficar no Chile para resolver umas coisas — responde ela, tentando mostrar firmeza na voz, enquanto desvia o olhar. — Sabia que ele está trabalhando para uma instituição de caridade lá? Ele virá assim que puder. É claro que ele vai querer ver os pais dele, então...

Ela deixa a frase no ar como se não soubesse o que dizer em seguida, o que é muito fora do comum para ela.

— Ah, tá — respondo. — Que pena que não puderam vir juntos.

— Eu já tinha aceitado dar uma série de palestras em Londres sobre rochas magmáticas — retruca Jess, impassível. — Nós já sabíamos as datas.

— Entendi. — Concordo com a cabeça como se eu soubesse o que são rochas magmáticas. — De qualquer forma, bem-vinda de volta!

— Tia Jess! — Minnie abraça as pernas dela e Luke se aproxima para cumprimentá-la também, e o rosto de Jess fica corado, como se ela não conseguisse esconder a felicidade. Talvez só precise de um empurrãozinho.

— Como foi o voo? — pergunto. — Você está sofrendo com a diferença de fuso horário? Trouxe um presentinho de boas-vindas para você...

Entrego o pacote para Jess e ela começa a desembrulhar. Olho em volta para ver o apartamento. As janelas são enormes, do chão ao teto, um sofá de veludo azul-petróleo e lustres incríveis espalhados pela sala. E lá está meu pai, de calça jeans desbotada e uma camiseta de manga comprida cinza, misturando os Espressos Martinis na coqueteleira, enquanto Janice e Martin estão sentados em umas banquetas de estilo industrial.

Fico boquiaberta com a aparência do meu pai, assim como fiquei quando vi minha mãe. Meu pai nunca usa camiseta de manga comprida. Nunca usa calça jeans. O mais casual dele era uma camisa polo.

— Parabéns pela nova casa, papai! — digo, entregando o champanhe para ele e dando um beijo em sua bochecha.

— É tudo incrível!

— Você gostou, Becky? — Meu pai fica feliz da vida.

— É tudo tão *diferente*!

— Muito diferente, né, amor? — comenta Janice com a voz trêmula. — Muito diferente. — Ela está usando um conjunto floral com saia plissada que não combina em nada com a banqueta estilo industrial na qual está sentada. Ela olha em volta, nervosa, como se estivesse no meio do deserto de Gobi.

— Aqui, um Espresso Martini para você, Martin! — exclama meu pai, animado, entregando uma taça para o amigo, que lança um olhar desconfiado para a bebida.

— Refrescante — diz ele, depois de um gole.

— Minnie, tem suco para você... — Meu pai entrega a ela um copo com canudo e ela fica toda feliz, sentando-se no chão para beber. — E gim-tônica para você, não é, Janice? Que tipo de gim você prefere?

— Que *tipo* de gim? — Janice olha ao redor, incerta, como se achasse que a pergunta fosse algum tipo de pegadinha. — Hum... Gordons? — sussurra ela.

— Janice! — exclama meu pai. — Tente alguma coisa diferente! Outro dia mesmo fomos a uma degustação de gim artesanal. Esse aqui é japonês! — Ele mostra uma garrafa para Janice. — Prove.

— Deve ser ótimo! — responde ela, desconcertada.

— Tenho certeza. — Ela fica observando enquanto meu pai fatia um pepino. — Sentimos falta de vocês no clube de *bridge*. Todo mundo vive falando: "Que pena que os Bloomwoods não estão aqui."

— Nós vamos começar a organizar noites de pôquer! — revela minha mãe, aproximando-se do bar e abrindo um pacote de chips de beterraba.

— Pôquer! — exclama Janice. — Que maravilha!

— Obrigada, Becky — agradece Jess atrás de mim. Eu me viro e a vejo segurando o frasco da loção hidratante verde.

— O que achou? — pergunto, ansiosa, analisando o rosto dela em busca de qualquer sinal de que tenha gostado. — O produto é vegano, o frasco é de vidro reciclado e a caixa é feita de papelão sustentável.

— Eu vi. — Ela assente, meio apática. — Obrigada.

Sinto uma pontada de decepção. Será que a Jess não poderia pelo menos *uma vez* dizer "Nossa! Eu amei!" e me abraçar?

— Eu sei que você é anticonsumista e tudo mais — acrescento. — Mas achei que não teria problema, porque essa loção é produzida por um coletivo de mulheres.

— Sim. Eu li o rótulo. — Jess assente. — É uma boa iniciativa.

Fico olhando para o rosto impassível da minha irmã, desejando que ela falasse mais alguma coisa. Eu *sei* que estou sendo patética, mas quero a aprovação dela. Quero que ela diga: "Meu Deus, Becky, é perfeito!"

— Você tem que admitir que foi uma escolha responsável com o meio ambiente — comento com uma risada.

— Atende a todos os requisitos. Quer dizer, é o presente perfeito, não é? Tenho certeza de que você não tem nenhuma reclamação.

— Hum — diz Jess, mas para.

— O quê? — Fico olhando para ela.

— Eu gostei, Becky. Foi muito gentil e generoso da sua parte. Você sempre é generosa. Obrigada. — Ela coloca o presente no aparador. — Então, quais são as novidades? Como a Minnie está se saindo na escola?

Ela está evitando a pergunta.

— O que foi? — pergunto. — O que há de errado com o meu presente? Por que não é perfeito? Diga logo.

Jess suspira.

— Bom, o pacote é um problema. Você deve ter percebido. — Ela faz um gesto para o filme plástico que envolve a caixa.

— Mas é totalmente reciclável — retruco, surpresa. — Eu verifiquei. Está escrito: "Totalmente reciclável."

Jess fica olhando para mim com uma expressão neutra.

— Não dá para "reciclar" o suficiente para escaparmos da catástrofe de poluição plástica que está devastando nosso planeta por causa da onda de consumismo impensado — declara ela. — Mas obrigada, mesmo assim — acrescenta ela, em seguida. — Como eu disse, foi muito gentil da sua parte.

Sinto meus ombros afundarem. *Que ótimo*. Toda vez que acho que estou agindo de forma cem por cento sustentável, Jess consegue me superar. Vou conseguir um presente de Natal para ela tão sustentável que ela vai ver só, ou não me chamo Becky Brandon. Vou dar... folhas para ela...

O interfone toca e minha mãe atende.

— Alô? Ah, Suze! Pode subir. Terceiro andar!

— Você decidiu assumir os pelos na cara, Luke? — comenta meu pai em tom jovial. — Está super na moda. O que você está achando do bigode do Luke, Becky?

Levanto a cabeça e percebo que todos estão olhando para mim. Merda. Tá legal, eu preciso mostrar meu apoio a ele.

— Acho que é uma ótima iniciativa, para uma causa nobre — respondo, esquivando-me da pergunta. — E todos devíamos apoiar a decisão do Luke.

— Podemos dar um óleo de bigode para o Luke no Natal? — exclama Janice e meu sorriso se transforma em uma expressão de preocupação. *Óleo de bigode?*

— Ele já vai ter raspado no Natal — apresso-me a dizer.

Luke passa os dedos no bigode.

— Essa era a intenção. Mas, já que você está gostando, Becky...

Gostando?

— Você está gostando? — pergunta minha mãe, curiosa.

Argh! Estou em uma saia justa. Não quero dizer nada de ruim, mas como posso dizer que estou gostando? Bigode não é um assunto que marido e mulher devam discutir em público, decido. Deve ser contra alguma regra de etiqueta.

— Você disse que estava ótimo no outro dia — acrescenta Luke.

— É — respondo, com a voz um pouco aguda. — Foi o que eu disse, não foi?

Minha mãe entrega a taça de Espresso Martini para mim e para Luke e diz:

— Então, por falar em Natal, será que não é melhor discutirmos os detalhes?

— Vamos esperar a Suze — digo. — Eles vão passar o Natal com a gente também.

— Que bom! — exclama minha mãe. — Vai ser um dia maravilhoso. Imagine, Graham! Não vamos precisar cozinhar nem nos preocupar com a decoração... Becky vai cuidar de tudo!

— *Tudo?* — pergunto, ligeiramente em pânico.

Sei que vou receber as pessoas para o Natal, mas minha mãe bem que podia dar uma ajudinha, não é? Ou melhor... Podia fazer a maior parte das coisas?

— Becky, querida, nós não queremos atrapalhar — declara minha mãe, querendo se mostrar solidária. — É o seu Natal.

Antes que eu tenha a chance de sugerir "Não me importaria de dividir as responsabilidades", a campainha toca e meu pai atende a porta.

— Suze, querida! — exclama ele. — Bem-vinda ao nosso novo lar.

— Uau — comenta Suze, olhando tudo enquanto entra. — Uau, mesmo! Esse apartamento! E, Jess, você veio. Jane, você ficou incrível nessa roupa e... Minha nossa,

Luke! — exclama ela como se estivesse diante da maior surpresa de todas. — Você deixou o *bigode* crescer.

— Becky gostou — comenta Janice, ansiosa, e Suze se vira para olhar para mim, surpresa.

— *Sério?*

— Por enquanto — respondo. — Gosto por enquanto. Você pode gostar de alguma coisa por um tempo. Você pode gostar e... depois, não gostar tanto. — Pigarreio. — Pode ser uma coisa passageira.

— Entendi... — diz Suze, intrigada. — Nunca pensei... — Ela perde a voz. — É isso aí, claro... Que bom para você, Luke. É que é tão... Ficou tão... — Ela parece não saber o que dizer. — Uau!

Enquanto caminhamos pela rua principal de Shoreditch em direção ao restaurante, estou de mãos dadas com Minnie, acompanhando Suze e Jess, enquanto os outros seguem na frente.

— Você *viu* o que está escrito na camiseta da sua mãe? — pergunta Suze, assim que minha mãe se afasta. Ela parece prestes a ter um ataque, que foi exatamente como me senti.

— Eu vi! — respondo. — Graças a Deus a Minnie ainda não sabe ler.

— E Espressos Martinis.

— E *aulas de circo.*

Pouco antes de sairmos, papai mostrou alguns truques com diabolôs que acabou de aprender. Todos aplaudimos e pedimos "bis", e Janice só gritou uma vez, quando um diabolô quase acertou a cabeça de Martin.

— Acho que todo mundo deveria se aposentar e vir para Shoreditch — afirma Suze. — É uma boa escolha.

Jess estava em silêncio, mas agora comenta:

— Sua mãe foi muito generosa em me deixar ficar na casa dela. Eles não precisavam fazer isso.

— Ah, mas eles quiseram fazer isso por você — acrescento. — Eles estão se divertindo muito aqui. É uma grande aventura para eles. Quando você acha que o Tom vai conseguir vir? — pergunto casualmente, puxando papo.

E Jess contrai os lábios de novo, exatamente como antes.

— Não sei direito — responde ela. — Assim que... Ele vai... — Ela para de falar e respira fundo. — Não sei. Não sei exatamente.

Tá legal. Essa foi uma resposta bem estranha. O queixo de Jess está rígido e seu olhar está fixo à frente. Olho para Suze e percebo que ela também está intrigada.

— Como estão indo as coisas no trabalho do Tom lá no Chile? — arrisco.

— Tranquilo.

— Alguma novidade com relação à adoção? — pergunto, com cautela.

— Nada ainda. — A expressão de Jess fica mais séria e percebo que ela cerra os punhos.

Sinto um aperto no estômago. Minha irmã está mais monossilábica que o normal. Os olhos dela se anuviam. E, tudo bem, eu sei que só somos meias-irmãs, mas definitivamente temos uma conexão psíquica. (Uma vez nós montamos o mesmo tipo de armário, o dela para rochas; o meu, para sapatos.) Sinto que eu a conheço — e nesse momento tenho certeza de que está acontecendo alguma coisa estranha entre ela e Tom.

Lanço um olhar ansioso para ela, querendo abraçá-la e perguntar: "Jess, o que está acontecendo? É o Tom? Ele sempre foi um pouco esquisito, então, não ligue." Mas não sei qual seria a reação dela. Ela não é a pessoa mais falante do mundo. Então é melhor eu ir devagar.

— Ah, Suze — comenta Jess, ainda olhando para a frente. — Eu não vejo você desde a sua... perda. Sinto muito por tudo que aconteceu.

— Obrigada — agradece Suze, seus olhos se anuviando um pouco também. — Foi uma dessas coisas... inexplicáveis, sabe? — Ela olha para mim e dá um sorriso forçado.

Caminhamos em silêncio por um tempo e tenho certeza de que todas nós estamos pensando em filhos. Estou me perguntando, um tanto sombriamente: "Será que Luke e eu vamos *conseguir* ter outro filho?" Mas me sinto mal na hora por querer mais do que já tenho e aperto um pouco mais a mão da minha filha.

Logo imagino que talvez Jess não esteja pensando em filhos, e sim: "Como é que vou contar para todo mundo que Tom e eu vamos nos separar?"

O pensamento me dá um frio na barriga — mas, ao mesmo tempo, não é uma coisa totalmente inesperada. Deve ser difícil, para eles, morar tão longe. E trabalhar tanto. E Tom cercado por um monte de voluntárias bonitas e sensuais com suas calças beges (eu acho). Talvez ele tenha se apaixonado por uma delas.

Ou será que foi Jess quem se apaixonou por um cara de calça bege? Ou por uma *garota* de calça bege?

Tipo, qualquer coisa é possível.

Olho novamente para Jess, tentando decidir se devo insistir no assunto. Mas ela acabou de chegar e toda a família está aqui. Decido convidá-la para tomar um drinque e conversar em particular mais tarde. Só nós duas, em um momento agradável e descontraído. Ela vai se abrir.

— Bex, você está bem fora de forma! — comenta Suze. — Está ofegante.

— Ah — olho para ela, surpresa. — Não, é que estou pensando... Pensando na *vida*, enfim.

Fico me perguntando se Jess vai sentir meus pensamentos empáticos e fraternais, mas ela me lança um olhar impassível e diz:

— Você devia tentar fazer exercícios de alta intensidade, Becky. Acho que você costuma pular os exercícios aeróbicos, não é?

Toda minha empatia se dissolve como num passe de mágica. Pular os exercícios aeróbicos? Eu não faço isso!

— Na verdade, eu acabei de pagar por um *personal trainer* on-line — declaro, orgulhosa. — Estou fazendo exercícios desenvolvidos especificamente para mim.

— Uau! — exclama Suze. — Eu não sabia disso.

— Bem, eu comprei um vestido novo para usar no Natal — explico. — Um Alexander McQueen com setenta por cento de desconto.

— Alexander McQueen! — Suze arregala os olhos.

— Exatamente! Mas ficou um pouco apertado. Então eu pensei em contratar um *personal trainer* para conseguir caber no vestido. E isso ainda vai ser bom para a minha saúde. É o melhor dos mundos.

Jess franze as sobrancelhas.

— E quanto *esse personal trainer* cobrou? — pergunta ela. — Com certeza tudo isso vai acabar saindo mais caro do que se você comprasse um vestido do seu tamanho ou, melhor ainda, se você usasse um vestido que já tem?

Eu tinha me esquecido de como Jess tinha o hábito de fazer perguntas irritantes e depois ficar encarando a pessoa. Ela logo vai dizer "Por que você não faz cem flexões por dia?" ou "Por que você não se alimenta só de alface e água?"

— Você não pode colocar preço na sua saúde — respondo. — É um investimento.

Naquele momento, minha mãe acena para nós já na porta do restaurante e chama:

— Chegamos! Venham logo!

— Espere — pede Suze. — Antes de entrarmos, Bex, eu queria falar com você sobre... uma coisa. Jess, você se importa? Talvez você possa levar a Minnie com você?

Suze espera até Jess entrar no restaurante de mãos dadas com Minnie. Ela se vira para mim e pergunta baixinho:

— O que você *realmente* acha do bigode de Luke?

— Eu odiei — confesso. — Mas estou tentando apoiá-lo.

— Entendi.

Suze assente e nós seguimos para o restaurante. Ela abre um sorriso encantador para Luke.

— Adorei o bigode — elogia ela.

* * *

Demoramos mais ou menos uma hora para conseguir fazer o pedido no restaurante, em parte porque Janice não consegue pronunciar "chia" e Martin não quer cúrcuma no *smoothie* de manga, ao passo que minha mãe quer que coloquem mais Spirulina em tudo, até mesmo no chá. Meu pai pede creme de abacate no pão em um tom excessivamente casual e mamãe me diz:

— Ele come abacate todos dias, Becky! Todo santo dia!

Por fim o garçom se afasta e todos começamos a bebericar nossas bebidas, enquanto Minnie se distrai com o livro de colorir *Como Grinch roubou o Natal*. Explico para ela que o Grinch nem sempre precisa ser verde, que pode ser cor-de-rosa (não temos lápis verde), quando minha mãe bate com o garfo no prato para chamar atenção.

— Gente — começa ela. — Gostaria de agradecer por terem vindo conhecer a nossa nova casa.

Todos aplaudem e mamãe olha, feliz, para todos na mesa.

— E agora — continua ela — vou passar vocês para a Becky, que vai nos receber no Natal esse ano. Becky, esse Natal é *seu,* filha. É o *seu* dia. Não vamos interferir em nada. Faça tudo do jeito que quiser! Desde que possamos assistir ao discurso da rainha.

— Como republicana, eu me recuso a assistir ao discurso da rainha — avisa Jess, na hora, levantando a mão. — Mas entendo que vocês queiram apoiar a monarquia com suas tradições repressoras e tóxicas. É só vocês me chamarem quando terminar.

— Desde que tenha peru — comenta Martin com uma risada nervosa. — Gosto de comer peru no dia de Natal.

— Uma vez, a irmã do Martin serviu *torta de peixe* — conta Janice em um sussurro sofrido, como se estivesse confessando um assassinato na família. — Torta de peixe no dia de Natal! Dá para acreditar numa coisa dessas?

— Claro que vamos servir peru — aviso. — E um peru vegano para Jess — anuncio, orgulhosa.

Encontrei uma receita de peru vegano na internet. É feito de soja e cogumelo e montado numa forma de peru, com coxa e tudo!

— Obrigada, Becky — agradece Jess, parecendo satisfeita. — É muito gentil de sua parte.

— E o peru tem que ser recheado — diz Martin. — Gosto de muito recheio. E de enroladinho de salsicha também...

— E molho de pão — comenta papai.

— E gosto de couve-de-bruxelas com castanha — avisa Janice. — Aliás, tenho uma receita maravilhosa em um livro. Vou mandar para você, Becky.

— Não, não, não. — Minha mãe balança a cabeça. — Couve-de-bruxelas não precisa de muita coisa. É só ferver e passar na manteiga.

— Eu não como manteiga — intervém Jess na hora.

— Vamos ter tudo isso — prometo. — E pudim de Natal e bolo de Natal e... hum...

Do que mais precisamos? Sinto que me deu um branco.

— Os tubos com surpresinhas! — exclama Suze. — Pode deixar que eu levo. A não ser que a Jess queira levar. Você quer?

— Esses tubos são problemáticos — responde Jess. — Os brinquedinhos que vêm como brindes são pedaços de plástico que contribuem para acabar com a vida animal e destruir ecossistemas inteiros. Mas eu posso levar se vocês quiserem — acrescenta ela.

— Certo. — Suze parece não saber o que dizer. — Talvez seja melhor... não levarmos os tubos, então.

— Pode deixar que eu procuro eco-tubos — apresso-me a dizer.

— Martin e eu achamos que seria bom ter uma *piñata*! — exclama Janice, animada. — As crianças vão adorar.

— Uma *piñata*? — pergunto, sem entender. — Isso é alguma tradição natalina?

— Martin e eu estamos assistindo a uma série chamada *Natal mundo afora* — explica Janice. — É um programa que passa à tarde na BBC2. Muito educativo. E os mexicanos têm uma *piñata* no Natal! Então, por que não podemos fazer o mesmo?

— Bom — começo, um pouco confusa. — Hum...

— E também queremos incluir a tradição de *Santa Lucia* — continua Janice. — Você acende velas na cabeça e usa uma veste branca enquanto canta músicas suecas.

— Que maravilha! — concorda minha mãe, animada. — Vamos ter um Natal internacional!

— Isso é apropriação cultural — intervém Jess em tom de reprovação.

— Claro que não, se você pegar tradições de *todas* as culturas — argumenta minha mãe. — Nesse caso, estamos sendo justos.

— Árvores de Natal são uma tradição alemã — comenta meu pai em tom erudito. — Foi o príncipe Albert quem trouxe para cá.

— Árvores de Natal são problemáticas — diz Jess, mas não sei se alguém está ouvindo.

— Jesus não era britânico — argumenta Janice. — Não estou tentando desrespeitar ninguém, mas ele não era. — Ela olha em volta da mesa esperando que alguém discorde dela.

— Claro que Jesus não era britânico — começa Luke.

— Então pronto! — exclama minha mãe, com ar triunfante. — Podemos ter uma *piñata*! Becky, filha, você consegue uma, não é?

— Hum... claro — respondo. Pego minha agenda de Natal na bolsa e anoto: *piñata, velas, canções suecas???*

— Árvores de Natal são problemáticas — repete Jess, mais alto. — Uma alternativa melhor seria decorar um item já existente na casa, como uma vassoura, por exemplo. — Ela olha para mim. — Você pode fazer uma decoração muito interessante, usando materiais reciclados como latas velhas cortadas em formatos festivos.

Uma vassoura? Eu não vou usar uma vassoura decorada com latas velhas e chamar de árvore de Natal. Não vou mesmo.

— Tenho certeza de que conseguiremos uma árvore sustentável de alguma forma — declara Luke ao ver a minha expressão.

— E quanto aos presentes? — quer saber Suze. — Alguém tem alguma coisa que queira? Porque eu nunca sei *o que* comprar.

— Meu presente vai ser fazer um *make-over* em cada um no dia — avisa Janice, alegre. — Estraguei a surpresa, mas pelo menos vocês sabem que vão ficar lindos!

Fico boquiaberta e Suze e eu nos entreolhamos.

— Uau, Janice! — exclama Suze. — Isso parece... O que você quer dizer com isso?

— Nas mulheres, vou fazer uma maquiagem com contorno especial — explica Janice. — E, nos homens, esfoliação e hidratação de pele. Vou levar um kit para cada um.

— Certo — respondo, baixinho. — Que legal!

Janice já havia feito essa maquiagem em mim uma vez. Primeiro, ela fez uns rabiscos na minha cara, como se estivesse traçando um mapa. Depois usou durex para conseguir fazer linhas "definidas" para a sombra, e eu acabei perdendo umas quatro camadas de pele no processo.

Seja como for, é muito gentil da parte dela e talvez a técnica dela tenha melhorado.

— E adivinhem? Jess e Tom vão presentear a todos com coisas cem por cento reutilizáveis! — exclama Janice, orgulhosa. — Jess me explicou tudo, não foi? É tão criativo.

— O que você vai nos dar de presente, Jess? — pergunto sem conseguir esconder o tom de desafio.

Sei que não devia — mas quero confrontá-la. Seja lá qual for o presente, quero encontrar alguma coisa "problemática" nele. Mesmo que seja um cesto de palha comprado em alguma loja de uma instituição de caridade, vou balançar a cabeça com tristeza e dizer: "Ah, Jess, mas e quanto à energia elétrica desperdiçada na loja?"

— Bem — começa Jess depois de uma pausa. — Acho que posso contar sem revelar totalmente a surpresa. Tom e eu gostaríamos de dar a cada um de vocês... uma palavra.

Fico olhando para ela, sem conseguir soltar a respiração. Uma *palavra?*

— Tipo uma palavra em uma placa de madeira para colocarmos acima da lareira? — pergunta mamãe, tentando entender.

— Não. É só a palavra mesmo — responde Jess. — Vamos dizer a palavra para a pessoa e esse será o nosso presente.

— Nossa — comenta Suze, parecendo um pouco surpresa. — Isso é... Eu nunca...

— Vai ser um pouco difícil embrulhar — comenta meu pai em tom brincalhão.

— Será embrulhado em significado — retruca Jess, impassível, e meu pai tosse.

— Claro que sim — concorda.

— E qual é a palavra que você vai nos dar? — exijo saber, quando consigo voltar a falar.

— Mas isso vai estragar a surpresa — responde Jess. — Queremos dar uma palavra diferente para cada pessoa, de acordo com... — Ela olha ao redor da mesa e hesita. — Bom, é isso que vamos fazer.

Fico olhando para ela, intrigada. Que palavra ela vai me dar? Estou morrendo de curiosidade. É melhor que seja uma palavra muito boa.

Ai, meu Deus. É melhor que não seja "fatura do Visa".

Não, está tudo bem. Ela não vai me dar três palavras.

— Ei, Bex — cochicha Suze no meu ouvido. Percebo que ela veio para o meu lado e se agachou, mantendo a caneca de café na frente da boca. — Uma palavra, hein?

— Não é? — respondo revirando um pouco os olhos. — Só a Jess mesmo para pensar num presente tão virtuoso.

— Bem, eu estava pensando. Será que deveríamos dar presentes cem por cento reutilizáveis esse ano também? Tipo, em vez de sermos consumidores irresponsáveis e tudo mais?

Suze lança um olhar ansioso, e eu queria ter pensado nisso antes.

— Claro! — concordo, animada. — Mas o quê? Não pode ser uma palavra porque estaríamos copiando a Jess.

— Não. Mas talvez... — Ela pensa por um instante. — Poderíamos compor uma música uns para os outros? E nos apresentar como um presente para os outros.

— O quê? — pergunto, horrorizada. — Suze, você ficou louca?

— Ou poderíamos criar alguma coisa com objetos encontrados. — Os olhos de Suze brilham. — Acho que pode ser divertido.

Divertido? Estou tentando encontrar uma maneira gentil de dizer para Suze que aquilo não é nada divertido, quando tenho uma ideia.

— Já sei! — exclamo, animada. — Vamos dar de presente algo que já temos. É anticonsumista e fácil, e o presente será uma coisa *boa*.

— Nossa! — exclama Suze. — Que ideia maravilhosa, Bex!

Segue-se um breve silêncio. Penso, empolgada, no guarda-roupa de Suze. Ela tem roupas incríveis. E se ela me der o casaco roxo bordado?

Não. Ela não faria isso. É lindo demais. Mas *talvez* ela desse?

Noto de repente o mesmo olhar perdido no rosto de Suze.

— Suze, diga-me o que você quer — peço. — Seja lá o que for, é seu.

— Não! — protesta ela. — Eu não vou *pedir* nada. Não é esse o espírito do Natal.

— Só uma dica? — sugiro.

— Não! Eu vou gostar de *qualquer coisa* que você me der, Bex. Não importa o que seja.

Mas, quando ela toma um gole de café, a expressão em seu rosto é de preocupação. No que ela está pensando? No meu *scarpin* prateado novo? Ou... não. Na minha bolsa nova com *animal print*?

Argh. Isso é impossível! Talvez eu dê a ela mais de uma coisa.

— *Smoothie* de manga, café com leite de soja, pão com creme de abacate... — O garçom interrompe meus pensamentos e todos olhamos para ele.

— É melhor eu voltar para o meu lugar — diz Suze. — Bom apetite!

O garçom começa a colocar as bebidas e os pratos e eu pego a caneta de novo. É melhor eu fazer mais anotações na minha agenda, antes que eu me esqueça de alguma coisa. Escrevo: *presente da Suze, recheio, molho de pão, eco-tubos, árvore sustentável (NÃO uma vassoura).* Paro, então.

Acabo de me dar conta de que não sei fazer molho de pão. O pote de molho sempre aparece na mesa de Natal. Como você transforma *pão* em *molho?* E onde vou encontrar uma árvore sustentável?

Estou olhando para a frente com a testa franzida quando Luke puxa uma cadeira ao meu lado.

— Tudo bem? — pergunta ele.

— Tudo! — respondo automaticamente, mas me lembro de repente do enroladinho de salsicha e anoto isso também. Depois, ao lado, acrescento *enroladinho de salsicha vegana???* Será que isso existe? Sem querer, solto um grande suspiro e levanto a cabeça. Percebo que Luke está olhando para mim.

— Becky — diz ele baixinho. — Não se desespere. Nada disso importa. Ninguém vai morrer se não conseguirmos encontrar enroladinho de salsicha.

— Eu sei. — Abro um sorriso de gratidão. — Mas você sabe, não é? Eu só quero que todo mundo fique feliz...

— E eles vão ficar — afirma ele. — Minnie, gatinha, posso pegar seu livro emprestado um minutinho?

Ele pega o livro de colorir do Grinch e abre na página em que todos os Quem estão de mãos dadas cantando, sem se importar que o Grinch tenha roubado todas as coisas deles. Eu adoro aquela página.

— *Isso* é o Natal — diz ele, apontando para as pessoas felizes e unidas. — Lembra? Amigos e família reunidos e celebrando. Não são presentes, não é *piñata,* são as pessoas que realmente importam.

— Eu sei, mas...

— Seja lá o que Grinch possa roubar, não é o Natal — declara Luke, com firmeza.

Repito as palavras dele na minha cabeça: *Seja lá o que Grinch possa roubar, não é o Natal.* Adorei isso e preciso sempre me lembrar disso. Olho para o livro por mais um tempo — e, impulsivamente, beijo Luke.

— Você está certo — concordo. — Obrigada.

Eu amo muito meu marido. Com bigode e tudo.

Mensagens de texto

Janice

Becky, aqui está a receita da couve-de-bruxelas com castanhas. É uma delícia. Bj, Janice

Mãe

Não dê ouvidos à Janice. Não é necessário nenhum preparo especial para couve-de-bruxelas. Basta cortar e cozinhar. Fácil assim. Bj, mãe

Suze

Bex, eu não curto muito couve-de-bruxelas, podemos substituir por brócolis? Bj, Suze

Bex

Oi, Jess!
Achei sua ideia de dar palavras de presente de Natal incrível!!! Eu queria saber se você gostaria de uma sugestão para a minha palavra... Porque, se for o caso, pensei que poderia ser "descolada".
Bj

Bex

Ou "maneira".
Bj

Bex

Ou "a garota com a sombra azul mais linda". Sei que isso é mais de uma palavra, mas elas são grátis, não são?

Bj

Jess

Becky, eu não vou contar qual é o seu presente.

Jess

De: Myriad Miracle
Para: Becky Brandon
Assunto: Questionário de boa forma

Olá, sra. Brandon (nascida Bloomwood),

Obrigada por responder ao questionário on-line de boa forma. Esperamos que esteja animada para embarcar no novo programa de treinamento da Myriad Miracle®!

No entanto, achamos que você talvez não tenha entendido muito bem algumas das perguntas e gostaríamos que a senhora revisse as respostas e as enviasse novamente para a nossa análise.

PERGUNTAS PARA NOVO ENVIO

12. Qual é o seu objetivo específico?
Esperamos uma resposta como entrar em forma ou bem-estar geral em vez de "caber num vestido Alexander McQueen".

13. Qual sua preocupação específica?
Esperamos algo como "porcentagem de gordura" ou "preparo físico", em vez de "nada".

Aguardamos o envio das respostas corrigidas.

Felicidades na sua busca pela saúde!

Debs
(Assistência aos assinantes)

NOVE

Eu ainda sou descolada. Ah, sou *descoladíssima*.

Estou me olhando no espelho antes de ir para o trabalho na segunda-feira de manhã, alisando meu terninho de *tweed* da Letherby, que acabei de "desconstruir". Eu me inspirei no trabalho do meu amigo Danny Kovitz, o designer. Ele consegue pegar um saco, costurar nos lugares certos, desfiar uma bainha ou duas e transformá-lo num vestido de alta-costura. Então pensei em fazer a mesma coisa. Só não sei se consegui *bem* o mesmo resultado.

Desfiz algumas costuras e desfiei a bainha com a tesourinha de unha e coloquei alguns broches. Também tentei aplicar alguns pontos no casaco, criando uma nova forma — só que criei um bololô estranhíssimo. Talvez seja melhor eu desfazer isso enquanto ainda é possível.

— Estou indo, Becky — diz Luke, entrando no quarto com sua bolsa carteiro. Ele para ao me ver. — Uau — diz ele, pisando em ovos. — Você está... diferente.

— É descolado — apresso-me a explicar. — Eu desconstruí a roupa. — Depois percebo que ele está olhando para o meu rosto. — Ah, a minha sombra? — pergunto, confiante. — É que decidi montar um look mais dramático.

Quando estávamos voltando de Shoreditch ontem, parei em uma loja e comprei uma paleta nova de maquiagem chamada "Drama intenso", e segui um tutorial de maquiagem no YouTube chamado "Sombra azul esfumaçada descolada".

Tá legal. É um pouco dramático demais para uma manhã de segunda-feira. Mas por que as manhãs de segunda-feira *não* mereceriam uma sombra arrojada?

— Hum — diz Luke, hesitante. — Você está com uma mecha azul no cabelo?

— Bem discreta. — Encolho os ombros.

— E que música é essa? — pergunta ele, curioso, inclinando a cabeça.

— Spittser — respondo, casualmente. — Sabe? O DJ? Ele é incrível. Ele foi o DJ de uma festa em Gdansk ontem à noite. Que pena que não pudemos ir.

Peguei todas essas informações em um site ontem à noite. E fiz o download das dez músicas mais tocadas em boates descoladas.

— *Gdansk* — repete Luke, perplexo. — Becky... O que despertou em você esse interesse repentino em boates da Europa Oriental?

— Não é *repentino* — argumento. — Eu sempre gostei de músicas descoladas. Você sabe muito bem.

— No Natal passado, você nos obrigou a ouvir a coletânea das melhores músicas do Abba — comenta ele.

— Sou uma pessoa eclética — respondo, categórica. — As pessoas podem ser ecléticas, sabe?

Luke contrai os lábios, mas decido ignorar. Coloco um bracelete de couro sobre o casaco de *tweed* e me olho no espelho, satisfeita. Nesse ínterim, os olhos de Luke desceram para minhas novas botas pretas.

— Agora, dessas botas eu gostei — diz ele.

— Ah, essas aqui? — disfarço a satisfação.

Não sei bem se vou conseguir andar com essas botas, mas são a coisa mais descolada que já tive na vida. Comprei na internet com entrega no dia seguinte. O salto é de matar, tachinhas, apliques de metal e algumas correntinhas penduradas na parte de trás.

— Sexy — diz Luke, ainda hipnotizado.

Ok, entendi. Essas botas realmente causaram uma impressão e tanto. A voz de Luke está uns cinco tons mais grave e, quando olha para mim, seus olhos escuros brilham.

— Que bom que gostou — digo e fico um pouco metida.

— Ah, gostei mesmo. — Ele balança a cabeça devagar.

Luke tem uma coisa com botas. Eu devia ter usado ontem à noite. Fico sem jeito só de ver como ele me olha agora. Retribuo o olhar e sinto meu coração disparar.

Sempre achei que eu deveria escrever um livro chamado *Guia de casada de Becky Brandon, nascida Bloomwood.* Eu poderia listar uma série de observações muito úteis. Minha primeira observação seria que o amor do casamento é como um daqueles gráficos cheios de altos e baixos e você nunca consegue prever o que vai acontecer.

É claro que amo Luke o tempo todo, como uma música ambiente constante. Mas aqueles solos de guitarra eletrizantes de quando olho para ele e penso "Ah, meu Deus, quero você agora" parecem vir em momentos aleatórios. (Ou será que é só comigo que isso acontece? Preciso perguntar à Suze.)

E esse momento é um exemplo perfeito. Ontem à noite, jantamos na cozinha a sós e deveria ter sido uma coisa romântica. Mas só conseguia olhar para baixo do nariz de Luke e pensar "*Por que* você está deixando o bigode crescer? Por que simplesmente não fez uma doação?" Ao passo que agora de manhã, quando estamos na correria para sair, tudo que consigo pensar é "Não estou nem aí para este bigode, você é o amor da minha vida". Na verdade, estou sentindo um calor subindo e um frio descendo. Tudo por causa do jeito como ele está me encarando. De propósito.

— A que horas você vai voltar? — pergunto com a voz rouca. — Você tem alguma reunião até tarde?

— Vou desmarcar todos os meus compromissos — responde Luke, olhando para mim. — Se você continuar com essa bota.

— *Manhê!* — Minnie entra correndo no quarto, quebrando o clima. Dou um sorriso de frustração para Luke. — *Manhê!* — Ela agarra minhas mãos e começa a me puxar. — Onde está o meu jadim em miniatula?

— Não se preocupe, querida — respondo. — Está tudo pronto.

— Eu preciso correr — diz Luke, abrindo o mesmo sorriso. — Vejo você mais tarde. Ah, e a escola mandou um e-mail — acrescenta ele, antes de sair. — Alguma coisa sobre piolho.

Sério? Toda vez que tento ser descolada, a escola tem que mencionar piolhos. Juro que estão fazendo isso de propósito.

* * *

Enquanto pego meu sobretudo no cabideiro da sala, decido usar tênis para levar Minnie à escola e coloco minha bota descolada numa sacola. *Não é que eu não consiga andar no salto agulha*, é apenas porque a rua está com lama em alguns trechos. Além disso, preciso caminhar uns setenta mil passos hoje, para compensar os exercícios aeróbicos que não fiz esses dias.

Ah, será que sexo conta? Essa atividade queima calorias também, não queima?

Enquanto caminhamos, divido minha atenção entre a tagarelice de Minnie sobre uma das latinhas que vai ganhar do Papai Noel e o equilíbrio do "jardim de inverno em miniatura numa travessa" que estou levando na outra mão. Toda vez que olho para aquilo, sinto um aperto no coração. Eu realmente tinha prometido para mim mesma fazer um projeto de artes maravilhoso para minha filha, mas só me lembrei disso quando voltamos de Shoreditch, então saí correndo para o jardim e catei alguns galhos e frutas. O resultado não se parece em nada com um "jardim de inverno". Está mais para "coisas aleatórias jogadas numa travessa".

Enquanto ajudo Minnie a pendurar o casaco, vejo Steph entrar com Harvey e a espero para irmos juntas para a sala. Ela está pálida e tensa, mas sorri para mim.

— Legal, o seu jardim — elogio, embora o dela esteja ainda pior que o meu, só um monte de grama lamacenta com uma folha marrom no meio.

— É — diz ela. — Eu tentei. Ah, meu *Deus*.

Sigo o olhar dela e arregalo os olhos. Suze acabou de chegar toda radiante com o melhor "jardim de inverno em miniatura numa travessa" que já vi na vida. (Três no total) Ela usou musgo, galhos, neve e bolotas de carvalho para fazer bonequinhos em um piquenique. Quanto tempo levou para fazer *aquilo*?

— Minha nossa! — exclama a srta. Lucas. — Que maravilha, Lady Cleath-Stuart. Esse ninho é de verdade?

— Nós encontramos em uma árvore — revela Suze, antes de acrescentar rapidamente: — Já tinha sido abandonado.

— Um ninho de verdade — comenta Steph sem acreditar, e vejo como está olhando exausta e ansiosa para o jardim de Suze.

— Oi, Bex! — cumprimenta-me Suze, já de saída. — Não tinha visto você... — Ela interrompe a fala e fica boquiaberta. — Seus *olhos*.

— Estou testando um novo tipo de maquiagem — comento calmamente. — O que achou?

— Ah, sim... Entendi! — diz Suze, depois de uma pausa. — É muito... Você quer carona para o trabalho?

— Não se preocupe. Eu vou andando. Estou precisando caminhar.

— Tá bem. A gente se vê mais tarde. Oi, Steph! — diz Suze quando passa por ela.

— Oi — responde Steph, virando-se um pouco para esconder o jardim.

Felizmente, Minnie e Harvey pareceram não notar como o jardim de Suze é superior. (O maravilhoso nas crianças é que elas não têm a menor noção dessas coisas.) Além disso, tenho que dar o braço a torcer: a srta. Lucas parece tão satisfeita com nossos jardins quanto com o de Suze.

— Harvey! Minnie! Que jardins lindos vocês trouxeram!

— É — diz Steph baixinho para mim. — O nosso está entre os finalistas do Prêmio Turner de Arte.

Abro um sorriso rápido — depois noto que os olhos dela estão marejados. Ah, meu Deus. É por causa daquele maldito marido dela, sei que é, só que não posso simplesmente perguntar a ela sobre isso aqui no corredor da escola.

— Que bom que vocês duas estão aqui — diz a srta. Lucas. — Começamos a organizar nossa peça de Natal e Minnie e Harvey foram selecionados para serem reis magos.

Um rei! Olho para minha filha, cheia de orgulho.

— A fantasia é bem simples — continua a srta. Lucas, empolgada. — Aqui está o molde... — Ela entrega um grande envelope para cada uma de nós e meu sorriso congela no rosto. Molde? Tipo... para *costura*? — Basta usar um ponto reto — explica a professora em seu tom alegre. — Talvez possam fazer algumas pregas. E se *quiserem* acrescentar alguns bordados ou fitas, seria maravilhoso, mas não é essencial. — O sorriso dela é radiante.

Pregas? *Bordado?*

Eu me lembro claramente de quando visitei essa escola e não me lembro de a diretora dizer nada como "É claro, se sua filha vier estudar aqui, *esperamos* que você saiba fazer pregas e bordados". Mas não posso dizer nada. Minnie está olhando para mim ansiosamente.

— Sem problemas! — respondo. — Talvez eu possa colocar algumas lantejoulas também e acrescentar um ou outro detalhe.

— Que maravilha! — A srta. Lucas une as mãos.

Durante esse tempo todo, Steph não falou nada, só enfiou o envelope na bolsa. Seu olhar estava distante. Quando nos despedimos das crianças, saímos juntas e ela diz:

— Até mais, Becky.

E entra no banheiro feminino, antes que eu possa responder.

Lanço um olhar meio apreensivo para ela e entro logo atrás. Só quero me certificar de que ela está bem.

Tem algumas mães lá dentro. Sempre tem. Ninguém está ali porque precisa fazer xixi, só estão fofocando. Steph segue para uma das pias, se olha no espelho e começa a retocar a maquiagem. Decido lhe dar um tempo para terminar e, depois, chamá-la para demonstrar meu apoio.

Ela está tendo dificuldades com a maquiagem porque seus olhos estão marejados e ela tem que tirar tudo. Depois de um tempo, uma mulher que não conheço olha para Steph e pergunta:

— Com licença... Está tudo bem?

Steph se sobressalta como um gato escaldado.

— Oi? Está tudo bem. Muito bem!

Ela me olha com uma expressão desesperada pelo espelho e entra em um dos reservados. Sem parar, eu me apresso para entrar no outro. Quero mandar uma mensagem de texto para ela, mas o sinal aqui dentro é um horror. Se eu sussurrar, talvez todo mundo escute... Se eu bater na divisória, todo mundo com certeza vai ouvir...

Com uma inspiração repentina, pego uma caneta na bolsa e uma nota fiscal velha. É de uma compra de três *serums* nº 7 da Boots que estavam em promoção. Ah! Onde foi mesmo que eu os guardei?

Seja como for, não posso pensar nisso agora. Escrevo: "Está tudo bem mesmo? Bj, *Becky*" e passo por baixo da divisória.

Depois de alguns segundos, vejo o recibo por baixo da porta. "Na verdade, não."

Eu sabia.

Escrevo: "Vamos conversar. Que tal no seu carro? Bj." E entrego para ela, que responde rapidamente: "Por favor. Obrigada. Bj."

Vinte minutos depois, ouvi mais sobre a vida de Steph, do marido Damian e das últimas férias tóxicas no Chipre do que eu previa. Para ser sincera, isso me abalou um pouco. A vida conjugal deveria ser como Durex. Deveria colar tudo direitinho. Mas não é isso que acontece. Às vezes o Durex solta e *nunca mais* volta a colar direito.

Suze teve uma crise com Tarkie nos Estados Unidos e eu temi o pior. E ontem teve o lance da Jess, toda rígida... E agora isso. Parece que Damian não quer ouvir a voz da razão, nem fazer terapia. No início, disse que não tinha outra mulher — mas, na verdade, tinha. Eles trabalham na mesma empresa. Ele é do departamento de TI e ela é organizadora de eventos. Parece que tiveram de ir a Manchester para uma conferência e tudo começou no Malmaison Hotel. (Sinto que ela está me dando detalhes *demais*, mas não quero interromper seu desabafo.)

Estamos paradas em uma rua lateral, e Steph fala sem parar. Faz uma pausa para verificar paranoicamente se alguém está nos vendo. A principal preocupação dela parece ser que ninguém descubra o que está acontecendo. Porque Harvey pode ficar sabendo. E o que ela quer *de verdade* é que Damian perceba como está sendo burro e volte para casa e que Harvey nunca fique sabendo de nada daquilo.

— Eu acho que Damian está certo — diz ela, olhando pela janela. — Eu não sou divertida. Não saio fazendo um monte de piadas. Quando saímos para jantar, existe uma grande chance de eu cochilar na mesa. — Ela suspira. — Mas é difícil, sabe? Trazer Harvey para a escola e chegar pontualmente no escritório, e estou com um baita projeto no trabalho... — Ela esfrega a testa como se estivesse tentando clarear os pensamentos. — Nós nos mudamos para a nossa casa faz seis meses e eu ainda não escolhi a cor das paredes do quarto. Nem abri as caixas da mudança. Nós brigamos sobre isso e ele disse que eu sou um porre. E ele estava certo.

Sinto uma onda de fúria contra esse cara por fazer uma pessoa tão trabalhadora e esforçada quanto Steph se sentir tão mal. Eu o vi outro dia na escola e o avaliei discretamente — e não fiquei nada impressionada. Ele estava com a calça jeans desbotada que sempre parece usar e ficou o tempo todo no celular. Nem estava *olhando* para Harvey, que estava segurando sua mão. Além disso, ele tem uma risada muito irritante. Quem ele acha que *é*?

— Steph, você não é um porre. Ele que é um babaca! — afirmo com veemência. — Você é incrível! Você é forte e positiva e sempre está disponível para o Harvey. Além disso, quem tem tempo para ser divertida? Nós ficamos ocupadas demais fazendo desenhos de macarrão!

Estou tentando fazer Steph sorrir, e ela consegue soltar uma risadinha triste.

— Eu tenho três caixas que ainda não abri desde que me mudei do meu apartamento em Fulham — digo, para tranquilizá-la. — Não faço a menor ideia do que tem lá dentro. Além disso, se seu marido quer ver tudo arrumado, por que ele mesmo não faz isso?

Steph dá outra risada triste, mas não responde e sinto que não a conheço tão bem para ir mais fundo.

— E quanto à sua mãe? — arrisco. — O que ela disse em relação a isso tudo?

— Ainda não contei para ela — confessa Steph, depois de uma pausa. — Você é a única pessoa para quem contei, Becky.

— Conte para ela! — exclamo impulsivamente. Mesmo sem saber nada sobre a mãe dela.

— Talvez. — Steph morde o lábio e dá um sorriso. — É melhor eu ir agora. Você também deve ter que ir. Obrigada.

— Mas eu não fiz nada — digo, sentindo-me impotente.

— Claro que fez. — Ela me dá um abraço apertado e rápido. — Muito obrigada, Becky. Vou te dar uma carona para o trabalho.

Steph me deixa na entrada de Letherby Hall e caminho apressada até a casa principal. Quando entro na loja, já estou pronta para explicar meu atraso para Suze — mas é Tarkie, seu marido, que me cumprimenta.

Conheço Tarkie há anos. Ele teve seus altos e baixos, mas está em ótima forma agora. Desde que voltamos dos Estados Unidos, começou a correr por Letherby Hall religiosamente. Ele tem muitas ideias para os negócios e conversa muito com Luke sobre isso. Meu marido acha que Tarkie está entrando nos eixos.

Por outro lado, ainda é bem esquisito. De uma forma fofa e bem Tarkie. Hoje está usando uma camiseta de rúgbi furada e pequena para ele, que acho que ele tem desde a época da faculdade. A expressão no rosto dele é intensa, e ele respira fundo antes de dizer:

— Soube que vamos passar o Natal na sua casa, Becky. Que legal!

— É! — respondo, alegre. — Espero que seja divertido!

— Sei que ainda é cedo para discutir os detalhes — continua. — Mas você já deve estar pensando no que vai fazer para entreter todo mundo. Estou falando porque vai passar na televisão uma apresentação de *Parsifal* no dia de Natal.

— Isso é... Wagner? — arrisco, porque Tarkie é louco por Wagner.

— É a ópera mais sublime e arrebatadora do mundo. — Tarkie dá uma piscadinha para mim. — Uma obra-prima. E eu estava pensando que, depois do almoço, todos nós poderíamos ver a apresentação na sua TV. Acho que isso seria muito estimulante para as crianças.

Uma ópera de Wagner? No *Natal*?

— Uau — digo, tentando não demonstrar como estou horrorizada. — Parece... legal. Tipo, eu adoro Wagner, quem não gosta? Mas é só que... isso não é uma coisa *muito* natalina, é?

— É atemporal — afirma Tarkie, apaixonado. — E inspiradora. Só o prelúdio já é um presente de Natal para todos. *Taa-daaah-daaah hmm hmm...* — cantarola ele, com os olhos fixos nos meus. — *Taa-aań-daaa-dee-daaah...*

— Tarkie! — Para meu grande alívio a voz aguda de Suze nos interrompe. Ela está se aproximando de nós, olhando desconfiada para Tarkie. — Você está cantando Wagner? Você *conhece* muito bem a regra: nada de Wagner na loja.

— Tarkie só estava me contando que vai passar *Parsifal* na televisão no dia de Natal — digo em tom alegre. — Que legal, né?

— Nós *não* vamos ver a porra do Wagner no Natal! — interrompe Suze e solto um suspiro de alívio.

— Eu só estava tentando ajudar — defende-se Tarkie. — Ópera é uma forma de arte que todos podem apreciar, jovens e velhos.

— Não é, não — retruca Suze. — É uma forma que transforma a maioria das pessoas em estátuas de pedra porque estão entediadas ao extremo, mas simplesmente não podem sair da sala porque o apaixonado por ópera diz "psiu!" quando tentam mexer um músculo. E isso por seis horas.

— *Parsifal* não demora seis horas... — começa Tarkie, mas Suze o ignora.

— Acho que o Natal é uma coisa para as crianças. — Ela se vira para mim. — Acho que deveríamos pensar em atividades artísticas, tipo pintura com dedo, purpurina, esse tipo de coisa.

Meu coração afunda no peito. Arte, *de novo*? Estamos falando do Natal. Pintura com dedo não tem nada a ver. Natal tem a ver com relaxar no sofá, comer doces e assistir aos especiais de Natal na TV enquanto meu pai tenta encontrar pilha para os brinquedos novos e quebra metade deles e todas as crianças acabam chorando. *Isso é* tradição.

— Acho que podemos fazer isso — digo com cautela.

— Só que Jess acha que purpurina é um veneno.

— Hum. — Suze morde o lábio. — Podemos fazer massinha.

— Talvez — respondo, tentando parecer mais animada do que me sinto. — Ou talvez só ver TV?

— Tudo bem. Vamos ver a programação. Aí poderemos planejar tudo direitinho. Ah, já ia me esquecendo. Posso pegar Afrodite e Hermes hoje à noite — acrescenta ela, mudando de assunto. — A caminhonete voltou do conserto. Vou levar um funcionário para pegar.

— Suze — digo, sentindo-me mal com a situação. — Não precisa ficar com as estátuas horrorosas. Você é muito bem-vinda para passar o Natal com a gente. Não precisa ficar com elas.

— Ah, mas eu quero ficar! — exclama ela, ansiosa. — Eu tive uma ideia maravilhosa. Vão servir para a decoração do Halloween do ano que vem e vão se chamar "Grotesca" e "Grotesco".

— Ah — digo, sentindo-me um pouco ofendida. — Tudo bem, então. — Estou tirando meu sobretudo, quando Suze toca meu ombro.

— Olha só, Bex — diz ela, baixinho. — Outra coisa. Antes que os clientes comecem a chegar, eu queria perguntar uma coisa... Eu estava pensando. — Ela para, mas depois continua ainda mais baixo. — Você acha que está tudo bem com a Jess? Achei que ela estava meio estranha ontem.

— Eu também achei! — exclamo. — Ela estava tensa e meio... esquisita.

— Exatamente! Ela congelou quando falei do Tom, e eu achei... Eu fiquei preocupada de...

Suze faz uma careta, ansiosa, e sei no que está pensando.

— Calçola bege — digo sem pensar.

— O quê? — Suze parece não entender.

— Eu achei que talvez Tom estivesse saindo com alguma voluntária que usa calçolas bege. Ou ela. Ou alguma coisa do tipo.

— Ai, meu Deus. — Suze olha para mim com tristeza.

— Foi exatamente o que eu pensei também. Só que pensei em calça pescador e bandana.

Permanecemos em silêncio e começo a imaginar Tom ficando com uma garota de calça pescador e bandana vermelha. Depois troco a bandana vermelha por uma verde horrorosa e imagino um nariz maior para a garota, porque ela era atraente demais. Depois imagino uma calça que não veste nada bem e a imagino enfiando o dedo no nariz. Cara, ela é nojenta. Por que Tom ia preferir *aquela garota?*

— Talvez não seja isso — digo, por fim. — Talvez eles só tenham se desentendido.

— É. — Suze fica pensando. — A pressão da adoção deve ser muito estressante.

— Estressante *mesmo* — concordo. — E eles estão sozinhos lá no Chile. Sem ninguém para ajudar... De qualquer forma, pensei em convidar Jess para sairmos para beber. Você quer vir também? Talvez ela relaxe um pouco e se abra com a gente.

— Ela não é muito de se abrir — comenta Suze, duvidosa. — E ela bebe?

— Tudo bem. A gente pode ir a uma cooperativa e comer aveia orgânica — digo, impaciente. — A questão é que ela está tensa e nós podemos ajudá-la a se abrir e dividir o próprio sofrimento.

Sinto-me bastante experiente em ouvir problemas conjugais depois da conversa com Steph. Consigo ver Suze e eu numa mesa, comendo aveia e segurando a mão de Jess enquanto ela explica seus problemas e chora antes de dizer "Mas estar aqui com vocês já é uma grande ajuda. Principalmente com você, Becky".

Tipo, ela não *precisa* dizer "principalmente com você, Becky". Mas bem que poderia.

— Tadinha da Jess — diz Suze, enquanto tiro meu *trench coat*. — Eu sempre achei...

Ela para de falar no meio da frase e olho para ela. Noto que está olhando fixamente para o meu terninho desconstruído.

— Meu Deus, Bex. O que *aconteceu* com a sua roupa?

Ela não parece nada impressionada com o trabalho que eu fiz. Na verdade, o tom da sua voz está bem próximo do terror.

— Ah — respondo, alisando as pontas desfiadas do casaco. — Você gostou? Pensei em dar uma modificada nas peças.

— Foi você que fez isso? *Intencionalmente?*

— Exatamente! — exclamo. — Eu dei uma mexidinha nela.

— Entendi... — diz Suze depois de uma longa pausa.

— Hum... Legal.

Ela fica olhando enquanto troco o tênis pela bota preta com apliques de metal. Ela arregala ainda mais os olhos.

— Nossa. Essa bota é... forte.

— Você gostou? — pergunto, alerta. Será que Suze quer minha bota de Natal? Eu acabei de comprar, mas o Natal é justamente sobre isso: doar. — Acho que ia ficar ótima em você. Quer experimentar?

— Não! — responde Suze se encolhendo. — Não, obrigada! Essa bota combina com você, mas...

— Becky, querida! — Irene entra na loja e olha assustada para a minha roupa. — Minha nossa! O que aconteceu com a sua roupa? Você sofreu um acidente?

Sério? Será que *ninguém* reconhece um visual descolado?

— Está desconstruída — explico, um pouco mal-humorada. — Está na *moda*.

— Entendi — diz Irene, vaga. — Bem moderno, querida. Ah, sua bota. — Ela cobre a boca com uma das mãos.

— Você está com uma mecha azul? — pergunta Suze, olhando incredulamente para meu cabelo.

— Estou. — Dou de ombros casualmente. — Você sabe que gosto de mudar de vez em quando. Viver perigosamente.

Na verdade, não foi tão perigoso assim. Foi uma tinta lavável e não tóxica para crianças. Mas essa não era a questão. Caminho até o espelho, tentando me equilibrar no salto agulha, e olho meu reflexo. Não pareço em nada com uma mãe suburbana careta, isso com certeza. Eu pareço...

Bom, meu visual não está nem um pouco sem graça...

* * *

O movimento é bem fraco naquela manhã e, por volta das onze horas, meus pés estão me *matando*, embora eu nunca vá admitir isso para ninguém. Quando estou pensando em sair para comprar um chocolate, um grupo de mulheres entra na loja, todas muito bem-vestidas e segurando exemplares do *Guia de Letherby Hall*. Provavelmente fizeram o passeio pela propriedade.

— Ah, eu não gostei muito da Galeria Maior — declara a loira de rabo de cavalo enquanto olha uma fileira de casacos coloridos de *tweed*.

Eu a fulmino com o olhar. Como ela pode dizer uma coisa dessas? A Galeria Maior é brilhante. Tem um monte de pinturas e esculturas incríveis sobre as quais pretendo aprender tudo um dia. Felizmente Suze não ouviu. Ela ficaria magoada.

— Achei a escultura de Rodin bem interessante — arrisca a amiga de cabelo escuro, mas a loira do mal revira os olhos.

— Tão clichê — afirma ela em tom de desdém.

Clichê? *Ela* é clichê.

Quero fazer algum comentário rude, mas é claro que não posso. Meus pés estão latejando e estou pê da vida, mas Suze e Irene desapareceram, então me obrigo a atender o grupo com um sorriso simpático.

— Olá, posso ajudar?

Enquanto falo, dou uma olhada de cima a baixo na loira má e percebo que ela deve ter muito dinheiro. O casaco que está usando custa oitocentas libras na Net-a-Porter, eu vi.

— Só estamos dando uma olhada — responde a amiga gentil que gostou da escultura de Rodin.

— Esse seu conjunto de *tweed* é padrão? — pergunta a loira má, e percebo que ela estava *me* analisando de cima a baixo. — Eu não vi nada igual no mostruário — acrescenta ela olhando a bainha desfeita. — Está à venda?

Hum. Bem, a loira pode até ser má, mas pelo menos aprecia meu lado artístico.

— Na verdade, é um conjunto personalizado — digo, suavizando um pouco o tom. — Aqui em Letherby, nós acreditamos que o *tweed* não precisa ser sem graça. Pode ser desfiado, marcado, descolado, vibrante... são possibilidades infinitas — concluo, inspirada. Eu poderia ser a porta-voz da Diretoria de Promoção do *Tweed*! — Você teria interesse em encomendar um conjunto personalizado? — Eu mesma vou personalizar, penso, animada. Vou começar uma nova linha de negócios. Vai se chamar *Tweeds* Personalizados By Becky, e as pessoas vão dizer...

— Não — responde ela de forma direta. — Eu só queria saber por que ele é tão esquisito.

Esquisito?

Toda a minha alegria vai por água abaixo e eu me seguro para não olhar torto para ela. Em vez disso, digo com o máximo de autocontrole que consigo:

— Vou deixá-las à vontade para apreciar o restante da loja.

Finjo estar ocupada arrumando as bolsas de *tweed*, mas, quando as mulheres se afastam, lanço um olhar maldoso para a loira má. Se ela disser *mais alguma coisa cruel*...

Elas olham os sabonetes e xampus, mas não colocam nada no cesto. Nem mesmo geleia ou doce de compota. Então param para olhar a minha linda mesa *hygge*.

— *Coleção Hygge?* — pergunta a loira má com desdém enquanto olha para a plaquinha que eu mesma escrevi. — Pelo amor de Deus. *Sério?* Acho que estão exagerando um pouco.

Tudo bem, já chega. Já aguentei mais do que deveria. Elas não vão me chamar de "exagerada".

— Ah, sinto *muito* — digo em tom suave, aproximando-me para tirar a plaquinha *hygge*. — Essa placa está desatualizada. Esta, na verdade, é a nossa nova coleção *sprygge*.

Risco as palavras *Coleção Hygge,* viro a cartolina, escrevo *Coleção Sprygge* e a coloco de volta à mesa.

— *Sprygge?* — A loira má fica olhando para mim.

— Exatamente. *Sprygge.* Você nunca ouviu falar em *sprygge?* — pergunto em tom de pena. — Realmente é uma *novidade* por aqui. É uma coisa bem de nicho mesmo. É norueguês — acrescento.

Para ser bem sincera, a palavra *sprygge* simplesmente saiu da minha boca antes de eu parar para pensar. Mas agora que a escrevi, acho que é muito boa.

— E o que significa? — pergunta uma das mulheres.

— É difícil entender se você não fala norueguês — respondo, tentando ganhar tempo. — Mas, na verdade, é... positividade. Uma sensação de felicidade plena, mas é um pouco mais complexo do que isso. É mais intenso do que o *hygge*. Tipo um *megahygge*.

— Um *megahygge?* — pergunta a loira má com cinismo.

— Exatamente — respondo, desafiadora. — É o sentimento de euforia e alívio que você sente quando parece que vai dar tudo errado, mas acaba dando tudo certo. É *essa* a sensação.

— Eu conheço essa sensação — disse a mulher de cabelo escuro.

— É isso aí! — Fico radiante. — Imagine que você vai perder o trem e está em pânico, mas então você corre pela plataforma e consegue entrar no vagão. Enquanto está sentada ali, ofegante, a sensação que se espalha pelo seu corpo é o *sprygge*.

— Eu nunca teria imaginado que existe uma palavra para isso — declara a terceira mulher em tom de curiosidade. — A linguagem é uma coisa *tão* interessante.

— Exatamente! — Abro um sorriso para ela. — E fizemos uma curadoria cuidadosa para selecionar produtos que reproduzam essa sensação — acrescento, fazendo um gesto para a mesa. — As velas aromatizadas acalmam os nervos... Os cobertores dão a sensação de proteção e de que está tudo bem agora... E o chocolate diz: muito bem, você conseguiu e merece um prêmio!

A loira má ainda parece desconfiada, mas suas amigas estão impressionadas.

— Eu vou levar uma vela — declara a mulher de cabelo escuro.

— E eu vou levar o chocolate — diz a terceira mulher. — Acho que merecemos um prêmio, vocês não acham?

— Acho que vou levar um cobertor — decide a loira má, relutante.

Para minha total surpresa, as três mulheres começam a pegar os produtos na mesa e olhá-los com mais interesse. *Sprygge* funcionou!

Eu me viro e vejo Suze e Irene olhando para mim do outro lado da loja e abro um sorriso orgulhoso.

— Vou deixar vocês à vontade — digo para as clientes. — Se precisarem de qualquer coisa, é só chamar.

Sigo na direção de Suze e Irene e digo só com os lábios "Deu certo!" e faço um joinha discreto.

— Uau, Bex — diz Suze, quando me aproximo. — Isso foi incrível!

— Muito interessante — comenta Irene, admirada.

— Olhe para elas, estão comprando muitas coisas — acrescenta Suze baixinho. — Bex, de onde você tirou toda essa informação sobre *sprygge?*

Estou prestes a responder que inventei tudo quando vejo uma jaqueta de couro de relance pela porta. Aquele é...

Sim. É ele. Craig. Meu Deus. Não esperava vê-lo tão cedo.

Tá legal, não que eu estivesse *esperando* vê-lo. É só que... Não importa. Ele está aqui. Antes de parar para pensar, jogo o cabelo para o lado e me debruço sobre o balcão tentando esboçar uma expressão tranquila.

— O que houve, Bex? — pergunta Suze, surpresa. Ela se vira para seguir meu olhar. — Ah. Ah! — Ela se vira para mim e repete: — Ah! — em um tom de voz totalmente diferente. Seu olhar passa pela mecha azul do meu cabelo e vai até a bota descolada. — *Ah!* — diz ela uma quarta vez, com ainda mais ênfase. — *Aaaaah!*

181

Sério? Será que ela não consegue parar de repetir "Ah"?

— O que foi? — pergunto, tentando não soar defensiva.

— Você está bem rock'n'roll hoje, não é? — Suze ainda está me analisando. — Eu realmente estava tentando *entender* aonde você queria chegar com isso.

— *Rock'n'roll?* — Tento parecer chocada com a definição.

— Sério, Suze? A minha roupa é completamente... normal.

— Normal? — debocha Suze. — Você quer me dizer que essa bota é normal? E essa mecha azul também? — Ela baixa a voz e diz: — Você está tentando ficar interessante para o deus do rock ali.

— Claro que não! — respondo baixinho, mas furiosa.

— Enfim, você também está! — acrescento, quando vejo Suze alisar o cabelo. — E psiu! Ele está vindo para cá! Ah, oi — digo em um tom casual quando Craig se aproxima.

— Como foi tudo em Varsóvia? E a Blink Rage?

— Foi ótimo — responde Craig com sua voz rouca e arrastada. — Você devia ter ido com a gente, Becky.

— Varsóvia? — pergunta Suze. — Eu não sabia que você tinha ido para Varsóvia. Como você sabia, Bex?

— Becky e eu nos encontramos na estação de trem um dia desses — responde Craig.

— Ah, é *mesmo?* — diz Suze, levantando as sobrancelhas. — Que coisa!

— A casa é maravilhosa — elogia Craig, voltando a atenção para ela. — A hidromassagem já foi instalada e eu simplesmente não quero sair de lá nunca.

— Nossa — responde Suze, ficando toda vermelha. — Que bom que você gosta.

— Demais — enfatiza ele. — Muito mesmo. — Depois, ele volta o olhar intenso para mim. — Então, Becky? A gente devia sair um dia desses para tomar uns drinques. Virar umas doses de tequila!

— Ah, é! — Engulo em seco, tentando soar casual. — Isso! Tequila. Com certeza.

— A gente podia se encontrar no Lamb and Flag? E decidir o que fazer por lá. Leve seu marido — sugere ele.

— Eu adoraria conhecê-lo. Você está livre hoje à noite?

— Hum, sim — respondo, um pouco afobada. — Mas preciso arranjar alguém para ficar com a minha filha.

— Pode deixar a Minnie comigo — avisa Suze, lançando-me um olhar debochado. — Eu posso pegar a Minnie quando for buscar as estátuas. E você pode sair para se divertir.

— Ótimo. — Craig abre um sorriso. — Que tal... sete horas?

— Perfeito!

— Até mais tarde, Becky. — Ele segura o meu braço e o aperta de leve. Depois, olha para baixo. — Gostei da bota — declara ele, com uma piscadinha.

E então ele se vira para sair da loja, sem pressa. Fico olhando para ele e percebo de repente que estou prendendo a respiração. Tenho quase certeza de que a Suze também está.

— Ai, meu *Deus* — diz Suze assim que a porta se fecha atrás dele, e ela se vira para mim. — O que foi aquilo?

— Aquilo o quê? — pergunto, na defensiva.

— *Aquilo!* — Ela faz um gesto eloquente com as mãos. — Todos aqueles olhares intensos!

— Não teve nenhum olhar intenso!

— Claro que teve! E você se derreteu todinha.

— Você também — retruco, e Suze parece ficar um pouco constrangida.

— Tá bem. Talvez eu tenha me derretido um pouco — admite ela. — Mas não tem problema porque ele não está interessado em mim. Não me convidou para um encontro no *pub*.

— Não é um *encontro*. — Reviro os olhos, sem paciência. — E ele não está interessado em mim.

— E o que foi aquela pegada no seu braço? — quer saber Suze. — Eu com certeza senti uma tensão sexual. Eu vi.

Sinto uma pontada de orgulho, mas tento me controlar. *Não* estou interessada em Craig. Claro que não. É só que se seu ex-namorado sem graça se transforma em um deus do rock, é muito bom saber que ele ainda... sabe?

Tipo, eu sou de carne e osso, né?

— Você já contou sobre o Craig para o Luke? — pergunta Suze.

— Hum...

Paro para pensar. Na verdade, não contei. Isso é estranho. Por que não contei?

Fico revirando os pensamentos, tentando entender. Acho que o assunto não surgiu. Mas não tem nada de *errado* nisso. Não estou *escondendo* nada. É só porque somos um casal muito ocupado e não conseguimos compartilhar cada detalhe dos nossos dias um com o outro.

Se eu admitir isso para Suze, sua reação vai ser exagerada. Vai achar que "estou guardando segredos do meu marido". Para ser justa, ela é supersensível com relação a isso, mas não é para menos. Ela passou por problemas com Tarkie e *guardou* segredos (dele, de mim e do mundo). Mas isso não chega nem perto de ser a mesma coisa.

— Claro que eu contei para o Luke! — exclamo, cruzando os dedos às costas. — Ele achou tudo muito engraçado. E nós brincamos sobre isso.

— Aham. — Suze perde o rebolado. — Ah, tá.

Não chega a ser uma mentira, digo para mim mesma. Porque *vou* contar para o Luke. Assim que colocar os olhos nele esta noite. Vou contar para ele sobre Craig e nós vamos rir e tudo vai ficar bem.

— Bem, divirta-se hoje à noite — diz Suze, levantando o queixo. — Aproveite.

— Suze, você quer vir com a gente? — convido, apressada. — Tenho certeza de que você também foi convidada.

— Ah, não! — exclama Suze, se fazendo de desinteressada. — Ele é seu amigo. Por que eu ia querer ir? Só me conte se vocês acabarem na hidromassagem — acrescenta ela com um olhar debochado. — É melhor levar um biquíni.

DEZ

Sério. Levar meu biquíni. Que ideia absurda.

Mas... Será que devo levar? Só para o caso de eu precisar? Não. *Claro* que não. Não vamos acabar na hidromassagem, é claro que não vamos. Só vamos sair para tomar um drinque no *pub* da cidade.

Estou sentada na cozinha, colorindo com Minnie e esperando Luke chegar. Sinto-me um pouco apreensiva sobre contar de uma vez só para Luke que 1) meu ex-namorado está morando na mesma cidade que a gente, 2) ele é roqueiro, e 3) ele nos convidou para tomar um drinque hoje à noite.

Tipo, isso não é um *problema*. É só que é muita informação meio do nada. Suze está certa, eu já devia ter mencionado Craig. Não sei por que não fiz isso.

Ouço a porta abrir e respiro fundo, pronta para começar minha explicação, mas Luke entra cheio de energia e começa primeiro:

— Não parei de pensar nessa bota sexy o dia inteiro — declara ele com um olhar intenso. — E parece ainda mais sexy do que hoje de manhã. Já está na hora de colocar a

Minnie na cama? — Ele olha para ela. — Tenho certeza de que ela precisa dormir cedo, não é, filha?

A intenção dele é bem clara, e não consigo segurar o riso. Eu me levanto.

— Como foi seu dia? — Minha intenção é levar o assunto para Craig, mas Luke simplesmente ignora minha pergunta.

— Tive uma ideia — diz ele, me abraçando. — Que tal você e eu viajarmos sozinhos depois do Natal? Se você quer ir para Varsóvia, Becky, vamos. Por que não? Fiz uma pesquisa na hora do almoço. Encontrei um hotel maravilhoso, com spa, perto do Presidential Palace. Tem serviço de massagem de casais — acrescenta ele com um brilho no olhar.

— Parece incrível — digo, ligeiramente sem ar porque estou cada vez mais ansiosa para contar a ele sobre Craig. — Então... Hum... Aconteceu uma coisa tão engraçada! — Faço uma pausa, tentando organizar os pensamentos, mas Luke parece não me ouvir.

— Pensei muito no que você disse no outro dia — diz ele em tom mais sério. — Você está certa. Temos que ficar conectados. Você sempre está experimentando coisas novas, sejam roupas ou músicas. Becky, você me põe no chinelo. Por que não podemos ir a uma boate em Danzigue? Por que não passar um fim de semana em Varsóvia? Você sabe alguma coisa de polonês? — Ele abre um sorriso para mim. — Eu olhei "bota sexy" no Google Tradutor. É *Świetne buty* — diz ele com orgulho. — *Świetne buty, kochanie*. É "que bota sexy, querida".

— Que legal! — exclamo, desesperada para impedir que ele continuasse naquele fluxo empolgado. — Então, eu tenho uma coisa para contar.

— O quê? — pergunta Luke, passando a mão nas minhas costas e apertando a minha coxa. — Você comprou mais três pares de botas e as escondeu embaixo da cama? Tudo bem por mim, desde que você leve todas para Varsóvia.

— Não! — Dou uma risada nervosa. — É só que... hum...

— Oiê! — A voz animada de Suze me interrompe e nós dois olhamos para a porta, onde minha amiga está segurando uma caixa de entrega. — A porta estava aberta e isso estava do lado de fora.

— Ah, sim. — Luke bate a mão na testa. — Eu ia voltar para pegar isso, mas me distraí com minha mulher maravilhosa.

Vejo algo na expressão de Suze se suavizar quando olha para nós dois. Ela coloca a caixa na mesa e sorri para mim.

— Desculpe interromper o casal apaixonado. Estou aqui para buscar as estátuas horrendas.

— Que ótimo! — diz Luke. — Meu dia está ficando cada vez melhor. Quer uma taça de vinho, Suze? Estamos planejando uma viagem para Varsóvia.

— Varsóvia! — exclama Suze, surpresa. Então, seus olhos se iluminam. — Vocês vão com o Craig?

— Craig? — pergunta Luke.

— Você sabe, o ex-namorado da Becky — diz Suze toda alegre. — Ele não foi para Varsóvia nesse fim de semana? Becky contou sobre a hidromassagem? — acrescenta ela com uma risadinha. — Eu acabei de ir lá ver. É imensa. Não se *atrevam* a contar para o Tarkie. Ele vai ter um treco.

Ela lança um olhar ansioso para Luke, mas ele fica parado ali, segurando a garrafa de vinho, parecendo confuso.

— Ex-namorado? — pergunta ele, depois de um tempo.

— Na verdade, Suze... Eu ainda não tive a chance de contar para Luke sobre o Craig. — Tento soar casual, mas Suze fica olhando para mim, boquiaberta.

— Mas você disse que tinha contado — argumenta ela.

— Você me disse que tinha contado.

Sinto uma pontada de frustração. Por que Suze precisa reagir desse jeito? Ela vai fazer tudo parecer estranho, quando, na verdade, não há nada de estranho.

— Não é nada de mais — apresso-me a dizer com uma risada e me viro para Luke. — Um cara chamado Craig foi meu namorado há *séculos,* quando eu ainda estava na faculdade, e ele agora é inquilino da Suze e nos convidou para um drinque hoje à noite. Só isso.

— Tá. — Luke dlgere isso. — E qual a ligação disso com Varsóvia?

— Ele passou esse fim de semana em Varsóvia. E convidou a Becky para ir, não foi, Bex? — acrescenta Suze e vejo uma expressão estranha no rosto de Luke.

— Entendi — diz ele em tom neutro. — Então foi por isso... Vou pegar um vinho.

— Ele só me deu a ideia de Varsóvia — digo. — A gente deve ir mesmo, Luke! Parece muito legal!

Estou tentando reacender o momento que tivemos um pouco antes, mas não sei se está funcionando. Luke serve três taças e quando volta está com um sorriso de novo, porque Luke é assim.

— Então, o que esse cara está fazendo em Letherby?

— Ele está exausto depois de uma turnê — comenta Suze. — Ele é... roqueiro, sabe? Jaqueta de couro, bota, tatuagem, cabelão... Um pouco desarrumado. Não tem nada a ver com você — acrescenta ela, ansiosa. — Ele é *totalmente* diferente.

Acho que Suze está tentando acalmar Luke. Mas eu meio que gostaria que ela não fizesse isso.

— Entendi — repete Luke, e seu olhar passa pela mecha azul do meu cabelo, pelo meu terninho desfiado e pela minha bota. Ele olha para elas em silêncio e, depois, de novo para meu rosto, que está ficando quente, mas eu *não* faço ideia por quê.

Fico olhando para ele enquanto penso: "Não, não é nada disso!"

Mas não é nada disso o que, exatamente? Eu não quero tentar adivinhar o que está passando pela cabeça do meu marido agora. Não quero transformar essa coisinha tão pequena em alguma coisa, quando não é nada de mais. Nada *mesmo*.

— Então — continuo, tentando manter a leveza. — Ele nos convidou para tomar um drinque hoje à noite. Ele quer muito conhecer você. Suze vai ficar com Minnie.

— Ótimo — diz Luke, usando o mesmo tom neutro. — Vai ser divertido.

Sinto minha cabeça pinicar e o olhar preocupado de Suze, mas não quero olhar para ela. Quero fazer um comentário leve e perfeito que vai resolver tudo. Mas, nesse momento, não consigo pensar em nada.

Enquanto caminhamos pelas ruas frias de Letherby para o Lamb and Flag, a cidade está encantadora. A luz de todas as casas está acesa atrás das cortinas, e há árvores de Natal nos jardins brilhando com pisca-piscas. Aqui é tão idílico e eu amo essa cidadezinha. Mesmo que não seja tão descolada quanto Shoreditch.

Mas não consigo aproveitar o cenário, porque estou um pouco nervosa. Luke não disse quase nada desde que avisei que íamos tomar um drinque com meu ex-namorado. Seus olhos estão distantes, e seu maxilar, contraído. É difícil imaginar o que está passando por sua cabeça.

Sinceramente? Não é nada de mais. Ou não deveria ser. Luke e eu somos um casal feliz. O fato de Craig ser meu ex-namorado não tem a menor importância. Luke deveria ter a mente mais aberta com relação a isso. Se fosse o contrário, eu agiria como se não fosse nada de mais, digo para mim mesma. Na verdade, fui bem mente aberta quando conheci uma ex-namorada dele chamada Vanetia alguns anos atrás. Fui mesmo.

(Ok, tive que dar um enorme chega pra lá nela, mas ela me provocou.)

A questão é que Craig é um cara talentoso e interessante e nosso vizinho. Devíamos fazer amizade com ele.

— Então, imagino que você queira saber tudo sobre o Craig — comento casualmente enquanto caminhamos.

— Não — responde Luke em um tom que não consigo interpretar.

— Certo. De qualquer forma, nós namoramos por muito pouco tempo — conto, nervosa. — Então, ele praticamente nem conta como ex-namorado.

— Hum — responde Luke, como se não estivesse nem um pouco interessado.

— De certa forma, ele é meio como você — digo depois de um tempo. — Ele também viaja muito.

Quando digo as palavras vejo uma imagem de Luke no aeroporto com seu sobretudo e valise e comparo com uma foto que vi no Instagram do Craig, jogado na poltrona de um ônibus com a legenda: *#ressaca*. Sou obrigada a dar o braço a torcer de que eles não têm *nada* a ver. Mas não vou entrar nesse mérito agora.

Paramos para atravessar a rua e ajeito minha meia-calça de caveira que comprei no mesmo site da bota sexy. Está um pouco apertada demais, mas é *tão* descolada. Na verdade, o meu look inteiro é descolado. Por baixo do casaco, estou com uma camiseta cinza (rasgada nas pontas) e uma minissaia preta de couro. Coloquei meu brinco novo de caveira prateada e preta e estou com uma sombra azul bem forte. Além disso, prendi meu cabelo com uma presilha de couro.

Olho para Luke, que ainda está com o terno do trabalho, e sinto uma onda de insatisfação. Vamos tomar tequila com um roqueiro, mas ele parece pronto para fazer uma apresentação de negócios para o HSBC.

— Por que você não desabotoa a camisa? — sugiro. — Se solta um pouco, Luke! Entra no espírito da coisa!

Bagunço um pouco o cabelo dele e desabotoo o primeiro botão da camisa, esperando que ele relaxe um pouco, mas ele só olha para mim.

— Você quer que eu volte para casa e coloque uma jaqueta surrada de couro?

— Não! — respondo, rindo. — Não seja bobo! — Hesito antes de perguntar: — Você *tem* uma jaqueta surrada de couro?

Ele me lança outro olhar e mordo o lábio. Claro que não. *Dã.*

Caminhamos mais um pouco e Luke não diz mais nada. Será que estou imaginando coisas ou a tensão está aumentando? Fico olhando para ele, e seus lábios estão cada vez mais contraídos. E, de repente, quando nos aproximamos da porta do *pub,* sinto que talvez eu tenha cometido um erro enorme.

Será que estou em negação? Será que *existe* uma tensão sexual entre mim e Craig?

E, tudo bem, sou obrigada a admitir: eu realmente tentei ficar mais descolada hoje. Por causa do que o Craig disse. Mas não sinto a menor *atração* por ele.

Não é?

Bem, talvez eu sinta um pouco de atração, só porque ele é bonito e qualquer mulher se sentiria assim. (Veja a Suze.) Mas eu não *quero* o Craig.

Quero?

Ai, meu Deus. Será que eu *quero o Craig e nem estou percebendo?* Será que meu inconsciente quer ter um caso com ele?

Continuo andando em silêncio, sentindo-me um pouco ansiosa enquanto tento analisar os cantos mais obscuros da minha mente. Mas o problema de fazer perguntas ao próprio inconsciente é que ele só dá risada e responde "Você é que tem que descobrir".

E quanto ao Luke? Ele parece calmo — mas e se ele estiver borbulhando de raiva e ciúmes por dentro? Quando chegamos à porta, sinto um nó de nervosismo na garganta. Será que devo cancelar e dizer "Vamos para casa"? Mas, se eu cancelar, será que não vou piorar ainda mais as coisas?

E se Luke e Craig começarem a brigar? Decidirem fazer um *duelo?* Não sei de onde saiu essa ideia maluca, mas de repente vejo Luke no seu Armani e Craig com sua jaqueta de couro, cada um segurando sua espada, pulando no bar do *pub* e saltando de uma mesa para outra, enquanto choro, desesperada, gritando: "Por favor! Não briguem por mim! A vida de vocês é preciosa demais!"

— Becky? — Luke lança um olhar estranho. — Nós não vamos entrar?

— Claro. — Acordo do meu devaneio e pisco algumas vezes. — Sim, vamos entrar.

Está quente e aconchegante lá dentro com a lareira acesa. Pelos alto-falantes, soa a voz de Chris Rea cantando sobre voltar para casa no Natal e sinto um cheiro de vinho no ar. Quando tiro o casaco, percebo que a atendente do bar lança um olhar curioso para minha roupa.

— Vai a alguma festa à fantasia? — pergunta ela.

Sério? Eu jamais ouviria essa pergunta em Shoreditch.

— Não. Só vim encontrar com uns amigos — respondo, educadamente.

A palavra "amigos" soa misteriosa e enigmática aos meus ouvidos. Nunca me senti uma *femme fatalle* antes — mas, de repente, sinto como se eu fizesse parte de um triângulo amoroso de um filme *noir* e esta é a cena central.

— Luke, você sabe que eu amo você, não sabe? — Minha voz de repente está grave e rouca.

— Sei — responde Luke, como se eu fosse uma idiota.

— O que você vai querer, Becky? — pergunta o dono do *pub*, Dave, com voz alegre.

Antes que eu tenha a chance de responder, a porta do *pub* se abre atrás de mim e eu ouço a voz de Craig, acompanhada por violinos na minha cabeça:

— Becky.

É praticamente *igual* àquela cena de *Casablanca*. (Só que estou num *pub*. E a cena não é em preto e branco. E não é em Casablanca.)

— Craig — digo, a voz um pouco falha, e fico surpresa quando me viro para ele. Ele não está usando a jaqueta de couro. Está de casaco. E ele fez a barba?

Ele me cumprimenta com dois beijinhos no rosto — então se vira para Luke.

— Luke... Esse é o Craig.

Não sei exatamente o que estou esperando. Um confronto imediato? Mas é claro que não é isso o que acontece. Eles trocam um aperto de mão e Luke diz:

— Bem-vindo a Letherby, Craig.

E Craig responde:

— Valeu, cara. Está bem frio lá fora. O que vocês vão beber?

Toda aquela sensação de filme *noir* se desfez. Eles são só dois caras em um *pub*.

— O que você vai querer, Becky? — repete Dave. — O de sempre? Baileys com gelo?

Sinto uma pontada de vergonha. Baileys com gelo não é o meu drinque "de sempre". Só pedi algumas vezes.

— Tequila, obrigada — respondo no tom mais descolado que consigo, olhando para Craig. — Hoje vamos tomar tequila, não é?

— Tequila? — pergunta Luke, parecendo surpreso, mas finjo que não ouvi.

— Eu, não — responde Craig, erguendo uma das mãos, e fico olhando para ele.

— Como assim?

— Eu não estava falando sério sobre tomarmos tequila — explica ele com um sorriso sem graça. — Não posso mais fazer isso depois de ter acabado com meu estômago. Vou tomar vinho. Mas fiquem à vontade para pedir o que quiserem — acrescenta ele, virando-se para Luke.

— Eu também vou tomar vinho — diz Luke, decidido. — Tem um ótimo Malbec aqui...

— Malbec. — Craig assente, animado. — Uma ótima escolha. Tomei no almoço de domingo.

Malbec? Desde quando deuses do rock tomam *Malbec*?

Fico olhando, frustrada, enquanto Dave serve duas taças de vinho e uma dose de tequila. Me sinto uma completa idiota. Não quero tomar tequila sozinha.

— Saúde — brinda Craig, batendo os copos.

Eles tomam um gole do vinho e viro a tequila de uma vez só.

Ooh. A bebida é bem forte. Minha visão fica um pouco embaçada.

— Quer mais uma? — pergunta Dave, com expressão de curiosidade no rosto.

— Hum... Daqui a pouco, talvez — respondo, pegando um lencinho de papel para enxugar os olhos.

— Então você curte vinho? — pergunta Craig a Luke.

— Um pouco. E você?

— Comecei há pouco tempo — responde Craig com seu jeito arrastado de falar. — Adam, um amigo meu, vocalista da Blink Rage, acabou de comprar uma caixa de Château Lafite em um leilão na Sotheby's. Safra de 1916.

— Eu li sobre isso — diz Luke, entusiasmado. — Parece que os lances ficaram bem altos.

— As coisas foram bem intensas — conta Craig. — Eu estava com o Adam. Ele estava fazendo os lances pelo telefone e estava bem nervoso... Ei, vocês querem se sentar perto da lareira? — pergunta ele quando um grupo se levanta.

— Claro — concorda Luke. — Boa ideia.

Fico olhando os dois seguirem para a lareira, sentindo-me afrontada. Quando disse que queria que Luke e Craig se dessem bem, não quis dizer que queria que começassem a conversar e me *ignorar*.

— Becky, você vem? — pergunta Luke, virando para olhar para mim. — Você quer outra dose de tequila? — pergunta ele num tom zombeteiro.

Ele está debochando de mim?

— Vou querer uma taça de vinho — respondo, tentando recuperar a dignidade.

Espero Dave me servir a taça de vinho e peço alguns petiscos também. Estou prestes a me juntar a Luke e Craig perto da lareira quando a porta se abre e uma mulher entra. Ela tem mais ou menos a mesma idade que eu, está usando um sobretudo sobre um terninho cinza bem justo com um decote incrivelmente revelador. O cabelo é comprido e liso, a pele exibe um bronzeado artificial e as sobrancelhas estão muito bem delineadas. E *com certeza* ela fez preenchimento labial. (Provavelmente duas vezes. Da primeira vez, imagino que tenha dito "quero uma coisa bem natural" e, na segunda, "Eu amei! Pode mandar ver!")

Ela lança um olhar de surpresa para a minha meia-calça, olha para meu brinco de caveira e morde o lábio, parecendo achar graça — depois começa a procurar alguém no *pub*.

— Craig! — exclama ela com voz anasalada.

— Amor! — O rosto de Craig se ilumina e ele se levanta. — Amor, estou aqui! Luke, Becky, quero apresentar Nadine a vocês, minha namorada.

O quê?

* * *

Por que Craig não deveria ter uma namorada? É claro que ele tem uma namorada. Eu não sei por que não me ocorreu antes que ele teria uma namorada. Não é nenhuma surpresa, na verdade.

Mas o que *é* uma surpresa para mim é...

Bem. Ela.

Se eu ouvisse "namorada do Craig", teria imaginado alguém descolado. Uma garota rock'n'roll. Com sombra azul vibrante e calça justa, iguais às garotas que vi no Instagram dele. Mas Nadine não é nada disso.

Ela pede um drinque e vem se juntar a nós, e não consigo parar de olhar para ela. Simplesmente não dá para acreditar. Ela *não pode* ser a namorada do Craig, não é? Mas, de alguma forma, ela é. Nadine é muito elegante, tem um Fiat e parece odiar a música do Craig. Ele fica repetindo isso como se fosse uma coisa *boa*.

— Ela nem vai aos meus shows — diz ele, rindo. — Não aceita me acompanhar nas turnês, não é, querida? Ela simplesmente se recusa.

— Blink Rage! — exclama Nadine, tomando um gole do Proseco. — Que tipo de nome é esse? E vocês já *ouviram* a barulheira que eles fazem? — Ela olha para minha meia-calça de novo. — Mas talvez você curta esse tipo de música, não é, Becky?

— Eu sou bem eclética — digo, dando de ombros. — Eu costumava acompanhar a banda do Craig em Bristol. Foi quando começamos a namorar. Bons tempos — acrescento, com o olhar perdido.

Espero que Nadine faça mais perguntas. Mas ela apenas resmunga "hum", com total falta de interesse, antes de se virar para Luke:

— Eu sei tudo sobre *sua* empresa, a Brandon Communications, sabia? É bem famosa. Eu quero chegar um dia aonde você está hoje. Pode crer em mim quando digo que você é a minha inspiração.

Ela se inclina para Luke e olha para ele com olhos azuis límpidos, fazendo o decote ficar ainda mais revelador com um dos braços, percebo de repente.

— Nadine está se saindo muito bem com sua empresa de marketing — conta Craig. — Ela conseguiu um cliente novo, a Sportswear. — Ele toma um gole de vinho e dá um tapinha orgulhoso no braço dela.

— Você não tem nenhum conselho para me dar? — diz Nadine, suspirando. — Qualquer coisa que possa me ensinar. Como foi que você começou? Como foi no início? Você é um verdadeiro exemplo.

Cada vez que ela fala o decote dela fica mais revelador. É sério isso? Olho para Luke, esperando que ele olhe para mim, mas a atenção dele está toda em Nadine.

— Você não vai querer ouvir minha história longa e chata no mundo dos negócios — diz ele, com uma risada.

— Ah, mas eu quero, sim. — Ela pisca para ele. — Pode crer em mim quando digo que quero ouvir todos os detalhes. Tenho tanto a aprender com você.

— Ela quer mesmo — reforça Craig. — Ela estava no meu pé, todo dia falando "você tem que me apresentar ao Luke Brandon". Ela não dá a mínima para a Blink Rage.

Não tem o menor interesse mesmo. Mas queria muito conhecer você.

— Bom — diz Luke, parecendo se divertir. — Estou lisonjeado. Você quer outra taça de vinho, Craig?

— Pode deixar que eu pego — diz Craig, levantando-se.

— Vocês dois continuem o papo. Becky, tudo bem? — Ele olha rapidamente para mim.

— Tudo bem! — digo, com um sorriso radiante. — Tudo bem! Maravilha.

Mas não está nada bem. Uma hora depois, meu sorriso está congelado no rosto. A noite se tornou o *oposto* do que eu esperava.

Luke e Nadine estão envolvidos em uma conversa chata e técnica sobre marketing, da qual ninguém mais consegue participar. Nadine disse umas mil vezes que Luke era a inspiração dela, "pode crer em mim quando digo, Luke". (Ela diz "pode crer em mim quando digo" a cada cinco minutos, e isso está me deixando *puta*.) Mas Luke parece não notar. Parece estar adorando a atenção.

Enquanto isso, Craig ignorou todas as minhas tentativas de conversar. Tentei todos os assuntos que passaram pela minha cabeça, desde música até Kiev (eu fiz uma pesquisa) e sobre meus pais estarem morando em Shoreditch. Mas todas as vezes ele parou no meio para dizer a Luke como Nadine é ótima ou como ela é especialista em tecnologia e projetou o novo site dele.

— Mais um drinque, Luke? — pergunta Nadine ao ver a taça dele vazia. Ele olha para o relógio dele e, depois, para mim.

— Acho melhor irmos agora — digo, tentando parecer chateada. — Eu disse para Suze que não íamos demorar muito. Mas foi ótimo conhecer você.

— Ah, também adorei! — diz Nadine, falsa. E então olha para a minha bota de salto agulha. — Essa bota não mata você? Eu não consigo usar salto. Eu não gosto de rock e não uso salto mais alto que cinco centímetros. Fim de papo. — Ela lança um olhar satisfeito para Craig e ele olha admirado para ela.

— Nadine sabe exatamente o que quer — declara ele, cheio de orgulho. — Sempre soube.

— Você foi para Varsóvia com ele no fim de semana? — pergunto, sem conseguir me segurar.

— Varsóvia? — pergunta Nadine, jogando o cabelo para trás. — Sem chance! Eu estava trabalhando. De qualquer forma, eu não gosto dos amigos do Craig. Eles são desordeiros demais. — Ela franze o nariz. — E eu não curto viajar.

Desisto. Eu não entendo esse relacionamento. Ela não gosta de músicos, não gosta de rock, não gosta de viajar. O que eles têm em comum? O quê?

— Bem, nós já vamos! — digo, levantando-me. — Foi *tão* bom ver vocês. Sejam bem-vindos a Letherby...

— Ah, mas vocês têm que ir lá em casa — responde Craig, levantando-se também. — Conhecer, experimentar a hidromassagem.

— Ah, a hidromassagem — diz Nadine, entusiasmada. — Disso eu *gosto*. Eu poderia ficar lá dentro o dia todo. Você gosta de hidromassagem, Luke?

Lanço um olhar desconfiado para ela. Ela está praticamente encostando no meu marido. Será que ela acha que ele tem algum problema de audição ou algo do tipo?

— Eu gosto de hidromassagem — responde Luke sem pestanejar e sinto os pelos do pescoço se eriçarem. Não sei nem o motivo. Foi o jeito como ele disse "hidromassagem", como se fosse algo sexy.

— Adorei seu bigode, Luke — declara Nadine, com a voz rouca, lançando um olhar admirado. — É bem no estilo dos três mosqueteiros.

— Ah! — Luke toca o bigode, um pouco envergonhado. — Bom, estou deixando crescer em apoio à campanha de conscientização do novembro azul.

— Mas você devia deixar — declara Nadine.

— Estou pensando nisso — responde Luke, parecendo feliz.

— Combina *tanto* com você — continua ela. — Fica perfeito.

O que é que ela está falando? Não fica mesmo! Cale a boca, Nadine, penso, furiosa. O bigode do meu marido não é da sua conta.

— Ah, Luke, antes de você ir — acrescenta Nadine. — Será que posso fazer mais uma pergunta? É que estou desenvolvendo um site para um cliente e tem uma coisa que não sei bem... — Ela começa a mexer no celular e Luke olha para o aparelho, e eu começo a me irritar.

— Ei, Becky. — A voz de Craig soa baixinho no meu ouvido. — Sinto muito por termos ignorado você.

— Não seja bobo! — exclamo em tom alegre e com um sorriso falso.

— Mas foi o que aconteceu. — Ele lança um olhar arrependido. — Sinto muito. É que a Nadine estava tão animada para conhecer seu marido, fazer perguntas para ele e coisas assim. E eu fiquei muito feliz por eles terem se dado tão bem... Parece que nós quatro nos demos bem, né? E moramos tão perto agora. Acho que podemos nos tornar bons amigos, hein?

— Acho que sim — respondo, saindo um pouco da defensiva.

— A gente queria realmente que vocês fossem lá em casa. — Ele está bem próximo de mim e seus olhos escuros estão fixos nos meus. — Bater papo. Passar um tempo juntos. Relaxar. Curtir a hidromassagem e... o que mais rolar, não é? Só nós quatro, num lugar legal e privado. — Ele coloca a mão casualmente no meu braço. — Posso tocar minhas últimas músicas para você. Seria legal, né?

Tocar as últimas músicas? É, isso parece legal. Desde que a Nadine não fique interrompendo a conversa para falar sobre receitas e lucros ou seja lá o que for que ela não para de falar a respeito.

— Parece uma boa — digo, sinceramente.

— Então está combinado. Nadine! — Ele fala mais alto. — Becky e Luke vão passar lá em casa por esses dias.

— Que maravilha — suspira Nadine. — Mal posso *esperar* para ver você de novo. Ah, e você também, Becky — acrescenta ela.

Nós nos despedimos, dizendo que foi uma noite muito agradável — e Luke e eu saímos do *pub*. Quando começamos a andar, Luke fica em silêncio de novo e não consigo imaginar no que ele está pensando.

— Então! — digo depois de um tempo. — O que você achou? Sinto muito não ter mencionado o Craig antes...

— Não, tudo bem — responde Luke. — Tudo bem. Mulher legal — acrescenta ele, e antes que eu possa me controlar, sinto os pelos do pescoço se eriçarem novamente.

Mulher legal? Ou *flerte* legal?

Mas eu me controlo. Não devo ser tão desconfiada. Se eu posso ser amiga de Craig, então Luke também pode ser amigo de Nadine, mesmo que os lábios dela pareçam dois travesseiros. Literalmente.

De: customerservices@gardendecorations.co.uk
Para: Becky Brandon
Assunto: PEDIDO 7654

Prezada sra. Brandon,

Referente ao seu PEDIDO 7654, infelizmente os seguintes itens estão esgotados. Fizemos o estorno para o seu cartão de crédito.

Produto	Quantidade
Enfeite lhama prateada	06

Atenciosamente,
    Serviço de atendimento ao cliente

ChristmasCompare.com®

Fornecedor	Produto	Preço	Disponibilidade
Decorationstogo.co.uk	ENFEITE LHAMA PRATEADA	£6.99	*ESGOTADO*
Uma linda lhama com pelos prateados e a logomarca cor-de-rosa do "World Peace".			
Treesandtoppers.co.uk	ENFEITE LHAMA PRATEADA	£5.99	*INDISPONÍVEL*
Sua árvore de Natal vai ficar ainda mais linda com esta lhama fofa!			
ACuratedChristmas.co.uk	ENFEITE LHAMA "WORLD PEACE"	£10.99	*ENTREGA EM 26 SEMANAS*
Enfeite elegante para a árvore de Natal em tons de prata e de rosa.			

WhatsApp

Você criou o grupo "NATAL!"

Becky
Oi, gente! Criei esse grupo para organizar o Natal! Deem suas ideias e façam seus pedidos por aqui. Bj, Becky

Janice
Querida, eu deveria ter dito isso no nosso encontro, mas o Natal não é Natal para a gente sem os bombons sortidos da Quality Street.

Martin
Também gosto dos palitinhos de chocolate da Matchmakers. A caixa laranja.

Suze
Tarkie ama aquele chocolate que parece uma conchinha. Qual é a marca mesmo?

Jess
Gostaria de pedir para você comprar chocolate só na Fairtrade. Ou talvez seja melhor substituir por algo mais saudável, como alfarroba.

Suze

Oi, Bex, tem umas luzinhas na Tesco muito fofas em forma de pimenta. Acho que você devia comprar.

Janice

Eu vi uma em forma de banana na Sainsbury's

Martin

O que banana tem a ver com Natal????

Mãe

Seu pai acha que o tema poderia ser abacate. É bem "moderno". Acabamos de comprar luzinhas em forma de abacate para nossa noite de gim e cacto!!!!!

Janice

O que é noite de gim e cacto?

Mãe

A gente bebe gim e mostra nossos cactos. Todo mundo faz isso em Shoreditch, querida.

Janice

Tenho certeza de que as pessoas fazem de tudo em Shoreditch.

Jess

Pisca-pisca é um problema.

ONZE

Tá legal. Fazer um grupo de WhatsApp para o Natal talvez tenha sido um erro.

Tenho 134 mensagens não lidas e o grupo começou ontem à noite. Não *consigo* acompanhar os milhões de sugestões que todo mundo está fazendo. Em questão de meia hora, passamos dos melhores chocolates para as melhores tarteletes e dos melhores filmes de Natal para a melhor versão de *Um conto de Natal*.

(O dos *Muppets,* é claro. Meu pai não concorda — mas não consegue superar o fato de que são *Muppets*, que ele chama de "*Puppets*". Foram dez mensagens só com isso.)

Repito para mim mesma que preciso ficar calma. Que "Seja lá o que o Grinch possa roubar, não é o Natal". O resto é resto. Ruído branco. Não importa que tipo de tartelete vamos servir, não é? Que tipo de molhos?

Mas não são só os pedidos que estão me preocupando, é o tom da discussão. Consigo *entender* completamente por que o governo está preocupado com o *bullying* que está surgindo nas redes sociais entre pessoas de uma certa geração — porque mamãe e Janice estão se alfinetando o tempo todo.

Mamãe não para de falar sobre como as coisas são feitas em Shoreditch e fica se exibindo com sua agenda cheia de compromissos e degustações de gim artesanal. Janice acabou debochando: "Tem certeza de que você vai ter tempo para passar o Natal com a gente, querida, com sua vida social tão intensa?"

Nossa. Mas acho que a Janice está certa. Era para mamãe ir comigo à Feira de Decorações de Natal na quinta--feira, mas ontem, às dez horas da noite, desmarcou. Parece que está fazendo uma oficina de teatro experimental e é o único dia em que pode fazer isso.

Eu até acho justo, teatro experimental é uma ótima ideia — mas e quanto ao Natal? E quanto a mim?

Quando chego ao trabalho no dia seguinte, ainda estou tonta com aquelas mensagens de WhatsApp, mas, assim que Suze me vê, ela diz:

— E aí? *E aí?* — Como se eu devesse saber do que ela está falando.

— Tudo bem se usarmos o molho da Waitrose — respondo, ainda um pouco distraída. E ela estala a língua, impaciente.

— Eu quero saber *como foi*? Como foi a noite com Craig? Eu mandei umas dez mensagens para você ontem à noite.

— Ah, tá. — Tento me concentrar. — Desculpe. Eu me distraí com o grupo do Natal. Hum. Foi Ok. Foi legal. Ele tem namorada.

— *Namorada?* — pergunta Suze, parecendo confusa.

Por um instante, penso em perguntar "Ué, você não sabia que ele tinha namorada, Suze?", fingindo que eu sabia o tempo todo. Mas não sei se vou conseguir — de qualquer forma, quero fofocar um pouco.

— Também fiquei surpresa — admito. — E quer saber de uma coisa? Ela é totalmente diferente dele! Ela se chama Nadine e é uma mulher de negócios toda séria. E ela odeia a música dele e viajar e tudo que ele faz. Chega a ser bizarro.

— Hum — diz Suze, pensativa, enquanto abre uma caixa de cardigãs.

— Eu não sei *o que* eles têm em comum — continuo. — Mas nós nos divertimos, no fim das contas. Acho que vamos ser amigos.

— Hum — repete Suze. Ela se senta nos calcanhares e olha para mim. — Para onde foi a sua roupa de roqueira, Bex?

Não coloquei minha roupa descontruída hoje só porque...

Tá legal, para ser sincera, foi porque acordei, olhei para aquilo e perguntei para mim mesma: "No que eu estava *pensando?*" Vou ter que reconstruir esse terno de alguma forma. Quanto à bota, Nadine estava certa. Meus pés estão tão doloridos hoje que eu não poderia ficar usando isso nem se eu quisesse. Mas não vou dar o braço a torcer.

— Ah. — Encolho o ombro. — Quis usar um estilo diferente. Alternar um pouco.

— Agora que você sabe que o Craig gosta de mulheres de negócios vai começar a se vestir assim? — Suze me lança um olhar sério enquanto absorvo o impacto do seu comentário.

— Não! — nego, magoada. — É claro que não... Não! Suze, o que você quer dizer com isso?

— Você sabe muito bem o que quero dizer — retruca Suze, com malícia. Ficamos em silêncio.

Acho que sei o que ela quer dizer.

Por outro lado, e se ela estiver querendo dizer outra coisa?

Tipo, uma terceira coisa?

— Diga. — Ergo o queixo, desafiando-a.

— Você nem tinha contado pro seu marido sobre seu ex-namorado ter aparecido aqui. — Suze começa a contar nos dedos. — Você começa a se vestir para impressionar o Craig. Você sai para tomar um drinque com ele. Agora você está me dizendo que a namorada do Craig não tem nada a ver com ele. Mas você tem, Bex? — Ela arqueia as sobrancelhas de forma acusadora.

Tá legal, eu *sei* o que ela quer dizer, mas ela está *errada*.

— Pode parar — peço, indignada. — Não foi *nada* assim. Você não sabe como foi.

— Você está dizendo que o Craig não está a fim de você? — insiste Suze. — Está dizendo que ele não estava tentando cantar você?

— Sim! — exclamo. — É exatamente isso que estou dizendo. Se você quer saber, eles dois me ignoraram a noite toda. Eles só queriam saber do Luke, principalmente a Nadine. Ela não conseguia tirar os olhos do meu marido. Se alguém precisa se preocupar com alguma coisa, esse alguém sou eu. — Repito para enfatizar meu ponto: — *Sou* eu

— Hum — diz Suze, parecendo não estar convencida.

— Suze, aonde você quer chegar? — insisto, magoada.

— Você acha que eu vou ter um *caso*?

— Eu não disse isso — responde Suze depois de uma pausa. — Eu só... — Ela hesita. — Eu sei que coisas podem acontecer. Você precisa tomar cuidado.

Ela desvia o olhar — e novamente sei que está se referindo à sua própria loucura no verão.

— Não precisa se preocupar — digo, determinada. — Meu casamento está firme e forte.

Ficamos em silêncio de novo. Suze ainda está tirando os cardigãs da caixa e começo a arrumá-los no expositor.

— Então, você vai à festa de Natal do Craig? — pergunta Suze depois de um tempo. E sinto uma pontada de culpa. De repente, eu entendo. Suze se sente excluída. *É* isso.

— Nós todos vamos — respondo com firmeza. — E, Suze, você *tem* que ir com a gente da próxima vez que nos encontrarmos. Ah, e você quer ir à Feira de Decorações de Natal comigo na quinta-feira? — pergunto de repente. — Minha mãe desmarcou na última hora. Eu pago para alguém nos substituir na loja. Podemos pedir para a sobrinha da Irene. Ela sempre adora fazer isso. Tudo por minha conta.

— Ah, Bex. — Suze parece dividida. — Eu adoraria ir. Mas tenho que terminar um projeto importante nos próximos dias. Vou ter que dizer não.

— Que projeto? — Olho para ela, surpresa. Essa é a primeira vez que a ouço falar sobre um projeto importante.

— Ah... é só uma coisa para a loja — responde ela, de forma vaga. — Você vai ver.

— O que é? — insisto.

— É segredo. Você vai gostar — acrescenta ela com um sorriso repentino. — Mas vou precisar trabalhar na quinta-feira o dia todo para terminar.

— Tudo bem. Sem problemas.

Penso por um momento, imaginando quem mais posso convidar. Jess está em Cumbria e não gostaria de ir a uma feira de Natal. Ficaria andando de um lado para o outro, lançando olhares de reprovação para os donos dos estandes, dizendo que não deveriam vender pisca-piscas de Natal em forma de pimenta e que deveriam fazer velas de pimenta a partir de materiais reciclados ou viver no escuro, como era a intenção da Natureza desde o princípio dos tempos.

Tenho uma ideia. Pego meu celular e mando uma mensagem para Janice:

Oi, Janice! Você quer ir à Feira de Decorações de Natal na quinta-feira comigo? Tenho uma entrada sobrando. Bj, Becky.

Recebo a resposta quase imediatamente:

Ah, querida, que maravilha! Quero ir, sim! Já estou doida para ir. Bj, Janice

Ela parece tão animada, e eu fico feliz. Janice foi a pessoa certa para convidar. Vou reservar um restaurante e nós vamos nos divertir!

Vou mandar o ingresso digital para você e nos
encontramos lá. Oba! Bj, Becky

Estou prestes a guardar meu celular quando recebo outra
mensagem da Janice:

Mas por que você não vai com a sua mãe? Ela
está ocupada demais em "Shoreditch"?
Bj, Janice

Ai, meu Deus. Olhe as aspas. São aspas de alfinetada. Eu
não quero aumentar a animosidade entre elas e penso um
pouco antes de enviar uma resposta deliberadamente vaga:

Ela está ocupada! Mas não tem problema, porque a gente vai se divertir! Tenho que ir agora. Bj

Quando guardo o celular, Suze olha no relógio e vai até
a porta da loja para abri-la. Mas sinto que não acabamos
o nosso papo ainda.

— Suze, espera — digo de forma impulsiva, e ela se vira.

— O que foi?

— Eu sei que você só quer o meu bem — começo, dizendo a verdade. — Mas você não precisa se preocupar.
Eu não vou ter um caso com Craig.

— Bem, simplesmente não tenha, por favor? — Ela fala
de forma enfática. — Porque isso estragaria o Natal.

O Natal? Tá legal, mesmo que eu *não* tenha nenhum
plano de cometer adultério, essa afirmação me incomoda.

— Claro que não estragaria nada — argumento. —
Ninguém ia ficar sabendo.

— Ah, todo mundo ia saber — contradiz Suze. — Você
é péssima para guardar segredos, Bex. Você provavelmente
diria alguma coisa do tipo: "O que vocês acham da minha
saia estilo 'tenho um amante'? Não é maravilhosa?"

Eu nem vou me dignar a responder.

A loja fica bem movimentada pelo restante do dia,
e nenhuma de nós duas volta a falar em Craig, então
presumo que o assunto está encerrado. Vendemos vários
porta-retratos artesanais (na promoção), duas bengalas,
um casaco de *tweed*, uns dois cestos e muitos potes de
geleia. No horário do almoço, Suze e eu ajudamos Irene a
encontrar um macacão legal para sua sobrinha na Austrália,
depois de abrir quase todos os sites ao mesmo tempo e
quase quebrar o computador. (Eu não fazia ideia de *como*
Irene era indecisa.)

Mas então, quando estávamos saindo, no fim do dia,
Suze me puxa de lado e diz:

— Ah, Bex, eu queria dizer mais uma coisa.

Ela espera até Irene se afastar, pigarreia e olha para
mim como se não soubesse por onde começar.

— O que foi? — pergunto, sem entender.

— Tá legal — diz Suze. — Eu fiz uma coisa. Dei um
Google no nome do Craig para ver que tipo de cara ele é.

— Suze. — Eu a fulmino com o olhar. — Você ainda
está obcecada com isso?

— Eu sei. Eu sei. — Suze parece envergonhada. — Não é da minha conta. De qualquer forma, eu encontrei uma entrevista na internet e... Bem. Eu acho que você deveria ler. — Ela pega o celular e olho para um bloco de texto incompreensível e uma foto do Craig.

— Está em... — Eu faço uma careta. — Que língua é essa?

— Ah, desculpe. Esse é o texto original — responde ela.

— Está em letão. Tenho que colocar no Google Tradutor.

— O que presumo que você já tenha feito — alfineto.

— Porque você é uma *stalker*.

— Só leia — diz Suze, mostrando a versão traduzida.

— Eu marquei as partes importantes.

Quando pego o telefone, começo a me perguntar se ele mencionou meu nome na entrevista. Ai, meu Deus! E se ele tiver dito que a inspiração dele foi seu primeiro amor, Becky Bloomwood, e que ele nunca deveria ter terminado comigo? E se eu for famosa na Letônia?

Mas, quando olho para a tela, não vejo o meu nome em lugar nenhum. Em vez disso, uma palavra diferente chama minha atenção: *orgias*.

— Orgias — declara Suze, apontando como se eu não soubesse ler, e reviro os olhos para ela.

— O que você quer dizer? Suze, o que é isso? Ele menciona o meu nome? — pergunto sem conseguir me controlar.

— Não — responde Suze. — Mas ele menciona um monte de coisas. Continue lendo.

Bufando, volto a olhar para o texto e meus olhos são atraídos para as frases marcadas.

*"'...não acredito em monogamia', diz Curton... partici-
pante regular das festas sexuais de Moscou... conheceu
sua atual namorada em um famoso clube... 'sexo experimental é a única forma'... 'Desde quando um parceiro
só é suficiente? Nunca, ele ri."*

Olho para Suze, enquanto sinto a cabeça girar.

— Tá legal, ele leva uma vida louca — digo, tentando
ser direta. — O que você está tentando dizer?

— Talvez ele queira uma vida louca com você e Luke. —
Suze levanta as sobrancelhas, de forma sugestiva. — *Com
você e Luke,* Bex.

— O que... — Eu paro de falar quando finalmente entendo aonde ela quer chegar. — *Não!* Suze, você está ficando
maluca. De onde foi que você *tirou essa ideia?*

— Vamos analisar os fatos — começa Suze andando
de um lado para o outro como se fosse uma advogada de
defesa. — Você estava lá ontem à noite tentando entender
o que o Craig e a namorada tinham em comum. Eu vi o
Craig flertando com você e ele é muito gato. Agora os
dois estão dando muita atenção para o Luke. A verdade é
que... — Ela faz uma pausa dramática. — Eles estão atrás
de vocês *dois.*

— Não estão, não — nego, com ar de deboche, mas
Suze me ignora.

— Pois eu digo a você que a única coisa em comum
entre Craig e a namorada atual é nada mais nada menos
que o sexo. Sexo com múltiplos parceiros — acrescenta
ela, com um floreio.

— *Múltiplos parceiros?* — repito, incrédula. — É assim que se chama?

— Sei lá — admite Suze. — Mas você sabe o que quero dizer. Aposto que eles se conheceram naquele clube e que é disso que eles gostam. E agora eles querem fazer com você e Luke. *Swing.* Grupal. Múltiplos parceiros. Sei lá como chamam.

— Que besteira — digo com veemência.

— E para que você acha que eles querem a hidromassagem? — pergunta ela como se estivesse dando a última cartada.

— A *hidromassagem*? — Fico olhando para ela.

— Exatamente! É uma hidromassagem para uma festa de sexo grupal! Eu não sei o que Tarkie vai dizer sobre isso — acrescenta ela, nervosa, assumindo seu lado senhoria de repente. — Já estou vendo. Vamos receber reclamações!

Ela está tão preocupada que dou uma risadinha.

— Tá legal, Suze — digo em tom conciliatório. — Se Craig nos convidar para uma festa de sexo, eu aviso e você pode chamar a polícia.

— Você acha isso engraçado? — pergunta Suze. — Espera só até você ir lá e Craig dizer "Por que não tira essa roupa e fica mais à vontade?", e Nadine aparecer já com um roupão sexy e dizer "Uau, Becky, você é tão *gostosa*", e começar a tirar a alça dos seus ombros e... Enfim. — Suze para de falar como se esse fosse o máximo que conseguisse imaginar dessa fantasia em particular.

— Você é doente! — Levo a mão à barriga. — Pare com isso!

— Não. Só não sou boba — argumenta Suze, sem se deixar afetar. — Eu *vi* a tensão sexual entre você e Craig. Eles vão convidar você e o Luke para tomar um banho de hidromassagem para fazer sexo com outras pessoas.

— Na verdade, ele já convidou — admito. — Para tomar banho na hidromassagem. Não para sexo com outras pessoas — apresso-me a esclarecer, mas Suze aponta o dedo para mim em triunfo, como se isso provasse tudo que ela disse.

— Viu só?

— Não, Suze. Eu não vi nada. As pessoas tomam banho de hidromassagem! Isso não significa que estão praticando sexo grupal! — Olho para a minha amiga e ela morde o lábio como se de repente estivesse vendo o lado engraçado da história.

— Enfim — diz ela. — Você foi avisada.

— Obrigada — agradeço, fazendo uma mesura. — Obrigada por se preocupar. Até amanhã.

— Pode negar o quanto quiser — avisa Suze, enquanto saímos. — Mas eu estou certa.

Enquanto vou descendo a rua para ir embora, dou uma risada ao lembrar da conversa. Sério? Sexo grupal? Suze está ficando louca!

Só que...

Não. Pare com isso.

Mas não consigo evitar — estou me lembrando de Craig ontem à noite, nos convidando para ir à casa deles. O jeito como ficou próximo de mim. O jeito como falou "podemos curtir a hidromassagem e... o que mais rolar, não é? Só nós quatro, em um lugar legal e privado", com aquele tom de voz suave.

O jeito como colocou a mão no meu braço. E o jeito como olhou para mim foi meio intenso.

Tipo... ele não estava...?

Aquilo não era...?

Não, Becky. *É claro* que não. Não seja ridícula.

De: Myriad Miracle
Para: Becky Brandon
Assunto: Dúvida

Prezada sra. Brandon (nascida Bloomwood),

Esperamos que esteja gostando do sistema de treinamento da Myriad Miracle®!

Nossa equipe notou que sua atividade física até agora é classificada como "Insignificante".

A senhora está com alguma dificuldade de navegar pelo nosso sistema interativo?

Por favor, entre em contato com a nossa simpática equipe de atendimento ao cliente, que poderá ajudá-la a configurar seu aplicativo para que consiga registrar seus exercícios físicos corretamente.

Debs
(Assistência aos assinantes)

DOZE

Mas a ideia não sai da minha cabeça. Às 9h30 da manhã de quinta-feira, deixei Minnie na escola e estou sentada na cozinha, cortando o tecido para a fantasia da peça de Natal, mas não estou conseguindo me concentrar. Estou pensando "Concentre-se", mas também estou pensando: "Ai, meu Deus, eu nunca *participei* de sexo grupal."

Como isso funciona? Tipo, qual é a *logística* da coisa? Estou tentada a pesquisar no Google *o que realmente acontece em festas de sexo?* Só que Luke pode entrar a qualquer momento e pensar besteira. Inclusive, aqui está Luke, entrando na cozinha. Será que devo mencionar isso para ele?

Não, porque parece loucura. *É* loucura.

— Como está indo tudo? — Ele olha para o tecido azul-escuro na mesa. — Está ficando bonito.

— Ah, sim. — Direciono minha atenção de volta à fantasia. — Está indo tudo bem. Obrigada!

Não quero me gabar, mas escolhi um tecido fabuloso para a fantasia da Minnie. É um cetim azul-marinho bem elegante, bordado com pontos dourados. Tá legal, não foi a opção mais barata, mas quantas vezes na vida sua filha vai ter a oportunidade de ser um rei mago no presépio de Natal? Comprei uma fita dourada de veludo e paetês. Minnie vai ficar espetacular.

— Só estou cortando o molde — acrescento rapidamente, pegando a tesoura e tentando soar como uma costureira experiente. Não vou mencionar que é a segunda vez que estou fazendo isso e que a primeira vez foi um *verdadeiro* desastre, mas eu comprei alguns alfinetes dessa vez. Eles são ótimos! Alguém deveria ter me dito sobre eles antes. Pelo menos eu tenho material de sobra. (Eu me empolguei um pouco na loja de tecidos e achei que talvez pudesse fazer um vestido combinando para mim. O que está parecendo cada vez *menos* provável, para ser sincera.)

— Vou fazer um café para viagem — avisa Luke. — Você quer?

— Quero — respondo distraidamente, enquanto volto a cortar. Eu amo o som metálico da tesoura conforme ela vai cortando o tecido. Faz com que eu me sinta uma verdadeira profissional. Trabalho com cuidado na curva da manga, levanto a cabeça e vejo que Luke está olhando para mim com uma expressão carinhosa.

— O que foi? — pergunto.

— Nada. É só que a Minnie tem muita sorte.

— Ah — digo, sentindo um calorzinho se espalhar no meu peito. — Bom, você sabe. Eu quero que ela tenha a melhor fantasia possível. Embora talvez ela não tenha tanta sorte com isso — acrescento, sincera. — Talvez seja um desastre. Eu não sou muito boa nessas coisas artísticas. Não como a Suze. — Solto um suspiro preocupado. — Você tem que ver as coisas que ela faz...

225

— Becky — interrompe Luke, sério. — Você é você. E os outros são os outros. Sua fantasia vai ficar linda, e a Minnie vai ser um ótimo rei mago. Aliás, ela precisa decorar alguma fala? — pergunta ele com um interesse repentino.

— Será que deveríamos estar treinando?

— Não — respondo, com uma risadinha. — Eles têm que inventar as próprias falas. A srta. Lucas gosta de improvisação. Acha que estimula a criatividade das crianças.

— *Improvisação?* — Luke levanta as sobrancelhas. — Não é uma estratégia muito arriscada para essa idade?

— Também acho. Parece que no último ensaio um dos pastores mandou a ovelha andar logo se não ela ia apanhar.

Luke ri.

— Bem, ainda bem que isso é com a srta. Lucas.

Ele coloca o café na minha frente, pega seu copo de viagem (de bambu, um presente da Jess) e me dá um beijo.

— Divirta-se na feira de Natal hoje.

— Pode deixar!

Fico olhando enquanto Luke vai embora e, quando ele está quase na porta, digo impulsivamente:

— Luke, sabe o Craig e a Nadine?

— O que tem eles? — Ele se vira e hesito, sem saber como continuar. O que eu realmente quero dizer é "Você acha que eles querem fazer sexo grupal na hidromassagem?"

Mas não consigo. Quer dizer, isso é tão *ridículo.*

— Nada — respondo por fim. — Só... É legal sair com eles.

— É. — Ele assente. — Foi legal. Até mais tarde.

* * *

A Feira de Decorações de Natal está acontecendo no Centro de Convenções Olympia e, a caminho de lá, tento me dar um sermão. Estou passando muito tempo pensando em Craig, festas de sexo e hidromassagem. Um monte de bobeiras que estão me distraindo do que tenho de fazer: *organizar o almoço de Natal*. E só falta um mês agora. Preciso me concentrar.

No metrô, folheio outra revista de Natal para me acalmar — mas o efeito é contrário. As matérias fazem perguntas difíceis para as quais não tenho resposta. "Por que não fazer correntinhas de papel rendado?" e "Por que não colocar louças festivas sobre o aparador escandinavo para que sejam usadas pelos convidados?"

Já estou pesquisando no Google "aparador escandinavo para entrega antes do Natal", antes de me dar conta de que não temos espaço para isso e que nunca vou conseguir convencer Luke de que precisaríamos de três renas em tamanho natural para ficar na frente do aparador, como mostrado na foto. Preciso manter os pés no chão, digo para mim mesma com firmeza. Ser realista, prática e pensar sobre o que eu *preciso*.

E, tá legal, eu sei que o Natal é para celebrar a família e a amizade — mas acontece que minha família e meus amigos são bastante exigentes. Janice não para de perguntar sobre o "tema da mesa" e eu desconverso. Será que devo optar pelo escandinavo? Ou metálico moderno? Ou xadrez escocês? Toda vez que viro uma página da revista e vejo uma foto eu penso "Nossa, que legal" e mudo de ideia.

De qualquer forma, tenho uma lista intitulada "Toalha de mesa, guardanapos e velas". Decidi que vou escolher um tema hoje e seguir com ele até o fim. *Não* vou me distrair e *não* vou fazer compras sem sentido de coisas de que não preciso. Estou decidida.

Ai. Meu. *Deus*. Quando entro no pavilhão, fico absolutamente encantada com toda aquela... *festividade*. Tem um monte de estandes, todos decorados. Tem presentes, guirlandas, enfeites e bolos, e as pessoas estão andando de um lado para o outro, passando uma ideia de urgência. Envio uma mensagem para a Janice dizendo "Vamos nos encontrar no corredor A", depois entro na confusão, em êxtase.

Não há nada de errado em focar no que você precisa. Mas às vezes você não sabe do que precisa até ver a coisa bem ali na sua frente. Veja só o estande de aventais temáticos! São feitos de linho rústico com estampas adoráveis de azevinhos, pintarroxos e afins. *Preciso* comprar o conjunto para a família. Com certeza receberemos melhor nossos convidados se estivermos usando aventais temáticos, combinando, certo?

Passo um tempo olhando para os designs diferentes antes de decidir, azevinho para mim, pintarroxos para Minnie e bolinhos para Luke. Tem desconto se comprar os três, o que é ainda melhor, e, quando me afasto com meus aventais de linho, me sinto no paraíso. Eu comecei!

O estande seguinte está vendendo suportes para doces em diversos tamanhos, todos feitas de louça reciclada, estilo *vintage*. Eu também não sabia, mas sem dúvida preciso de uma.

— Posso encaminhar para a área de coleta? — pergunta o vendedor enquanto pago.

Fico radiante.

— Por favor!

Melhor ainda. Não preciso ficar carregando tudo comigo, basta pegar tudo lá, quando estiver de saída. Estou *amando* este lugar.

Assim que pego o tíquete da coleta, vejo Janice na multidão e aceno vigorosamente para ela.

— Becky! — Ela vem correndo, usando um casaco com cinto e uma gola de pele que sei que era da minha mãe e um batom roxo horrível.

— Janice! — exclamo, dando um beijo no rosto dela.

— Não é maravilhoso? Você já comprou alguma coisa?

— Já! — Ela me mostra a sacola. — Pó de ouro comestível e casca de laranja com chocolate. E vi um festão enorme feito de sinos vermelhos.

Ah. Será que sinos vermelhos são um bom tema? Estou prestes a perguntar o que ela quer dizer com "festão" quando noto que os olhos dela se demoram em uma área que serve café.

— Você quer tomar um café e comer um tartelete?

— Boa ideia! — exclama ela, puxando-me para uma mesa vazia.

Logo estamos tomando *cappuccino* e comendo tartelete enquanto olho animada para a confusão natalina.

— Muito obrigada por me convidar, Becky — agradece Janice. — Mas sou obrigada a dizer que estou muito surpresa por sua mãe não ter vindo.

— Ah, eu sei — respondo com cautela. — Você sabe. Um daqueles compromissos dela.

— Ela anda muito ocupada ultimamente — comenta Janice, com olhar distante. Seus olhos estão brilhando e sinto-me um pouco apreensiva.

— Verdade — respondo com cuidado. — Vocês têm se encontrado?

— Não muito — responde Janice. — Ela tem uma nova vida muito agitada, não é? No famoso bairro de Shoreditch. Fica postando fotos no WhatsApp o tempo todo, se exibindo. Ela se esqueceu completamente da gente, de Oxshott.

Ela limpa o nariz com um lenço, mas não sei se está chateada ou zangada ou um pouco das duas coisas.

— Minha mãe disse que ia convidar você para um monte de eventos — arrisco. — Ela não convidou?

— Ela nos convidou para uma leitura de poesia — conta Janice depois de uma pausa. — E mencionou uma aula de dança. Mas a gente não foi.

— Por que não? — pergunto, surpresa.

— Ah, querida, não tem muito a ver com a gente — explica Janice com fervor. — Todo mundo lá é jovem e tem uma aparência diferente. Toda essa comida nova e palavras novas e novas visões de vida... A gente nunca ia se adaptar, Martin e eu. Não somos o tipo de gente que curte "gim artesanal".

— Claro que são! — exclamo, encorajando-a. — Vocês poderiam ser.

— Nós não somos essas pessoas. — Janice parece tão determinada que não sei mais o que dizer. — Felizmente, fiz uma amiga nova em Oxshott — acrescenta ela, distante.

— O nome dela é Flo. A gente sempre sai para tomar café depois da aula de zumba. Pode contar *isso* para sua mãe.

Fico olhando para ela, consternada. Isso é ainda pior que as alfinetadas pelo WhatsApp. Minha mãe e Janice estão *se afastando?* Elas não podem fazer isso. Mamãe e Janice são amigas desde antes de eu nascer. Se elas se afastarem, seria como um divórcio!

— Janice... — começo, mas não sei como continuar. Não posso falar por minha mãe. Não sei como consertar as coisas. Eu só sei que isso não está certo.

— Então — diz Janice rapidamente, antes que eu consiga ordenar os pensamentos. — Não vamos mais falar sobre isso. Como estão os preparativos do Natal, Becky? Já recebi os cosméticos para fazer o *make-over* de vocês, então, menos uma coisa para se preocupar, embora eles tenham mandado o iluminador errado, dá para acreditar...?

Ela continua falando sobre suas encomendas pela internet e começo a me acalmar. Estou exagerando. Mamãe e Janice nunca vão se afastar! Elas são amigas há muito tempo. É só uma briguinha de nada. Vou conversar com minha mãe sobre isso e tudo vai...

Espere um pouco. O que é aquilo?

Acabei de ver um brilho prateado. Viro a cabeça e olho para a multidão atentamente. Tem uma coisa prateada saindo da sacola de compras de uma mulher. Aquele é o enfeite da moda desse ano? A lhama prateada?

Olho desesperada e atentamente, tentando ver, mas um minuto depois a mulher desaparece na multidão. Talvez seja só um enfeite qualquer. Culpada, volto minha atenção para Janice, que parece ter mudado de assunto.

— Ele simplesmente não estava pensando! — reclama ela.

— Mas *você* entende por que eu fiquei braba, não é, Becky?

— Hum, desculpe, Janice — peço. — Eu perdi a última parte. O que foi que você disse?

Janice suspira.

— Eu só estava dizendo que Martin desorganizou o armário onde coloco meus presentes. Todas as etiquetas saíram, todas as minhas listas desapareceram... O que eu vou fazer agora?

— Você já colocou as etiquetas nos seus presentes? — pergunto, surpresa. — Nossa, como você é eficiente!

— Eu faço isso todos os anos no dia 26 de dezembro, querida.

— No dia 26 de dezembro? — Fico olhando para ela sem entender.

— E faço isso enquanto vejo *Oklahoma!* — Janice faz que sim com a cabeça. — No dia 26 de dezembro eu pego todos os presentes que ganhei e colo as etiquetas para saber de quem recebi, e aí guardo tudo no armário dos presentes. No ano seguinte, só faço trocar os destinatários e embrulhar tudo de novo. É o meu sistema, querida. E o Martin sabe *muito bem* disso.

Trocar os destinatários?

— Você quer dizer... que dá o presente que ganhou para outra pessoa?

— Exatamente, querida. — Janice parece surpresa com minha pergunta. — Todo mundo faz isso.

— Todo mundo faz *um pouco* isso. Você dá *todos* os presentes que você ganha?

Janice pensa um pouco enquanto toma mais um gole de *cappuccino*, depois responde:

— Menos os perecíveis.

— Mas todo o restante? Você dá *todos os outros presentes* que ganha?

— É por aí! — retruca Janice na defensiva.

— Ai, meu Deus, Janice! Você é viciada em dar os presentes que ganha! Eu não fazia ideia!

— Eu tomo muito cuidado com isso, Becky — explica Janice. — Uso luvas de algodão e sempre verifico se tem algum defeito. Não dou nenhum presente sem fazer uma inspeção primeiro.

Começo lentamente a entender as ramificações dessa descoberta. Eu sabia que Janice gostava de "adiantar os cartões de Natal" — ou seja, comprá-los pela metade do preço na véspera de Natal, escrever os votos no dia primeiro de janeiro e guardá-los na gaveta pelo restante do ano. Mas isso é muito pior.

— Então você está dizendo que todos os presentes que eu já dei para você foram direto para o armário de presentes para você dar para outra pessoa? — Não consigo esconder minha mágoa.

— Ah, querida... — Janice dá tapinhas na minha mão, tentando me consolar. — Eu gosto muito dos presentes. Mas cada presente que eu ganho é menos um que preciso comprar no ano seguinte, entende?

— Mas esse não é o objetivo dos presentes! E quanto ao *Manual de maquiagem* da Bobbi Brown que dei para você?

— Eu dei para a minha irmã, Anne — admite Janice.

— E quanto à coqueteleira? — Fico olhando para ela, decepcionada. — Você não preparou nem um coquetelzinho?

— Ah! — exclama Janice, erguendo um dedo, parecendo triunfante. — Esse presente *funcionou* maravilhosamente bem. Nós demos para Judy, sobrinha de Martin. Ela sempre usa!

Talvez, sim, penso, um pouco ressentida. Mas eu não queria que a sobrinha de Martin a usasse, eu queria que Janice e Martin a usassem. (Aliás, não é surpresa nenhuma que ela não tenha conseguido aprimorar suas técnicas de maquiagem.)

— Janice, as pessoas dão presentes para você porque querem — declaro com ardor. — Porque amam você. E elas querem que você *valorize* o presente que lhe deram. Presentes são alegria e amor, não algo para encher armários.

— Eu sei, Becky. — Ela dá um sorriso triste. — Eu sei que deveria valorizar meus presentes, mas não consigo abrir mão da praticidade.

Não vou passar um sermão nela porque as pessoas não *conseguem* largar um vício assim tão fácil, não é? Deve ser alguma questão genética que vai ser objeto de estudos algum dia. Mas juro que este ano vou dar um presente a Janice que ela *simplesmente* não vai conseguir dar para outra pessoa. Algum tipo de comida perecível cara talvez. Ah, quem sabe uma lagosta? Não consigo conter o sorriso diante da ideia de dar uma lagosta viva de presente para ela.

— Por que você está sorrindo?

— Nada. — Coloco minha xícara na mesa. — Vamos logo. Vamos às compras.

Seguimos para a seção de alimentos, que tem a grande vantagem de oferecer amostras. Todos os estandes têm algo para provarmos, desde bala de cidra até um bolo de Natal ou vodca natalina.

— O que é vodca natalina? — pergunto um pouco incerta para Janice, mas ela já pegou duas doses para provarmos.

— Sei lá! — responde ela, virando a dose de uma vez só. — Veja só, tem até um enfeite na garrafa. Será que devemos provar as com sabores especiais? Tem de limão. E de canela!

Na verdade, a vodca realmente parece bem natalina, principalmente se você tomar a de canela ao som de Mariah Carey. Seguimos para gim natalino e o tradicional hidromel, e Janice começa a voltar para pedir uma segunda degustação. Se eu não falar nada, ela vai querer ficar na seção de bebidas o dia todo.

— Janice — digo, por fim. — Nós precisamos continuar! Deixe para provar o vinho quente depois, está bem?

Enquanto a puxo pelo braço, vejo um estande próximo vendendo salmão defumado, que está na minha lista. A fila está grande, e isso é um bom sinal, então entro rapidamente. Estou tentando ler um cartaz sobre defumação com maçã quando vislumbro novamente algumas franjas prateadas e me viro cheia de esperança...

Isso! É o enfeite da moda desse ano! A lhama prateada! Está pendurada no carrinho de bebê e aposto *minha vida* que a mãe comprou aqui na feira de Natal.

E eu *não* vou perder a oportunidade dessa vez.

— Janice — chamo, afobada. — Será que você poderia comprar salmão defumado para mim? Aqui está o meu cartão de crédito. — Entrego a ela o cartão antes de cochichar: — A senha é 4165. Pague o preço que for. Eu só preciso comprar uma coisa rapidinho.

— Claro, querida! — respondeu Janice, animada. — Que quantidade você quer? Eu não faço ideia dos preços...

— Não se preocupe com o preço. Compre bastante. Ou tente ver se eles têm alguma oferta especial. — Vejo que Janice está abrindo a boca para fazer outra pergunta, mas acrescento rapidamente: — Muito obrigada!

Saio em seguida. *Preciso* comprar o enfeite da moda!

Dou uma corridinha, tentando passar por grupos de pessoas até ver a mãe com o carrinho. Lá está ela! E a lhama prateada, pendurada com uma fita de veludo. Os pelos são compridos e prateados e as palavras WORLD PEACE foram bordadas nas laterais. Dá para entender *completamente* por que esse é o enfeite da moda desse ano.

— Com licença! — chamo, ofegante, tocando no ombro da mulher, e ela se vira para mim.

— Oi?

— Você comprou esse enfeite aqui? — Aponto para a lhama.

— Comprei — confirma ela. — Em um estande ali. Ela aponta o fim do pavilhão.

— Muito obrigada *mesmo*. — Ela começa a se afastar.

— É o enfeite da moda desse ano, sabe? — acrescento, já dando as costas para ela. — Está esgotado em todas as lojas! É muito raro!

Estou correndo na direção que ela apontou, quando meu telefone vibra com uma mensagem de texto.

Querida, você quer salmão defumado com carvalho, com maçã ou por defumação a frio? Bj, Janice.

Paro e digito uma resposta:

Tanto faz! Com maçã, talvez?

Começo a correr de novo, mas meu celular toca e o nome "Janice" aparece na tela.

— Alô, Janice! — atendo, ofegante. — Está tudo bem?

— Tem uma oferta especial, querida! — avisa ela, triunfante. — Eles vendem pacotes de vinte, trinta ou quarenta libras. Sei que você disse para não me preocupar com o preço, mas não consigo tomar essa decisão...

— Pode ser o de trinta, por favor — respondo. — Está ótimo! Obrigada.

Continuo correndo e consigo chegar a uma esquina quando meu telefone vibra com outra mensagem de Janice:

Desculpe meu erro, eles não têm pacotes de trinta libras de salmão defumado com maçã. Bj, Janice.

Sério? Como se alguém fosse notar a diferença do tipo de defumação depois de algumas taças de Mimosa. Tento não demonstrar minha impaciência, enquanto digito:

Pode escolher o tipo. Muito obrigada mesmo, Janice. Você está ajudando muito!!!

O caminho à minha frente ficou vazio como em um passe de mágica. Acelero o passo e dou uma corridinha, e não paro nem quando meu telefone vibra novamente. Deve ser alguma pergunta aleatória sobre a entrega ou algo assim. Janice precisa aprender a se virar.

Chego ao fim do corredor e olho para todos os lados — e lá está! Pendurado na lateral de um estande: uma lhama prateada com o bordado WORLD PEACE em cor-de-rosa na lateral. Oba!

Recupero o fôlego e me aproximo do balcão, olhando radiante para a atendente que sorri docemente para mim enquanto limpa os óculos de armação dourada. Está usando um crachá e noto que o nome dela é Yvonne Hanson.

— Olá, Yvonne! — cumprimento. — Que estande adorável.

— Muito obrigada — responde ela, satisfeita. — Eu me esforcei para isso. Como posso ajudá-la?

— Gostaria de comprar o enfeite de lhama — digo, tentando disfarçar meu desespero. — Na verdade... Eu queria vários. Na verdade... Eu quero todos que você tiver no estoque.

— Sinto muito, mas a lhama está esgotada — declara Yvonne em um tom reconfortante, colocando os óculos novamente. — Sinto muito.

Esgotado? Mas tem um pendurado bem diante dos meus olhos.

— Posso comprar aquele ali, por favor? — pergunto, educadamente, apontando para o enfeite.

— Ah. — Ela franze as sobrancelhas. — Isso não é possível. Aquele enfeite faz parte do nosso mostruário.

Olho para ela sem entender.

— Mas o produto já está esgotado.

— Exatamente — concorda ela, balançando a cabeça. — Como eu disse. Esgotado.

— Então... por que eu não posso comprar este aqui?

— Porque é a lhama do *mostruário* — responde ela devagar. — É só para *mostrar*.

— Eu não entendo — respondo, tentando manter a calma. — Se está esgotado, por que você precisa mostrar?

— Porque faz parte do nosso catálogo. — Ela abre um sorriso. — Fez muito sucesso.

— Mas eu não posso comprar! — exclamo, frustrada. — Está esgotada! Então, isso é propaganda enganosa. Você está atraindo as pessoas para seu estande como uma miragem no deserto! Você está brincando com a emoção das pessoas! Você acha isso justo? Acha mesmo? Isso é uma coisa que uma pessoa do *bem* faria?

Percebo de repente que comecei a gritar e que algumas pessoas estão me olhando assustadas, incluindo Yvonne, cujo sorriso ficou meio forçado.

— Como eu disse, a lhama está esgotada — repete ela com muita educação, como se estivesse recomeçando a conversa. — A senhora gostaria de dar uma olhada na tartaruga? Os paetês são divinos. E está fazendo muito sucesso também.

Lanço um olhar rápido para a tartaruga — que não chega nem aos pés da lhama — e olho novamente para Yvonne. Fico em silêncio por alguns instantes. Não sou uma pessoa vingativa, mas tomei antipatia por essa tal de Yvonne, com seus óculos dourados e ego inflado.

— Posso *olhar* a lhama, por favor? — peço depois de um tempo.

Yvonne estreita os olhos, mas percebo que não consegue pensar em nenhum motivo para se negar, então acaba respondendo.

— Claro que pode. — Ela tira o enfeite do gancho e o coloca no balcão bem na minha frente, acrescentando: — Como eu disse, está esgotado.

— Claro — respondo, usando o mesmo tom agradável. — Eu entendo *perfeitamente* que está esgotado e você não pode me vender este aqui, mesmo que esteja bem na minha mão. Isso faz *muito* sentido.

Yvonne não responde, mas lanço um olhar para ela e vejo na sua expressão. Somos inimigas.

— É lindo, não é? — digo, passando a mão cuidadosamente no pelo metálico. — Tão lindo. Será que essas franjas são resistentes? — Fico passando meus dedos pelos fios até arrancar um. Na hora, eu ofego, fingindo estar chocada. — Ah, não. Eu quebrei. Como posso ter sido tão descuidada?

— O que foi? — Yvonne tenta pegar a lhama, mas a mantenho longe do seu alcance e arregalo os olhos.

— Que acidente horrível! Peço desculpas por isso. E, agora que está quebrada, você não vai poder mais colocá-la no mostruário. Então eu simplesmente vou ser obrigada a comprar, para recompensá-la pelo transtorno. — Lanço um olhar inocente para ela. — Faço questão de pagar o preço integral, é claro.

— Não parece estar quebrado — intervém uma senhora que acabou de entrar no estande, mas Yvonne e eu a ignoramos. Isso aqui é um duelo.

— Quanto é, por favor? — acrescento, pegando minha bolsa, mas Yvonne não responde e, quando olho para ela, vejo um brilho de triunfo nos seus olhos e sinto um frio na barriga.

— Eu jamais venderia uma peça quebrada — declara ela com um sorriso ainda mais gentil no rosto. — Infelizmente, teremos de tirá-la do mostruário. A senhora poderia devolver o enfeite, por favor? Prefiro não deixar peças quebradas à vista, pois isso compromete nosso padrão de qualidade.

Ela estende a mão e eu a fulmino com o olhar, tentando pensar em uma resposta antes de entregar a lhama para ela.

— Mas esse enfeite está perfeito! — exclama a senhora, e nós duas a ignoramos.

Não acredito que Yvonne foi mais esperta que eu.

— Será que posso comprar normalmente? — tento uma vez mais. — Com certeza você descarta os produtos quebrados, não é?

— Mas não está quebrado! — exclama a senhora novamente, parecendo perplexa.

— Claro! Fazemos uma promoção dos produtos avariados em junho — declara Yvonne, com firmeza. — Você pode entrar no nosso site para saber mais detalhes.

Ela joga a lhama em uma caixa de papelão próxima e a fecha com fita crepe para deixar sua posição bem clara, e me olha com uma expressão vitoriosa ao fazer isso.

— Tudo bem, então. Feliz Natal — digo, em tom sombrio, esperando que ela entenda a indireta: *você não merece*.

— Para a senhora também! — responde ela em um tom que deixa ainda mais claro seu recado: "Eu ganhei e não estou nem aí para o que você pensa." — Posso ajudá-la? — Ela se vira para a senhora e eu lanço um último olhar colérico antes de ir embora.

Compras de Natal são brutais. *Brutais.*

— Becky! *Aí* está você. Boas notícias, querida! Encomendei o salmão defumado e comprei tarteletes de Natal e algumas bebidas!

Ela me oferece um copinho e quase arranco um das mãos dela. Quando você se depara com uma déspota burocrática, uma bebida com certeza é a solução.

— Que delícia! — digo, virando tudo de uma vez. — Exatamente o que eu estava precisando. Vamos pegar mais.

De: malcolm@christmaswholesale.co.uk
Para: Becky Brandon
Assunto: Re: Crise do enfeite de lhama

Prezada sra. Brandon (nascida Bloomwood),

Agradecemos seu e-mail.

Sinto muito que não tenha conseguido comprar o enfeite da lhama prateada. Infelizmente, não temos mais nenhum em estoque aqui na nossa sede, uma vez que é um produto de muito sucesso.

Desejo que sua decoração de Natal fique linda e sugiro que dê uma olhada no catálogo anexo com toda a nossa linha de enfeites natalinos.

Com votos de boas festas.

Atenciosamente,

Malcolm

De: malcolm@christmaswholesale.co.uk
Para: Becky Brandon
Assunto: Re: Re: Re: Crise do enfeite de lhama

Prezada sra. Brandon (nascida Bloomwood),

Agradecemos seu e-mail.

Garanto que não estamos "segurando" nosso estoque do enfeite da lhama prateada para criar uma "onda de procura" do produto.

Portanto, não estamos "jogando um Jogo perigoso", como a senhora colocou. Também não concordamos que nossas ações "provavelmente afetarão a economia e causarão um caos econômico".

Com sinceros votos de boas festas.

Atenciosamente,

Malcolm

WhatsApp

NATAL!

Martin
Becky, minhas costas estão começando a doer.
Então pensei em levar meu banco ortopédico no
Natal, pode ser?

Becky
Claro que pode!

Jane
Martin, sinto muito por suas costas! No Centro
de Massagem Tântrica, na nossa rua aqui em
Shoreditch, tem um ótimo massagista. Você quer
que eu agende uma sessão para você?

Janice
Em Oxshott, nós preferimos recorrer a profissionais qualificados da medicina, querida. Como
ortopedistas.

Jane
O que você quer dizer com isso, Janice?

Janice
Nada, Jane.

Jane
Tem alguma coisa.

Janice
Já disse que não estou querendo dizer nada. O que VOCÊ está querendo dizer?

Martin
Calma, minha gente.

Janice
Não se meta onde não é chamado, Martin.

TREZE

Ai, meu Deus. Minha *cabeça*.

Está latejando tanto que fui obrigada a colocar óculos escuros. Foi isso o que o conhaque natalino fez comigo. A não ser que as piñas coladas natalinas que Janice trouxe de outro estande sejam as responsáveis. *Onde é* que ela estava com a cabeça? (Tá legal, não vou mentir, estavam tão gostosas que encomendei uma garrafa.)

Acabei não acordando para o alarme que programei para a Black Friday, então não consegui aproveitar uma única promoção na internet, e ainda por cima estou atrasada para o trabalho. E o pior de tudo: olhando para as compras que fiz ontem, percebo que simplesmente ignorei a minha lista.

Lista das coisas que eu deveria ter comprado:
Toalha de mesa
Guardanapos
Velas
Papel de presente

Lista das coisas que comprei:

Aventais natalinos para a família

Suportes para doces

Salmão defumado

Piña colada natalina (uma garrafa)

Mojito natalino (duas garrafas)

Guirlanda inflável de visco

Doze enfeites de Natal que tocam "Jingle Bells"

Árvore de Natal com bengalinhas acolchoadas, tudo de feltro (uma fofura)

Árvore de Natal branca com luzes de LED decorada com imitações de brilhantes (Perfeita. Tipo, *todo mundo* parava para olhar!)

Árvore de Natal de papel machê coberta com estrelinhas de chocolate embrulhadas em papel laminado vermelho (como resistir a uma árvore de Natal coberta com estrelinhas brilhantes de chocolate?)

Então temos três árvores de Natal. Isso sem contar o enorme pinheiro natural que encomendei e que não posso cancelar porque Luke sempre diz que o cheiro da árvore é sua parte preferida do Natal. E ainda preciso de uma árvore sustentável para a Jess.

Ou seja, um total de... cinco árvores de Natal.

Paro de pentear o cabelo e tento raciocinar. Será que posso ter cinco árvores de Natal? Tento me imaginar contando para Luke que teremos cinco árvores e mordo o lábio. Parece... Você sabe. Um exagero.

Eu poderia espalhá-las pela casa. Talvez ninguém perceba...

Ou... Isso! Não vou dizer que são árvores de Natal. O pinheiro vai ser a árvore de Natal e as outras podem ser "arbustos de Natal". Nosso Natal será de arbustos! Genial. E então...

Ai, meu Deus, olha a hora! Preciso correr.

Por sorte o dia está bem claro, com céu azul de inverno, então ninguém estranha os óculos escuros quando deixo Minnie na escola. No caminho para Letherby Hall, já me sinto um pouco melhor. Desde que ninguém faça muito barulho...

— Espere! Bex, espere! — Os gritos de Suze, que está correndo na minha direção, balançando as mãos freneticamente, me arrancam dos meus pensamentos.

— Psiu! — Eu me encolho. — Fale mais baixo! O que houve? Tem algum incêndio?

— Não! — responde Suze, ofegante. — Mas eu quero mostrar a surpresa para você.

Putz, a surpresa! Eu tinha me esquecido completamente daquilo. Deve ser apenas uma arrumação nova na seção das bolsas ou algo assim. Mas eu tenho que apoiar minha amiga. Então consigo reunir um pouco de energia e sorrio para Suze, dizendo:

— Quero muito ver! Não vejo a hora! Mostre logo.

— Tudo bem, feche os olhos — pede Suze, cheia de animação. — *Aposto* que você não vai conseguir adivinhar...

Fecho os olhos (para ser sincera, isso é um grande alívio) e deixo que Suze me leve até a loja, enquanto vou cambaleando pelo caminho.

— *Tá-dá!* — exclama ela. Quando abro os olhos, eu me deparo com uma faixa: *"Sprygge! Hoje é sexta-feira!"*

Fico olhando para aquilo, confusa por alguns instantes, imaginando se é alguma miragem provocada pela ressaca.

— Hum? — consigo falar por fim.

— Olhe! — Suze faz um gesto animado para a mesa de mostruário abaixo da faixa. — Observe bem tudo.

Obedeço e olho para a mesa do mostruário que tem uma placa novinha em folha: "NOVA COLEÇÃO EXCLUSIVA SPRYGGE." Tem uma pilha de cartões com a mensagem "Desejamos a todos um Natal sprygge!" impressa. Ao lado, vejo uma almofada com o bordado "Sprygge gera sprygge!". Tem uma fileira de canecas com o *slogan* "Sprygge a vida por aí" e um cesto cheio de chaveiros com "#sprygge" gravado numa plaquinha.

Não consigo falar. Mas Suze parece não notar.

— É a nossa nova linha *sprygge*! — anuncia ela, empolgada. — Era nisso que eu estava trabalhando em segredo. Ah, Bex, já está fazendo tanto sucesso. Vendeu que nem água ontem aqui na loja! Você precisa nos passar depois o significado exato de *sprygge* — pede ela, depois de pensar um pouco. — Porque os clientes ficaram perguntando isso e a Irene e eu não lembrávamos muito bem. Basicamente é um sentimento de felicidade, não é? — Ela me encara. — Ou algo assim? Pesquisei no Google, mas não consegui encontrar nada.

— Ah, Becky! Finalmente você voltou! — exclama Irene. — Me diz qual é a pronúncia correta... Se fala "esprige" ou "sprig"? Você tem que nos dar algumas aulas de norueguês! Isso tudo está fazendo muito *sucesso*! — acrescenta ela. — Pegou todo mundo de surpresa. Quer dizer que nós somos a primeira loja a vender essa linha *sprygge* no Reino Unido?

— Acho que sim — responde Suze, animada. — Tantos clientes disseram que nunca ouviram falar em *sprygge*!

— Nós saímos na frente. — Irene faz que sim com a cabeça. — Nossa Becky está sempre ligada nas últimas novidades.

— Ah, a Bex sempre está por dentro desses novos conceitos — diz Suze, confiante. — E ela sabe criar novas tendências.

Sinto o estômago começar a queimar, e não é por causa de todos aqueles drinques natalinos que tomei.

— Suze... — começo, mas as palavras morrem na minha boca. Não sei como contar para ela. Minha nossa, acho que não *consigo* contar.

Mas eu preciso. De alguma forma.

— Suze, você pode vir aqui um instante? — Eu a levo para longe do mostruário da linha *sprygge* e de Irene.

— Olha só, Suze — digo em tom baixo e desesperado. — Eu inventei esse negócio todo de *sprygge*.

— O quê? — Ela fica olhando para mim sem entender.

— Eu inventei o *sprygge* só para implicar com uma cliente metida a besta. A palavra simplesmente surgiu na minha mente do nada. Mas é uma palavra que eu inventei. Ela não existe.

Observo a expressão de Suze mudar lentamente enquanto a ficha cai para ela.

— Não... Você quer dizer... — Ela alterna o olhar entre mim e os produtos *sprygge* expostos. — Você quer dizer... Caraca, Bex. — Ela engole em seco. — Bex, você está brincando.

— Estou falando sério — respondo, agoniada. — Sinto muito.

— Mas você deu uma verdadeira aula sobre isso! Você foi muito convincente! Todo mundo achou que fosse verdade!

— Eu sei! Eu *ia* contar tudo para você, mas... — Eu franzo a testa, tentando me lembrar por que eu não contei e me lembro de repente. — O Craig apareceu e eu me esqueci — confesso, envergonhada.

O olhar de Suze está fixo na mesa de produtos *sprygge*. Dá para ver em seus olhos que ela está pensando em uma forma de resolver a situação, mas não está encontrando.

— Não acredito que você inventou isso — diz ela. — Como você *pôde* fazer uma coisa dessas? — Ela se vira para mim com uma expressão acusadora.

— Eu jamais imaginei que você fosse fazer almofadas com frases como "Sprygge gera sprygge!" estampadas — respondo na defensiva. — Como eu poderia prever isso?

— Mas isso é contra a Lei de Informação ao Consumidor! — declara Suze, fazendo um gesto agitado para a loja. — Nós dissemos para todo mundo que é uma palavra norueguesa! Podemos ser processadas! Por um cliente ou pelo Estado! Temos que destruir toda a coleção. — Ela leva as mãos à cabeça e sinto uma enorme onda de culpa.

— Suze, você precisa se acalmar. — Eu a abraço. — Ninguém vai processar você.

Nós observamos os primeiros clientes do dia entrarem: duas mulheres de meia-idade. Vão direto para a mesa com os produtos *sprygge* e vejo quando começam a exclamar, interessadas.

— Preciso ir lá e contar para elas que é tudo falso — diz Suze, desanimada.

— Suze, não faça isso — digo por impulso. — Não destrua a coleção. Seria um *verdadeiro* desperdício. É só uma palavra. E você fez coisas tão lindas. Não faz mal que algumas pessoas tenham almofadas com a palavra *sprygge* em casa, não é?

— Mas a gente disse que era uma palavra norueguesa — argumenta Suze, desesperada. — Não estamos sendo honestas.

— Então... Não vamos mais dizer que é uma palavra norueguesa — sugiro depois de pensar um pouco. — Vamos dizer "algumas pessoas acreditam que é um conceito norueguês". Isso é bem próximo da verdade. Todos os clientes de ontem acreditaram, pelo menos. De qualquer forma... — continuo, tendo uma nova ideia. — A língua está sempre evoluindo e mudando. É uma coisa fluida. Novas palavras surgem todos os dias e algumas são até dicionarizadas. Por que uma delas não pode ser *sprygge*?

— Como assim? — Suze parece desconfiada.

— Se começarmos a usar muito a palavra *sprygge,* talvez outras pessoas comecem a usar também e, então, ela vai passar a fazer parte da língua. É assim que *funciona.* — Estou pressionando minha amiga. — É assim que a língua se *desenvolve.* Se alguém perguntar, podemos dizer que é praticamente norueguês. Podemos dizer que é "quase" norueguês.

Uma das clientes está enchendo o cesto de compras com canecas *sprygge,* seus olhos estão brilhando.

— Minha filha vai amar — diz ela para a amiga. — É tão diferente.

— Tão original! — concorda a amiga, pegando uma almofada. — Nunca vi isso em nenhum outro lugar.

— Está vendo? — pergunto para Suze. — As duas estão muito felizes. Se contarmos a verdade, vamos ser estraga-prazeres. E isso não tem nada a ver com o espírito de Natal, não é? Não mesmo. Olha o que eu acho: se a palavra *sprygge* deixa as pessoas felizes, então por que nós estragaríamos a felicidade delas?

— É uma palavra *muito* boa — cede Suze.

— É uma palavra genial — concordo, tentando enchê-la de confiança. — É uma palavra positiva, que espalha alegria e não importa de onde ela veio.

Estou prestes a me aproximar das clientes para ajudá-las com as compras quando meu celular vibra. Desbloqueio e leio a mensagem. Leio de novo e engulo em seco.

— O que houve? — pergunta Suze, olhando para mim.

— Hum. Nada. É só... hum... o Craig, convidando Luke e eu para tomarmos uma taça de vinho mais tarde. — Tento soar casual. — Ele escreveu: "Vamos ter uma noite especial, nós quatro."

Suze arregala os olhos de forma dramática.

— Uma "noite especial", vocês quatro? — repete ela, parecendo escandalizada. — Bex, você *sabe* o que isso significa!

Minha mente chegou exatamente à mesma conclusão, mas não vou dar o braço a torcer para Suze. Nem para mim mesma.

— Claro que não — digo, convicta. — Suze, você está imaginando coisas.

— *Será* que estou, Bex? Ou talvez você seja simplesmente ingênua o suficiente para não ver o que está bem diante dos seus olhos. — Ela coloca as mãos no meu ombro e me lança um olhar de preocupação. — Só me prometa que você vai ter uma palavra de segurança, está bem?

— *Palavra de segurança?* — Caio na gargalhada. — Eu não vou escolher uma palavra de segurança! O que você acha que vai acontecer? Que ele vai nos trancafiar em uma masmorra?

— Eu não ficaria nem um pouco surpresa — retruca ela, sombria. — Você não sabe o que se passa pela cabeça dele.

— A casa que você alugou para ele tem uma masmorra?

— Não — admite ela depois de pensar um pouco. — Mas eles podem ter transformado a segunda suíte num quarto de sexo.

— Suze, você está ficando louca! Nós vamos até lá tomar uma taça de vinho como adultos civilizados. Só isso. Fim de papo. E agora eu vou até lá ajudar nossas clientes, coisa que *sou paga para fazer* — declaro com firmeza.

Quando estou indo até o mostruário dos produtos *sprygge,* meu telefone vibra novamente. É uma segunda mensagem de Craig e eu engulo em seco:

Traga roupa de banho e podemos aproveitar a hidromassagem!
Ou podemos ir sem roupa...? ;)

Acho que nem vou mencionar isso para Suze.

Caraca...

Por volta das seis e meia da noite, escolho a roupa para usar na visita à casa do Craig: calça preta e uma blusa de gola rulê bem alta e um laçarote na frente. Além de uma capa noturna abotoada. (Comprei na promoção e depois pensei: "Acho que cometi um erro. Quando é que vou precisar usar uma capa?" Bem, agora eu sei.)

Estou sentada à mesa da cozinha digitando algumas palavras no meu telefone enquanto Minnie toma seu leite, e sinto que estou levando algum tipo de tórrida vida dupla. Lá está minha filha, inocente, tomando seu leite — e aqui estou eu, escolhendo palavras de segurança. Já tenho umas dez opções até agora, incluindo "Chanel", "Dolce" e "Gabbana".

Então penso que talvez não seja tão fácil usar essas palavras em uma conversa. Talvez a palavra de segurança deva ser algo mais corriqueiro como "olá" ou "água".

Mas e se eu quiser tomar um copo d'água?

Sério. Como palavras de segurança funcionam? Com certeza a palavra de segurança mais segura que existe é "pare", não? Ou "Eu vou para casa agora, para mim chega, e eu realmente não estou nem um pouco interessada em sexo em grupo, eu prefiro fazer compras". (Tá legal, essa é uma declaração inteira de segurança.)

Quando Luke entra na cozinha quase dou um pulo de susto e digo:

— Então nós vamos mesmo, não é?

— O que foi? — Luke olha para mim sem entender. — É claro que vamos. A não ser que você tenha mudado de ideia? Você não está se sentindo bem?

— Eu estou ótima! — Minha voz está um pouco aguda.

— Vai ser muito legal. Não vejo a hora! Hum, o Craig mencionou uma coisa sobre... hum... — Pigarreio. — ...a banheira de hidromassagem.

— *Hidromassagem?* — Luke dá risada. — Bom, vamos ver se as coisas vão chegar a esse ponto.

Olho para ele sem ter muita certeza do que ele quis dizer com "chegar a esse ponto". Minha nossa, será que Suze está certa e eu realmente sou ingênua e tudo tem um duplo sentido que eu nunca entendi antes?

Luke jamais praticaria sexo grupal.

Não é?

Bem nessa hora, a campainha toca e Luke convida a babá, Kay, para entrar. É uma senhorinha alegre de mais de sessenta anos e cheia de fofocas para contar. Colocamos Minnie para dormir enquanto ouvíamos tudo sobre a operação do cachorro da vizinha de Kay. E então, quando menos espero, já estamos caminhando pela rua fria e deserta até a casa do Craig.

Luke está falando sobre a garrafa de vinho que está levando e como deveríamos pensar em passar um dia na França visitando algumas vinícolas. E apenas concordo e digo "Claro, Borgonha é maravilhosa", sem fazer a mínima ideia do que estou falando. A cada passo, sinto-me mais nervosa. Estou sendo ridícula, repito para mim mesma sem parar. Não vai acontecer nada.

Mas *e se acontecer*? O que *vou fazer*? Minha nossa, estamos quase chegando. Será que devo comentar alguma coisa com Luke?

A casa que Craig alugou, o Lapwing Cottage, não fica na rua principal, e temos que passar por uma rua sem iluminação. Mas não está completamente escuro — vemos uma luz à frente, que deve ser da casa. Quando nos aproximamos mais, o brilho vai ficando cada vez mais forte, até que percebo, surpresa, que a casa inteira está coberta com luzinhas de Natal, algumas brancas, outras multicoloridas, algumas tipo pisca-pisca. Minnie ia *amar* aquilo.

— Lá está a hidromassagem. — Ele dá uma risada. — Olha só, é bem grande.

Está apontando pela cerca do jardim dos fundos. Sigo o olhar e fico admirando, boquiaberta. Não tem só uma banheira de hidromassagem gigantesca no terraço, mas também um bar de estilo havaiano, três espreguiçadeiras, cerca de seis aquecedores externos e alguns vasos com palmeiras.

— Será que trouxeram as palmeiras com eles? — pergunta Luke, incrédulo. — E as espreguiçadeiras? Não estamos bem na época para isso. Quanto aos aquecedores, li outro dia um artigo sobre isso... — Ele começa a falar sobre o aquecimento global, mas não presto atenção porque ainda estou olhando meio assustada para as palmeiras.

Palmeiras. Isso não é um sinal? Não é esse o tipo de árvore que os casais que praticam *swing* plantam no jardim para atrair outros praticantes?

Meu coração dispara no peito enquanto nos aproximamos da porta. Vai acontecer. É real. Suze está certa. Preciso contar para Luke bem rápido.

— Luke — chamo em um sussurro desesperado. — Não tenho muita certeza de que eles querem falar sobre vinho. É tudo conversa.

— Conversa? — Luke fica olhando para mim.

— Acho que eles querem... você sabe. — Engulo em seco e sussurro ainda mais baixo. — Fazer uma orgia.

— *Como é que é?* — Luke cai na gargalhada e olha para mim de novo. — Becky, você está falando sério?

— Estou! Craig curte esse tipo de coisa, sexo a três, a quatro e... com quantas pessoas der. Suze viu isso na internet. Ele frequenta festas de sexo o tempo todo. E olha para essas palmeiras. — Faço um gesto desesperado para o jardim dos fundos. — É um sinal. Para atrair praticantes de *swing*.

— Tenho quase certeza de que eles usam capim-dos-pampas para isso — retruca Luke calmamente.

— Palmeiras... capim-dos-pampas... é tudo a mesma coisa. A gente precisa de um *plano* — acrescento, desesperada. — Precisamos de *sinais*.

— Oi, gente! Vocês chegaram! — A voz rouca de Craig parece vir do nada e eu me sobressalto. Ele estava debruçado na janela de cima, usando uma camisa com colarinho aberto.

Nossa, será que ele ouviu? Não. Acho que não.

— Oi! — cumprimento com a voz estrangulada. — Nós acabamos de... Oi.

— Olá! — diz Luke sem o menor problema.

— Já vou descer... — Craig desaparece e ouço quando ele chama a namorada. — Nadine, eles já chegaram!

Ouço os saltos se aproximando pelo outro lado da porta. Merda.

— Nossa palavra de segurança é *sprygge* — digo em pânico. — Tá legal?

— O quê? — Luke parece não entender.

— *Sprygge!* Palavra de segurança! *Sprygge!*

Não tenho tempo para dizer mais nada antes de a porta se abrir e nos depararmos com Nadine, usando uma camisa de seda que mostra seu colo maravilhoso e um perfume almiscarado.

— Oi, gente — cumprimenta ela, dando um abraço em Luke e depois em mim. — Bem-vindos.

— Oi — diz Luke com calma. — Trouxemos uma lembrança.

Nadine pega a garrafa de vinho e nossos casacos e nos leva até uma linda sala com a lareira acesa e luzes de Natal decorando a prateleira logo acima. O estilo é uma mistura de casa de campo com estúdio de música. Os sofás e as poltronas são forrados de linho, mas também há três pedestais com guitarras e dois amplificadores enormes.

— Gente! — Craig aparece usando a calça jeans rasgada de sempre e trazendo uma garrafa de vinho que parece ser muito cara. (O rótulo é bem velho e rasgado, por isso sei que é caro.)

Ele me dá um beijo no rosto e aperta a mão de Luke de forma calorosa. Logo estamos acomodados no sofá, ouvindo o fogo estalar e olhando o pisca-pisca das luzinhas na prateleira acima da lareira. Nadine serve azeitonas e nozes e Craig coloca uma música, e começo a relaxar um pouco. Não *parece* uma festa de sexo. Não que eu já tenha ido a alguma para comparar.

— O que achou do vinho, Luke? — pergunta Craig. — Posso servir mais um pouco?

— Luke, venha para mais perto da lareira — chama Nadine. — Você está confortável aí no sofá? Você quer outra almofada? Mais azeitona?

Meu radar fica alerta na hora. Os dois estão tentando agradar Luke, exatamente como fizeram no *pub*. Mas talvez só estejam tentando ser amigáveis.

— A casa está maravilhosa — elogio, para dar início à conversa. — Todas essas luzinhas! Ficou lindo!

— Fui eu que pedi ao Craig para fazer isso — responde Nadine, com satisfação. — Eu meio que disse, querido, pegue a escada *agora*.

— Ela que manda — concorda Craig, rindo. — Você precisa ver como ela comanda a equipe dela no trabalho. Mais vinho, Luke? O que vocês vão fazer no Natal?

— Vamos receber a família pela primeira vez — conta Luke. — Becky está organizando tudo.

— Recebendo pela primeira vez para o Natal! — exclama Nadine, revirando os olhos com compaixão. — Eu me lembro da primeira vez que fiz isso também. Quase enlouqueci. Todo mundo da família ficava pedindo "podemos ter isso? podemos ter aquilo?". No final, eu disse "Basta! Nós vamos fazer tudo do meu jeito!"

— Nossa! — exclamo, sentindo uma identificação com Nadine pela primeira vez. — É exatamente o que está acontecendo comigo. Eu criei um grupo de Natal no WhatsApp e não paro de receber mensagens de todo mundo. Cada um quer um chocolate diferente e um bolo de um tipo e suas próprias tradições. Minha irmã é vegana e minha melhor amiga quer uma mesa de artes para distrair as crianças, e o marido dela quer ver a ópera na TV, e nossa vizinha Janice quer uma *piñata*. Não consigo deixar todo mundo feliz.

— Quantas pessoas você convidou? — pergunta Nadine, compreensiva, enquanto serve um pouco mais de vinho na minha taça.

— Na verdade, eles meio que se convidaram — respondo depois de pensar um pouco.

— Eles se convidaram? — Nadine arregala os olhos.

— Tipo, eu *queria* que eles viessem — explico rapidamente. — Amo todos eles. Vai ser maravilhoso! Só que... sabe? É muita coisa para fazer.

— Eu sei o que quer dizer — responde Nadine, assentindo. — Pode crer em mim quando digo, Becky, você tem que ser firme.

— É tudo muito intenso. — Tomo um gole de vinho. — E agora minha mãe está brigada com a Janice e as duas vão passar o Natal lá...

— Ah, não! — exclama Nadine, franzindo o nariz. — Isso não é nada bom.

— Não mesmo. — Dou um suspiro cansado. Eu não tinha percebido como todo esse lance de Natal estava me estressando. É meio que um alívio compartilhar isso com alguém de fora. — Tudo que eu quero é que seja um dia agradável, sabe? Todo mundo curtindo estarmos juntos sem se *importar* com como eu preparo a couve-de-bruxelas.

— Pois eu digo para você não servir a couve-de-bruxelas — afirma Nadine energicamente. — Que se foda a couve-de-bruxelas.

— O Natal é uma celebração que não tem nada a ver com a comida — declara Craig em tom sério. A voz dele é rouca e de astro do rock, parece que está declamando a letra de alguma música muito ruim de Natal e dou uma risada.

— É o que fico repetindo para mim mesma. Nenhum desses detalhes realmente importa, não é? Tudo que importa é que estejamos todos reunidos em volta da mesa. Amigos. Familiares. O Natal é isso.

— Um brinde a isso — diz Craig, erguendo a taça.

— Sim, sim — concorda Luke.

— Eu não poderia concordar mais — diz Nadine, parecendo calorosa e amigável, e percebo que estou relaxando cada vez mais perto dela.

— Nós adotamos um lema — revelo. — Seja lá o que o Grinch possa roubar, não é o Natal.

— Gostei disso — declara Craig, assentindo. — Gostei muito. Além do mais, você sabe que couve-de-bruxelas é um troço que fede.

Não consigo segurar o riso, e Nadine dá uns tapinhas no meu joelho.

— Você vai ter seu Natal com a família e os amigos, Becky — diz ela com voz calma. — Só se certifique de curtir o dia também.

Curtir o dia? Eu nem pensei nessa possibilidade, só quero me certificar de que não seja uma catástrofe total e absoluta. Mas sorrio para ela e digo:

— Claro, vou curtir. Obrigada.

Segue-se uma pausa enquanto comemos azeitonas e Craig diminui um pouco a iluminação. Percebo que estou curtindo a visita e estou começando a relaxar cada vez mais.

— E agora... — Ele se senta no sofá e estica as pernas. Olha para Nadine com as sobrancelhas levantadas e, depois para Luke. — Então, gente. Vocês já devem ter desconfiado. Mas nós temos algumas... segundas intenções para esta noite.

Eu congelo na hora. Segundas intenções?

Craig se inclina em direção a Luke e fica olhando para ele com uma expressão séria. Nadine faz o mesmo. A atmosfera está carregada e sinto meus cabelos se eriçarem. É sério. Eles vão dar em cima da gente. Eu *não* deveria ter relaxado. *Não* deveria ter baixado a guarda.

— Segundas intenções? — pergunta Luke com tranquilidade. — Achei que fosse só uma visita.

— Sim, claro. — Craig dá uma risada. — Antes de começar numa parceria é melhor conhecer a pessoa, você não acha?

Parceria. Meu Deus do céu...

— Não sei se você está aberto para esse tipo de coisa...? — pergunta Nadine com a voz rouca enquanto joga o cabelo para trás, olhando diretamente para o meu marido. A luz cintila no *gloss* e na camisa decotada. Ela está linda de morrer.

Meu coração está disparado, mas pareço incapaz de falar qualquer coisa. É tão surreal. Além disso, quero saber o que Luke vai responder.

— Não estou, infelizmente — responde Luke de forma direta e sou tomada por uma forte sensação de alívio.

(Tipo, é claro que eu sabia que essa seria a resposta dele.)

— Certo — responde Nadine, sem perder o rebolado. — Fico um pouco decepcionada ouvindo isso. Mas talvez eu consiga convencer você a ver as coisas sob outra perspectiva.

— Eu aprendi uma palavra nova hoje — digo ao finalmente encontrar minha voz. — *Sprygge*. É norueguês. *Sprygge*. — Olho desesperada para Luke. — *Sprygge!*

Mas ninguém nem olha para mim.

— Achei que você tivesse a mente mais aberta, Luke — continua Nadine com um tom de voz sedutor, inclinando-se ainda mais para ele. Seu colo está reluzindo pela abertura do decote. — E eu vou ser bem sincera com você. Eu realmente quero isso. Quero muito me apresentar para você. Quero *muito* mesmo.

Olho para ela, horrorizada.

— Apresentar? Como *assim*? Essa é a sua forma sutil de dizer que quer transar?

Então paro de falar abruptamente quando vejo a palavra "APRESENTAÇÃO" em um documento impresso no chão, perto dos pés de Nadine, saindo de baixo do sofá.

Espere um pouco. Apresentação de... Tipo uma *apresentação de negócios?*

Tá legal, *o que* está acontecendo aqui?

— Posso dar alguns conselhos, Nadine — diz Luke calmamente para Nadine. — Mas não sou investidor.

— Mas você tem dinheiro — argumenta Nadine, piscando para meu marido. — Você tem uma empresa que pode crescer. Você tem experiência, eu tenho talento.

— Você quer *dinheiro?* — pergunto, surpresa, e Nadine vira para mim com uma expressão irritada.

— Eu quero uma *parceria* — diz ela. — Não é uma questão de dinheiro, é uma questão de união de talentos e ideias. É uma questão de canalizar minha energia e força de vontade para dar passos maiores. — Então ela olha interrogativamente para mim. — O que você achou que eu queria?

— Sexo! — exclamo antes de parar para pensar.

Segue-se um silêncio muito constrangedor. Craig está com os olhos arregalados. Luke olha para mim com uma expressão que estou atordoada demais para interpretar.

— *Sexo?* — pergunta Nadine, por fim. Ela parece se divertir com meu comentário e começo a ficar mais nervosa. Ela não precisava agir como se eu fosse uma idiota completa por sequer pensar nessa possibilidade.

— Minha amiga leu na internet que vocês gostam de participar de festas de sexo grupal — digo em tom defensivo para Craig. — Em Moscou e tudo mais. Sexo a três e... coisas assim. — Se a Nadine não sabia sobre as festas de sexo em Moscou, o problema é dela. Bem-vinda à irmandade.

— Sim, sim, a gente curte essas coisas. — Craig dá de ombros como se estivesse dizendo que curte jogar golfe nos fins de semana. — Mas essa noite não tem nada a ver com isso.

— O que nós fazemos na nossa vida privada não é da conta de ninguém — completa Nadine em tom ligeiramente cortante. — Mas se você acha que esse foi o motivo de termos convidado vocês... — Ela para de falar e olha para a minha blusa de gola alta e laçarote como se estivesse pensando em uma piada interna. — ...Digamos que vocês... não são o nosso tipo.

Não somos o tipo deles? Fico profundamente ofendida com o comentário. Eles estão nos *rejeitando*? Por quê? Por que não?

— Pois fique sabendo que eu sou muito boa de cama — retruco, indignada. — E Luke é ainda melhor!

— Amor — diz Luke, repuxando os lábios. — Obrigado pelo elogio. Mas... acho que é informação demais, não? Bom, a noite foi muito agradável — continua ele, em tom educado, colocando a taça de vinho na mesa. — Agradecemos o convite. Mas talvez...

— Vocês não vão *embora*, né? — A voz de Nadine está firme. — Você nem me deu uma chance! Por que você acha... — Ela para no meio da frase e sorri novamente. — Eu tenho a apresentação prontinha aqui. Preparei tudo. Acho que mereço essa chance.

Olho para Luke e percebo que ele está em uma sinuca de bico.

— Tudo bem — concorda ele depois de um tempo. — Posso ouvir sua apresentação.

— Vamos até o escritório — convida Nadine, levantando-se e jogando o cabelo para trás. — A apresentação está pronta. Por que você não traz a sua taça de vinho? — Ela leva Luke até uma porta atrás de nós e olha para mim. — Pode ficar tranquila, Becky, eu não vou dar em cima dele.

Haha. Que engraçada.

Quando Luke e Nadine fecham a porta, Craig atiça o fogo na lareira e a lenha estala um pouco. Depois ficamos em silêncio. Sinto-me completamente constrangida — mas Craig não parece estar. Na verdade, parece que ele nem está ciente da minha presença.

— E como vai a música? — pergunto, por fim. — Você tem alguma música nova que possa tocar para mim?

— O quê? — Ele parece distraído. — Não. Na verdade, não.

— Então... para onde é sua próxima viagem? Mais algum fim de semana em Varsóvia?

— Sei lá — responde Craig no mesmo tom distraído.

— Então... Hum... O que você acha da situação na Venezuela? — tento novamente, já um pouco desesperada.

— Venezuela? — Ele parece não entender.

Como assim? Ele era especialista em tudo que acontecia na Venezuela! Quero responder: "Você só falava na Venezuela o tempo todo! E você sempre tocava violão! E você costumava conseguir conversar!" Mas não tenho certeza se ele vai me ouvir.

Se Suze pudesse nos ver agora, teria que engolir tudo que disse. Tensão sexual? Paquera? Que piada! Ele não está nem *olhando* para mim. Em vez disso, fica olhando para a porta do escritório enquanto toma vários goles de vinho.

— Eu queria saber como ela está se saindo — diz ele, tenso. — Nadine tem tanto talento. Ela merece uma chance, sabe? Ela trabalha tanto nos planos de negócios dela, sabe? Eu sempre digo para ela "Querida, você precisa relaxar um pouco", mas ela não faz isso. Ela é muito motivada, sabe? Motivada.

— Ela é bem diferente de você — arrisco.

— É, e é isso que eu admiro. — Os olhos de Craig brilham. — Ela tem tudo sob controle. Ela tem um plano. É a primeira mulher que eu conheci com planos.

Quero contradizê-lo na hora. Eu sempre tive muitos planos! Ele só nunca os ouviu. Mas, na verdade, estou um pouco farta de conversar com ele. Atrás da jaqueta de couro e da voz rouca, não tem muito mais coisa.

— Você quer ver TV? — pergunta ele, de repente, e fico boquiaberta. Era só o que faltava. Ele nos convidou para drinques e agora quer ligar a *televisão*?

Se bem que estou entediada para cacete aqui. Então, por que não?

Ele coloca em um filme de Natal no qual uma garota estressada da cidade grande chamada Rae fica presa em uma linda cidadezinha do interior na noite de Natal: muita neve e chocolate quente e um lenhador gostoso chamado Chris. Ela está decidindo se vai entrar na competição de melhor árvore de Natal, e Chris se oferece para cortar uma árvore... quando a porta do escritório se abre e Nadine aparece, seguida por Luke.

Olho para eles, ainda um pouco envolvida com a história do filme e digo:

— Ah, oi. Vocês terminaram?

— Como eu disse, Luke — continua Nadine, sem olhar para mim. — Existem vários outros caminhos que podemos seguir. Pode crer em mim quando digo que um dos meus pontos fortes é estar aberta para o futuro. Todas as versões do futuro. Porque hoje *é* o futuro.

— Com certeza — comenta Luke num tom insondável.

— Então, você vai me ligar?

— O que você achou? — intervém Craig, ansioso. — Ela é muito talentosa, não é?

— Muito — responde Luke educadamente. — Mas tenho muita coisa para pensar. Talvez seja melhor pararmos por aqui e voltarmos a conversar no horário de trabalho.

— Também sou muito flexível com números — acrescenta Nadine rapidamente. — Acho que eu deveria ter deixado isso mais claro...

— Ótimo — diz Luke. — É bom saber.

Craig diminuiu o volume da TV e está acompanhando atentamente a conversa, mas eu ainda estou envolvida no filme. Rae e Chris estão discutindo. Ela está brandindo um machado para ele enquanto o vento sopra o cabelo dela de forma pitoresca. Por que estão brigando? O que aconteceu?

— Enfim — diz Luke, num tom decidido que me arranca do filme. — Foi ótimo ouvir suas ideias, Nadine, e muito obrigado pelo vinho. Delicioso. Mas acho que a babá precisa sair cedo, não é, Becky?

Ah. Ele quer ir embora.

Aaaah, se a gente correr, posso ver o restante do filme em casa!

— E quanto à hidromassagem? — protesta Nadine. — Podemos continuar a conversa lá, servir um pouco mais de vinho...

— Claro, vocês têm que experimentar a hidromassagem — reforça Craig.

— Nós temos mesmo que ir — insiste Luke, olhando para mim. — Vamos?

Eu *nunca* vou entrar em uma banheira com Nadine. Então vamos embora com certeza.

— Vamos — respondo, levantando-me. — É melhor irmos, mas obrigada pela noite tão *agradável* — digo com falsidade.

Agradável. Até parece. Ouvir apresentações de negócios e ver TV e ouvir na minha cara que nós não servimos para sexo em grupo? Eu preferia ter ido ao Pizza Express, pelo menos teríamos comido pizza.

A noite foi o oposto do que eu esperava. E minha maior decepção foi o Craig. Ele passou de um príncipe para... *Eca.*

Nós nos despedimos de Craig e Nadine, e Nadine agradece várias vezes enquanto aperta a mão de Luke, e Craig dá um abraço caloroso nele. (Noto que ele não me abraça.)

Mas logo saímos e começamos a andar de volta para casa, com a lua brilhando no céu e as corujas piando na noite. A noite parece um sonho surreal.

— Estranho — comenta Luke, por fim.

— Estranho — concordo. — O que você achou da apresentação?

— *Horrível* — responde Luke, e dou uma risada. — Foi *doloroso* ouvir. Eu não faço a menor ideia do que ela estava propondo, a não ser que envolve a Brandon Communications dar a ela muito dinheiro, contratar uma equipe e deixar um carro à disposição dela.

— Nossa! — Não consigo segurar o riso. — E você disse não?

— Eu disse que vamos conversar de novo. Eu só queria que ela parasse de falar. Vou rejeitar a proposta com delicadeza — acrescenta ele, com uma voz mais bondosa. — Tem algumas pessoas com quem ela pode falar. Vou dar uma lista e os dados para contato. Acho que ela é bem corajosa por querer apresentar suas ideias, mas ela precisa de um projeto mais sólido. Ela ainda tem muito a aprender.

Aperto a mão dele, porque ele é tão bom — querendo ajudá-la e tudo mais. Como Nadine pode dizer que não quer transar com ele?, penso, indignada. Então rapidamente corrijo meu pensamento. É claro que eu *não* quero que eles transem. Mesmo assim. Ela tem muito mau gosto.

Quando estamos quase chegando em casa, paro debaixo de um azevinho pendurado e impulsivamente puxo Luke para um longo beijo. Sei que a regra é nos beijarmos quando estamos embaixo de um visco — mas não sei onde encontrar um. (Talvez eu devesse carregar minha guirlanda de visco inflável na bolsa.) Beijar na rua é sexy. Eu me lembro da primeira vez que ficamos juntos. A gente deveria se beijar mais na rua.

O bigode ainda é uma questão, para ser sincera. Mas, fora isso, esse momento é perfeito.

— Acho que somos um casal muito sexy — digo, por fim, quando nos separamos. — Eu *com certeza* ia querer transar com a gente.

— Eu também — concorda Luke. — Eles que saíram perdendo. Ele puxa o laçarote da minha blusa. — Isso desamarra?

— Quem sabe? — Lanço um olhar provocante para ele enquanto ele solta o laço. Todo esse lance de sexo em grupo me deixou meio eriçada. Assim que a Kay for embora, vou acender algumas velas... puxar o tapete de pele para a frente da lareira... colocar uma música sensual...

Ah, mas e quanto ao filme de Natal? Eu me lembro de repente. E quanto à Rae e o lenhador? Eu *preciso* saber o que acontece...

Não, tudo bem, posso ver depois pelo serviço de streaming. Nossa, eu adoro a tecnologia.

WhatsApp

SUZE & BEX

Suze

E aí??? Você tomou banho na hidromassagem com o Craig e a Nadine??!

> ### Bex
> Não!!! Na verdade, estou vendo um filme de Natal com Luke.

Suze

Filme de Natal?? O que houve??

> ### Bex
> Eles não queriam sexo a três, nem a quatro. Nem nenhum tipo de sexo.

Suze

Sério??? Eu juro que li que Craig curte esse tipo de coisa.

> ### Bex
> E ele curte mesmo. Eles curtem. Mas não com a gente.

Bex

Disseram que não somos o tipo deles.

Bex

Suze? Você ainda está aí????

Suze

Foi mal. Eu ri tanto que deixei o celular cair.

BECKY & JESS

Becky

Oi, Jess! Só queria saber se o Tom vai estar de volta a tempo para o Natal aqui em casa.

Jess

Sim

Becky

Ele está demorando muito para voltar, né?

Jess

Sim

Becky

Deve ser muito difícil para você.

Jess

Sim

Becky
De qualquer forma, Suze e eu gostaríamos de marcar com você para sairmos juntas. Poderíamos ir ao Waste Not Foods? É uma loja que não dá sacolas nem embrulhos, e tem um café vegano! Não é perfeito??!!

Jess
Sim

Becky
E você tem certeza de que está tudo bem entre você e o Tom?

Jess
Sim

Becky
Porque você sabe que pode me contar qualquer coisa, não sabe?

Jess
Sim

Becky
Então você e o Tom estão bem mesmo???

Jess
SIM

De: Tom Webster
Para: Becky
Assunto: Para sua informação

Querida Becky,

Jess comentou comigo sobre uma conversa que vocês tiveram pelo WhatsApp. Você claramente acha que estamos com algum problema. Eu gostaria que soubesse que:

Não estamos enfrentando problemas no nosso casamento.

Repetindo:

NÃO ESTAMOS ENFRENTANDO PROBLEMAS NO NOSSO CASAMENTO.

Atenciosamente,

Tom

De: Anders Halvorsen
Para: Becky Brandon
Assunto: Re: Uma nova palavra para seu dicionário — "sprygge"!

Prezada sra. Brandon, nascida Bloomwood,

Agradecemos seu e-mail, embora deva confessar que o achei bastante confuso.

Para responder a sua pergunta: não, não posso incluir a palavra "sprygge" no Dicionário da Língua Norueguesa. Eu não conheço tal palavra.

Não creio que tal palavra "esteja no dia a dia dos noruegueses" nem "na ponta da língua de todo mundo".

O que exatamente a senhora acha que significa?

Atenciosamente,

Anders Halvorsen
Editor
Dicionário da Língua Norueguesa

CATORZE

Uma semana se passou e tirei Craig e Nadine da cabeça. Porque a melhor coisa a fazer na vida é esquecer encontros constrangedores e nunca mais olhar para trás, mesmo quando seu marido vive te zoando. Ele me mandou uma mensagem ontem:

> John convidou a gente para um jantar no Ano-Novo com a esposa. Que fique registrado que tenho certeza de que é apenas um jantar e nada de sexo em grupo na hidromassagem.

Hahaha. *Muito engraçado.*

Mas também estou bastante preocupada com Jess, porque o e-mail do Tom me incomodou. Ninguém manda um e-mail assim quando o casamento vai bem. Na verdade, Tom pareceu muito fora de si, na minha opinião. Embora ele nunca tenha sido o que você pode chamar de "normal". Não faz muito tempo que ele estava construindo uma casa de verão gigante no jardim de Janice e do Martin e anunciando que ia morar lá.

Estou pensando nisso, preocupada, enquanto finalizo a cobertura do bolo de aniversário de Minnie agora, sábado de manhã — embora eu esteja ainda mais preocupada com esse bolo idiota. A massa fica despedaçando sempre que tento espalhar o creme. Achei que demoraria só uns dez minutos para fazer isso e que conseguiria terminar enquanto Minnie está no balé, mas está sendo um desastre.

— Suze, preciso de ajuda — digo, desesperada, quando ela entra na cozinha. — Meu bolo está despedaçando, não consigo espalhar a cobertura.

— Você passou a pré-cobertura antes? — pergunta ela.

— Claro que não. — Fico olhando para ela. — Pré-cobertura? Como você sabe disso?

Suze dá de ombros, o que provavelmente significa que ela aprendeu isso quando frequentou o curso de etiqueta social e boas maneiras. Ela sempre tem uma dica de vida que aprendeu lá, tipo como arrumar uma mesa para servir seis pratos ou como endereçar uma carta para o bispo. Estou prestes a perguntar "Ainda dá tempo de colocar essa pré-cobertura?", quando Luke entra na cozinha.

— Minha nossa — reclama ele, ofegante.

— O que foi?

— Eu estava falando ao telefone com a Nadine.

— Nadine? — Largo a espátula e olho para ele. — Como assim?

— Ela me ligou pra falar sobre a apresentação.

— Num sábado?

— Ela falou que estava esperando ansiosamente pela minha ligação. — Ele faz uma careta. — Parece que ela ficou com uma impressão, digamos... errada sobre como se saiu quando nos encontramos.

— Em que sentido?

— No sentido de que achou que eu estava prestes a preencher um cheque, dar um carro pra ela e mudar o nome da minha empresa pra "Brandon & Nadine Communications".

— *Caramba.* — Fico olhando para ele, horrorizada, mas doida para rir. — Mas isso é ridículo! Você não prometeu nada. Você só disse "tenho muito no que pensar". Eu estava lá quando você falou isso.

— É claro que não prometi nada! — exclama Luke. — Ela só estava jogando verde. Ou está totalmente iludida. Ou as duas coisas. Oi, Suze — acrescenta ele.

— Oi, Luke — cumprimenta Suze, toda alegre. — Então Craig e Nadine não são seus melhores amigos, no fim das contas? Que pena!

Lanço um olhar desconfiado para ela. Sinto um grande "eu bem que avisei" em seu tom de voz, mas, se eu confrontá-la, ela vai perguntar "Mas do que você está falando?".

— Vou contar uma coisa pra vocês — diz Luke, ao começar a preparar o café. — A Nadine ficou bem agressiva ao telefone. Deu a entender que eles precisavam de dinheiro.

— Como assim? — Fico olhando para ele. — Como eles podem precisar de dinheiro?

— Ela deu a entender que o Craig está falido. — Luke dá de ombros. — Só estou repetindo o que ela falou.

— Mas ele é um astro do rock! — exclamo, confusa. — Ele foi pra Varsóvia! Como pode estar falido?

— Isso mesmo, Bex — declara Suze, séria. — Astros do rock não vão pra Varsóvia quando estão falidos. Eles conseguem é descontos na lavanderia.

— Hahaha. — Reviro os olhos.

— Tadinha da Bex — continua Suze, sem perdão. — Estou vendo que você já tirou a mecha azul do cabelo. E onde está sua bota sexy? Você nunca mais vai usá-la?

— Está lá em cima — respondo com dignidade. — E é claro que vou usar, na ocasião certa.

— Eu gosto da bota sexy — comenta Luke, animado. — Não dá pra ninguém aquela bota, não. Alguém quer café?

— Não, obrigada — agradeço-lhe. — Nós vamos sair pra almoçar com Jess. Você ficou de buscar a Minnie, lembra?

— Na verdade, essa bota que você está usando hoje é linda — elogia Suze, olhando para meus pés. — É nova?

— Novinha!

Estou usando uma bota de cano curto caramelo que eu tinha esquecido completamente que havia comprado até que ela chegou hoje de manhã. Dou uma voltinha para mostrá-la a Suze quando só então me dou conta. Será que foi uma dica?

— Suze, pode ficar com ela — digo, impulsivamente.

— O quê?

— De presente de Natal! — Começo a tirá-la. — Aqui, experimenta!

— Não! Eu não quero sua bota nova, que você ainda nem usou direito, de Natal! — exclama Suze, quase zangada. — Coloca de novo, Bex. A gente precisa ir agora. O que você vai fazer em relação ao bolo?

— Não sei — confesso, enquanto calço a bota de novo.

— Isso é um *bolo*? — pergunta Luke, surpreso, olhando para um monte disforme de massa e glacê na bancada. — Eu achei... — Ele para de falar. — Na verdade, acho que a Minnie vai adorar.

— Coloca no freezer — aconselha Suze. — Depois é só fazer mais glacê e cobrir tudo. Glacê nunca é demais. E coloca um pouco de glitter comestível. Vai ficar ótimo. Agora vamos.

Eu realmente estava doida para visitar uma loja que não utiliza embalagens — e, assim que entro na Waste Not Foods, sou acometida por uma revelação chocante. Devemos fazer compras aqui *sempre*. Sempre! Aqui!

Quero dizer, *olhe* em volta. Há caixas rústicas de madeira cheias de batatas e cenouras sujas de terra. Vejo que ainda há penas grudadas nos ovos. E uma porção de potes grandes de vidro, como nas antigas lojas de doces, todos cheios de nozes, aveia e coisas assim! Você só precisa se servir! É genial!

— Olá — cumprimenta uma moça atrás do balcão. Ela tem *piercing* no nariz e o cabelo está preso com um barbante e está usando uma daquelas camisas de linho que eu sempre tenho vontade de comprar, mas que, *na verdade*, acho que vão me deixar parecendo um saco.

Não que ela pareça um saco.

Tá legal. Ela parece um pouco, mas provavelmente não se importa com isso.

— Olá! — respondo, radiante. — Que loja maravilhosa!

Há meias de Natal de juta marrom penduradas na porta, cada uma contendo uma barra de chocolate Fairtrade embrulhada em papel reciclado, uma xícara de café ecológico e um exemplar do *How We're All Doomed*. Com certeza voltarei para comprar uma dessas para Jess. Ela vai amar!

— Você vai comprar alguma coisa? — pergunto para Suze.

— Vou. Preciso de arroz — responde ela, tirando dois potes de sorvete vazios de dentro da bolsa. — E talvez um pouco de macarrão. As batatas-doces estão lindas. — Enquanto fala, ela pega uma sacola retornável e alguns sacos de papel pardo.

Fico olhando perplexa para os potes e sacos.

— Você trouxe tudo isso na bolsa?

— É claro — responde Suze, parecendo surpresa. — Eles não embalam as compras, Bex. Você precisa trazer tudo de que vai precisar para levar as compras para casa.

Certo.

É claro, eu sabia disso. É só que...

Ai, *meu Deus*. Por que eu não trouxe nem potes nem sacos? Eu não trouxe nenhuma sacola retornável, percebo, com uma onda de horror. Mas não vou dar o braço a torcer. Não mesmo.

Fico andando a esmo entre potes de temperos e grãos, me sentindo inspirada e estressada ao mesmo tempo. Quero comprar tudo que tem aqui! Só preciso de alguns pacotes. Preciso de um pote, de um saco ou de *alguma coisa...*

Então, felizmente, vejo uma prateleira atrás do balcão com alguns potes de boca larga. Ótimo. Vou comprar um monte de potes e fingir que era isso que eu queria fazer desde o início.

— Oi! — digo, aproximando-me da moça no balcão. — A loja de vocês é tão inspiradora. Vou parar *completamente* de comprar produtos embalados.

— Que bom — diz ela.

— Então, eu queria trinta potes, por favor? Quinze do grande e quinze do pequeno.

— *Trinta potes?* — Ela fica olhando para mim.

— Para colocar as compras — explico.

Nunca mais vou usar nenhuma sacola, decido. Já consigo imaginar minha cozinha parecendo ter saído diretamente de uma revista de decoração, com todos os potes etiquetados e perfeitamente organizados. Ficará incrível.

Mas a moça franze as sobrancelhas, parecendo não entender.

— Acho que nem tenho trinta potes no estoque — avisa ela. — Mas você consegue *levar* trinta potes de vidro pra casa?

Ah, eu não tinha pensado nisso.

— A maioria das pessoas traz potes velhos de plástico — continua ela. — Nós encorajamos o máximo de reciclagem possível. Você não trouxe nada? — Ela olha para minhas mãos vazias. — Nadinha?

Ela não precisava soar tão crítica.

— Eu não consumo plástico — retruco, presunçosa. — Tudo bem, então, vou querer só seis potes.

São bem grandes. Mas ficarão lindos!

Pego um cesto de compras de vime, coloco os potes de vidro dentro dele, vou para um grande contêiner cheio de legumes e encho um dos potes. Depois, olho para ver o que estou comprando. Broto de feijão! Não faço ideia do que fazer com broto de feijão, mas posso procurar uma receita.

Estou prestes a encher o segundo pote com cevada quando recebo uma mensagem do Luke:

Você pode comprar ovos? Eles acabaram.

Respondo rapidamente:

Pode deixar.

Sigo para a bandeja de ovos com penas. Pego dois — depois tento decidir o que fazer com eles. Não tem nenhuma caixa, então, como devo levá-los?

— Você trouxe uma caixa para os ovos? — pergunta a moça que está me observando atrás do balcão. — Sempre pedimos para os nossos clientes trazerem uma caixa velha de ovos. Se você não trouxe, *pode* comprar uma caixa de bambu reutilizável por uma libra, mas nós, obviamente, encorajamos a reciclagem. Você quer comprar a caixa de bambu?

Consigo ler perfeitamente a expressão no rosto dela. Ela está perguntando "Você quer poluir ainda mais o planeta, sua idiota, que não se lembrou de trazer uma caixa pros ovos?".

— Não, obrigada — respondo, levantando o queixo. — Eu já tenho os recipientes de que preciso.

— Não dá pra carregar ovos em potes de vidro — diz ela como se eu fosse burra.

— É claro que dá.

Coloco dois ovos com todo o cuidado no pote de vidro e o tampo. Depois faço o mesmo com mais três outros potes. Eu só preciso carregá-los com muito cuidado.

— Oi, Becky. — Ouço a voz de Jess e me viro.

— Oi, Jess! — Dou um abraço nela. — Esse lugar é incrível.

— O que você está fazendo? — Ela olha para meus potes, parecendo confusa.

— Comprando ovos. — Coloco o cesto com cuidado no balcão, e a moça fica olhando para os potes de vidro. — Oi — digo, em tom indiferente. — Gostaria de pagar agora.

— Por que você não comprou uma caixa de ovos? — pergunta Jess, meio que sem acreditar.

— Porque não quero acabar com o planeta com consumo irresponsável — respondo, levantando os olhos. Como se ela precisasse perguntar isso, não é?

— Mas metade dos seus ovos já estão quebrados — comenta a moça, olhando pelo vidro.

Droga.

— Eu vou fazer ovo mexido — respondo rapidamente.

— Então não tem o menor problema. Quanto ficou?

— São 45,89 libras — diz ela. — Você tem uma bolsa ou precisa comprar uma?

Fico em silêncio por um momento. Não vou admitir *mesmo* que esqueci de trazer minha sacola reutilizável.

— Não sou muito fã de sacolas, na verdade — respondo por fim. — Minha regra é "compre apenas o que puder carregar".

— Mas você não vai conseguir carregar isso tudo — argumenta a moça.

— Minha irmã vai me ajudar — digo, sem perder a pose. — Você me ajuda a levar tudo pro carro, não ajuda? A Suze também — levanto a voz. — Não quero destruir o planeta, então você também vai me ajudar, não vai?

Nós três levamos meus potes de vidro e os colocamos no porta-malas do carro da Suze e voltamos para a loja, porque Suze ainda não pagou as compras dela.

— Com licença? — A moça no caixa me chama. — Você se esqueceu de levar seu último pote. — Ela me entrega o pote vazio, e eu o pego com indiferença, querendo impressionar Jess de alguma forma.

— Obrigada — agradeço-lhe. — Talvez eu deva comprar feijão azuki.

Não faço ideia do que fazer com feijão azuki, mas parece valer a pena aprender.

— Adoro *feijão azuki*... — acrescento, olhando para Jess. — É tão *vegano*.

Vou até um grande contêiner com a etiqueta "feijão azuki", coloco meu pote de vidro no bocal e empurro a alavanca. Na mesma hora um jato de carocinhos avermelhados e secos começa a jorrar, e abro um sorriso para Jess. Quando o pote está quase cheio, solto a alavanca — só que ela não volta. Tento de novo, mas parece que ela emperrou. Merda.

Merda.

Para meu horror, os feijões começam a transbordar do pote, se espalhando pelo chão, enquanto tento puxar a alavanca que não destrava. Então os grãos começam a jorrar cada vez mais rápido.

— Mas o que está acontecendo aqui? — pergunta a moça atrás do balcão, e todos os clientes se viram para olhar para mim e para o jato de feijão. — Solta a alavanca. Rápido!

— Estou *tentando*! — digo, sentindo o rosto queimar.

— O que você acha que estou *fazendo*?

A moça se levanta e corre na minha direção, mas já é tarde demais. Antes que ela consiga nos alcançar, o som dos grãos para. O contêiner está vazio, e há feijões espalhados pelo chão todo. Ouço uma risada onde Suze está e vejo que ela cobriu a boca com a mão.

— Pode deixar que vou comprar tudo — falo rapidamente, antes que a moça diga uma única palavra sequer. — Todos eles. Vão ser muito úteis pra... cozinhar.

— Você vai comprar *tudo*? — A moça olha para mim sem acreditar.

— Claro!

— Hum. — Ela pensa um pouco e levanta as sobrancelhas. — E como você vai levar esse feijão todo? Você por acaso vai precisar de uma sacola?

O tom é tão impertinente que fico indignada.

— Não, não vou precisar de uma sacola — respondo friamente. — Como já disse, sou uma consumidora consciente e não uso sacolas. Então vou carregar tudo na minha... hum... na minha saia — concluo, com uma inspiração repentina.

— Na sua *saia*?

— Exatamente! — exclamo, desafiadora. Levanto a saia *midi* formando um vão, que tem um formato ideal, e começo a enchê-la com feijões. — Está vendo?

Suze dá mais uma risada abafada e se aproxima de onde estou ajoelhada.

— Bex. Sua ideia é maravilhosa. É claro. Mas se você não se importar de relativizar um pouquinho seus princípios éticos... a gente bem que *poderia* usar uma caixa de papelão.

Hmpf. Ainda acho que eu teria conseguido levar os feijões na minha saia. Eu poderia tê-los dividido entre o porta-luvas e o porta-malas. O carro poderia ter se transformado no nosso contêiner de feijão azuki.

Por outro lado, acho que *de fato* foi mais rápido simplesmente varrê-los para dentro de uma caixa, pagar tudo e seguir para o café. Agora estamos acomodadas a uma mesa perto da janela. Já pedimos a comida e estamos bebendo água. Suze e eu não paramos de nos entreolhar. Está na hora de abordar Jess, com o máximo de tato e sensibilidade possíveis.

— *Espera só* pra ver o seu peru vegano no Natal — digo para Jess, tentando introduzir o assunto. — Vai ser incrível.

— Que bom — diz Jess.

Olho novamente para Suze e fico pensando em como continuar. Nosso plano era ajudar Jess a "se abrir", mas como?

— Então... como é a vida no Chile? — começo, com cautela. — Deve ser difícil. Como vai... o Tom?

— Ele está bem, obrigada — responde Jess. — Está tudo bem.

Mas na hora vejo os músculos do pescoço dela se contraírem. E ela aperta o copo de água com força. Será que ela acha que nos engana?

— Jess, você é tão forte e independente — digo com sinceridade. — Sempre admirei isso em você. Mas quero que saiba que... estamos aqui pra você.

— Com certeza — reforça Suze.

— Se tiver alguma coisa... — Paro de falar, sem saber como continuar.

— Toda essa questão da adoção deve ser muito difícil pra vocês dois, não é? — comenta Suze, num tom gentil.

O silêncio se estende por um tempo, e mal consigo respirar, porque os olhos de Jess estão começando a se anuviar. Isso *nunca* acontece com ela. Eu sempre achei que eles fossem feitos de granito, como o abdome dela.

— É muito difícil — concorda ela, por fim, com voz estrangulada. — É mais difícil do que nós imaginamos. Você se julga paciente, filosófica... mas...

Ela para de falar. Ai, meu Deus. Precisamos continuar com cuidado. Lanço um olhar nervoso para Suze, que faz uma expressão me encorajando.

— Está... Quero dizer... — Hesito. — Você...

Nem sei o que eu quero perguntar. *Na verdade,* eu quero que Jess exponha seus sentimentos de forma espontânea para que eu possa dizer alguma coisa inteligente e a gente possa dar as mãos.

Mas ela já está retomando o controle. Seu olhar já está voltando ao normal.

— Talvez seja melhor pedirmos pão também — sugere ela, olhando para o balcão.

— Jess, esquece o pão! — digo, no tom mais paciente que consigo. — Nós estamos aqui. Somos só nós três e estamos num lugar seguro. Por que você não conversa sobre...

— O quê? — Ela olha para mim de cara feia.

— Qualquer coisa! — Faço um gesto vago com as mãos. — Qualquer coisa! O Chile... Tom....

Quando digo o nome do marido da minha irmã, ela arfa.

— O que está *acontecendo*? — pergunta ela, olhando de Suze para mim. — Você vai começar com esse papo do Tom de novo? Eu pensei que ele tivesse mandado um e-mail pra você dizendo que está tudo bem.

Faço uma pausa antes de responder:

— Ele mandou, sim.

Não quero dizer "E o e-mail dele me deixou ainda mais preocupada do que antes!". E também não quero perguntar de novo "Quando ele *vai* chegar?".

— Está tudo bem. — Jess olha para mim de cara feia. — O que você quer que eu diga, Becky? Aonde você quer chegar com tudo isso?

— Não é nada! — Apresso-me a dizer. — Não é nada! Eu não... É só... Se você quiser me contar alguma coisa... Eu sou sua irmã... — Coloco uma das mãos no braço dela de forma carinhosa e tento fingir não notar quando ela se retrai.

— E eu sou sua amiga — acrescenta Suze, colocando a mão no outro braço dela e olhando para Jess com seus olhos azuis meigos. — Então, se quiser contar...

— Ela não *quer* contar nada! — diz a moça da blusa de saco, que parece ter assumido o posto de garçonete agora.

— Caramba! Deixa a pobrezinha em paz!

— Isso não é da sua conta! — exclamo, indignada, mas Jess já afastou os braços do nosso alcance e os colocou embaixo da mesa, parecendo extremamente constrangida.

— Desculpa, Becky, mas ela está certa — diz Jess com voz tensa e baixa. — Para de falar sobre isso. Para de inventar problemas na minha vida.

— Mas...

— Para com isso. — Ela me interrompe, e eu suspiro, frustrada.

Como podemos conversar... se Jess não se abre?

Abro a boca — e a fecho de novo. Estou desesperada para dizer mais alguma coisa, mas a expressão decidida da minha irmã me impede. Só vou deixá-la mais zangada, e essa é a última coisa que eu quero.

— Se existe algo com que você deveria se preocupar é com a sua mãe e a Janice — continua ela. — É *esse* relacionamento que está por um fio. Elas nem sequer estão se falando mais, pelo que eu percebi.

— O quê? — pergunta Suze, chocada, e lembro que não conversei com ela sobre a situação.

— Ah, sim, a mamãe e a Janice estão brigadas — admito. — Isso não é nada bom.

— Mas por quê? — quer saber Suze. — O que aconteceu?

— A Janice está se sentindo ignorada — conta Jess de forma direta. — Acha que os seus pais estão vivendo a própria vida e se esqueceram dela.

— Mamãe e papai *convidaram* a Janice *e* o Martin pra fazer coisas em Shoreditch — digo, querendo ficar do lado deles.

— Ah, eu sei. — Jess dá de ombros. — Eu não vou ficar do lado de ninguém. A Janice não consegue se controlar. Ela tem um bloqueio mental em relação a Shoreditch. O lance dela agora é ficar analisando as estatísticas de crimes com faca. Ela fica dizendo coisas do tipo "Nossa, espero que a Jane e o Graham não sejam assaltados por um drogado, *coitados!*" e "Bom, espero que a Jane *e* o Graham não acabem no meio de um tiroteio, *coitados*".

Jess faz uma imitação tão boa da voz trêmula de Janice que dou uma risada.

— Mesmo assim, ela está chateada — conclui Jess.

Não consigo segurar minha resposta:

— Mas não tão chateada a ponto de não arrumar uma nova amiga...

— Ai, meu Deus — diz Jess, revirando os olhos. — Flo.

— Flo? — Suze parece intrigada. — Quem é Flo?

— A nova melhor amiga da Janice — explico. — Em Oxshott.

— Eu nem consigo *imaginar* a Janice com uma nova melhor amiga — comenta Suze, surpresa. — Isso é extra-ordinário.

— É horrível — fala Jess, balançando a cabeça.

— Você não gosta da Flo? — pergunta Suze, dando uma risada. — Desculpa, sei que não é engraçado.

Naquele momento, a garçonete traz nossa comida e nós paramos de falar. Quando vou pegar o guardanapo, meu telefone vibra com uma mensagem. Olho para ver se é Luke pedindo para eu comprar mais alguma coisa — mas, quando leio, levo a mão à boca.

— *Não acredito* — digo, quando consigo falar.

— O que foi? — pergunta Suze.

— É a Janice — digo, mostrando o aparelho para elas lerem:

Mal posso esperar para a festa de aniversário da Minnie, Becky, querida. Vou levar minha amiga Flo, se você não se importar. Beijo, Janice.

De: Anders Halvorsen
Para: Becky Brandon
Assunto: Re: Re: Re: Uma nova palavra para seu dicionário — "sprygge"!

Prezada sra. Brandon (nascida Bloomwood),

Obrigado pelo seu e-mail.

Sua definição da palavra "sprygge" não significa absolutamente nada para mim.

Não me lembro de nenhum antigo mito nórdico de "sprygge", como a senhora sugere, assim como também não conheço nenhum versinho com essa palavra que minha mãe possa ter contado quando era criança nem nenhuma piada ou história que tenha a ver com tal palavra.

Sou obrigado a reiterar minha resposta anterior: não posso colocar a palavra "sprygge" no Dicionário da Língua Norueguesa. Agradeço a oferta de uma camiseta "Sprygge gera sprygge".

Atenciosamente,

Anders Halvorsen
Editor
Dicionário da Língua Norueguesa

QUINZE

Basicamente, Janice está declarando guerra. Sei que pode parecer exagero, mas a questão é: ela vai trazer uma nova amiga para o nosso território. Ela *sabe* que minha mãe estará lá. *Sabe* que existe uma tensão entre elas e quer cutucar a onça com vara curta.

Não que eu tenha tempo para pensar nisso agora, porque estou ocupada demais dando um jeito na cobertura do bolo de aniversário da Minnie. Preparei um monte de glacê. Duas tigelas cheinhas. Olho para o bolo, que ainda está um pouco troncho, e coloco mais uma camada de glacê. E mais outra. Depois penso "Ah, vou mandar ver", e despejo todo o glacê bem no meio. Como Suze disse, glacê nunca é demais. E agora o bolo está com fabulosos trinta centímetros de altura.

Minnie passou uma manhã de aniversário maravilhosa, abrindo cartões e brincando com seu novo caminhão de brinquedo e um gatinho de pelúcia interativo. (Ela viu na TV e implorou para eu comprar, mas não admiti isso para Suze.) Agora que Suze e os filhos chegaram, está uma loucura. Minnie e Wilfie estão brincando com os caminhões pelo chão da sala, enquanto Ernest toca música no velho piano (que já estava na casa quando nos mudamos para cá e está totalmente desafinado). Clemmie encontrou os enfeites que tocam "Jingle Bells" e os colocou para tocar em horas diferentes.

— O gatinho é incrível! — exclama Suze, entrando na cozinha com Jess. — Ele ronrona e toma leitinho e tudo mais! Como você descobriu esse brinquedo?

— Ah... eu vi por aí — respondo de forma vaga. — É claro que procurei por uma versão feita de madeira sustentável — acrescento rapidamente, olhando para Jess. — No site da Brinquedos de Madeira Sustentável ponto com. Mas não tinha. Uma pena.

— A indústria de brinquedos nos deve muitas explicações — responde Jess em tom severo.

— E sabe do que mais? Minnie ainda quer uma cesta de piquenique de Natal — informo a Suze, tentando não parecer metida. — Perguntei para ela ontem à noite. É tudo que ela quer. Uma latinha de comidinha de mentirinha. Eu sabia que ela não ia mudar de ideia.

— Não seja tão convencida — retruca Suze, revirando os olhos. — Ela ainda tem muito tempo para mudar de ideia.

— Não tem, não. — Faço cara feia. — Não me deixe nervosa.

— Ainda faltam semanas pro Natal. Tem *muito* tempo para ela mudar de ideia. — Suze faz uma vozinha infantil: — Mamãe, tudo que eu *quelo* é uma *seleia* que fala! Se o Papai Noel me ama de verdade, é isso que ele vai me dar. Ele sabe que eu mudei de ideia porque ele é mágico!

— Pare com isso. Você só está me deixando mais nervosa.

— O Papai Noel... *não* me ama? — continua Suze, agora fazendo voz de choro. — Eu não fui boazinha, mamãe? Foi por isso que ele me deu essa cesta de piquenique velha com essas latinhas de comida que eu não *quelo* mais?

— Cala a boca! — Mas dou risada. — Você é péssima!

— Que avental bonito — elogia Suze, finalmente desistindo da brincadeira e apontando para minha peça temática.

— Ah! — digo, aliviada. — Gostou? Eu comprei na... Aaah! — Eu me interrompo. — Você quer de Natal?

— Bex, para com isso! — exclama Suze, exasperada.

— Para de tentar me dar todas as suas coisas novas! Nós vamos nos presentear com coisas que já temos — explica Suze para Jess. — Sabe, para não sermos consumistas e tudo mais.

— Boa ideia — elogia Jess, assentindo.

— Só que Suze não me dá nenhuma *dica* do que ela quer — acrescento em tom de reprovação.

— Em certas culturas, se você admira alguma coisa de outra pessoa, ela te dá essa coisa imediatamente — comenta Jess.

— Nossa! — Suze dá uma risada. — Dá para *imaginar?* Bex e eu viveríamos tirando a roupa e trocando tudo que temos. "Que sapato lindo, Bex." "Aqui, pode ficar para você!" "Adorei seus cílios, Suze." "Pode ficar!"

— Cílios? — Jess parece não entender. — Você quer dizer cílios postiços?

—Sim... claro — responde Suze.

—Você usa *cílios postiços,* Suze? — Jess parece chocada, *e* eu me afasto rapidamente antes que ela me pergunte se eu também uso.

—Às vezes — responde Suze com cautela, e Jess fixa o olhar preocupado na minha amiga.

—Você não acha que é o fim do mundo que você sinta necessidade de aumentar o seu próprio corpo de acordo com estereótipos inerentemente sexistas?

—Só uso em festas — responde Suze. — E acho que são orgânicos — acrescenta, evasiva, olhando para o teto.

Ela está cruzando os dedos nas costas. Eles não são *nem um pouco* orgânicos.

—Ah — diz Suze rapidamente quando ouve a campainha. — Será que são os seus pais, Bex?

Graças a Deus, porque sinto que Jess está prestes a começar a me perguntar por que penteio meu cabelo, e dizer que escovas são sexistas ou algo do tipo. Jogo rapidamente o glitter comestível sobre o glacê e ouço os passos de Luke no corredor e, um minuto depois, a voz da minha mãe:

—Luke! Minnie, meu amor, feliz aniversário!

Enfio uma fadinha brilhante no alto do bolo e cubro tudo com uma saladeira gigante de madeira que eu comprei meio que por engano pela internet.

(Ok, eu não comprei por engano. Eu cometi um erro. O problema de comprar online é que você nunca sabe o tamanho das coisas. Eu sei que o site informou "54 centímetros". Mas quem sabe o que são 54 centímetros na prática? Exatamente. Ninguém.)

Tiro o avental e saio da cozinha para falar com meus pais, que estão tirando os casacos.

Uau. Pisco algumas vezes, tentando fazer sentido da aparência deles. De alguma forma, eu tinha me esquecido completamente desse novo estilo deles. Imaginei que chegariam usando as roupas que sempre usaram em Oxshott. Talvez um blazer; talvez um cinto floral.

Mas, não. Minha mãe está usando um vestido com estampa psicodélica e um colar esquisito que chega até o umbigo, feito de... aquilo é uma *fita cassete*? Em vez da bolsa de sempre, está usando uma mochila na qual se lê "Correios". Meu pai, por sua vez, está usando um chapéu preto esquisito, uma camiseta de *Rick and Morty* e uma calça jeans justa e desbotada. Cada peça me faz me encolher um pouco por dentro. A calça parece totalmente desconfortável e eu não acredito que meu pai já tenha assistido ao desenho alguma vez na vida.

Mas preciso apoiá-los.

— Oi! — cumprimento-os com um abraço caloroso. — Como está tudo? Como vão as coisas em Shoreditch? — Paro de falar e olho para baixo. — Espera, o que aconteceu com o seu *pé*?

O pé esquerdo do meu pai está enfaixado. E tem uma muleta apoiada na parede.

— Ah, não foi nada de mais — responde meu pai, entregando o casaco para minha mãe e pegando a muleta. — Só um pequeno... hum... encontro com o chão. Agora, como está minha linda netinha?

Enquanto meu pai procura Minnie na sala, olho para minha mãe.

— O que houve?

— Ah, querida — diz ela, baixando a voz. — Seu pai não quer comentar o assunto, mas ele caiu de monociclo.

— Ah, não! — exclamo horrorizada.

— Não foi culpa dele — acrescenta minha mãe na defensiva. — Ele está ficando muito bom nisso. Mas está praticando na cobertura e uma das abelhas do apiário o picou. Ele levou um susto e caiu!

— Coitado! — Faço uma careta. — Bem, eu fiz sanduíches de pastinha de abacate para ele. Acho que isso vai animá-lo.

— Ah, Becky, querida! — Mamãe fala ainda mais baixo. — Eu ainda não te dei a má notícia, não é? — Ela faz uma pausa e fico com medo do que vou ouvir. — Seu pai descobriu que tem intolerância a abacate.

Ela parece estar sofrendo muito, e sou tomada por uma vontade louca de rir, o que é *errado*.

— Pois é — continua ela. — Ele foi ao médico. Ele teve que parar de comer abacate e eu fiz o mesmo como um gesto de apoio.

Ela coça o pescoço e ajeita o colar de fita cassete, que sou obrigada a dizer que não parece *nada* confortável.

— Mãe, esse colar não está incomodando? — pergunto ao notar uma mancha vermelha na nuca dela. — Por que você não tira?

— Ah — comenta mamãe, parecendo desanimada. — Bem... Talvez. Mas é uma peça linda. Quem fez foi nossa vizinha Lia. Representa o caos.

— É lindo mesmo! — elogio. — Tão... artístico!

Quando minha mãe tira o colar e o coloca na mochila nova, vejo uma expressão ligeiramente desanimada. Tipo, não é de estranhar. As abelhas, o monociclo e o abacate os deixaram desanimados. Só falta descobrirem que são alérgicos a gim artesanal.

— Mãe, está tudo bem? — aperto o braço dela. — Vocês ainda estão gostando de Shoreditch?

— Ah, *sim*, filha — responde ela, enfaticamente. — É uma grande aventura. Seu pai e eu acordamos todos os dias e perguntamos "O que vamos fazer hoje?" — Ela faz uma pausa e acrescenta: — Mas sentimos saudade dos nossos amigos.

— Imagino — respondo com cuidado. — Acho que Janice também sente saudade de você.

— Sério? Ela não nos visitou nem uma vez sequer. — Mamãe sorri, mas vejo mágoa no seu olhar. — Eu não a culpo. Shoreditch fica bem longe de Oxshott. Mas achei que ela pelo menos retornaria minhas ligações.

— O quê? — Olho para minha mãe. — Que ligações?

— Ah, eu deixei alguns recados na caixa postal do celular dela, mas ela nunca respondeu. — Minha mãe abre um sorriso. — Enfim, ela deve estar ocupada demais.

— Acho que ela acha que você está ocupada demais pra *ela* — arrisco. — Você não para de mandar fotos pelo WhatsApp mostrando como está aproveitando sua nova vida.

— Bem, o WhatsApp foi feito pra *isso* — retruca minha mãe, surpresa. — Pra compartilhar fotos.

Fico olhando para ela até conseguir entender.

— Mãe, acho que você está falando do Instagram, não?

— É tudo a mesma coisa, querida — responde minha mãe, distraída.

Estou prestes a explicar que não são a mesma coisa quando a campainha toca de novo e sinto um aperto no estômago. Será que minha mãe sabe que Janice vai trazer uma nova amiga? Abro a porta — e só podia ser Janice, parada na porta, segurando um buquê de flores cor-de-rosa horrorosas.

Assim que vê minha mãe, levanta o queixo de forma defensiva.

— Olá, Becky — cumprimenta-me ela com voz trêmula, ignorando completamente a minha mãe.

— Janice! — exclamo. — Você veio! — Estou prestes a perguntar "onde está sua amiga?" quando minha mãe passa por mim.

— Janice, querida! — diz ela, puxando Janice para um abraço caloroso. — Quanto tempo! Ah, querida, tenho *tanta* coisa para contar. Você não recebeu minha mensagem de voz sobre a ida ao teatro? Enfim, foi uma pena você não ter ido, mas fica para uma próxima vez. E você *tem* que me dizer o que achou da minha ideia das dálias. — Ela para de falar e lança um olhar cheio de expectativa para Janice, que parece confusa.

— Ideia das dálias? — pergunta ela, por fim.

— Eu deixei um recado pra você, querida! — explica minha mãe. — Eu estava fazendo esteira na hora, então talvez estivesse um *pouco* ofegante...

— Não recebi nenhum recado. — Janice parece aturdida.

— Mas eu deixei um monte de mensagens! — exclama minha mãe. — Foi *por isso* que você não me respondeu o que tinha achado da nova adaptação de Poirot. Achei as roupas meio pobres — acrescenta ela, franzindo o nariz.

— Poirot sempre foi elegante. Onde está o Martin?

— Ele... ele foi a um almoço no clube de golfe — gagueja Janice. — Jane, eu não recebi *nenhuma* mensagem sua. Nenhuma.

Luke surge logo atrás de nós no hall de entrada e explica:

— Parece que está acontecendo algum tipo de problema com as mensagens de voz. Aconteceu com um colega de trabalho. Ele perdeu todas. Você faz backup das mensagens na nuvem, Janice?

Minha mãe e Janice ficam olhando para ele, sem entender. Até que minha mãe pergunta, preocupada:

— Será que fiz alguma coisa errada?

— Não, não foi nada que você tenha feito. É o sistema.

Luke tenta explicar, quando Janice o interrompe com voz ansiosa.

— Flo está estacionando o carro.

— Flo? — Minha mãe franze as sobrancelhas. — É uma das suas novas amigas, Becky?

— Não, ela é minha amiga — explica Janice, a voz trêmula. — Você não estava mais disponível, Jane, não recebi notícias suas e eu achei... Enfim, Flo é... minha nova amiga.

Seguiu-se uma pausa pesada. Olho para Luke, e então para Jess, que acabou de chegar ao hall de entrada e está assistindo a tudo com curiosidade.

— Sua nova amiga — repete minha mãe depois de uma pausa, seu tom é estranho e estrangulado, algo que nunca a ouvi usar. — Entendi. Sua nova amiga. Bem... que ótimo, Janice! Mal posso esperar para conhecê-la.

Minha nossa! A tensão no hall é palpável. Olho para Luke, que está com uma expressão que não consigo interpretar, depois para Jess, que passa o dedo no pescoço, depois para minha mãe, que ainda exibe um sorriso para tentar esconder o que quer que esteja se passando em sua cabeça.

Quando a campainha toca, todos nos sobressaltamos.

— Certo — digo, animada. — Vou... atender.

Abro a porta e uma mulher magra de casaco bege e chapéu olha para mim por sobre a armação dos óculos.

— Ei, olá! — diz ela num sussurro tímido que mal consigo ouvir. — Você é a Becky? Eu sou a Flo.

Tá legal. Sei que eu não deveria levar isso para o lado pessoal. Mas Flo? Em vez da *minha mãe*?

Concordo plenamente com Jess. Flo é repulsiva de um jeito melado e molenga. Quando a acompanho, juntamente com minha mãe e Janice, até a sala de estar, Minnie grita:

— *Nis!* Vovó! É meu *anivelsálio*! Olhem meus *plesentes*!

Enquanto Janice e minha mãe se encantam com o gatinho, Suze aparece com uma bandeja de bebidas quentes que ela acabou de preparar com o brilhantismo de sempre.

— Olá — diz ela para Flo com um sorriso largo e simpático. — Sou Suze, amiga da Bex. Você aceita um chá ou um café? Os copinhos azuis são de chá e os brancos são de café. O leite está na jarrinha.

306

— Ah — diz Flo. — Minha nossa. — Ela olha em volta da sala, incerta, como se quisesse uma segunda opinião. — Sim. Por favor. Se não for muito trabalho... Se bem que, enfim, tanto faz. Não se preocupe comigo.

— Está tudo aqui, na bandeja — responde Suze, parecendo um pouco confusa com a resposta de Flo. — Chá ou café? Pode se servir.

— O que for mais fácil — responde Flo com um sorriso.

— Está tudo pronto. É só pegar. — Suze estende a bandeja com as xícaras. — Chá? Café?

— Tanto faz pra mim — responde Flo, arfando. — Tanto faz mesmo.

— Você decide — insiste Suze, em tom agradável.

— Ah... — Flo estende a mão e a recolhe de novo. — Eu não sei...

Percebo que Suze está começando a perder a paciência e não fico nada surpresa. O chá e o café estão esfriando enquanto Flo fica parada ali olhando para a bandeja.

— Bem! — exclama Suze, exasperada. — Por que você não toma um chá? Bex, por que você não pega uma xícara de chá para Flo?

Nós nos entreolhamos, eu pego uma xícara e direciono Flo para o sofá.

— Por que você não se senta? — ofereço, educada.

— Ah, minha nossa! — Flo olha para o sofá vazio como se fosse um campo minado. — Onde devo me sentar?

— Em qualquer lugar! — Tento soar amigável.

— Claro. — Flo se aproxima do sofá, mas depois para. — Onde as pessoas querem se sentar? Por favor, não quero incomodar. — Ela abre o sorriso constrangido de novo e eu luto contra a vontade de dizer "É só se sentar, pentelha!".

— Vou colocar seu chá bem aqui — digo gentilmente, colocando a xícara na mesinha de centro. — Agora é só você se decidir.

Sinto-me mal por tê-la chamado de pentelha, mesmo que tenha sido só no pensamento. Talvez ela só esteja se sentindo estranha no meio de um monte de desconhecidos. Por fim, ela se senta e eu tento me esforçar.

— Então, você assistiu ao novo programa do Poirot na TV, Flo?

— Assisti — responde ela num tom supercuidadoso, como se achasse que sua resposta poderia ser usada contra ela no tribunal.

— E o que você achou da adaptação?

— Eu não sei — responde Flo com expressão neutra. — Isso é com os peritos, não é?

— Entendi. Mas... você *gostou*? — insisto.

— Eu não saberia dizer. — Ela abre o sorriso constran-gido novamente.

Ai, meu Deus. Eu estava certa. Ela é uma pentelha. Como Janice *aguenta* conversar com ela?

Como se estivesse lendo meus pensamentos, Janice se aproxima com uma xícara de chá e se senta ao lado de Flo. Um instante depois, minha mãe chega e se senta em frente a elas e todo mundo está tomando chá em silêncio. Todo mundo está olhando para o nada. É tão estranho que não consigo suportar.

— O parabéns! — exclamo com voz aguda. — Vamos pegar o bolo da Minnie.

Fujo para a segurança da cozinha, coloco as velas cuidadosamente no bolo, acendo e levo para a sala, chamando as crianças. Cantamos o parabéns e Minnie parece mais feliz do que nunca ao soprar as velinhas. Em seguida, coloco o bolo na mesinha de centro para cortar, enquanto Luke providencia os pratinhos e garfinhos.

— Que bolo grande! — exclama Janice quando começo a cortar. — E que formato interessante, Becky. Você usou uma forma oval?

— Hum... não. — Não consigo responder direito porque estou concentrada em cortar o bolo. Tem algo errado. A faca escorrega pelo glacê, mas parece não cortar nada.

— O que houve, filha? — pergunta minha mãe, olhando para mim. — Me deixa ajudar.

Ela pega a faca e a mergulha no glacê, depois olha para o bolo, confusa.

— Filha, onde está o bolo?

— Está aí embaixo em algum lugar — respondo, desesperada, pegando a faca e cutucando o bolo. — *Sei* que tem um bolo aí. Eu vi. Eu fiz!

— Qual foi a proporção de glacê pro bolo? — pergunta Jess. A pergunta é *bem* a cara dela.

— Talvez você precise de uma colher — sugere Suze, solícita. — E nós podemos comer com colher também. Acho que devemos pensar nesse bolo como... como uma *musse*?

— Aqui — diz Luke, entregando-me uma colher. — Sirva com isso.

— Não posso servir glacê puro para todo mundo! — sussurro, desesperada, com Luke. — Vai todo mundo ter um ataque do coração. Eu não sei *o que* aconteceu.

— *Quelo* bolo! — pede Minnie, estendendo o pratinho. Todas as outras crianças começam a pedir:

— Queremos bolo! Queremos bolo!

Lanço um olhar ansioso para o bolo — ou melhor, para a montanha de glacê — e Luke toma uma decisão rápida.

— Vou levar o bolo pra cozinha e dar uma olhada. — Enquanto levanta a bandeja, ele fala para todo mundo: — A Becky está fazendo uma fantasia linda pra peça de Natal da Minnie na escola. Vocês têm que ver.

Sinto uma onda de amor por Luke, porque ele obviamente está tentando fazer com que eu me sinta melhor — e todo mundo faz o mesmo.

— Uau — diz Suze. — Que legal, Bex!

— Muito bem, filha! — exclama meu pai.

— Você tem que mostrar! — sugere Suze, mas eu nego com a cabeça.

— Quero que seja surpresa. Hum... Eu só vou até a cozinha olhar o bolo...

Chego na cozinha e vejo Luke atacando o glacê com uma espátula.

— Tem um pouco de bolo aqui no meio — diz ele, olhando com atenção. — Mas não é muito. Vamos tirar e servir para as crianças?

— Eu não sei *o que* deu errado — digo, consternada. — O bolo se desfez no glacê?

— *Bolo* se desfaz com glacê? — pergunta Luke.

— Como é que eu vou saber? — respondo bem na hora que a campainha toca. — Ai, meu Deus. Quem será? Você atende a porta e eu resolvo a questão do bolo.

Tento pegar o máximo de bolo que consigo e coloco em quatro pratinhos. Pelo menos as crianças não ligam para a apresentação. Coloco os pratos com os montinhos em uma bandeja e estou passando pelo hall quando ouço uma voz anasalada que demoro para reconhecer.

Meu Deus. É a *Nadine?*

Coloco a bandeja no chão e corro até a porta da frente, que está entreaberta. Luke e Nadine estão do lado de fora e Nadine está falando rápido e em tom urgente, enquanto Luke tenta interrompê-la. Quando saio, ele está dizendo:

— Nadine, sinto muito. Isso não vai acontecer.

— Só pegue isso. — Ela sacode um monte de páginas grampeadas e olha para mim de forma nada amigável. — Ah, oi, Becky.

Ela está de terninho, mesmo no fim de semana, e está perfumada demais. Tudo parece meio estranho.

— Oi! — digo com cuidado. — Que surpresa ver você!

— Nadine veio aqui para falar de negócios — explica Luke, parecendo um pouco irritado. — Mas estou tentando explicar para ela que não vislumbro nenhum tipo de parceria para nós.

— Você nem me deu uma chance. — Nadine parece não ter ouvido o que ele acabou de dizer. — Você não pode simplesmente me *desprezar.* — O tom dela é calmo, mas noto que a respiração está ofegante.

— Eu não estou desprezando você — retruca Luke imediatamente. — Não é isso, mas...

— É uma grande oportunidade para nós dois — ela o interrompe. — Essa é a minha única chance. Você não pode simplesmente dizer não.

— Bem — diz Luke depois de uma breve pausa. — É claro que posso. E com certeza essa não é a sua única chance...

— Leia isso. — Nadine tenta entregar o documento novamente. — *Leia.* É uma versão diferente da anterior. Eu ouvi tudo que você disse. E fiz alterações. Está vendo? — Ela vira uma página e aponta para um parágrafo com a unha com esmalte rosa perfeito. — Foi isso que você disse. Palavra por palavra. Você disse que não tinha foco o suficiente, que não era profissional o suficiente. *Isso é* profissional...

— Nadine, *isso* não tem nada de profissional — irrita-se Luke, gesticulando para ela. — Você não pode simplesmente aparecer na casa dos outros no fim de semana sem avisar! Eu te disse que poderia conversar com você por telefone...

— Você só disse isso pra me dispensar. — Ela o fulmina com o olhar. — O que foi mesmo que você disse? "Talvez depois do Natal."

— Eu vou viajar antes do Natal e não vou estar disponível, como expliquei — diz Luke, tentando manter a calma. — Mas podemos conversar no ano que vem e eu posso dar algumas... Dicas.

— Ah, sim, *dicas.* — Ela pronuncia a palavra com tanta raiva que estremeço por dentro. Essa mulher parece um pouco fora de si, é a festa de aniversário da minha filha e eu não quero ter que ficar ouvindo isso.

— Nadine, você tem que ir embora agora — digo. — Estamos no meio de um compromisso. — Olho para Luke, que concorda com a cabeça.

— Podemos agendar uma conversa por telefone — reforça ele. — Mas você tem que ir embora agora.

Segue-se um momento de silêncio e noto que Nadine está ainda mais ofegante. Parece até que o paletó justo vai arrebentar. Seria até engraçado se o olhar dela não estivesse tão hostil.

— Por que você acha que nós alugamos aquela maldita casa? — explode ela de repente. — Foi pra conhecer *você*.

— *O quê?* — Fico olhando para ela, chocada.

— O que você achou? Que a gente *queria* morar nesse fim de mundo de merda?

— *O quê!* — exclamo, indignada, mas Nadine está incontrolável.

— A gente estava conversando sobre os nossos exs e o Craig me contou sobre uma ex-namorada chamada Becky Bloomwood. Reconheci o nome. Ela não é a mulher do Luke Brandon? Posso chegar até Luke Brandon através de um contato pessoal? *Essa* é a minha grande oportunidade? Sabe, eu já escrevi pra sua empresa — continua ela para Luke. — E fui dispensada por um empregado qualquer.

Ai, meu Deus. Ela é uma *stalker* e está perseguindo meu marido.

— Nadine, você tem que ir embora — digo com cuidado. — É aniversário da Minnie. Nossos amigos e nossa família estão aqui.

— Ah, sim. — Ela olha para mim. — Seus queridos *amigos e familiares*.

— Exatamente — retruco com firmeza. — Meus queridos amigos e familiares.

Nadine olha para nós dois com olhos assustadores e parece desistir.

— Bem, sinto muito ter atrapalhado esse momento feliz — diz ela com a voz cheia de sarcasmo. — Tenham um bom dia e uma ótima vida.

Ela se vira e atravessa o jardim, enquanto Luke e eu a observamos em silêncio. Estou um pouco abalada.

— Uau — diz Luke assim que ela desaparece de vista, e eu me sinto péssima.

— Meu Deus.

— Por essa eu não esperava — comenta ele, pensativo.

— Como alguém poderia esperar algo assim? — Respiro fundo algumas vezes e ficamos em silêncio. Então, me viro para Luke, morta de vergonha. — Ah, Luke, sinto *muito*. Eu *nunca* devia ter apresentado você pro Craig. *Nunca* deveria ter trazido esses dois pra nossa vida...

Nunca deveria ter me vestido com roupas descoladas para impressionar um ex-namorado, acrescento em pensamento.

— Não seja boba! — Luke parece surpreso. — Você não tinha como prever nada disso. Ela se foi agora. E não aconteceu nada de mais.

Ele é tão racional, justo e calmo, que sinto uma imensa onda de amor por ele. Nosso casamento é colado com um Durex forte que nunca vai descolar, *nunquinha*. Abraço

Luke e olho para o homem que adoro e, movida por uma nova onda de emoção, declaro:

— Eu amo o seu bigode!

Espere um pouco. De onde eu tirei *isso*?

— Sério? — Luke parece muito emocionado e surpreso.

— Ah, querida.

Ele me beija e eu o abraço ainda mais forte, enquanto meu cérebro diz: *Ei! Por que eu disse aquilo?*

Ele nunca vai se livrar do bigode agora. Onde eu estava com a cabeça? Eu estava me sentindo amorosa de forma geral e as palavras simplesmente saíram da minha boca.

Nós nos separamos e Luke olha para mim com o olhar lânguido de amor.

— Minha querida Becky — diz ele, acariciando meu rosto. — Eu amo você.

— Eu também amo você — respondo um pouco ofegante. Será que devo acrescentar: "Mas eu não estava falando sério quanto ao bigode?"

Não. Não. Péssima ideia.

Por fim, Luke se vira para a porta.

— É melhor voltarmos logo — diz ele. — Vamos manter o que aconteceu aqui só entre nós dois. Se alguém perguntar, a gente diz que foi alguém pedindo alguma doação.

— Claro — concordo. — Boa ideia. As coisas já estão muito tensas.

Quero perguntar "O que você achou da Flo?", mas precisamos voltar e, de qualquer forma, acho que sei a resposta.

Luke pega a bandeja com os montinhos de bolo e diz:

— Parece estar uma delícia!

E meu coração se derrete. Ai, meu Deus, ele é tão bom. Um marido maravilhoso. Decido que nunca vou contar a verdade sobre o bigode. O que vou fazer é... ser hipnotizada para gostar de bigodes. Isso! Ótima ideia. Vou pesquisar no Google.

Estou abrindo a porta da sala quando meu telefone toca. *Sério?* Será que não posso aproveitar a festa da minha filha em paz? Penso em ignorar a chamada quando olho para o identificador de chamada por precaução — e vejo **Edwin.**

Hum. Talvez seja melhor atender.

— Já estou indo — digo em tom de desculpa. — É só uma... uma coisa que tenho que resolver pro Natal.

Quando Luke leva o bolo para a sala, corro até a cozinha e fecho a porta.

— Alô, Edwin — digo em voz baixa. — Como vai?

— Muito bem, obrigado! — responde ele com seu tom elegante. — E você?

— Ah, tudo bem por aqui!

— Notícia de última hora. Infelizmente, preciso ir ao sul da França, uma *chateação*, e isso significa que não terei tempo de escrever seu discurso para a reunião. Será que você mesma poderia escrever?

Fico olhando para o telefone sem acreditar. *Como assim?* A grande vantagem de tudo era que ele ia escrever o discurso.

— Entendi. — Pigarreio. — Bem... acho que sim. O que você quer que eu diga?

— Ah, não tenho dúvida de que você saberá exatamente o que dizer — responde distraído. — O seu entusiasmo pelo bilhar, como você se sente excluída como mulher, esse tipo de coisa. Justiça social. Discriminação. Faça aqueles preconceituosos morrerem de vergonha. Nunca cheguei a perguntar, mas você teve uma infância *pobre*?

— Hum, bem... — Eu me preparo para mentir, me sentindo culpada, sabendo que meus pais estão a poucos metros de mim e eu realmente não posso chamar uma casa em Oxshott de "pobre". — Acho que algumas partes podem ter sido um *pouco* pobres.

— Maravilha! Enfatize isso também. Preciso ir agora, querida. Nos vemos lá?

— Com certeza! — Estou prestes a perguntar: "E o que devo dizer sobre bilhar?", quando ele desliga.

Fico parada por alguns minutos, tentando pensar no que fazer. Um discurso sobre bilhar. Será que *consigo* escrever sobre bilhar? Ai, meu Deus. Será que tudo isso não está ficando sério demais? Talvez seja melhor eu simplesmente comprar a loção pós-barba que Luke usa, vai levar menos de trinta segundos na internet, e esquecer totalmente o *portmanteau*?

Mas sinto minha determinação aumentar. Vamos lá. Eu consigo. *Vou* fazer isso. Por Luke. Não deve ser muito difícil falar sobre bilhar, não é mesmo? Afinal, é só um jogo com seis bolas?

Ou será que são oito?

Não importa. São algumas bolas. Vou pesquisar. Mas agora é melhor eu voltar para a festa.

Guardo o telefone no bolso e volto para a sala, onde as crianças estão com a boca suja de glacê e Flo está comentando com uma voz sofrida:

— Devo dizer que nunca gostei muito de bolo.

E minha mãe parece prestes a explodir.

Quando olho em volta, tento relaxar e entrar no clima da festa. Quero sorrir e curtir o momento. Mas, por algum motivo, não consigo. Estou me sentindo um pouco agitada. Por causa de Flo... do desastre do bolo... de Nadine... do discurso que vou ter que escrever... e isso sem *mencionar* o Natal, que está pairando sobre tudo como algum tipo de teste importante no qual tenho que passar.

— Você poderia colocar uma guirlanda aqui — diz Suze para Jess, apontando para a prateleira da lareira. — Ou talvez aqui. — Ela se vira para mim. — Estávamos nos perguntando quando você vai começar a colocar a decoração de Natal, Bex.

Sei que é só uma pergunta. Sei que Suze está sendo artística e criativa... Mas não consigo evitar a sensação de que estou sendo criticada.

— Eu estava esperando passar o aniversário da Minnie primeiro antes de colocar a decoração de Natal.

— Ah, falando nisso, filha. — Minha mãe está olhando para mim. — Você recebeu a receita de recheio para o peru que mandei?

— Hum... — Franzo o nariz, tentando lembrar qual dos milhares de mensagens que ela me mandou pelo WhatsApp envolve o recheio do peru.

— Eu já mandei pra Bex uma receita maravilhosa de recheio — intervém Suze. — Com damasco e avelã. Uma delícia.

— A minha é de amora e castanha — argumenta minha mãe. — É muito mais natalina.

— Não é melhor sálvia e cebola? — pergunta Janice. — E, Becky? Nós vamos poder fazer a caminhada revigorante apesar do pé machucado de Graham? Porque eu pensei que poderíamos *começar* com a caminhada e *depois* a piñata.

— Eu já disse várias vezes que *piñata* é uma apropriação cultural — intervém Jess em tom de reprovação. — E, Becky? Você não está pensando em acender uma fogueira, não é? Por que isso *é* catastrófico pro planeta...

— Você pode fazer uma decoração fabulosa nesse canto — interrompe Suze, ainda avaliando a sala. ·— Onde vai ficar a árvore?

— Hum... — Ainda não decidi onde vou colocar a árvore, mas não quero admitir isso.

— E você já escolheu as músicas, Becky? — pergunta Janice. — Lembra que eu *amo* "Noite feliz".

— Você quer que eu venha ajudar você a arrumar a árvore? — interrompe Suze. — E planejar onde vão ficar as guirlandas?

— Não! — exclamo, de repente agoniada com todos os pedidos. — Não, obrigada! Pode deixar que eu mesma vou decorar do meu jeito. E vou escolher o recheio. E não, não vamos acender uma fogueira. E tudo que vocês querem, eu vou encomendar, está bem?

Quando paro de falar, estou ofegante e percebo o quanto pareço estressada.

— Desculpem — digo, tentando me acalmar. — É só que é... tudo isso é um pouco...

319

— Claro! — concorda Suze, trocando olhares com minha mãe. — Bex, não precisa se preocupar com nada! Tome um chá e relaxe um pouco.

Eu me sento ao lado de Flo, respiro fundo algumas vezes e começo a sentir meu coração se acalmar. Estou tendo uma reação exagerada, digo para mim mesma. Vai ficar tudo bem. Vejo que minha mãe e Suze estão trocando olhares com Janice, mas não me importo. Elas podem ficar se olhando à vontade.

— Então — digo, por fim, me esforçando para ser educada. — Onde você vai passar o Natal, Flo?

— Ah, o Natal — responde ela, franzindo o nariz como se estivesse em dúvida. — Eu nunca liguei muito para o Natal.

Sério? Tá legal, já chega. Alguém vai ter que dizer para Janice: não dá para aguentar a Flo.

DISCURSO PARA O CLUBE LONDON BILLIARDS
Escrito pela futura sócia Rebecca Brandon
(nascida Bloomwood)

Copyright by Rebecca Brandon
(nascida Bloomwood)

CONFIDENCIAL
Até dia 11 de dezembro

PRIMEIRO RASCUNHO

~~Bilhar é um esporte~~
~~Bilhar é um jogo~~
Bilhar é um esporte

Ai, meu Deus.

De: Myriad Miracle
Para: Becky Brandon
Assunto: Re: Re: Dúvida

Olá, sra. Brandon (nascida Bloomwood)

Esperamos que esteja gostando do sistema de treinamento da Myriad Miracle®!

Obrigada por ter verificado as configurações interativas do seu aplicativo. Estamos monitorando o seu progresso e parece que o seu nível de atividade física passou de "Insignificante" para "Insignificante a nenhuma".

Parte da filosofia do sistema de treinamento da Myriad Miracle® é fornecer conteúdo extra e estimulante para os clientes que estão diminuindo o ritmo das atividades físicas.

Desse modo, gostaríamos de oferecer uma sessão de treinamento em tempo real por Skype com nossa professora Olga Ritsnatsova. Olga era treinadora de levantamento de peso para atletas olímpicos. Ela entrará em contato para vocês marcarem uma sessão de três horas incluindo:

— Trabalho de alta intensidade de força
— Uma hora de resistência
— Conversa sobre nutrição
— Banho gelado para facilitar a recuperação

Feliz busca pela saúde!

Debs
(Assistência aos assinantes)

De: Myriad Miracle
Para: Becky Brandon
Assunto: Re: Re: Re: Re: Dúvida

Olá, sra. Brandon (nascida Bloomwood)

Obrigada pela rápida resposta.

Sinto muito em saber que quebrou a perna.

Olga vai esperar seu contato para agendarem a sessão de três horas de treino por Skype assim que tiver se recuperado.

Feliz busca pela saúde!

Debs
(Assistência aos assinantes)

WhatsApp

NATAL!

Janice
Querida Becky, tivemos um dia adorável ontem. Muito obrigada por nos receber. Tenho um pequeno pedido: posso levar a Flo pra comemoração de Natal?

Suze
Ai, meu Deus, Bex! Você VIU o que a Janice pediu? Ela quer levar Flo para o Natal!!! Aquela pentelha!!!

SUZE & BEX

Bex
Suze!!!! Você escreveu no grupo!!!!!

Suze
Merda. Você acha que a Janice já viu?

Suze
Ai, meu Deus. Dois tracinhos azuis. Ela viu.

NATAL!

Suze
Ai, Janice. Meu Deus. Sinto muito, eu não queria
ter postado aquela mensagem. Na verdade, eu
estava falando sobre outra Flo que conheci em
outra festa. Uma festa que a Bex e eu fomos,
mas você não. Não é uma tremenda coincidência? Só para confirmar, era outra Flo. Não a sua
amiga.

Suze
Janice???

Suze
Ei??? Eu sei que você leu minha mensagem.

Suze
Tá legal. Eu estava falando MESMO da sua
nova amiga, porque todo mundo achou ela
PAVOROSA.

DEZESSEIS

Ok. Nada de pânico. Nada de *pânico*, Becky. É só o Natal. Fico repetindo isso para mim o tempo todo — mas a questão é que não consigo mais acreditar nisso. Não existe essa coisa de "só o Natal".

Está tudo saindo do controle. Por exemplo: 1. Minhas guirlandas sempre caem da prateleira da lareira, mesmo depois de eu usar Durex, fita crepe, fita dupla face e, na hora do desespero, de decidir usar meus halteres de ginástica para mantê-las no lugar. 2. Meu globo de neve gigante com uma vila de Natal vazou pelo chão ontem. 3. Meu vestido Alexander McQueen ainda não me serve, mesmo eu tendo feito vinte agachamentos antes de me enfiar nele e ter encolhido a barriga.

(Será que, no fim das contas, devo fazer a sessão de três horas por Skype com Olga?)

(Não. Cara, banho gelado? Eles só podem estar de *sacanagem* com a minha cara.)

Mas o que realmente está fora de controle é: 4. Meus convidados.

A situação entre Suze e Janice ficou feia. Depois do furo pelo WhatsApp, Suze decidiu defender minha mãe e dizer para Janice que ela não deveria ter arrumado uma nova melhor amiga tão rápido. E Janice se ofendeu e ameaçou não aparecer aqui no Natal. Mas mudou de ideia e disse que *acreditava* que o convite tinha sido feito pela "querida Becky", então não tinha nada a ver com Suze e que talvez fosse *Suze* quem devesse repensar seus planos de Natal.

Argh!

Minha mãe está bancando a mártir dizendo coisas do tipo "A escolha é de Janice, se ela quer seguir a vida e ignorar minhas mensagens, boa sorte para ela, eu posso facilmente devolver o presente que ela me der de Natal".

(Uma informação importante: Janice não ignorou as mensagens da minha mãe, elas se perderam na nuvem, mas ninguém mais se importa com os fatos.)

Jess não toma partido. Na verdade, ela nem entra na conversa. Anda totalmente monossilábica e não ajuda em nada. Mandei um e-mail de duas páginas para ela perguntando o que eu deveria fazer, ao qual ela respondeu "Eu não sei".

Quando apelei para meu pai, sua resposta foi "Ah, esse tipo de coisa se resolve sozinha". Então pedi a opinião de Luke e, depois de pensar um pouco, disse mais ou menos a mesma coisa. (Ele falou por mais tempo, mas tudo se resumiu essencialmente a "Ah, esse tipo de coisa se resolve sozinha".) Ele também acha que eu não devo me envolver. Ontem à noite mesmo ele disse: "Becky, você não pode fazer tudo. Você já vai ter muito trabalho para organizar o Natal sem ter de organizar os sentimentos de todo mundo também."

O que é justo. Mas talvez eu não tenha escolha. Talvez os sentimentos de todo mundo sejam algo que a anfitriã deva organizar, junto com os guardanapos e os canapés. Porque talvez, se eu não fizer isso, nós não *tenhamos* nenhuma comemoração de Natal.

Todas as vozes irritadas e as mensagens de WhatsApp estão enchendo minha cabeça e eu não consigo parar de pensar: "Tem que haver um *jeito* de unir todo mundo." Mas não tenho tempo para pensar sobre isso agora. Porque no meio de tudo isso, eu tenho que fazer um discurso sobre a droga do bilhar.

Estou caminhando pela St. James's Street com um vestido chique e o cabelo escovado, fazendo um teste mental sobre fatos aleatórios do bilhar. Aquele pau se chama taco. Disso eu já sabia. Mas todo o resto sobre o jogo é confuso. Tem "caçapa" e "embolsamento" e "carambola". Se você conseguir 76 carambolas seguidas, é uma falta. Eu sei disso. Só que não consigo mais lembrar o que é carambola.

Fico repetindo para mim mesma que eles não vão fazer perguntas sobre fatos do bilhar. E preparei alguns comentários para conseguir levar uma conversa e parecer uma profissional. Tipo: "Embolsei a bola branca duas vezes no outro dia. Foi um *verdadeiro* pesadelo." Mas, no geral, só espero conseguir entrar, fazer meu discurso e sair com o meu *portmanteau*. De qualquer forma, Edwin vai estar lá comigo. Então, ele pode conversar sobre embolsamentos e sei lá mais o quê.

E, sim, passou pela minha cabeça desistir dessa ideia. O que Luke disse ontem à noite é verdade: não dá para eu fazer tudo. Eu não sei absolutamente nada sobre bilhar. Luke nem faz ideia do *portmanteau*. Eu poderia comprar uma loção pós-barba, e ele ficaria feliz, e minha vida seria bem mais fácil.

Mas toda essa briga por causa do Natal me deixou ainda mais decidida. Talvez não consiga que minha mãe e Janice façam as pazes no momento. Talvez não consiga que minhas guirlandas fiquem em pé. Mas posso fazer um discurso sobre bilhar para um monte de homens com cotoveleiras de couro nas mangas dos paletós.

Quando chego, o clube está todo iluminado com velas extras em castiçais de bronze, e os associados estão conversando, enquanto seguram suas taças. Parece quase animado. Aproximo-me do velho de 93 anos atrás da mesa e ele lança aquele olhar familiar de "dê o fora daqui".

— Olá — cumprimento educadamente. — Creio que Lorde Edwin Tottle esteja me aguardando.

— Lorde Tottle está atrasado — retruca o homem, estendendo a mão para uma anotação e lendo. — Ele chegará em breve.

Sinto o coração apertar. Edwin não está *aqui*? Achei que ele ia me acompanhar e me dizer o que fazer.

— Sem problemas — respondo, tentando parecer segura.

— Ele deixou alguma outra mensagem? — pergunto, ao reparar que havia um monte de anotações no papel.

— Sim — diz o homem, relutante. — Ele pediu para eu dizer para a senhora: "Acabe com eles, Becky. Eu sei que você consegue. Vou chegar o mais rápido possível."

— Obrigada — agradeço-lhe. — Então... eu posso entrar?

— Você recebeu uma autorização especial — declara o homem em tom de reprovação. — Do próprio *Sir* Peter Leggett-Davey.

Ele me entrega um cartão no qual está escrito "Convidada" e eu o guardo no bolso.

— Obrigada! — respondo, sentindo-me um pouco mais animada. — Bem, um brinde a uma noite agradável. Qual é o seu nome? — pergunto.

— Sidney — responde o homem em tom distante.

— Muito prazer, Sidney! Eu sou a Becky. Mas você já sabia disso. E a que horas começa a assembleia geral?

— Começou às quatro horas da tarde — diz Sidney, apontando para as portas de madeira. — Acredito que o seu... *item* seja o número 56 na pauta. Por favor, sirva-se de um xerez.

Pego a bebida, passo pelas portas e vejo que o imenso salão da lareira foi reorganizado para a assembleia. Uma mesa enorme, na qual vejo pelo menos uns cinco velhos de 93 anos sentados de frente para uma plateia. Também vejo uma fileira de cadeiras, a maior parte vazia, com alguns homens de 93 anos sentados aqui e ali, tomando xerez e prestando atenção. Ou cochilando.

Quando me sento, não me surpreendo. Um cara de barba branca está falando no tom mais chato que já ouvi:

— Item 54: as obras da Sala de Jantar Inferior. O Comitê de Artes trouxe alguns orçamentos e gostaria de chamar atenção para os seguintes pontos...

Ele continua falando sobre cupins e eu me distraio, olhando ao redor da sala. Noto de repente que os prêmios para as rifas foram arrumados na mesa. Lá está o *portmanteau,* uma caixa de xerez e um livro sobre bilhar. Assim que eu me tornar sócia, vou comprar todas as rifas que eu puder, decido. No *mesmo instante.*

Meus olhos passeiam pela fileira e de repente pisco, surpresa ao ver um rosto familiar. Aquele é... Quem é aquele? Um pai da escola? Fico tentando me lembrar de onde o conheço. Até que me lembro. É aquele cara! O irritante senhor do lenço azul da Selfridges! O que ele está fazendo ali? Ele não tem 93 anos!

Quando me vê olhando para ele, seu rosto mostra surpresa também e ele se aproxima.

— Olá — diz em tom baixo e interessado. — Você deve ser a mulher.

— Que mulher?

— A mulher que está tentando quebrar duzentos anos de tradição.

— Ah — digo, orgulhosa. — Sou eu mesma. Você é sócio?

— Não, estou aqui com uma procuração — diz ele. — Meu pai pediu pra eu vir aqui e votar contra você.

Contra mim?

— Mas você ainda nem ouviu o que eu tenho a dizer! — sibilo baixinho com irritação, porque alguns senhores de 93 anos estavam lançando olhares para nós. — Como você sabe que quer votar contra mim?

— Eu nem pensei no assunto. — Ele dá de ombros. — É o clube do meu pai, não meu. Só estou aqui para fazer a parte dele.

— Bem, é melhor você pensar! — irrito-me. — Eu vim aqui pelo espírito da modernidade. Pelo espírito da amizade. Pelo espírito do *bilhar*!

Lanço um olhar significativo para ele quando o cara de barba branca lá na frente diz:

— Item 55: Notícias de associados. Qualquer informação para a Newsletter do London Billiards deve ser enviada para Alan Westhall até sexta-feira. Item 56: título de sócia de Rebecca Brandon, nascida Bloomwood.

Sou eu! É a minha vez! Meu coração dispara e eu me levanto, procurando meu discurso.

Meu discurso.

Onde diabos está meu *discurso*?

— Algum problema? — pergunta o irritante senhor do lenço azul, enquanto reviro minha bolsa.

— Nenhum — respondo, sentindo o rosto queimar.

Sei que meu discurso está na bolsa. Tenho certeza disso. Mas procurei em todos os compartimentos e não consigo encontrar. Eu *jamais* deveria ter vindo com uma bolsa com compartimentos, penso, nervosa. É tão melhor quando é só um bololô gigantesco.

De repente, noto as portas se abrindo e um monte de homens de 93 anos começa a entrar, todos com um cálice de xerez, enquanto conversam. Eles começam a ocupar os assentos, muitos deles olhando diretamente para mim.

— O que está acontecendo? — pergunto, surpresa. — Por que eles todos só estão chegando agora?

— Eles vieram aqui para votar — responde o irritante senhor do lenço azul. — O seu item é o único que interessa. Boa sorte — acrescenta ele. — Acabe com eles.

Minhas pernas estão um pouco bambas, mas não posso desistir agora. Caminho até a frente e um homem de 93 anos com um casaco de veludo de repente bate no meu ombro.

— Becky! — exclama ele. — Eu estava procurando você! Sou John, amigo de Edwin. Fui eu que assinei a segunda indicação. Boa sorte. Edwin disse que você vai se sair esplendidamente bem.

— Bem, espero que sim — digo com meu sorriso mais confiante. — Obrigada!

Pelo menos tenho um pouco de apoio. Eu me aproximo do homem de barba branca e levanto o queixo.

— Muito obrigada — agradeço. — Sou Rebecca Brandon, nascida Bloomwood. Em primeiro lugar, gostaria de dizer que acho este clube *fabuloso*...

— Obrigado — agradece o homem, interrompendo-me. — Eu sou *Sir* Peter Leggett-Davey. A senhora terá sua chance de falar. Queira se sentar, por favor.

Ele aponta para a cadeira ao lado dele, e eu me sento, sentindo-me um pouco magoada. Ele não precisava ter sido tão arrogante. Fico ainda mais determinada a entrar de sócia para aquele clube ridículo. Talvez até aprenda a jogar bilhar.

— Boa noite a todos que acabaram de entrar — diz *Sir* Peter, olhando para o público. — Chegamos agora ao item mais delicado do dia: a candidatura desta senhora a um título de sócia, com o apoio de vários associados aqui presentes. Isso, é claro, exigiria uma mudança no estatuto do clube, que foi proposta por Lorde Edwin Tottle. Por obséquio, leiam o documento que agora distribuo. Vou começar dizendo que esta é uma ideia *deplorável*.

Deplorável?

Sinto uma onda de indignação enquanto ele fala sobre como aquele clube é especial e como as mulheres arruinariam tudo e como Lorde Edwin Tottle sempre teve uma implicância com ele, *Sir* Peter, como os sócios puderam testemunhar no doloroso incidente de 2002 em relação ao carrinho de xerez.

Tá legal. Ele *realmente* precisa arrumar o que fazer.

Por fim, ele para de falar e outro homem de 93 anos se levanta e começa a repetir as mesmas coisas sobre tradição, sacralidade e "instalações", referindo-se aos banheiros. Depois de um tempo, desisto de prestar atenção e pesquiso no Google *O que é carambola?* — embora eu não saiba *exatamente* como vou usar isso no meu discurso.

— Sra. Brandon, a senhora quer responder? — A voz de *Sir* Peter interrompe meus pensamentos e olho para ele. Merda. Já é minha vez.

— Sim! — respondo com dignidade. — Muito obrigada, sou toda sua etc.

Enfio a mão na bolsa de novo na esperança de encontrar meu discurso — mas não está lá. Vou ser obrigada a improvisar.

Caminho devagar até o centro e me viro para a plateia.

— Boa noite, caros colegas e amantes do bilhar. Eu sou Rebecca Brandon, nascida Bloomwood.

O salão fica no mais absoluto silêncio, esperando o que quer que eu tivesse a dizer. Vejo até Sidney perto da porta para ouvir.

— Eu poderia falar sobre... carambola. — Abro os braços de forma casual. — Poderia falar sobre como embolsei duas bolas brancas no outro dia. *Pesadelo*. — Dou uma risadinha de quem sabe tudo. — No entanto, hoje eu quero falar sobre... bolas de bilhar — digo com uma inspiração repentina. — Pensem em bolas de bilhar. Nós as lustramos. Nós as respeitamos. Nós jogamos nosso amado jogo com elas. Mas o que podemos *aprender* com elas?

— O quê? O quê? — pergunta um homem na primeira fileira que parece ter uns 103 anos, e seu colega de 93 diz bem alto:

— Ela está falando que devemos aprender com as *bolas de bilhar*, *Sir* Denis.

— Afinal de contas, o que é uma bola de bilhar batendo na outra, se não uma *conexão*? — continuo. — As bolas de bilhar não discriminam. As bolas de bilhar são tolerantes. Elas estão felizes em rolar para qualquer lugar da mesa, por todos os lados, interagir com qualquer outra bola, seja ela do sexo masculino, do sexo feminino, ou até mesmo intersexo! — acrescento.

— Do que ela está falando? — pergunta *Sir* Denis.

O colega de 93 anos praticamente berra:

— Sexo, *Sir* Denis.

— *Sexo!* — repete *Sir* Denis parecendo impressionado.

— As bolas de bilhar querem se conectar sem preconceito — continuo, tentando ignorá-los. — Mas os tacos de bilhar, *não*. — Lanço o olhar mais austero que consigo para *Sir* Peter. — Os tacos de bilhar dizem "Não, as bolas vermelhas não podem interagir com as bolas brancas, porque as bolas vermelhas são do sexo masculino, e as brancas, do sexo feminino". E o que acontece? *Ninguém* ganha. O mundo se torna um lugar pior.

— Muito obrigado, sra. Brandon — começa *Sir* Peter em tom gélido, mas eu ergo a mão e o impeço de continuar.

— Ainda não terminei — digo com firmeza. — Estou aqui, diante de vocês, uma fã inveterada do bilhar, sem mencionar minha paixão pela música de salão, depois de ter sido excluída dessa grande experiência que todo fã de bilhar deveria ter, que é ser sócia deste clube. E por que estou sendo excluída? Por causa de uma regra antiquada e preconceituosa que não deveria estar presente no coração de nenhum fã do bilhar. Vocês não querem votar contra a minha entrada de verdade. Vejo isso nos olhos de cada um de vocês.

Vou passando entre as fileiras, olhando nos olhos de cada um dos velhinhos de 93 anos e me demoro um pouco mais na frente de *Sir* Denis, que está radiante.

— Do que vocês têm medo? — pergunto em tom mais gentil. — Sejam corajosos. Sejam verdadeiros com relação àquilo em que realmente acreditam. E permitam minha entrada para este clube, ao qual darei o meu melhor para ser merecedora. Muito obrigada.

Faço uma pequena mesura e recebo uma salva de palmas. *Sir* Denis exclama:

— Sim! Sim!

— Bem, se isso é tudo — diz *Sir* Peter, quando volto para meu lugar —, então, proponho...

— Espere! — Uma voz o interrompe. — Eu gostaria de falar.

Ouço um tipo de farfalhar quando uns cem homens com casaco de *tweed* se viram para olhar para trás — e, para minha surpresa, é o irritante senhor do lenço azul que se levanta da última fileira.

— Permitam-me que me apresente. Sou Simon Millett e meu pai me enviou aqui hoje para votar em seu nome contra essa candidatura. Sabem o que mais ele disse? Ele disse "Eu gostaria que você considerasse a possibilidade de se tornar sócio. Nós precisamos de sangue novo". — Simon fez uma pausa. — Para ser sincero, eu nunca pensei em entrar de sócio para este clube porque ele parece estar parado na Idade das Trevas. Cheio de atitudes e de pessoas que não têm nada a ver comigo. Mas vocês estão diante de uma chance de mudar isso. Então, meu conselho para vocês é... — Ele olha em volta para um monte de velhinhos de 93 anos impacientes. — Façam alguma coisa que dê orgulho aos seus netos. Vocês talvez descubram que eles vão querer se tornar sócios. Isso é tudo.

Ele se senta e eu falo com os lábios:

— Obrigada.

Seguiu-se um tipo de comoção na plateia e, então, *Sir* Peter diz, com os lábios mais contraídos que nunca:

— Vamos começar a votação. Todos a favor de mudar as regras do clube e permitir que a sra. Rebecca Brandon, nascida Bloomwood seja sócia.

Várias mãos são erguidas e eu começo a contar, mas perco a conta. Depois, um monte de gente vota contra, e eu não consigo contar também. Ai, meu Deus. Eu mal consigo respirar de tanto nervosismo. É muito estressante toda essa coisa de votação! Não é de estranhar que todos os políticos sejam enrugados e sérios.

Seguem-se alguns instantes de silêncio enquanto os integrantes do comitê deliberam. Então, *Sir* Peter solta um longo suspiro.

— Moção aceita — declara ele em tom sepulcral. Alguém pega minha mão e diz:

— Parabéns!

E é quando me dou conta: eu ganhei! Eu ganhei!

— Preciso comprar rifas — digo, ofegante. — Quero entrar na rifa, por favor!

— Não se preocupe com isso, minha querida! — exclama Edwin, que se materializou do nada, com uma gravata rosa vibrante e fedendo a uísque. Ele pega minha mão e a balança umas cem vezes durante nosso longo aperto de mãos. — Você ganhou! Você virou este lugar de cabeça para baixo. Ouvi seu discurso! Um sucesso! Na dúvida, dê a cartada do sexo!

Sério, quem são essas pessoas? Meu discurso não teve *nada* a ver com sexo! Mas não o contradigo porque estou ansiosa demais para comprar as rifas.

— Bem feito para *Sir* Peter — continua Edwin. — Você viu a cara dele?

— A rifa — tento novamente. — Quem está vendendo?

— Ah, é o Leonard — responde Edwin. — O senhor de paletó bordô. Não sei para onde ele foi... John, isso não é maravilhoso? — Ele se vira para falar com John, que está vindo em nossa direção.

Aproveito a oportunidade para escapulir. Preciso encontrar esse tal de Leonard. Não consigo ver nenhum paletó bordô, então saio do salão enquanto alguns velhinhos de 93 anos me dão os parabéns e outros me olham de cara feia. Não há ninguém de paletó bordô na entrada, mas vejo alguns velhinhos nas escadas e vou para lá.

Não o encontro. Onde ele pode estar? Sigo para outra imensa porta e a abro — e me vejo em um salão imenso com uma mesa de bilhar. E Simon sozinho fazendo o que penso ser uma tacada de bilhar.

— Ah, oi — digo. — Muito obrigada pelo discurso. O que você disse fez toda a diferença.

— Sem problemas — diz ele, então faz um gesto com a cabeça para o taco. — Pensei em dar uma tacada na famosa mesa enquanto estou aqui.

— Certo — digo. — Com certeza. A famosa mesa.

Estou prestes a perguntar se ele viu Leonard, mas Simon fala primeiro:

— Ansiosa para a tacada inaugural? — pergunta ele, apontando para uma bola.

— Hã? — Olho para ele sem entender.

— Você sabe? A tradição do clube. O novo sócio faz a primeira tacada nesta mesa. É importante. As pessoas tiram foto. Em geral, tem sempre um grupo de novos sócios, mas esta noite foi só você.

— Uau! — digo, tentando esconder minha consternação. — Hum... Ninguém me falou nada sobre isso.

Tá legal. Hora de ir embora. Tenho que comprar a rifa e ir embora. O quanto antes.

— As pessoas treinam o ano todo para dar a tacada perfeita. Em geral é algum tipo de tacada difícil. — Ele levanta a cabeça acima do taco. — O que você preparou?

— Ah... você sabe — respondo de forma vaga. — Uma tacada que... eu mesma inventei, na verdade. Mas o que eu preciso agora é de comprar algumas rifas. Você viu um senhor chamado Leonard, de paletó bordô?

— Não vi, não. Aqui, pratique um pouco. — Ele me entrega o taco e eu o pego automaticamente. — Minha intenção não era monopolizar a mesa.

Tento segurar o taco de forma natural, mas é bem pesado e maior do que eu imaginava. Eu devia ter jogado sinuca na faculdade. Por que eu não aprendi a jogar sinuca? Eu literalmente nunca segurei um taco na vida.

— *Aí* está você! — O rosto de Edwin de repente aparece na porta. — Já está com seu taco! Que maravilha! Fique aí, Becky, e eu vou chamar todo mundo para sua tacada inaugural.

O quê? Não!

— É toda sua — diz Simon, afastando-se da mesa.

Fico olhando para o feltro verde infinito, tentando pensar rápido. O que fazer agora?

— Sem querer deixá-la nervosa nem nada — acrescenta Simon —, mas você está representando todas as mulheres que jogam bilhar neste momento. Então aconselho você a não ser ambiciosa demais. Dê uma tacada simples e precisa.

Sinto um aperto no estômago. Não posso representar todas as mulheres que jogam bilhar. Isso é loucura. Preciso largar o taco, sair correndo pelas escadas e fugir. *Vamos logo, Becky.*

Mas, de alguma forma, meus pés não se mexem. Se eu fugir agora, vou desistir do presente do Luke, e eu simplesmente não posso fazer isso. Não depois de todo esse esforço.

Será que *consigo* dar a tacada inaugural? Será que eu possuo um talento natural para o bilhar sem nunca ter jogado?

Dou um passo em direção à mesa e tento alinhar o taco como já vi os jogadores fazerem. Mas ele fica escorregando. É *comprido* demais, e isso é um problema.

— Só estou tentando me acostumar com o taco — digo rapidamente, quando percebo que Simon está me olhando. — Eles são tão diferentes entre si.

— Você o está segurando do lado errado — diz ele com uma voz estranha.

— Ah. — Sinto o rosto pegar fogo enquanto olho para o taco. Rapidamente eu o desviro e quase acerto o rosto de Simon no processo.

— Meu Deus! — exclama ele, levantando a mão para se proteger. — O que é isso? Você não joga bilhar, não é? — Ele lança um olhar acusador para mim.

— Claro que jogo — retruco com veemência, mas percebo que não vai adiantar. — Tudo bem, eu nunca joguei bilhar na vida — confesso em voz baixa. — Mas você não pode contar para ninguém.

Simon fica olhando para mim em silêncio. Vai até a porta e a fecha.

— Explique-se bem rápido — diz ele. — Por que fez todo esse movimento para entrar de sócia para o clube se não sabe jogar bilhar?

— Para ganhar a rifa — admito depois de uma pausa.

— A rifa? — Ele fica olhando para mim como se eu fosse louca. — A *rifa*?

Sério. Ele não precisava me olhar daquela maneira. Qual é o problema de querer ganhar a rifa?

— Para dar de presente de Natal para o meu marido! — explico, levemente na defensiva. — O primeiro prêmio é um *portmanteau* incrível. Mas só quem é sócio pode concorrer. Então, eu precisava entrar de sócia.

Simon dá uma risada incrédula.

— Você está falando sério? Eu achei que você ia comprar uma loção pós-barba.

— Eu desisti da loção — confesso. — Você estava certo, ele não queria uma surpresa. Mas eu não queria dar um presente tão *previsível,* sabe? Então...

— Você simplesmente optou por mudar a história de uma instituição de duzentos anos — conclui Simon. — Seu marido sabe que você está fazendo isso?

— Claro que não! — exclamo, chocada. — É um presente de *Natal.* Você não conta para os outros o que...

Sou interrompida pelo som de alguém mexendo na porta e a voz de Edwin chamando.

— Olá? A porta emperrou! Finch? Onde está o Finch?

Merda. Eles estão vindo. O que vou fazer?

— Você já jogou sinuca? — pergunta Simon. — Mata-mata?

— Não. Mas eu *sei* como fazer. Veja.

Eu me aproximo da mesa e faço uma ótima tentativa de uma tacada, só que erro a bola e a ponta do taco raspa na mesa.

Simon faz uma careta e tira o taco da minha mão.

— Olhe — diz ele, sério. — Se você rasgar o feltro, eu não vou poder garantir a sua segurança. Se eu fosse você, diria que está passando mal e daria o fora.

— *Aqui* está você! — A porta se abre e Edwin aparece seguido por um monte de velhinhos de 93 anos. — Vejo que já está pronta, Becky! Só precisamos esperar por *Sir* Peter.

— Certo — digo com o coração disparado de tanto nervosismo. — Hum, o que eu gostaria agora era de comprar uma rifa. Leonard está por aí?

— Não sei — responde Edwin de forma vaga, enquanto *Sir* Peter entra no salão.

Ele me olha de cara feia como se eu fosse algum tipo de ralé, então faz seu discurso como se cada palavra o enojasse:

— Bem-vindos à Cerimônia de Novos Sócios. É um prazer dar as boas-vindas à nossa mais nova associada, sra. Rebecca Brandon, nascida Bloomwood. Sra. Brandon: a mesa. Ele dá um passo para trás e faz um gesto para a mesa de bilhar, enquanto Edwin dá um grito de comemoração.

Eu me sinto fraca. O taco está escorregadio na minha mão. Há cada vez mais velhinhos de 93 anos entrando no salão para me ver. Edwin pegou um celular e parece estar filmando tudo. Será que é melhor eu sair correndo?

Então, vejo um paletó bordô no meio da multidão, e minha força de vontade é restaurada. Vamos lá. Eu ainda posso ganhar o prêmio. Não posso *desistir* agora. Só preciso passar por esse...

E é quando tenho uma ideia.

— Boa noite — digo, dirigindo-me à multidão de velhinhos. — E muito obrigada pela calorosa recepção de muitos de vocês. Gostaria de dizer algumas palavras.

Espero que façam silêncio e respiro fundo.

— Nesta noite, consegui quebrar uma longa e antiga tradição — declaro. — Gostaria de agradecer ao clube por sua flexibilidade, pelo apoio que me deram e pela disposição para mudar. Agora estamos aqui reunidos para a minha tacada inaugural.

Eu me inclino casualmente na mesa, apoiando a mão no feltro verde como se eu fosse uma tremenda jogadora de bilhar.

— No entanto, esta é outra tradição que gostaria de questionar. Não quero comemorar minha entrada para o clube "apontando o taco para acertar buracos" ou "marcando meu território", o que, para ser bem sincera, parece muito sexista nos tempos atuais.

— O quê? — exclama Sir Peter, escandalizado.

— Ela começou a falar de sexo de novo — diz Sir Denis para o colega. — Eu gosto dessa garota.

— Em vez disso, eu gostaria de fazer um discurso de comprometimento — apresso-me a continuar. Seguro meu taco e olho para ele por alguns segundos. — Com este taco, eu vos juro, oh, meu clube de bilhar — declaro em tom sincero. — Sob a luz do amanhecer. Ou... do anoitecer. Bilhar para sempre! — apresso-me a concluir e faço uma reverência para o público.

Segue-se um silêncio surpreso e, depois, todos começam a aplaudir e ouço a voz de Edwin exclamando:

— Bilhar para sempre! Muito bem, querida!

— Isso é ridículo! — Sir Peter está exclamando com raiva para os amigos. — Completamente ridículo.

Eu o ignoro e me apresso em direção ao paletó bordô, que um homem de cara roxa está vestindo. (Ele realmente deveria ter escolhido outra cor de paletó.)

— Olá! — cumprimento. — Você é o Leonard? Posso comprar cinco rifas, por favor?

Até que enfim! Já estou pegando o dinheiro na bolsa quando Leonard nega com a cabeça.

— Minha querida, sinto muito, mas a rifa foi encerrada — afirma ele, com voz agradável.

— *Encerrada?* — Eu congelo com o dinheiro na mão.

— Na verdade, eu vou sortear os números agora — explica ele.

Fico parada ali por um momento, sem acreditar — mas volto a mim rapidamente. Tudo bem. Eu ainda posso conseguir. Só preciso ver quem vai ganhar o *portmanteau* e convencê-lo a vender para mim. Quando vou guardar o taco, vejo Simon sorrindo para mim.

— Ótimo discurso — elogia ele. — Você realmente conseguiu o que queria. Qual é a pressa? — pergunta ele quando guardo rapidamente o taco.

— Preciso assistir ao sorteio da rifa — respondo, distraída. — Preciso comprar o *portmanteau* do vencedor.

— Você ainda quer isso? — pergunta ele, meneando a cabeça.

— Claro que sim! É por isso que estou aqui! É esse o *motivo.*

Uma expressão estranha surge no rosto de Simon, enquanto ele olha para mim.

— "Algumas pessoas não se importam de se esforçar pra dar um presente de Natal pro marido" — diz ele. — Você se lembra de dizer isso? Eu nunca mais esqueci.

— Lembro. — Levanto meu queixo na defensiva, perguntando-me aonde ele queria chegar com aquilo. — E é verdade.

— Eu acho que isso é mais do que se esforçar. — A expressão dele se suaviza. — Muito mais. Espero que seu marido aprecie.

— Bem. — Dou de ombros. — Eu não gosto de desistir das coisas.

— Que bom para você. — Com um floreio, ele pega várias rifas no bolso e me mostra. — Comprei essas rifas mais cedo. São suas. Todas as dez. Espero que você ganhe.

— Minha nossa! — ofego. — *Muito* obrigada!

Desço correndo a escada acarpetada que está cheia de sócios reunidos para ver o sorteio.

Na entrada, Leonard está segurando uma grande tigela prateada. Sidney está ao lado dele com seu colete e calças listradas, pronto para sortear os números.

— E agora, o *portmanteau,* o principal prêmio na rifa deste ano... — anuncia Leonard. — Sidney, por favor, faça as honras.

Sidney mergulha a mão na tigela, remexe os papéis e tira um número dobrado.

— Número 306. Comprado por... Simon Millett.

Por um momento não consigo processar o que acabei de ouvir. Eu ouvi Simon Millett? O irritante senhor do lenço azul?

— Sou eu, sou eu! — grito. — Eu ganhei!

Estou eufórica enquanto abro caminho pela escada, espremendo-me entre casacos ásperos e bengalas. Eu ganhei! Vou poder presentear Luke com o *portmanteau* no Natal!

— Oi! — digo, chegando um pouco ofegante à frente.

— Eu ganhei! Tenho o número aqui! Estou *tão* feliz! Muito obrigada...

— Espere!

A voz retumbante de *Sir* Peter Leggett-Davey me interrompe e ele dá um passo à frente com um olhar da mais pura hostilidade.

— Sra. Brandon, não consigo ver como pode ser a vencedora — declara ele com voz fria. — O nome na rifa é Simon Millett.

— Sim, mas ele me deu os números que comprou — explico rapidamente.

— É verdade. Eu dei a ela — confirma Simon ainda na escada. E eu aceno, agradecida. Mas a expressão de *Sir* Peter não muda.

— Leonard — diz ele com voz gélida. — Você vendeu essa rifa para Simon Millett? Ele não é sócio do clube e, dessa forma, não pode participar. — Enquanto fala, *Sir* Peter começa a rasgar o número em mil pedacinhos. — Por favor, queira devolver o dinheiro do sr. Millett. Todas as rifas dele são inválidas.

— O quê? — pergunta Simon da escada. — Isso é um absurdo. Eu tenho uma procuração...

— Não há rifas por procuração — interrompe *Sir* Peter, sem se deixar afetar. — Tire outro número.

Não. *Não*. Ele não pode fazer isso.

— Mas eu ganhei o prêmio! — exclamo, desesperada. — Não é justo! Eu sou sócia agora. Eu *ganhei*.

— Faça-me o favor! — A voz de Edwin chega lealmente do fundo do salão, mas ninguém mais se manifesta.

— Tire outro número — repete *Sir* Peter para Sidney.

— Com prazer, *Sir* Peter — responde Sidney, lançando-me um olhar totalmente desnecessário de triunfo. Ele tira outro número, desdobra e lê em voz alta. — Número 278. *Sir* Peter Leggett-Davey.

— Nossa! — diz *Sir* Peter. — Que bom para mim.

Sir Peter ganhou?

Fico olhando para a expressão arrogante no rosto dele com desespero. É isso, então. Está tudo acabado. Ele nunca vai me vender o *portmanteau*. Nem em um milhão de anos. Eu perdi. Depois de todo meu esforço. Eu perdi.

Enquanto Sidney sorteia outra rifa, eu me viro para sair, com os ombros um pouco encurvados. O que Simon disse há pouco era verdade. Parece que eu me esforcei muito para conseguir o presente de Luke. E para quê? Eu estava *tão* perto... e então fracassei.

Histórico de pesquisa

Portmanteau à venda

Portmanteau eBay

Melhor presente de Natal para o marido

Melhor presente de Natal para o marido sem ser loção pós-barba

Melhor presente de Natal para o marido sem ser meias

Enfeite de lhama a pronta entrega

Enfeite de lhama à venda

Enfeite de lhama eBay

Sprygge

Sprygge é o novo *hygge*

Banho gelado

Banho gelado faz mal, mostram as pesquisas

Como receber convidados brigados no Natal

Bolos se dissolvem no glacê?

DEZESSETE

Já se passou uma semana e as coisas estão... como elas estão? Acho que boas e ruins ao mesmo tempo. Digamos que... variando.

Vamos começar pelas coisas boas. Não quero dar azar... estou cruzando os dedos... mas as preparações de Natal vão de acordo com os planos. Faltam cinco dias e eu *finalmente* sinto que tenho tudo sob controle. Terminei a fantasia de Minnie. Decorei a casa, e minhas guirlandas não estão mais caindo. Todos os presentes já foram embrulhados, incluindo a cesta de piquenique completa de Minnie. O peru vegano chega amanhã, e o de verdade, no dia 23. Espalhei velas aromáticas por todos os cantos. Preparei uma *playlist* com músicas natalinas que está tocando sem parar. Pendurei os cartões de Natal que recebemos (a maioria enviada por pessoas como corretor de imóveis, mas quem se importa?) e coloquei azevinho atrás dos quadros. Os "arbustos de Natal" estão perto da janela da sala de jantar, a arrumação ficou linda (só preciso parar de comer as estrelinhas de chocolate ou não vai sobrar nenhuma).

E ontem à noite, enfeitamos a árvore de Natal, que ficou incrível e deixou a casa inteira com cheirinho de floresta. Tudo brilha com luzinhas e enfeites e está perfeito. Quem se importa se não consegui o enfeite da moda de lhama? Eu não!

(Tá legal. Talvez eu tenha pesquisado de hora em hora para ver se tem algum enfeite de lhama disponível on-line. Mas não tem. Então, eu não me importo mais com isso.)

Então, essa é a parte boa. Agora a não tão boa: ainda não comprei o presente de Luke. Na verdade, fico desanimada só de pensar nisso. Ainda não me recuperei da minha terrível derrota e, de alguma forma, não consigo me ver comprando qualquer coisa que *não seja* o *portmanteau* do clube de bilhar e música de salão London Billiards.

Sei que é bobagem. É só um presente de Natal. E ontem à noite, eu encontrei um colete azul-marinho que comprei há um tempão para o aniversário de Luke e do qual tinha me esquecido completamente — então, posso dar isso para ele. Ele vai adorar. Eu deveria embrulhar e resolver logo isso. Mas não consigo — ainda estou procurando algo surpreendente e espetacular. Mesmo que eu não saiba o quê.

Então, essa é a não tão boa. E agora as muito ruins: todos os meus amigos e minha família ainda estão se estranhando. Ninguém mais fala nada no grupo do WhatsApp. Fomos de um grupo cheio de confusão para um completamente silencioso de uma só vez. A última mensagem foi de Janice dizendo "Sim, e EU NÃO CONCORDO" em resposta a Suze, que tinha perguntado se ela havia lido o e-mail. (Que e-mail?) E, desde então, nada.

Suze viajou para Norfolk para algum encontro pré-natalino de família. Não tem sinal de celular, então não consegui conversar com ela sobre o assunto. Nesse meio-tempo, sempre que tento conversar com minha mãe, ela fica irritada e começa a dizer coisas como "Bem, talvez eu nunca mais volte para Oxshott" e "Bem, talvez minha amizade com a Janice tenha sido um engano, Becky". E, quando liguei para Janice para conversar, Flo atendeu o telefone. Flo! Fiquei tão chocada que só perguntei a Janice de que tipo de molho de carne ela gosta e desliguei bem rápido. Na verdade, acho que não existe mais de um tipo de molho de carne, existe?

(Será que existe? Ai, meu Deus. Eu jamais deveria estar organizando o Natal!)

Desesperada, comecei a assistir a um filme de Natal depois do outro e passei a sentir sinais da síndrome de abstinência entre um e outro. Esses filmes são como Valium para mim — não que eu realmente saiba quais são os efeitos do Valium, mas bem posso imaginar. Eles me acalmam e me deixam feliz e esperançosa, porque, em todos eles, sem exceção, o espírito natalino une as pessoas. Pai divorciado e obcecado com o trabalho e filho negligenciado? Espírito natalino. Resmungão que odeia "gente nova" e imigrantes no bairro? Espírito natalino. Dono de fábrica e funcionários oprimidos. Espírito natalino. (E nesse eles chegaram a cantar uma música de Natal enquanto o dono se vestia de Papai Noel e dava aumento para todos.)

Toda vez que os créditos sobem no final de mais um filme, eu me recosto com um suspiro contente e penso "vai dar tudo certo porque é Natal!" Mas, quando reflito sobre o que está acontecendo, meu otimismo cai por terra. Tudo dá certo quando você está em alguma vila pitoresca na Nova Inglaterra e sabe que a neve vai cair no momento certo. Na Inglaterra *de verdade,* só neva nos piores momentos, tipo quando você está prestes a pegar a estrada. Também não organizamos coisas como uma festa de cânticos de Natal, nem uma competição de cortar lenha, então como vamos conseguir fazer as pazes, nos abraçar usando suéter de Natal e dizer "O que aprendemos com tudo isso?"

A vida real é uma droga. Por que as coisas não são como em um filme de Natal?

Achei que a peça de Natal da escola de Minnie seria um bom momento para todos se encontrarem... Mas meus pais nem vão poder vir por causa de uma consulta médica. Teria sido ótimo. *Humpf.*

Estou sentada à mesa da cozinha, terminando de tomar o café da manhã enquanto Minnie canta a plenos pulmões "Eis na lapa Jesus nosso *rei*" (Tentei corrigi-la, mas ela está inflexível quanto ao "rei". Minha filha é bem teimosa.) Ela acordou às cinco da manhã e veio correndo para o nosso quarto, gritando: "Peça de Natal! Peça de Nataaaaaal!"

— Você está animada? — Dou um abraço nela. — Eu estou tão animada! Mal posso esperar até hoje de tarde.

Não consigo parar de admirar a fantasia que fiz para ela, que já está pendurada. Quase morri para fazer, e não quero me gabar, nem nada... mas ficou maravilhosa. A seda cai em camadas, o bordado é suntuoso, e, se Minnie não for o melhor Rei Mago, tem alguma coisa errada no mundo.

(Tá legal, eu sei que não existe competição de melhor rei. A não ser na minha cabeça.)

— Bem — diz Luke, entrando no cômodo. — A casa está linda, a árvore está montada, está tudo pronto.

— Só que ninguém está se falando — comento.

— Ah, isso vai passar — responde Luke, indiferente, e sinto uma ponta de ressentimento. Ele nem participa do grupo do WhatsApp, como poderia saber?

— E se não passar? — contesto.

— Vai passar.

— Mas e se *não* passar? Meu Deus, eu gostaria que a vida fosse como um filme de Natal. Você não? — acrescento, com um forte suspiro.

— Hum — considera Luke, com cautela. — Em que sentido?

— Em todos os sentidos! — respondo, surpresa.

Em que sentido possível você pode *não* querer que a vida seja como um filme de Natal?

— Em todos os sentidos? — Luke cai na risada. — No sentido açucarado, fabricado e totalmente irreal?

Olho para ele com raiva. Ele precisa assistir ao canal de filmes com mais frequência. Esse é o problema. Se ele estivesse em um filme de Natal, ele não riria, diria "Ah, querida, você gostaria de um pouco de cidra quente de maçã?"

— Tudo bem, então — diz Luke, cedendo. — E o que aconteceria em um filme de Natal?

— Todo mundo se reuniria em algum ótimo evento festivo e todos estariam com um suéter de Natal e se abraçariam, percebendo de repente que o espírito natalino é mais importante que... — Paro de falar quando tenho uma inspiração repentina. — Espere! É isso! Luke, precisamos de um evento festivo.

— Mas já temos um evento festivo — comenta ele, sem entender. — Se chama Natal.

— Um evento *antes* do Natal! Pra todo mundo se encontrar e usar suéter de Natal e sentir o espírito natalino e fazer as pazes. Vou começar a organizar — decido com firmeza. — E não vou convidar a Flo.

Vejo que Luke vai abrir a boca para fazer alguma objeção, mas eu o ignoro, porque não importa o que vai dizer, eu tenho certeza. Essa é a resposta.

Não pode ser uma festa de cânticos de Natal porque nenhum de nós sabe cantar. Também descarto a ideia da competição de cortar lenha porque... sério? Também não pode ser uma corrida de trenó porque não estamos em Vermont.

Então, quando estou chegando à escola com Minnie, tenho uma ideia. Vamos fazer casas de biscoito de gengibre! Vai ser divertido, e não importa que todas fiquem horríveis porque todo mundo vai poder comer os biscoitos.

— Minnie. Vamos organizar uma festa para fazer casinhas de biscoito de gengibre?

— Sim! — exclama minha filha toda animada, e eu abro um sorriso radiante. Pelo menos sinto que estou assumindo o controle. Tenho um plano.

Quando chegamos à sala de aula, tem um burburinho de pais trazendo os filhos já fantasiados enquanto as crianças ficam repetindo para a srta. Lucas:

— Olha a minha, olha a *minha*!

— Que linda! — diz ela, sorrindo para os rostinhos felizes. — Que maravilha! Ah, Zack, olhe só sua máscara de burrinho.

Há! Seda azul-marinho e paetês ganham da máscara de burrinho em qualquer competição. Pela primeira vez na vida, sinto que sou uma das mães com um ótimo projeto de arte. Fui a mãe que fez um esforço a mais. Vejo o casaco de Wilfie e o de Clemmie nos ganchos, o que significa que Suze já veio e já foi embora — o que é uma pena, porque eu realmente queria mostrar meu trabalho manual para ela. Mas ela vai ver na peça. Na verdade, é até melhor que ela veja pela primeira vez na apresentação. Mal posso esperar.

Estou muito feliz quando vejo Steph vindo em direção à escola. Sinto um aperto no peito. Ela parece péssima. A pele está em um tom acinzentado, seu cabelo, oleoso e o olhar, distante. Harvey fica puxando o braço dela enquanto tenta chamar sua atenção, mas ela obviamente não está ouvindo. Parece perdida nos próprios pensamentos. Em pensamentos ruins.

Preciso conversar com ela — mas não ali, na frente de todo mundo. Saio novamente com Minnie e vou até o parquinho, e encontro Steph passando pelo portão.

— Steph! — chamo. — Quanto tempo! Como estão as coisas?

Os olhos de Steph se arregalam de susto como se eu a tivesse arrancado de um pesadelo.

— Ah, oi, Becky — cumprimenta com a voz seca e rouca. — Oi, desculpa não ter aparecido mais. Estou na maior correria.

— Não precisa se desculpar! Eu só queria... sabe... ver se está tudo bem.

— Pois é. — Ela baixa o tom até um sussurro, nega com a cabeça, respira fundo e estremece como se estivesse prestes a chorar. — Pois é. Não tá nada bem.

— Certo. Tem alguma coisa... Você... — Hesito, ansiosa, querendo mostrar que estou do lado dela, mas sem querer parecer fofoqueira. — Tem...

— Ele procurou um advogado — revela ela com a voz quase inaudível. — Ele quer o divórcio.

— Já? — pergunto, chocada.

— Passo metade do dia no telefone com meu advogado. É uma loucura. Eu simplesmente não tenho tempo para me divorciar. Já estou atrasada para uma reunião, mas o advogado acabou de ligar. E ainda tem o *Natal* — acrescenta ela, desesperada. — Como as pessoas conseguem *tempo*? — Ela dá uma risada estranha, mas para abruptamente quando a mãe de Eva passa, segurando uma fantasia fofinha de ovelha.

— Olha a minha fantasia! — exclama Eva. — Foi minha mãe que fez!

Steph congela e se vira para mim ainda mais pálida. O olhar dela começa a ir de um lado para o outro, absorvendo a animação das crianças com suas fantasias.

— Fantasia — diz ela, engolindo em seco. — Fantasia. Eu nem... Ai, meu Deus, o molde. Eu nem sei onde foi que eu coloquei... É hoje, não é?

Relutante, confirmo com a cabeça e vejo a expressão de pânico no rosto dela.

— Onde tá minha fantasia? — pergunta Harvey, olhando para ela com tanta confiança que sinto um aperto no coração.

— Ah, Harvey. Querido. Não se preocupa! — Steph parece estar prestes a vomitar. — Eu vou... Vou pegar... — Ela olha para o relógio. — Ai, meu Deus, mas já estou atrasada.

— Ela está de salto alto e fico assustada ao vê-la cambalear.

— Eu tenho uma fantasia sobrando — apresso-me a dizer. — Pode ficar com essa.

— *Sobrando?* — Steph olha para mim.

— Isso! — digo da forma mais convincente que consigo e mostro a mala. — Essa aqui não serviu na Minnie no final das contas. Então eu trouxe pra escola pra ver se alguém poderia usar e... Olha que perfeito! Ainda está com o nome da Minnie, mas você pode trocar. Harvey, *aqui* está sua fantasia! — exclamo, animada.

A expressão de gratidão no rosto de Steph é quase insuportável, porque ela parece tão exausta e deprimida. Eu gostaria de poder resolver *tudo* para ela.

Pelo menos posso ajudar um pouco.

— Claro! Não precisa esperar por mim — acrescento. — Pode ir na frente, já que está com pressa.

— Obrigada. — Steph aperta o meu braço com força. — Muito obrigada *mesmo*, Becky. — E ela vai correndo até a sala de aula, segurando a mão de Harvey com uma das mãos e a bolsa de viagem com a outra.

— Aquela é a minha fantasia — reclama Minnie, que tinha assistido a tudo com atenção. — Minha fantasia. — Ela começa a gritar. — Minha fantasiiiiiia!

Ai, meu Deus. Já faz um tempo desde a última pirraça de Minnie. Eu me esqueci de como a voz dela podia ficar aguda.

— Eu *quelo* a minha fantasiiiiiiiiia! — grita ela. — Aquela é a minha fantasiiiiiiiiia!

— Minnie, querida, aquela ia ser a sua fantasia — digo rapidamente, agachando-me para olhar nos olhos dela.

— *Ia* ser. Mas nós a demos pro Harvey. Esse é o espírito natalino, fazer o bem, dar presentes. Você gosta de dar presentes, não gosta? Bem... Foi isso que nós fizemos.

Enquanto explico tudo para minha filha, percebo pela primeira vez o que eu tinha acabado de fazer. Eu me esforcei tanto para fazer aquela fantasia. Cortei e costurei e desfiz e fiz de novo. Bordei os paetês. Demorou muito tempo. E agora não vou ver Minnie se apresentar com a fantasia. Mantenho o sorriso radiante no rosto, mas sinto os olhos arderem.

Então, eu me obrigo a me levantar e jogo o cabelo para trás. Não é nada de mais. Está tudo bem.

— Querida, nós precisamos voltar rapidinho para casa. Vamos fazer outra fantasia para você. Uma fantasia *ainda melhor* — acrescento no tom mais convincente que consigo.

Saio correndo pelo portão da escola e entro no carro, tentando pensar em alguma coisa que eu possa usar para fazer uma fantasia de rei em cinco minutos. Assim que chegamos em casa, corro pela escada e começo a abrir as gavetas procurando por qualquer coisa brilhosa e com paetês. Lenço? Xale? Será que consigo adaptar bijuterias para colocar na fantasia?

Minnie me observa por um minuto e começa a procurar coisas também.

— O *Lei* Mago usa *cola* — diz ela pegando um colar na minha gaveta. — O *Lei* Mago usa *dois colales*.

A campainha toca e praguejo enquanto desço correndo. Abro a porta e vejo o carteiro me olhar por cima de uma pilha de caixas marrons.

— Você está em casa! — exclama ele. — Eu ia só colocar as caixas empilhadas aqui como sempre faço...

— Obrigada! — respondo, ofegante, enquanto as pego e fecho a porta com o quadril. Vou abrir mais tarde. Aquilo não é exatamente a minha prioridade no momento.

Aliás, talvez seja melhor abrir agora. Só para ver o que chegou.

Abro a primeira caixa e vejo que é uma roupa para Minnie. A segunda caixa é uma resma de papel. Que saaaaaco! Mas o último pacote é um envelope grande, com uma coisa embrulhada em papel de seda...

Ai, meu Deus! São as echarpes da Denny & George! Finalmente!

Rasgo o papel de seda, ansiosa. Uma é de seda azul-turquesa, a outra é cor-de-rosa, e a outra é de veludo bordô. É enorme — quase um xale — e, de repente, percebo que é perfeita.

Subo correndo, segurando as echarpes e gritando:

— Minnie! Querida! Você vai ter a fantasia mais moderna de toda a peça!

Encontro um vestido de algodão vermelho escuro que Minnie usou no último verão para ser a base. Depois, enrolo a echarpe de veludo bordô, prendendo-a com broches e alfinetes, me emocionando sempre que vejo a etiqueta icônica da Denny & George.

— Sabia que você não estaria aqui não fosse por uma echarpe da Denny & George? — conto para Minnie. — Foi uma echarpe dessa marca que fez mamãe e papai ficarem juntos.

Enquanto vou fazendo a fantasia, começo a contar para ela toda a história de como Luke me emprestou dinheiro para comprar uma echarpe da Denny & George. Tenho quase certeza de que ela não está prestando atenção — mas isso me acalma.

— Tá legal — digo por fim, me sentando de cócoras para avaliar o resultado. — Incrível. Podemos usar uma coroa do baú de fantasias. E você só vai precisar de uma caixa dourada.

Penso rapidamente na caixa de papelão que passei duas noites pintando e decorando. Mas Harvey precisa dela. Temos que improvisar.

— Aqui está — digo, quando reviro a última gaveta da penteadeira e encontro uma caixa dourada do perfume Gucci Premiere. — Aqui está, uma caixa *linda*. Esse pode ser seu ouro. Porque é uma caixa dourada. E é da Gucci!

— Gucci — repete Minnie um pouco confusa.

— Sim, Gucci! — repito. — A Gucci é uma marca muito especial e cara, como ouro. Eles vendem sapatos, bolsas e cintos incríveis. Aliás, a mamãe tem uma bolsa maravilhosa de lá em algum lugar... — Paro de falar. Isso não é importante agora. — De qualquer forma, você vai ser um

rei *maravilhoso,* gatinha. — Dou um beijo na testa dela.
— Você vai ser o Rei com a Echarpe da Denny & George.

Por fim, coloquei o nome na fantasia, a coloquei numa sacola, levei Minnie para a escola e cheguei ao trabalho. Estou acabada, embora o dia mal tenha começado. A questão com o Natal é que parece que nunca vai acabar. Ainda preciso encontrar o presente de Luke, organizar a festa de montar casinhas de biscoito de gengibre para que meus convidados possam fazer as pazes, entrar no meu vestido Alexander McQueen, além de mais mil outras coisas. Para falar a verdade, minha vontade agora é voltar para a cama.

Suze, por outro lado, me cumprimenta com um sorriso tranquilo e radiante.

— Adivinha? — pergunta ela.

— O quê? Como foram as coisas em Norfolk?

— Ah, foi tudo bem. — Ela faz um gesto vago. — Você sabe como é. Coisas de família. Ganhei a corrida de remo reverso — conta ela depois de uma pausa.

Remo reverso? Estou prestes a perguntar o que é aquilo, mas dá para imaginar o que é — uma tradição excêntrica que envolve toda a família em barcos, gritando, usando roupas esquisitas e rindo de piadas que ninguém entende enquanto caem na água congelante.

— Adivinha? — repete ela. — As vendas estão crescendo! Tipo, *crescendo* muito. Esse foi o nosso melhor ano! É o efeito *sprygge* — acrescenta ela, confiante.

— Sério? — pergunto, distraída. — Como você sabe?

— Os números não mentem! *Sprygge* é a nossa seção de ouro! Como você é inteligente, Bex!

— Bem, foi você quem criou todos os produtos.

— Mas você me inspirou — responde Suze, bondosa.

— E todas nós vendemos. Então, acho que todo mundo deveria ganhar um bônus. E um presente. Acabei de receber o catálogo da Hotel Chocolat. Venha tomar um café comigo e escolher coisas legais. — Ao olhar para mim com mais atenção, ela acrescenta: — Tá tudo bem? Você parece um pouco... estressada.

— Ah, estou bem. — Tento parecer animada. — É que... sabe?

— O quê? — pergunta ela como se não tivesse a mínima ideia do que eu estou falando.

— O *Natal*, é claro! — Não consigo esconder meu ressentimento. Ali estou eu, estressada com a briga entre ela e Janice, e lá está Suze, falando sobre corrida de remo e comprando chocolate e se comportando como se nada estivesse errado.

— Vai dar tudo certo no Natal, não vai? — pergunta Suze surpresa, quando entro na salinha dos funcionários.

— Não se ninguém estiver se falando!

— Ah, Bex, você está exagerando. — Suze olha para o teto. — Foi só um pequeno desentendimento. Essas coisas sempre acontecem no Natal. Uma vez, passamos o Natal na casa do meu tio Mungo e as coisas estavam tão ruins entre alguns dos meus parentes que estava até escrito no mapa da mesa.

— O que estava escrito no mapa da mesa?

— Quem estava falando com quem — explica Suze. — E quem não estava. Minha prima Maud se recusava a olhar na cara da tia Elspeth, então elas não podiam sentar uma de frente pra outra. E meu pai tinha tentado excomungar meu tio Mungo da Igreja da Escócia, então meu tio o ameaçou com a faca do peru. Mas ficou tudo bem — conclui ela, como se não fosse nada demais. — Só coisas de família.

— Não parece que ficou tudo bem — retruco, horrorizada. — Parece que foi horrível. E eu não quero que meu Natal seja assim. Quero que seja *harmonioso*. Então, estou organizando uma noite de união.

— Uma o quê?

— Uma festa para fazermos casinhas de biscoito de gengibre. Todo mundo tem que vir e usar suéter de Natal e resolver suas diferenças. Vou fazer chocolate quente e acender a lareira e...

— Bex, você é doida — Suze me interrompe, e olho para ela, magoada. Achei que ela fosse adorar a ideia. — Você já está estressada demais — continua ela com firmeza. — Já está fazendo muita coisa. Por que *diabos* vai organizar mais um evento? Só relaxa. Vai ficar tudo bem.

— E se *não* ficar?

Sei que minha voz está um pouco estridente, mas o que posso fazer se o dia não tem sido dos melhores? E agora Suze está aqui fazendo pouco da minha ideia tirada dos filmes de Natal. Além disso, eu já encomendei pelo celular vinte kits para fazer biscoitos de gengibre quando estava vindo para o trabalho.

— Bex, olha só. — Suze respira fundo como se estivesse prestes a me dar algum conselho, mas, antes que tenha a chance, Irene aparece na porta.

— Ah, Suze — diz ela, parecendo ansiosa. — Tem uma cliente aqui pedindo para ver a gerente. Está perguntando sobre *sprygge*.

— Ah, já estou indo — responde Suze tranquilamente. — O que ela quer saber?

— Bem, tudo, na verdade.

— Você falou que "dizem que vem da Noruega"?

— Então, essa é a questão — responde Irene, parecendo ainda mais nervosa. — Ela é a embaixadora norueguesa.

Suze ficou mais aterrorizada do que um gato escaldado. Quase pula da cadeira e olha para Irene.

— Ela é *norueguesa?* — sibila.

— É a embaixadora da Noruega. — Irene assente, com ar infeliz. — E ela disse que nunca ouviu falar de *sprygge* e quer ver a gerente.

— Ai, meu Deus! Ai, meu Deus. — Suze parece prestes a desmaiar. — Ai, meu Deus. Nós vamos ser processadas. — Ela olha para a janela como se estivesse pensando em pular e fugir. Eu seguro o braço dela.

— Não, nós não vamos! — digo com mais firmeza do que sinto. — Ninguém é processado por dizer que as coisas são norueguesas. Vamos lá. Vamos dar um oi para ela.

Saímos da salinha dos funcionários e a vemos na hora — uma loura elegante com uma parca bonita. Parece que Suze vai sair correndo, então eu a cutuco na altura das costelas, e ela se aproxima com a mão estendida.

— Olá — cumprimenta com a voz trêmula. — Bem-vinda à Letherby Hall Gift Shop. Eu sou Susan Cleath-

Stuart, proprietária e gerente... — Ela engole em seco. — Como posso... hum...

— Meu nome é Karina Gunderson — a mulher se apresenta com um tom agradável. — Estou interessada nesse mostruário. — Ela faz um gesto para a mesa *sprygge*. — Sua assistente disse que é uma coisa norueguesa?

Suze parece incapaz de responder. Abre a boca e a fecha de novo e me olha desesperada.

— Olá! — Eu me aproximo para ajudá-la e me dirijo a Karina Gunderson no tom mais confiante que consigo. — Sou Rebecca Brandon, nascida Bloomwood. E fui eu quem trouxe o conceito de *sprygge* para a loja. *Sprygge* é uma forma poderosa de felicidade e bem-estar. É uma coisa radiante e exultante. — Abro os braços. — Eufórica e sublime. Complexa e, ao mesmo tempo, muito simples.

Dou um sorriso para Karina, esperando que tenhamos encerrado o assunto, mas ela não desiste.

— Mas não é norueguês — contesta. — Como vocês disseram.

— Acho que não foi *exatamente* isso que falamos — retruco depois de pensar por um tempo. — Não é, Suze? Nós falamos que *dizem* que esse conceito surgiu na Noruega.

— Quem diz? — pergunta Karina Gunderson na hora.

— Acho que não especificamos quem — respondo depois de refletir. — Só algumas pessoas. Só isso.

— Exatamente — confirma Suze, encontrando a voz. — Algumas pessoas.

— Algumas pessoas — reforça Irene, ansiosa.

— E isso é verdade — acrescento em tom casual. — Então...

Segue-se um longo silêncio. Os olhos inescrutáveis de Karina Gunderson estão pousados em mim, deixando-me constrangida.

— Embora obviamente algumas pessoas *não* acreditem — continuo, de repente, pensando em uma maneira de me livrar do problema. — Existe uma outra escola de pensamento que acredita que seja, hum... finlandês.

— *Finlandês?* — pergunta Karina Gunderson, descrente.

— Exatamente. — Não olho para ela. — É uma dessas grandes questões da vida. De onde vem o *sprygge*? — Eu me permito um pequeno floreio dramático. — As pesquisas não confirmaram nem uma coisa nem outra. Mas enquanto o debate segue nos periódicos e... em outros lugares... nós simplesmente queremos trazer felicidade ao mundo. Por meio de almofadas e outros produtos para presentes.

— As canecas são muito populares — acrescenta Irene, nervosa. — Populares mesmo, não é, Becky? E as placas com dizeres já esgotaram.

— Por favor, leve uma caneca de presente — oferece Suze rapidamente, pegando uma caneca e oferecendo-a para a cliente. — Ou... não — acrescenta, quando Karina Gunderson não a pega. — Como preferir.

Ela olha para mim e faz uma careta. Segue-se uma pausa longa e tensa. Não sei dizer se Karina Gunderson vai sorrir ou chamar a polícia.

— Na verdade... — continuo com cautela. — ... olha só uma coincidência engraçada. Nós conversamos recentemente sobre suspender as vendas dos produtos *sprygge* até que a pesquisa sobre a origem do conceito seja concluída. Não foi, Suze? E talvez seja o melhor a fazermos. Considerando tudo.

— Sim — concorda Karina Gunderson. — Talvez seja melhor. — Ela pega a caneca da mão de Suze e olha para o objeto, com os lábios contraídos. — "*Sprygge* gera *sprygge*" — lê em tom neutro. Lança um olhar demorado para nós e se vira para Suze. — Tchau. A sua propriedade é muito bonita.

— Ah! Tchau, então! — exclama Suze com tanto alívio que sinto vontade de rir. Ficamos observando enquanto a mulher sai da loja, e então Suze cai nos meus braços.

— Ai, meu *Deus* — diz ela.

— Eu sei. — Retribuo o abraço. — Não se preocupe. Ela já foi.

— Bex, temos que dar um fim nisso — afirma Suze com fervor. — *Sprygge* tem que acabar. Aqui e agora. Ou vamos acabar tendo problemas.

— Odeio dizer isso, mas concordo com você — respondo com tristeza. — Ainda temos muitos produtos no estoque?

— Não muitos — diz Irene. — Só umas dez canecas, três almofadas e alguns chaveiros.

— Bem, vamos ficar com tudo isso como lembrancinhas — decide Suze, parecendo decidida. — Podem pegar o que quiserem. Mas não vamos mais vender nenhum desses produtos. Na verdade, vamos tirar os produtos dessa mesa agora mesmo.

Irene começa a pegar os chaveiros e os coloca em uma caixa de papelão, enquanto Suze e eu embalamos as canecas.

— Mas foi divertido, não foi? — indago, melancólica, parando para correr os dedos pelas palavras estampadas.

— E agora *sprygge* nunca mais vai entrar para o norueguês.

— Eu sei, Bex — retruca Suze, revirando os olhos. — Mas nós também não vamos acabar na prisão por fraude.

Fala sério. Suze é sempre tão exagerada. Nós nunca íamos acabar na *prisão*. (Íamos?) Por outro lado, ela encomendou uma enorme caixa de trufas de chocolate da Hotel Chocolat para comemorar o breve sucesso do *sprygge,* então teve o lado positivo.

Nós duas tiramos a tarde de folga por causa da peça de Natal na escola e decido dar um pulinho em casa antes. A temperatura está bem baixa e olho para o céu branco e penso: *será que vai nevar?*

Talvez! Tipo, por que não nevaria? Tem que começar a nevar em algum momento. Imagine se tivéssemos uma nevasca forte, aí realmente seria como se estivéssemos em um filme de Natal! Poderíamos fazer um boneco de neve no jardim e todo mundo diria "Vocês se lembram do Natal na casa da Becky? Foi incrível! Até *nevou!*"

Quando abro a porta, estou bem mais otimista do que andei me sentindo. Talvez Suze esteja certa, talvez eu precise relaxar um pouco. Pensar positivo. Estou imaginando uma mesa de Natal perfeita, com todos os meus amigos e familiares reunidos em volta de um peru maravilhoso e dizendo "Becky, *esse é o melhor* Natal que já tivemos", quando um barulho na sala de estar chama minha atenção. Vou até lá e paro. Meus pensamentos positivos desaparecem enquanto fico parada ali com a respiração ofegante, sendo tomada por uma fúria natalina.

As malditas guirlandas caíram de novo. *De novo.* Aquele barulho foi causado pelo meu adorável enfeite de ramos caindo na lareira, levando o enfeite dourado com ele. Escorregou de novo apesar dos halteres de ginástica? *Como?*

Sério, o que é necessário para uma guirlanda de Natal ficar no lugar? Concreto? Prendedores de aço?

Da próxima vez que eu comprar uma casa vou comprar uma que já tenha guirlandas embutidas, prometo para mim mesma com fervor, enquanto pego a confusão de guirlandas na lareira. Não me importo se isso for esquisito. Não vou fazer isso todo Natal.

Jogo as guirlandas no sofá. Vou resolver isso mais tarde. Tento, então, me acalmar e voltar para os pensamentos otimistas. Está tudo bem. Vou encontrar uma solução. Estou pesquisando no Google *suporte infalível de guirlandas* quando meu telefone toca e eu me sobressalto.

— Alô? — atendo, com o pensamento louco de que possa ser o fabricante das guirlandas que viu minha pesquisa e tem uma solução.

— Ah, alô — diz uma voz feminina. — Sra. Brandon? Aqui é da Ve-Gen Foods. Essa é uma ligação de cortesia para informar que, infelizmente, o peru vegano que a senhora encomendou não está disponível. A senhora gostaria de trocar por outro produto ou prefere o reembolso do valor?

Demoro um tempo para digerir todo o horror da notícia que ela acabou de me dar. Ela está cancelando o peru vegano? Ela não pode fazer isso!

— Mas eu preciso de um peru vegano! — exclamo. — Minha irmã é vegana, e eu prometi que serviria um peru vegano pra ela.

— Muitos clientes optaram por um risoto de cogumelos — sugere a mulher sem se comover. — Os ingredientes são praticamente os mesmos e é igualmente festivo.

Fico olhando para o telefone. Minha fúria natalina volta com toda força. Que tipo de artimanha era aquela? Risoto de cogumelo *não* era igualmente festivo.

— Por que o peru vegano não está disponível? Porque eu realmente preciso de um.

— Não posso informar, infelizmente. Então, a senhora vai preferir o reembolso do valor pago?

— Será que você não tem *um* peru vegano? — pergunto, sem querer desistir. — *Unzinho* só pra me vender?

— Não — responde a mulher. — Vou fazer o reembolso no seu cartão de crédito. Lamentamos pelo ocorrido, tenha um feliz Natal.

— *Feliz?* — retruco, esperando que ela detecte o meu sarcasmo, mas ela já desligou.

Estou ofegante, mas não adianta ficar amarga, com raiva e desejo de vingança. Mas é exatamente como me sinto. Estou começando a fazer mais uma pesquisa no Google — *peru vegano de última hora disponível para o dia seguinte* — quando a campainha toca. Olho pela janela. Tem uma van parada. Bem, pelo menos *alguma coisa* chegou de acordo com o cronograma.

— Olá! — cumprimento, feliz, os homens de macacão branco.

— Boa tarde! — responde ele, alegremente. — Estou aqui para a entrega do peixe.

Olho para ele sem entender. Peixe?

— Salmão defumado — esclarece, consultando a prancheta. — Um lote para Rebecca Brandon.

Claro. O salmão defumado da Feira de Estilo de Natal. Eu tinha me esquecido completamente daquilo.

— Ótimo! — respondo, sorrindo. — Perfeito! Bem a tempo do Natal.

— Com certeza! Onde você quer que eu coloque? — pergunta ele, e fico encarando-o sem entender. Onde quero que ele *coloque*?

— Como assim? — Estendo as mãos. — Você pode simplesmente me entregar, não?

O homem olha para mim com ar de graça.

— Quinze quilos? Difícil.

— *Quinze quilos?* — pergunto sem entender.

— É, isso mesmo. — Ele assente. — Preciso buscar meu carrinho de mão — acrescenta por cima do ombro enquanto volta para a van. — É só mostrar o caminho do freezer e nós guardamos tudo para a senhora.

Não sei o que dizer. Quinze quilos? *Como assim?* Aquilo só podia ser um erro.

Em pânico, acesso minha fatura do cartão de crédito no celular e passo o olho pela lista de compras, tentando não prestar muita atenção (£49,99 na M&S? Com certeza, não fui eu que gastei tudo isso. Deve ter sido o Luke), até eu ver de repente. Whitson Fish: £460.

Congelo. *Janice gastou 460 libras em salmão defumado?*

Em desespero, tento me lembrar das perguntas aleatórias que ela fez enquanto eu corria atrás do enfeite da lhama prateada. Talvez ela tenha dito alguma coisa sobre o número quinze. Mas achei que ela estava falando de dinheiro! Quinze *quilos*! Nunca, em um milhão de anos, eu ia imaginar que ela estava falando do peso! Quem consegue comer tanto peixe?

Ai, meu Deus, aqui vem ele, empurrando um carrinho com várias caixas de isopor.

— Esse é um lote maravilhoso de peixe — declara ele, satisfeito, quando me alcança. — Excelente qualidade.

— Ele dá tapinhas na caixa de cima, onde se lê *Salmão defumado congelado.*

— Certo. — Umedeço os lábios, nervosa. — Na verdade, houve um *pequeno* erro com essa compra. Eu não queria tanto peixe assim. Vocês podem levar de volta?

O homem imediatamente faz uma expressão de cautela e nega com a cabeça.

— Ah, não, não, não. Não somos responsáveis por devoluções. Isso é uma coisa que a senhora precisa resolver diretamente com a empresa. É um assunto da senhora. Agora, a senhora tem um freezer para guardarmos isso?

Ai, meu Deus. O único freezer que tenho nessa casa alugada é uma gaveta cheia de palitos de peixe da Minnie.

— Não... exatamente. — Engulo em seco.

— Melhor deixar aqui fora, então — diz o homem. — Onde você quer que eu coloque? Aqui? — Ele indica um espacinho de grama no jardim da frente e, quando não respondo, começa a tirar do isopor os pacotes de plástico.

— O senhor não pode deixar as caixas? — pergunto, consternada, mas ele nega com a cabeça.

— Nós temos que levar de volta. Parte do nosso contrato. Carregamento sustentável.

Logo que o peixe está empilhado no jardim e depois de assinar o recibo, o homem vai embora. Olho para aquela pilha, sentindo um pouco como se aquilo não fosse real. Meu jardim está cheio de salmão congelado. O que eu faço?

Meu telefone vibra com uma mensagem e vejo, distraída, que é uma mensagem de Suze.

Tá começando a encher. Guardei um lugar pra você e pro Luke, mas vcs têm que correr!!!

Ai, *meu Deus.*

Isolar, penso de repente. É isso que preciso fazer com o peixe.

Subo correndo, pego a coberta de ursinho da Minnie na cama e corro de volta para o jardim. Enfio rapidamente as pontas pela lateral para me assegurar de que o peixe está protegido. Então, quando me levanto, vejo uma senhora me observando do outro lado da rua.

— É uma *criança* que você colocou aí? — pergunta ela em um tom horrorizado.

O quê? *Como assim?*

— Não! — respondo. — É peixe! — Olho para ela de cara feia até a senhora ir embora. Pego então meu casaco e minha bolsa, perplexa.

Vamos lá, Becky, digo para mim mesma com firmeza. Está tudo bem. Vou para a escola assistir à peça de Natal e curtir a apresentação da Minnie... *Depois* resolvo isso. E a questão do peru vegano. E das guirlandas. E do presente de Luke, penso de repente. E, ai, meu Deus, ainda não decidi qual vai ser o recheio do peru...

Não. Pare com isso. Se acalme. Atenção plena.

Caminho rapidamente pelas ruas, esbarrando em umas seis pessoas, porque estou fazendo várias coisas ao mesmo tempo: encomendando um freezer horizontal para entrega no dia seguinte, mais alguns *coolers* de champanhe que estão na promoção e um livro intitulado *100 maneiras de preparar salmão defumado.*

O saguão da escola já está cheio de pais e quase não há lugar para sentar, mas vejo duas cadeiras com folhas de papel coladas nas quais se lê: *Reservadas para os Brandon.* Agradecida, sento em uma delas e procuro por Suze, mas não consigo vê-la, então mando uma mensagem para ela:

Valeu por guardar lugar!!!! Onde vc está??

Um instante depois, ela responde.

Do outro lado.

E, um pouco depois:

Mal posso esperar para ver a fantasia da
Minnie!!!!

Encaro o celular, lembrando de repente que não contei
para Suze o que tinha acontecido. Lentamente, começo
a digitar "Na verdade, dei a fantasia pra Steph Richards",
mas paro, me sentindo dividida. Suze não faz ideia de que
eu *conheço* Steph. Ela pode começar a fazer perguntas
estranhas, tipo "Por quê?"

Olho em volta, procurando por Steph — mas também
não a vejo. Penso mais um pouco e apago a mensagem.
Depois eu conto para Suze. Mas primeiro vou perguntar a
Steph se posso contar o segredo dela. Afinal, três cabeças
pensam melhor que duas, e sei que Suze vai dar todo apoio...

— Oi! — A voz alegre de Luke me interrompe. Ele se
senta ao meu lado, com uma expressão feliz. — Chegou
o grande o dia.

— Pois é! — exclamo, radiante. — Não é maravilhoso?
Será que devo acrescentar rapidamente "Ah, tem uns
quinze quilos de peixe empilhados no jardim, mas não se
preocupe, acabei de encomendar um freezer?"

Não. Esse não é o momento certo.

— O que *mais* quero ver é a Minnie naquela fantasia —
comenta Luke, alegre. — Eu vi quantas horas você dedicou
a esse projeto, Becky. — Antes que eu possa responder,

ele acrescenta: — Espero que a Minnie saiba como tem sorte de ter você. Porque *eu* sei que tenho — afirma ele com carinho. Algo na sua expressão calorosa e amorosa me deixa sem ar. — Trouxe a minha câmera — diz ele, pegando-a. — Achei que a ocasião pedia.

Luke quase nunca leva a câmera dele. É uma câmera moderna, que ele só usa em ocasiões especiais, quando acha que o celular não é o suficiente. E, de repente, sinto um aperto na garganta.

— Luke — cochicho no ouvido dele. — Preciso contar uma coisa. Minnie... — Engulo em seco. — Bem, ela não vai usar a fantasia que fiz. Eu dei pra outra criança.

— O quê? — Luke parece chocado. — Você *deu?* Mas *por quê?*

— Psiu! — tento acalmá-lo. — Eles precisavam. É... é uma longa história. Foi a coisa certa a fazer.

Luke ainda está me encarando, sem acreditar.

— Então, o que a Minnie vai usar?

— Tudo bem. Eu improvisei uma roupa pra ela. Ela não se importa.

— E quanto a você? *Você* se importa? — pergunta Luke, e não sei bem o que responder. Achei que não me importaria nem um pouco. Mas sentada ali, esperando minha filha se apresentar, é difícil não sentir um *pouquinho* de...

De qualquer forma, tudo bem.

Luke fica em silêncio por um tempo, me observando com aqueles olhos escuros.

— Você trabalhou várias noites naquela fantasia, Becky — diz ele por fim, a voz tão baixa que mal consigo ouvir. — Significava muito pra você.

— Eu sei. — Hesito. — Mas eu tenho muita sorte. E eles não têm tanta sorte. Não posso dizer mais nada além disso.

Luke não responde, mas aperta minha mão. E penso: *eu tenho muita sorte*. Seja lá o que possa dar errado. Eu tenho sorte.

Meia hora depois, não tenho mais tanta certeza da minha sorte. Tenho certeza de que o improviso é ótimo para a criatividade e tudo mais. Mas foi uma *péssima* ideia usar esse recurso na peça de Natal da escola.

A história está confusa. Algumas crianças foram obviamente orientadas pelos pais, ao passo que outras claramente não fazem ideia do que estão fazendo. Uma criança começou a chorar e outra disse para o Anjo Gabriel que precisava ir ao banheiro.

Minhas pernas estão dormentes por causa da cadeira de plástico. Parece que a peça não acaba nunca. Jesus nasceu, os pastores (incluindo Wilfie e Clemmie) entraram e saíram e todos começaram a cantar "Na manjedoura" e "Livre estou" (hã?). Mas agora parece que as crianças empacaram.

— Não temos mais pra onde ir — diz Maria com a voz triste, pegando no colo o menino Jesus de plástico. — Não tem hotéis por aqui.

Ela disse isso umas trinta vezes.

— O burrinho está cansado — arrisca José, embora o burrinho já tenha deixado o estábulo há uns vinte minutos para colocar uma roupa de anjo.

— Não temos mais pra onde ir — repete Maria, meio desesperada. — Não tem hotéis por aqui.

— Reis! — Vejo a srta. Lucas fazendo um gesto animado.
— Venham, reis!

Um instante depois, Minnie e outros dois garotos entram no palco, todos arrumados com suas fantasias brilhantes. O público está tão entediado que todo mundo parece acordar e aplaudir, como se os três reis magos fossem algum tipo de celebridade aparecendo em uma pantomima.

Não consigo evitar um olhar melancólico para Harvey, porque ele está *incrível*. A seda azul-marinho é espetacular e os paetês dourados estão brilhando sob as luzes, até mesmo o baú cintilante dele é maravilhoso.

Mas Minnie também está ótima, digo para mim mesma, na defensiva. De uma forma mais boêmia e improvisada. Ela sorri e acena para nós, parecendo adorar ser o centro das atenções.

— Trouxe mirra para o menino Jesus — anuncia o primeiro rei em uma voz monótona. É um garoto apático chamado George, que claramente aprendeu essa fala com a mãe.

— E eu trouxe olíbano para o menino Jesus — declara Harvey, pronunciando a palavra bem devagar e despertando um sorriso na plateia.

E agora é a vez de Minnie. Estou nervosa, percebo de repente. Minha filha está em um palco, fazendo uma peça! Olho para Luke, e ele abre um sorriso.

Vejo quando Minnie espia o baú cintilante de Harvey — aquele que fiz para ela e com o qual ensaiamos em casa — depois para a caixinha que está carregando com o G dourado. Ela franze o cenho, parecendo confusa. Respira fundo e faz uma pausa.

— E eu tenho Gucci — declara ela, por fim. — *Pala* o menino Jesus. — Todo mundo começa a rir na hora.

— Gucci? — pergunta Luke ao meu lado. — Mirra, olíbano e Gucci?

— Ouro! — digo, desesperada, só com os lábios para ela, na esperança de que consiga ler meus lábios. — Ouro! Não Gucci!

Minnie olha para mim, incerta.

— Eu tenho Gucci — repete ela com mais firmeza, mostrando a caixinha da Gucci. — Minha mãe tem uma bolsa da Gucci — continua ela, e ouço mais risadas. — Minha mãe *complou* a *echalpe* — acrescenta ela, conversando com o público. — Papai tinha o *dinheilo*. No bolso.

Ai, meu Deus, ela está se lembrando de tudo que contei para ela sobre aquela primeira echarpe da Denny & George. O que mais ela vai dizer?

Vejo as pessoas rindo. No palco, George parece um pouco irritado por Minnie estar dando um show.

— Eu tenho mirra — repete ele em voz alta.

— Eu tenho *Gucci* — devolve Minnie em tom de desafio.

— O padre está sentado bem ali — diz Luke, apontando para a esquerda. — Só pro caso de você estar se perguntando.

— Para com isso. — Mordo o lábio. — Se concentra na peça.

A essa altura, Minnie já estava cansada. As crianças ficam em silêncio no palco, e Maria se levanta.

— Não temos mais pra onde ir — repete Maria em um tom monótono. — Não tem hotéis por aqui.

Vejo os olhos da minha filha se iluminarem ao ouvir a palavra "hotel".

— Nada de usar o minibar — declara, séria. Ela se vira para José com o dedo em riste. — Nada de minibar. Nada de doces. É muito *calo.*

Todo mundo cai na gargalhada.

— Isso mesmo! — exclama um dos pais.

— Não coma o Toblerone! — sugere outro.

— Só coma o que está incluído no bufê! — grita outro e todos começam a rir de novo.

Todo mundo se vira com um sorriso para mim e para Luke, e eu retribuo, mesmo que esteja fervendo por dentro. A nossa filha ficou diante de Maria e José no cenário de estábulo e disse para eles não usarem o minibar. Eu quero *morrer.*

Depois que a peça termina, servem quentão e tarteletes para os pais no salão de festa. Luke e eu tomamos um gole da bebida quente, enquanto a palavra "minibar" parece estar presente em todas as conversas, acompanhada de muitas risadas. Ouço as pessoas elogiarem a "linda fantasia" de Harvey também e, toda vez que isso acontece, Luke aperta minha mão. Não vi Steph em lugar nenhum, mas imagino que esteja aqui. Todo mundo vem assistir à peça de Natal.

— Meu *Deus,* Bex. — Suze se aproxima de mim, com um ar divertido. — "Nada de minibar." Que clássico! E a fantasia da Minnie estava incrível — acrescenta, com cuidado. — Muito bem, Bex! Como você *fez?* Com uma echarpe? É uma Denny & George?

Conheço a Suze. Ela está sendo o mais legal possível em relação à fantasia que obviamente foi feita de improviso em cinco minutos usando alfinetes. E aprecio sua diplomacia. Mas parte de mim está queimando por dentro de tanta frustração. Quero responder "Você realmente acha que eu me dediquei semanas a fio para fazer aquilo? Eu fiz a fantasia *bonita*! Aquela sobre a qual todo mundo está comentando!" — mas não posso correr o risco de dizer isso aqui, com tantos pais por perto.

— Obrigada — agradeço secamente, antes de tomar mais um gole de quentão, enquanto Luke atende o telefone. Ele fala por alguns segundos e, depois, se vira para mim, parecendo confuso.

— Becky, é do conselho da cidade. Disseram que receberam algumas ligações sobre alguém em situação de rua no nosso jardim. Parece que fizeram algum tipo de acampamento com um cobertor. Você sabe do que se trata?

Ah, pelo *amor* de Deus!

— Não é uma pessoa em situação de rua! — me irrito. — É peixe!

— *Peixe?* — Luke parece chocado.

— Eu comprei peixe e cobri com a coberta de ursinho — explico, um pouco impaciente. — Foi só isso. E todo mundo já começa a tirar conclusões precipitadas.

— Você cobriu peixe com um cobertor? — pergunta Luke.

— Eu tive que fazer isso! — respondo, na defensiva. — O que você acha que eu deveria ter feito?

Segue-se um momento de silêncio, e vejo Luke e Suze trocando olhares surpresos.

— Bex, não me leve a mal — começa Suze, com cuidado. — Mas você parece um pouco... tensa.

— Eu não estou tensa — retruco na hora. — Isso é ridículo. Estou bem. Totalmente calma. Não é, Luke?

— Acho que você está um pouco tensa, sim.

Olho zangada para ele. Traidor.

— Você está tensa mesmo, Bex. — Suze coloca a mão no meu braço. — Na verdade, você está tensa desde que concordou em organizar a ceia de Natal. Me deixa ajudar você. Por favor. Eu quero *muito* ajudar. Ou... Deixa que eu faço o Natal lá em casa! Mude os planos!

O quê?

Fico olhando para Suze sem acreditar, enquanto ela se vira para Luke.

— Talvez essa seja a resposta. Eu posso muito bem fazer isso. Todos poderiam vir para Letherby Hall...

— O quê? Você acha que eu não sou *capaz* de organizar o Natal? — Minha voz a interrompe. Afasto meu braço, e ela faz uma careta. — Você acha que não sou capaz, não é, Suze?

— Não é nada disso. — Suze tenta voltar atrás. — Meu Deus! É claro que você consegue! Eu só estou dizendo... Você parece um pouco tensa... Eu só quero ajudar...

— Bem, você poderia ajudar acreditando na minha capacidade! Você poderia me ajudar *apoiando* a minha ideia de uma festa de biscoitos de gengibre.

— Eu apoio! — exclama Suze, com cautela. — É claro que eu apoio, Bex! Nós podemos fazer isso se você quiser. É só que...

— Que bom — interrompo novamente. — Porque, se você quer saber, está tudo bem, tudo encaminhado. Eu estou mais que relaxada, e o Natal vai ser incrível. — Viro minha taça de quentão. — Então, você não precisa se preocupar com nada.

WhatsApp

NATAL!

Becky

Queridos, convido todos vocês pra vir aqui em casa montar casinhas de biscoito de gengibre na véspera de Natal. Vamos nos unir como amigos e família, esquecer todos os desentendimentos, tomar quentão e nos divertir. Roupa: suéter de Natal! Bjs, Becky.

De: customerservices@ramblesons.com
Para: Becky Brandon
Assunto: ITEM INDISPONÍVEL

Prezada sra. Brandon,

Sentimos muito, mas o item

Peru orgânico

está indisponível.

Nós nos esforçamos para oferecer um item o mais próximo possível do pedido original. Espero que fique satisfeita com a substituição.

Atenciosamente,
 Equipe de atendimento ao cliente
 Ramblesons Online Groceries Ltd

PEDIDO: TSK67468675

Item indisponível:	Quantidade
Peru orgânico 7kg	**I**
Item substituído:	Quantidade
Peito de peru em fatias pacote de 200g	**35**

DEZOITO

Eu estava mentindo. Não estava nada bem e eu não tinha nada sob controle.

Não tenho peru, não tenho um presente para o Luke, e ontem começaram a cair galhos da árvore de Natal (por quê?). Também não sei o que vou dar para a Suze e fico toda hora esbarrando no freezer horizontal que tive que colocar na cozinha, então estou com a coxa roxa.

Graças a Deus fiz uma segunda encomenda pela internet para o caso de alguma coisa dar errado. *Graças a Deus.* Eu tinha colocado um peru na lista, então chega amanhã. Mas isso não faz com que eu fique mais calma. E se eu não tivesse feito duas encomendas? Como eles podem substituir um peru de Natal por peru fatiado no dia 23 de dezembro? Como? Eles são *sádicos*?

Meu estresse natalino está cada vez maior, parece aquelas maquininhas que vemos em seriados médicos que começam a apitar, fazendo todo mundo em volta começar a correr. Só que não tem ninguém para correr por aqui, porque Luke está viajando a negócios e só volta amanhã à tarde e Minnie está na casa de uma amiguinha. Sou só eu e três quilos de cogumelos. Como último recurso, decidi *fazer* um peru vegano. Encontrei as instruções na internet, e essa é a minha terceira tentativa, só que ele desmoronou de novo.

Olho a construção diante de mim com desespero crescente. Não se parece em nada com um peru. Parece só uma pilha de cogumelos e farinha. Volto o vídeo do YouTube — e assisto, frustrada, pela décima vez, à mulher dizer, toda feliz, "agora é só moldar a mistura na forma de uma coxa de peru". Eu *tentei*. Mas as coxas não *se parecem* com coxas de verdade.

Fico olhando para aquela maçaroca, tentando encontrar uma solução. Talvez eu possa usar... papelão? Sei que veganos não costumam comer papelão, mas eu poderia usá-los como ossos, não é? Eu poderia dizer casualmente "Cuidado com o papelão!", exatamente como dizemos "Cuidado com os ossinhos!"

Pego um rolo de papelão na caixa de artes da Minnie e enfio a mistura de cogumelos nele. Mas não se parece nada com uma coxa de peru, quem sabe se eu... pintasse? Pego um vidro de tinta marrom (não tóxica) e um pincel. Começo a pintar e coloco a "coxa" em um prato e fico olhando.

Não. Não posso servir "rolos pintados" como opção de comida vegana.

Já estou ficando tonta de ficar assistindo várias vezes ao mesmo vídeo no YouTube e decido que preciso de um pouco de ar puro. Vou ao supermercado. Quem sabe eu não encontro uma nova marca de peru vegano para vender? Quando penso nisso, sinto uma explosão de otimismo. É possível, não é?

O supermercado fica a dez minutos de carro. Quando passo pelas portas envidraçadas, vejo um grande expositor com uma placa: *Papel de presente com 50% de desconto*. O que é muito irritante, porque comprei papel de presente na semana passada, e este em promoção é tão mais bonito. Tem listras vermelhas e verdes com purpurina e está com desconto. Na verdade, não consigo sair dali. Será que eu preciso de mais papel de presente? (Eu não preciso. Não preciso mesmo.)

Espere! Já sei! Vou comprar papel para o *próximo* Natal. E para o Natal seguinte também. Sim. Isso faz total sentido financeiro. Afinal, a gente sempre precisa de papel de presente de Natal, não é?

Sentindo-me um pouco melhor, encho meu carrinho com 12 rolos de papel brilhoso e seis rolos de fita com desconto e mais alguns pompons festivos para enfeitar os embrulhos. Estou pensando se devo comprar um pacote com quinhentas etiquetas "de-para" decoradas com floquinhos de neve (esse tipo de coisa é sempre muito útil), quando escuto uma voz me cumprimentar:

— Oi, Becky.

Eu me viro e fico tensa com o susto. É Craig vindo na minha direção com um carrinho cheio de compras, sorrindo para mim. *Sorrindo*. Como se nós fôssemos melhores amigos, e tudo estivesse às mil maravilhas. Que cara de pau.

— Olá, Craig — respondo friamente. — Sua namorada foi à nossa casa sem ser convidada outro dia.

— Ah, é. Fiquei sabendo. — Craig faz uma careta, e eu espero que ele diga "Desculpa, ela realmente não deveria ter feito uma coisa dessas". Mas, em vez disso, ele faz um som de desaprovação e balança a cabeça com tristeza. — Pois é, a Nadine não ficou nada pouco satisfeita. Ela achou que o Luke daria mais tempo pra ela. Um pouco mais de respeito, sabe?

O quê? Ele está falando sério?

— Nós estávamos no meio de uma festa de aniversário — retruco. — Além do mais, o Luke não faz reuniões de negócios sem agendamento prévio. Em casa. Em um domingo. No aniversário da nossa *filha*.

Eu não poderia ser mais clara, mas Craig pareceu não notar.

— Pois é — continua ele no mesmo tom de lamentação. — A Nadine ficou muito pau da vida. E não é nada bom quando ela fica assim. — Craig olha para mim com uma expressão triste. — Temo que o Luke tenha feito uma inimiga nos negócios.

Nadine agora é inimiga do Luke? Ai, meu Deus. Estamos morrendo de medo. Tenho certeza de que Luke está tremendo dos pés à cabeça. Espero que tenham um confronto final em alguma mesa enorme de reuniões com vista para o Shard.

Só que não.

— Que pena — digo. — Bem, tenham um bom Natal. — Começo a empurrar meu carrinho, mas Craig o segura.

— Você ainda está convidada pro nosso almoço de Natal — diz ele. — Talvez Luke e Nadine possam se acertar lá, embaixo de um ramo de visco. — Os olhos dele cintilam maldosamente, e eu fico irritada. O que ele quer dizer com aquilo?

— Duvido muito — declaro, em tom frio. — Acho que estamos ocupados.

— Última chance de usar a hidromassagem antes de nos mudarmos — avisa Craig, levantando uma das sobrancelhas, e eu olho surpresa para ele.

— Antes de vocês se mudarem?

— É, estamos nos mudando. Alugamos outra casa. As coisas aqui são muito paradas. Nada acontece. — Ele hesita e acrescenta: — Além disso, a Nadine descobriu onde Lorde Alan Sugar mora. Acho que ela vai se apresentar para ele.

Ai, meu Deus. Ela é ainda mais doida do que eu pensava.

— Excelente plano — digo, tentando manter a expressão séria. — É assim que se faz. Tenho certeza de que ela logo ficará milionária. A qualquer momento.

Tenho quase certeza de que Craig não percebe que estou sendo sarcástica porque a expressão do rosto dele se suaviza.

— A Nadine é muito motivada — diz ele com admiração. — Tão motivada.

Sim, concordo em silêncio. E, quanto antes ela se mudar de Letherby, melhor.

— Bem, boa sorte, então — digo com educação.

Duas mulheres estão passando pela porta envidraçada, e vejo quando olham para Craig e se cutucam. De repente, eu o vejo através do olhar delas: cabelo comprido, barba por fazer, olhos incríveis. O deus do rock mais sexy que já pisou em Letherby.

Então rio por dentro. Aquela era eu, derretendo sob seu olhar intenso e sombrio. Como fui *idiota*.

Mesmo assim, sinto uma pontada quando ele se despede:

— Então, tchau, Becky. Feliz Natal.

Eu talvez nunca mais o veja de novo. E ele foi uma parte importante da minha vida. (Bem, mais ou menos.) Além disso, ainda tenho algumas perguntas sem respostas.

— Espera, Craig — chamo. — Antes de você ir, me diz uma coisa... Eu sempre me perguntei... Você já escreveu alguma música sobre mim? Ou pelo menos... que tenha alguma menção a mim?

Aquele sorriso preguiçoso e sexy aparece no rosto dele de novo, e Craig concorda com a cabeça.

— "Girl Who Broke My Heart" — responde, de forma sucinta, e fico parada olhando para ele.

— Uau. Mas a garota dessa música era francesa. Isso foi pra disfarçar? Você escreveu sobre *mim*? Eu sou aquela garota? — Minha voz está trêmula por causa da emoção. — Craig... Eu parti o seu coração?

— Não — responde ele, parecendo achar graça. — E você não é a garota da música. Mas você está na terceira estrofe, primeiro verso. Tchau.

Craig se afasta com o carrinho e fico olhando para ele, hipnotizada, até acordar para a vida. Rapidamente pego meu celular e procuro *letra de girl who broke my heart Craig Curton*. Estou em uma música! Estou mesmo! Isso é tão legal! O que será que diz?

Alguns segundo depois, a letra aparece na tela. Ofegante, procuro a terceira estrofe e leio o primeiro verso: "*she had better hair than the one before*", o cabelo é melhor do que o da anterior?

Fico olhando para as palavras por um tempo, tentando entender aquilo. Como isso pode se referir a mim? Meu cabelo é mais bonito do que o de alguém? Que coisa sem pé nem cabeça. É tão típico de Craig, escrever alguma coisa incompreensível.

Tá legal. Vamos começar do início. A música é sobre uma francesa. E o cabelo dela é melhor do que o da anterior.

Espere um pouco. Franzo a testa quando chego à terrível conclusão. O da... da garota que ele namorou antes? E essa garota sou *eu*? Eu sou a "anterior"? Com *cabelo inferior*?

Estou tão ofendida que chego a arfar. Ele está dizendo que meu cabelo era feio? Meu cabelo *não* era feio. Todo mundo usava o cabelo daquele jeito na faculdade. E como se *ele* pudesse falar alguma coisa. E quem é essa francesa com cabelo tão incrível? Aposto que era uma metida à besta.

Olho em torno do supermercado sentindo vontade de correr atrás dele e perguntar, com raiva: "O que você quer dizer com esse lance de cabelo?", mas ele já foi. *Hmpf.* Eu nunca mais vou namorar um músico.

Bom, é óbvio que não, né? acrescento rapidamente na minha mente.

Nem precisava dizer isso.

Pela milionésima vez desde que conheci Luke, rezo para que ele nunca possa ler, de alguma forma, meus pensamentos. Porque, para ser bem sincera, isso seria um verdadeiro desastre.

Ainda fervilhando por dentro, começo a empurrar meu carrinho pelo supermercado. O que eu quero ver *de verdade* é uma plaquinha dizendo "Pegue seu peru vegano aqui", mas tudo que vejo são promoções de tarteletes e calendários do Advento. *Hmpf* de novo.

Então ouço uma risada irritante e familiar, que não consigo identificar no início, mas fico curiosa e sigo o som até uma pilha de latas. E, ai meu Deus, é claro. Barriga: presente. Jeans desbotado: presente. Barba grisalha: presente. É o marido da Steph Damian conversando com alguém na seção de pães.

Que ótimo. Mais um homem irritante. Será que hoje é o dia dos homens irritantes?

Então ele se afasta, e vejo, chocada, que está falando com Steph. Será que isso significa... que eles voltaram?

Olho para o rosto de Steph e percebo que isso é bem improvável. Ela está sibilando algumas palavras para ele e gesticulando, mas ele revira os olhos e fica olhando para o relógio e chega até a dar tapinhas de consolo no ombro dela. Estou morrendo de raiva, tomei as dores dela — e eu nem consigo ouvir o que estão falando.

Por fim, ele levanta as duas mãos como se estivesse dizendo "basta" e vai embora, deixando Steph ali, de ombros caídos. Hesito no corredor, me sentindo dividida. Todos os meus instintos me dizem para ir abraçar Steph — mas e se eu estiver sendo invasiva? E se ela preferisse que ninguém tivesse visto aquela cena.

Fico só observando, ansiosa, quando ela vai até a lanchonete do supermercado e se senta. Então, tomo uma decisão. Vou esperar cinco minutos antes de falar com ela. Nesse meio-tempo, não consigo resistir — começo a seguir Damian.

Caminho casualmente pela direção que ele seguiu e viro no corredor bem a tempo de vê-lo se juntar a uma mulher com um carrinho e beijá-la na boca. *Argh.* É ela! Tem que ser. A que trabalha no departamento de eventos. A mulher com quem ele ficou em Malmaison, Manchester.

Olho atentamente para os dois. Ela deve ter menos de 30 anos. Luzes caras no cabelo, mas uma cara de quem comeu e não gostou. Ela vai ser *tão* má para ele, prevejo, com uma sensação de satisfação. Quando não for mais novidade. Ela será horrível, dá para perceber só de olhar para ela. E ele bem que merece. Ele tinha Steph, e a trocou por essa mulher com cara de nojo?

Ele fica passando a mão na bunda dela, noto, enojada. Esse comportamento é adequado para um corredor de pizza congelada? Gostaria de fazer uma queixa no Departamento de Atendimento ao Cliente. Gostaria de ver um segurança se aproximar dele e dizer a ele que parasse de ser tão nojento.

Eu deveria continuar fazendo as minhas compras, sei que deveria — mas, de alguma forma, não consigo sair de perto desse casal horrível. Quando eles vão para o corredor de leite, sigo logo atrás, mantendo certa distância, reparando na forma como ela escolhe iogurtes de baixa caloria e mostra para ele, que passa a mão na bunda dela de novo. O relacionamento inteiro deles parece se basear nessa passada de mão na bunda. Bem, espero que ele tenha a síndrome do túnel do carpo.

Meu corpo inteiro está tremendo de indignação. (Para ser completamente sincera, isso também tem um pouco a ver com a raiva que estou sentindo de Craig.) Quero puni-

-lo por ser tão vil. Embora aquilo não tenha nada a ver comigo, e eu devesse estar procurando um peru vegano, como eu poderia puni-lo?

Eu simplesmente deveria deixar aquilo para lá, repito a mim mesma várias vezes. Eu deveria parar com essa ideia de ser a Fada Natalina da Vingança. Mas simplesmente não consigo parar de seguir os dois, tentando pensar em alguma coisa que eu possa fazer.

Então, enquanto estou andando discretamente pelo corredor de carne pré-cozida, vejo um colete oficial de funcionários do supermercado pendurado em uma caixa. É verde, tem uma logomarca, e ninguém parece estar precisando dele agora. Fico olhando para ele, até uma ideia se formar na minha mente. O tipo de ideia que faz você pensar, "*Oi?*" E, então: "*Nãããão. Não posso fazer isso.*" E, logo depois: "*Claaaaro que posso!*"

Visto o colete e me sinto invisível na hora. Não sou mais a Becky, sou uma funcionária anônima da loja. Largo meu carrinho em um canto e passo por Damian, só para ter certeza de que é ele — mas ele não me reconhece. Mesmo que nossos filhos estudem juntos na escola, ele não me reconhece. É claro que não. Ele é um desses caras que vivem em uma bolha na qual ele é um ator principal e as outras pessoas são só coadjuvantes.

O que é ótimo para mim.

Vou até a seção de artigos de papelaria para compor o figurino. Prancheta, bloco, óculos de leitura para melhorar o disfarce. Tenho um crachá antigo que guardo na bolsa para Minnie brincar. É de um parquinho, mas eu o coloco e o viro ao contrário — depois, prendo o cabelo em um coque, usando um elástico.

Então, antes que eu perca a coragem, abordo Damian com um sorriso amigável e a caneta encostada na prancheta.

— Olá, senhor — cumprimento Damian em um tom doce e melodioso. — Tudo bem na loja hoje?

— Tudo bem — responde ele, mal olhando para mim.

— Estou aqui para fazer uma avaliação das nossas instalações para os idosos — continuo. — O senhor está conseguindo encontrar tudo o que precisa ou está tendo alguma dificuldade que gostaria de relatar?

— O quê? — Damian franze a testa, confuso.

— Nós entendemos os desafios que as pessoas na sua faixa etária enfrentam — continuo, com voz agradável e calma. — Estamos aqui para ajudar com questões de mobilidade, como placas maiores para quem tem dificuldade de leitura, alto-falantes mais potentes... O senhor encontrou tudo que procura?

A sra. Cara de Nojo de repente solta uma gargalhada.

— Eu não sou *idoso* — declara ele, lívido.

— É claro que não! O senhor está em uma "faixa etária desafiadora", foi isso que eu quis dizer. Eu compreendo que seja um assunto delicado...

— Eu tenho só 54 anos! — exclama Damian. — Só 54!

— Como eu digo, nós *queremos* ajudar a sua geração a ter uma experiência prazerosa de compras e que atenda todas as suas necessidades. — Olho para a sra. Cara de Nojo e acrescento, alegre: — Ah, essa é a sua cuidadora? Você tem algum comentário ou sugestão? Ele me parece um idoso adorável, não é?

— Cuidadora? — Damian está furioso. — *Cuidadora?* Posso falar com o seu superior? Qual é o seu nome? — Ele estende a mão para pegar meu crachá, *e* eu rapidamente me afasto.

— Sinto muito, senhor. Percebo que o senhor não quer participar do nosso estudo, então, vou deixá-lo em paz. — Só gostaria de dar mais *uma* informação — acrescento, em tom prestativo. — A seção de artigos para incontinência está em promoção, se o senhor se interessar.

Antes que ele tenha tempo de respirar, viro o corredor, tiro o colete, solto o cabelo, largo os óculos e corro até onde deixei meu carrinho. Quando vejo Damian e a sra. Cara de Nojo aparecendo do outro lado, estou empurrando meu carrinho e olho para o outro lado.

— Ah, até que foi engraçado, querido — diz a sra. Cara de Nojo em tom conciliatório. — Acho que ela não fez por mal. — Sinto vontade de rir. Não foi só engraçado, foi hilário, *e* eu *gostaria* que Steph tivesse visto.

Caminho rapidamente pelos corredores da loja toda, mas não consigo achar nenhum peru vegano e não quero deixar de encontrar Steph. Assim que tenho certeza de que Damian e a sra. Cara de Nojo foram embora, pago as minhas compras, vou para a lanchonete e aceno para Steph enquanto estou na fila para comprar uma xícara de chá.

— Oi! Becky! — O rosto dela se ilumina, e ela acena para mim. — Vem se sentar comigo.

Vou até a mesa de Steph e fico aliviada por ver que ela parece bem mais animada do que antes.

— Compras de Natal? — pergunto, apontando para as sacolas, e ela faz uma careta.

— Mais ou menos. Seremos só eu e Harvey, e ele não é muito fã de peru. E eu não vou assar um peru inteiro só pra mim, então... — Ela dá de ombros. — Vamos comer salsicha.

— Legal! — digo, embora eu sinta um aperto no peito ao pensar em Steph e Harvey passando o Natal sozinhos. — Mas você não pode passar o Natal com a sua família? — arrisco.

— É muito longe. Minha mãe mora em Leeds. E o trabalho está uma loucura hoje. Vou ter que ir até lá, embora hoje, supostamente, seja meu dia de folga.

— No sábado? — Faço uma careta.

— Pois é — diz ela, resignada. — Só dei um pulinho aqui pra fazer compras. O Harvey está com uma babá hoje.

— Você já contou pra sua mãe sobre o Damian? — pergunto, mesmo sabendo que isso realmente não é da minha conta.

— Ainda não — confessa ela, depois de uma pausa, e mordo o lábio. Porque não cabe a mim dizer o que Steph deve fazer. Mas é Natal. E a família dela nem sabe que ela está sozinha.

— Se eu fosse a sua mãe, eu ia querer saber — arrisco, e vejo alguma coisa passar no rosto de Steph, então começo a ficar preocupada, achando que ultrapassei os limites. Resolvo acrescentar rapidamente: — Foi o Damian que eu vi ainda há pouco?

— Foi. — A expressão dela fica triste. — Com *ela*.

—Achei ela bem feia — digo em tom sério, e Steph cai na gargalhada.

—Becky, você está enganada.

—Não estou. Ela é nojenta.

—Ela deve ter uns 23 anos e é linda. Você viu o cabelo dela? Você viu a *bunda* dela?

Eu quero dizer "Não, a mão gorda de Damian estava no caminho", mas achei que esse comentário não ajudaria em nada. Em vez disso, decido mudar de assunto.

—Harvey estava *incrível* na peça de Natal — digo. — O sorriso dele é tão lindo.

—Ah, é mesmo? — Vejo um ar de melancolia no rosto de Steph. — Não deu para eu ir. Estou trabalhando tanto ultimamente. Mas vai ter um DVD, não vai?

Fico olhando para ela, chocada. Ela nem foi à peça. E lá estava eu, sentindo pena de mim mesma só porque não vi Minnie na fantasia que fiz para ela.

—Steph, o que você vai fazer amanhã? — pergunto, por impulso. — Você e o Harvey gostariam de participar da minha festa de biscoito de gengibre?

—Sério? — O rosto dela se ilumina. — Nós adoraríamos!

—Ótimo! — digo. — Vou mandar uma mensagem com os detalhes. Todo mundo vai usar suéter de Natal e nós vamos fazer casinhas de biscoito e... Bem, é isso.

—É uma tradição da sua família?

—Não exatamente. É... uma nova tradição.

—É muito gentil da sua parte nos incluir. — Steph de repente pega minha mão por cima da mesa de plástico.

— Muito obrigada, Becky. Por tudo. Devo levar alguma coisa amanhã?

— Nada — respondo. — Só vocês.

Steph nega com a cabeça.

— As pessoas sempre dizem isso, mas deve haver alguma coisa. O que você mais deseja nesse momento? E *não* vale dizer "paz mundial".

— Um peru vegano — respondo com sinceridade. — Se você tiver um, vou ser supergrata.

Steph olha para mim, surpresa.

— Você é vegana?

— Não, mas minha irmã é — explico. — E eu encomendei um peru vegano. Mas eles cancelaram, então, eu pensei em fazer um... — Conto toda a história e, quando chego à parte dos rolos, Steph está rindo tanto que o chá sai pelo nariz dela.

— Por que você está fazendo isso? — pergunta ela. — Por que você não serve o risoto como a mulher sugeriu?! Facilita as coisas.

— Eu não quero facilitar — respondo com teimosia. — Eu quero servir peru vegano.

— Bem, então, faça um com... — Steph começou a olhar em volta. — Com o que você pode fazer um peru?

— Exatamente! Esse é o problema! Tentei fazer com cogumelos e papelão e não deu certo.

Ficamos em silêncio e, então, Steph de repente exclama:

— Espera um pouco! — Ela pega um pacote de rosquinhas na sacola, olha e aponta, triunfante. — Sabia. Essas rosquinhas são veganas. Use essas rosquinhas pra fazer o peru!

Sigo o olhar dela e vejo um adesivo "NOVA RECEITA — TOTALMENTE VEGANA!"

— Rosquinha? — pergunto, confusa. — Não posso fazer um peru vegano com rosquinha.

— Por que não? Qual é o problema das rosquinhas? Todo mundo ama rosquinha. — Steph começa a rir, e isso me faz rir também. Um momento depois, estamos rindo histericamente.

— Tá legal. Vou fazer — digo por fim, ainda rindo. — Vou fazer. Por que não?

— E eu vou ajudar — diz Steph. O rosto dela está corado, e ela parece mais positiva do que eu já a vi em muito tempo. — Vou chegar mais cedo amanhã levando as rosquinhas, e a gente vai fazer o melhor peru vegano que você já viu.

DEZENOVE

Estou me sentindo bem leve enquanto espero a chegada de Steph amanhã de manhã. A casa está supernatalina. O pisca-pisca da árvore está piscando, minhas guirlandas estão no lugar e pendurei a *piñata* na sala de estar.

Também estou usando uma roupa fabulosa de Mamãe Noel que vi no supermercado ontem. É vermelha vibrante com pelinhos brancos e tem até uma capa com um bolso maravilhoso para o celular. Minnie também está *adorável* com seu suéter de Natal, todo decorado com lacinhos de cetim como se fossem presentes.

— Você é um *presente* — digo enquanto a abraço, mas ela se solta e pergunta:

— Losquinhas?

Tá legal, foi um erro contar para Minnie sobre o peru de rosquinhas. Ela acordou às cinco da manhã e correu para o nosso quarto gritando "LOSQUINHAS? Cadê as LOSQUINHAS?"

— Já vão chegar! — respondo. — O Harvey e a mãe dele vão aparecer mais tarde.

A campainha toca nesse exato momento, e lá estão eles, ambos com suéteres festivos e sorrisos felizes — e, olha, aquilo é um *floco de neve*?

— Eu sei! — exclama Steph, seguindo meu olhar animado. — Neve! Bem... um tantinho — corrige ela. — Eu vi uns cinco flocos de neve.

— Cinco é melhor que nada! — digo. — Olha, Minnie, neve! Neve no Natal!

As duas crianças olham para o céu e todos esperamos com expectativa... Mas parece que o céu simplesmente parou.

— Talvez a neve chegue mais tarde — digo por fim. — Vocês podem ir brincar.

— Que fantasia legal, Mamãe Noel! — elogia Steph, enquanto entramos.

— O quê? Essa roupa velha? — Sorrindo, aliso meu vestido vermelho. — Sabe, eu só peguei a primeira coisa que vi no armário.

Começo a preparar um café para Steph enquanto ela abre o que parecem ser centenas de pacotes de rosquinha. Ela também trouxe espetos de madeira e palitos de dente para conseguirmos montar o peru.

— Feliz Natal — deseja ela, brindando com a xícara de café. — Vamos fazer um peru perfeito!

Enquanto Minnie e Harvey correm pela casa, brincando de pique-esconde, Steph e eu começamos nossa construção de rosquinha, e percebo que essa é uma atividade incrivelmente meditativa e terapêutica. Depois de usarmos umas quarenta rosquinhas, damos um passo para trás para avaliar nosso trabalho.

— Está muito bom — comento, tentando ser positiva.

— Só que não parece *muito* um peru.

Na verdade, não se parece em nada com um peru. Poderia ser o Coelhinho da Páscoa ou o Everest.

— *Ainda* não parece um peru — corrige Steph. — Mas a gente ainda não começou a fazer os últimos retoques. Você tem massinha de modelar?

Em dez minutos, Steph confiscou toda a massinha da Minnie e colocou as duas crianças para trabalhar, abrindo a massa e fazendo as formas na mesa. Ela começa a colocar asas laranja no peru de rosquinha. Depois as patas traseiras. E, em seguida, olhos enormes e esbugalhados.

— Minha nossa! — exclamo, olhando com um misto de horror e admiração. — O peru está olhando para mim.

— E um bico... — diz Steph, colocando cuidadosamente um bico de massinha vermelha. — Prontinho. Eis o peru vegano!

Sou obrigada a admitir: estou realmente diante de um peru. Ou, pelo menos, de um pássaro. Um pássaro assustador e estranho feito de rosquinha e massinha de modelar que provavelmente vai me causar pesadelos pelo resto da minha vida.

— Conseguimos! — digo, e levanto a mão para dar um *high five* com Steph. — Você pode até mudar de carreira se quiser.

— Fornecedora de perus veganos — responde Steph, fazendo que sim com a cabeça. — Acho que eu me sairia muito bem.

O rosto dela está corado e tem um pedaço de massinha na bochecha. Parece estar se divertindo muito.

— Que nome vamos dar pra ele, crianças? — pergunta ela.

— Peppa Pig — sugere Harvey, o que me faz cair na gargalhada.

— Esse vai ser o seu único peru de Natal? — pergunta Steph, parecendo um pouco preocupada. — Ou você tem um peru de verdade também.

— A gente vai ter um de verdade também. Ainda não entregaram. Mas a entrega está marcada pras cinco.

E, se eles o substituírem por trinta potes de pasta de peru, acrescento mentalmente, eu vou matar alguém.

Tiro o peru com cuidado da bancada e o cubro com uma caixa de papelão para nenhum convidado ver. Então começo a arrumar os kits de biscoito de gengibre na mesa da cozinha. Vejo os estranhos flocos de neve pela janela e, de repente, sinto como se *realmente* estivesse em um filme de Natal. Que Deus abençoe a todos! E tudo mais. Meus convidados vão sentir a mesma coisa, certo?

Ainda temos alguns minutos antes de todo mundo começar a chegar, então preparo mais café e coloco algumas das rosquinhas que sobraram em um prato. Depois, me junto a Steph na sala de estar enquanto Harvey e Minnie começam a brincar com os caminhões pelo corredor.

— Então deixa eu dizer quem está vindo hoje — começo. — Tem a Suze e o Tarkie e os três filhos, que você já conhece. Os meus pais e os vizinhos deles, a Janice e o Martin. E a minha irmã, Jess, e o marido dela, o Tom, se ele conseguir chegar do Chile. Ele é filho da Janice e do

Martin — acrescento. — Foi assim que a Jess e o Tom se conheceram.

— Uau — comenta Steph depois de ouvir tudo isso. — Então vocês são um grupo bem unido.

— Acho que sim.

— Uma mesa grande e cheia no Natal. — Ela abre um sorriso.

— Vai ser. — Faço que sim com a cabeça e me viro impulsivamente para ela. — Steph, por favor, vem também. Você e o Harvey. Venham passar o Natal aqui. Tem lugar para todo mundo e todos nós...

Paro de falar quando Steph meneia a cabeça, sorrindo.

— Becky, você é um doce de pessoa. E eu fico muito feliz com o convite... mas eu estou bem. — O rosto dela fica radiante de repente. — Os meus pais e a minha irmã vão vir. Eles chegam hoje mais tarde. Estão trazendo um peru. E vamos passar o Natal juntos.

— O quê? — Olho para ela, bastante feliz. — Isso é maravilhoso!

— Eu sei. — Steph para de falar, depois diz um pouco mais baixo: — Eu contei para eles sobre o Damian. Depois do que você disse ontem. Eu fui para casa e liguei direto para a minha mãe e... — Os olhos de Steph ficaram marejados e ela parou de falar por um tempo. — Não sei por que não contei antes — diz ela, por fim. — Foi burrice.

— Você não falou porque é difícil — digo, compreensiva.

— Contar os problemas pra família é muito difícil.

— É o mais difícil — concorda. — Você simplesmente não quer admitir. Eu ficava pensando: "Se eu não disser em voz alta, talvez não seja verdade."

— Ah, Steph. — Mordo meu lábio.

— Mas, no momento em que botei tudo pra fora, eu me senti melhor. Mais *forte*. — Steph toma um gole de café. — De qualquer forma, vamos nos reunir amanhã. Mas estou muito feliz de conhecer a sua família hoje. Eles parecem ótimos.

— E são mesmo — respondo um pouco distraída, porque as palavras de Steph me fizeram pensar.

Ela desabafou comigo e agora eu quero desabafar com ela.

— Sabe a minha irmã Jess? — começo com cuidado.

— A vegana? Acho que ela está com alguns problemas no casamento também. Mas ela não comenta nada. É uma pessoa muito discreta que guarda tudo pra si mesma. É muito difícil, e tudo o que quero é ajudar ela.

— Seja paciente — aconselha Steph, assentindo. — Se ela for minimamente parecida comigo, talvez esteja se sentindo muito vulnerável. Eu senti muita vergonha quando o Damian foi embora.

— *Vergonha?* — pergunto, chocada. — Steph, é *ele* que tem que ficar envergonhado, não você!

— Eu sei. — Ela sorri, constrangida. — Não é uma coisa racional. Mas todo mundo quer que as coisas deem certo, não é? E você se culpa quando não dão. Sinto muito pela sua irmã — acrescenta. — É muito difícil.

— Eu sei. Então, na verdade, eu estava pensando... talvez, se você tiver a oportunidade, enquanto estiverem fazendo as casinhas de biscoito de gengibre, você poderia conversar com ela. De um jeito bem, bem discreto.

— Claro — responde Steph. — Eu não tenho nenhuma resposta, mas com certeza eu vou entender os problemas. Que horas eles vão chegar?

— Ah — digo, olhando para o relógio. — Na verdade, já devem estar chegando.

Meu celular vibra bem na hora que vou pegá-lo para ver se perdi alguma mensagem. Tiro o telefone do bolso e vejo uma mensagem de Jess.

Querida Becky,
Me desculpa, mas não vou poder ir nem hoje nem amanhã por motivos pessoais. Me desculpa se você teve muito trabalho.

Feliz Natal
Jess (e Tom)

Como assim?

Ela... *Como assim?*

Mal consigo respirar, tamanha minha descrença. Eu passei a manhã inteira fazendo um peru vegano para Jess... e ela não vem? Ela *não vem?*

— Becky! — exclama Steph, assustada. — O que houve? Tá tudo bem?

— Na verdade, não — digo, tentando sorrir, mas sem conseguir. — Não. Eu não estou nada bem. Sabe a minha irmã Jess, que acabei de mencionar? Para quem a gente fez o peru vegano? Bem, ela acabou de dizer que não vem. Nem hoje nem amanhã. Sem aviso. Sem um bom motivo. Apenas "motivos pessoais".

Steph leva uma das mãos à boca e fica em silêncio por um tempo.

— Ela costuma fazer esse tipo de coisa? — pergunta.

— Não! Ela sempre cumpre os compromissos. Dá para contar com ela pra qualquer coisa! Pra qualquer coisa. Ela nunca decepciona as pessoas.

— Certo. — Percebo que Steph está pensando muito e, por fim, ela olha para mim. — Ela está sofrendo. É isso o que eu acho. Ela não vai conseguir encarar todo mundo. É difícil demais, é doloroso demais. Por isso ela está tentando evitar se encontrar com vocês.

— Ai, meu Deus — digo, chocada. — E o que eu faço? Eu devo ir até lá agora mesmo?

— Isso pode assustar ela — responde Steph, num tom de advertência. — Ela precisa estar pronta pra falar sobre o assunto; caso contrário, ela vai se fechar ainda mais.

— Mas ela não pode passar o Natal *sozinha*! — exclamo, consternada, quando meu telefone toca.

— É ela? — pergunta Steph, mas faço que não com a cabeça.

— É a minha mãe. Será que ela sabe?

Então atendo rapidamente.

— Alô, mãe. Você já está vindo? Olha só, eu acabei de receber essa mensagem estranha da Jess...

— Ah, querida — interrompe-me minha mãe antes que eu possa continuar. — O seu pai e eu estamos muito mal. A gente pegou uma doença horrível e não vai poder ir.

— Ah. — Fui totalmente pega de surpresa. — Bem... mas vocês já vão ter melhorado amanhã?

— Acho que não, querida — diz minha mãe, com voz triste. — A gente não quer passar nenhuma doença pras crianças. Mas tenho certeza de que o seu dia vai ser maravilhoso. A gente entrega os presentes outro dia.

Fico olhando para o telefone, sem saber o que responder. Outro dia? Mas o Natal é *amanhã*. Já estamos com tudo pronto. Eu comprei os bombons da Quality Street e o *Radio Times* e tudo mais.

Meus lábios tremem. Mas não quero que minha mãe perceba como estou decepcionada. Não é justo considerando que ela está doente.

— Tá — digo no tom mais animado que consigo. — Bom, é uma pena, mas o importante é que vocês melhorem logo. Então descansem. Manda um beijo para o papai. Bebam bastante água...

— Pode deixar, filha — diz minha mãe. — Tenho certeza de que o seu dia vai ser maravilhoso amanhã.

— Mãe, sobre isso — começo —, eu acabei de receber uma mensagem da Jess e ela também não vem...

— Querida, é melhor eu ir agora. — Minha mãe me interrompe antes que eu possa dizer qualquer outra coisa. — Sinto *muito* por não poder ir, querida, mas feliz Natal.

Antes que eu tenha a chance de dizer qualquer outra coisa, ela desliga, e fico olhando para o nada, completamente confusa. Por que ela precisava desligar tão rápido?

— Becky? — pergunta Steph depois de alguns segundos. — Becky, fala comigo. O que aconteceu?

— Era a minha mãe — respondo, tentando me concentrar. — Ela também não vem amanhã. Está doente. O meu pai também.

— Ah, *não!* — Steph parece horrorizada. — Que azar.

— Pois é.

Meu telefone vibra com outra mensagem e olho para ver se é de Jess — mas é de Janice.

Querida Becky, sinto muito por avisar tão em cima da hora, mas Martin e eu decidimos passar um Natal em casa, só nós dois. Mas espero que você tenha um ótimo dia. Bj, Janice.

Fico encarando as palavras e sinto a cabeça girar. Não consigo entender. O que está acontecendo?

— O que foi agora? — pergunta Steph. — Becky, você parece péssima!

— Eu estou me sentindo *péssima.* — Engulo em seco. — Está todo mundo desistindo de vir passar o Natal aqui. E estão me avisando na véspera! Sem nenhum motivo.

— Ah, Becky. — Steph parece consternada. — Depois de todo o trabalho que você teve. Talvez você possa... remarcar? Fazer um almoço quando todos estiverem se sentindo melhor.

— Você não entende — retruco, desesperada. — Por que eles desistiram?

— Bem — começa Steph com cautela —, os seus pais estão doentes... a gente está achando que a sua irmã está passando por um problema pessoal...

— E quanto a Janice?

— Eu não conheço a Janice. — Ela faz uma careta. — Sinto muito.

—Será que todo mundo acha que eu não consigo organizar o Natal?

—O quê? — Steph olha para mim. — Não seja ridícula.

—A Suze achava que eu não ia conseguir — digo, sem ouvi-la. — Ela disse que talvez o Natal devesse ser transferido pra casa dela. E se ela disse pra todo mundo que o Natal aqui em casa vai ser horrível?

—Becky! — Steph parece estarrecida. — Você está sendo paranoica. Pessoas ficam doentes. Cancelam compromissos. Essas coisas acontecem.

—Mas as pessoas não fazem isso com cinco minutos de diferença — digo, levantando a voz de nervosismo. — Esse tipo de coisa não acontece! Não é estatisticamente possível. Não é *estatisticamente* possível.

Percebo que Steph está tentando pensar em algum argumento, mas parece desistir.

—A Suze vai cancelar também — comento, com tristeza. — Eu sei que vai.

—Você está louca — declara Steph com firmeza. — É claro que não vai. Isso não é uma conspiração secreta. Foi só azar mesmo. Você tem um grupo maravilhoso de familiares e amigos, e eles todos parecem bastante amorosos e participativos...

—Eles não são amorosos! — admito, consternada. — Eles estão no meio de uma briga. Todo mundo está se desentendendo. Foi por isso que eu quis fazer essa festa do biscoito de gengibre, pra tentar fazer com que fizessem as pazes.

—Ah, tá — comenta Steph. — Eu não sabia disso.

— Talvez seja *por isso* que está todo mundo cancelando.

— Sinto uma nova onda de sofrimento. — Eles não conseguem encarar a ideia de se sentarem à mesma mesa. Mas será que não entendem? Eu estou só tentando ajudar todo mundo a fazer as pazes.

Meu telefone toca e nós duas nos sobressaltamos. E, mesmo que eu já estivesse esperando por isso, sinto um nó na garganta quando vejo o nome de Suze no identificador de chamadas.

— Atende — diz ela, ansiosa. — Talvez não seja nada de mais.

Deixo o telefone tocar mais duas vezes, enquanto tento me recompor. Então atendo com um tom de voz alto e falso:

— Alô, Suze! Você já está vindo pra festa do biscoito de gengibre?

— Ah, oi, Bex — responde Suze, parecendo constrangida e falsa também. — Me desculpa, eu não tenho certeza se a gente vai conseguir. Eu tive que comprar um presente de última hora e é urgente.

Eu estava certa.

Meu peito começou a doer. Eu não tinha percebido o quanto estava esperando não estar certa.

— Sem problemas — respondo automaticamente. — Não tem problema. Era só uma... você sabe. Não tem problema nenhum.

— E, hum... quanto a amanhã... — Suze parece muito desconfortável, como se estivesse se equilibrando em uma perna só e se contorcendo sobre ela, que é exatamente o que deve estar fazendo. — Sobre o Natal... O Tarkie decidiu de uma hora pra outra que quer passar o Natal com o tio Rufus. Me desculpa por estar avisando tão de última hora, Bex, mas... Você não se importa, né?

E agora não tinha mais ninguém.

Meu peito começa a doer ainda mais e meus olhos estão quentes, mas consigo manter a compostura.

— Tá. — Engulo em seco. — Não, *é claro* que não. É claro que eu não me importo. Você deve ir! Divirta-se!

— Você não se importa mesmo? — pergunta ela, ansiosa.

— Claro que não — digo com voz aguda. — Na verdade, é um alívio. Você está certa, receber pessoas para o Natal é estressante pra caramba. Então, agora...

— Exatamente — concorda Suze, parecendo aliviada. — As coisas vão ficar *bem* mais fáceis pra você.

Ela achava que eu não era capaz de fazer isso. Percebo isso pelo tom de voz dela. Suze acha que não sou capaz de receber as pessoas para o Natal. Duas lágrimas escorrem pelo meu rosto, mas tento ignorá-las.

— Claro! — exclamo, animada. — Vai ser ótimo! Então, tenha um ótimo dia com o tio Rufus e vamos nos falar... quando der. Feliz Natal. Manda um beijo pra todo mundo... Tchau!

Desligo o telefone e fico olhando para o nada, sentindo a cabeça latejar e sem conseguir falar.

Todo o meu Natal tinha acabado de se desintegrar no espaço de dez minutos.

VINTE

Steph se esforça. Ela me dá um abraço apertado. Diz que tudo aquilo era uma tremenda coincidência e que meus amigos e minha família me *amavam*, *é claro* que amavam. Ela conta uma história de um Natal desastroso quando seu tio ficou preso no País de Gales e isso me faz rir (um pouco).

Então recebemos uma notificação de que a escola disponibilizou o vídeo da peça de Natal no site e Steph logo sugere que a gente assista no iPad dela para nos distrairmos.

É uma distração. Um pouco, pelo menos. Mas também é um lembrete doloroso de tudo que o Natal deveria ser. Enquanto assisto àquelas crianças adoráveis cantando "Na manjedoura", começo a ficar emotiva. E isso me deixa bem perto da tristeza. E a tristeza me deixa bem perto de começar a chorar descontroladamente enquanto pergunto para os céus: "POR QUÊÊÊÊÊÊÊÊÊ?"

Enquanto isso, Steph está hipnotizada pela peça. Quando Minnie, Harvey e George entram para a parte dos Três Reis Magos, ela olha para Harvey, como se quisesse abraçá-lo.

— Ele foi incrível — digo quando os Três Reis Magos dão lugar a vários anjos.

— Todos eles foram! — comenta Steph. — E a Minnie estava tão engraçada! Vamos assistir de novo?

Voltamos o vídeo até a parte da entrada dos reis e, dessa vez, percebo que Steph está prestando atenção aos detalhes.

— Espera um pouco — diz ela, de repente. — Espera. — Steph aperta o pause e fica olhando para a tela. — Becky, você me disse que a fantasia que você me deu era a reserva.

— Ah — digo, pega de surpresa. — Sim, foi isso!

— Mas olha, a Minnie está usando uma echarpe que você prendeu no vestido — comenta Steph, semicerrando os olhos. — Enquanto isso, a fantasia do Harvey é uma verdadeira obra de arte. *Olha* esse bordado de paetês! — Ela se vira para mim, um pouco aflita. — Você deu a fantasia da Minnie pra mim, não deu?

— Não! — respondo prontamente. — Meu Deus! Eu... Não importa. As fantasias não são importantes. Foi uma peça linda! Vamos continuar assistindo. — Mas não sei se Steph me ouviu.

— Eu estava tão esgotada naquele dia. — Parece que ela está falando consigo mesma. — Eu nem parei pra *pensar*... Por que você teria uma fantasia reserva numa sacola? Não faz o menor sentido. Eu sou uma *idiota*. A Minnie devia ter usado aquela fantasia.

Como se estivesse lendo nossos pensamentos, Minnie ergue o olhar do jogo que estava jogando com Harvey, se levanta e vem ver o iPad.

— Essa é a *minha* fantasia — diz ela com ênfase deliberada e apontando para a imagem congelada de Harvey. — A miiiiiiiinha fantasia. A gente deu *plo* Harvey.

Sério? Me lembre de nunca tentar fugir de nazistas com a Minnie por perto. Olho para Steph e dou de ombros.

— Eu sei que você deu — responde Steph para Minnie.

— E nós dois somos muito gratos, não é, Harvey? Porque a sua mãe se esforçou muito pra fazer essa fantasia, não é? Foi ela que costurou pra você, não foi?

Minnie pensa um pouco e depois faz que não com a cabeça.

— A minha mãe me *fulou*. Com o alfinete. E eu disse: "Ai!"

— Ai! — repete Harvey.

— Ai! Espetou! — grita Minnie, fazendo cara de sapeca, enquanto cutuca Harvey com o dedo. — Espeta! Espeta!

Minha filha adora fazer um drama. Um alfinete encostou nela bem de leve uma vez quando eu estava fazendo uns ajustes enquanto ela experimentava. *Encostou.*

Ainda gritando:

— Espeta! Espeta! — Minnie e Harvey começam a correr pela sala e Steph dá um suspiro profundo.

— Becky, eu nem sei o que dizer — declara ela com voz trêmula.

Quando olho para Steph, vejo, consternada, que seus olhos estão marejados. Não. Não. Ela não pode começar a chorar. Se ela fizer isso, eu vou desmoronar e me descontrolar.

— Não foi nada de mais — digo rapidamente. — Esquece isso.

— Foi uma coisa *maravilhosa*. Uma das coisas mais generosas que alguém já fez por mim.

— Bem — respondo, olhando fixamente para a janela —, acho que qualquer um teria feito o mesmo. Então...

— Você não merece isso. — Steph parece comovida. — Você não merece isso *mesmo*. — O celular dela vibra indicando a chegada de uma mensagem, e Steph olha soltando um muxoxo, então faz uma careta. — Ai, meu Deus. Minha família acabou de chegar. Chegaram mais cedo. Estão na porta da minha casa. Mas eu não quero deixar você aqui.

— Você tem que ir! — respondo na hora. — Vai! Tenha um Natal maravilhoso.

— Você não quer ligar pra alguém? Tipo... — Ela para de falar, sem saber como continuar, e sei no que está pensando. Para quem eu poderia ligar? Para meus amigos mais próximos e minha família? Sinto uma nova onda de sofrimento, mas me forço a sorrir.

— Está tudo bem. O Luke já está voltando. Ele logo vai estar aqui. Steph, você precisa ir ver a sua família. Divirta-se!

Steph me lança um último olhar indeciso, mas finalmente pega Harvey pela mão. Consigo perceber a empolgação na voz dela quando diz:

— Filho, a vovó chegou! Está lá em casa!

Depois de um abraço apertado, ela vai embora e ficamos só Minnie e eu, esperando por Luke. Coloco *The Snowman* e me aninho junto da minha filha no sofá, tentando me aconchegar. Mas sinto a cabeça pesada e o corpo quente.

De repente, vejo o livro do Grinch da Minnie no chão e o pego, ouvindo a voz de Luke na minha cabeça. *Não importa o que Grinch roube... não é o Natal.* Vou passando as páginas até chegar na que todos os personagens estão de mãos dadas, cantando. A página que representa a felicidade. A união. O espírito natalino. Fico olhando para o desenho até minha vista ficar embaçada e as palavras se embaralharem e minha cabeça ficar mais pesada do que nunca.

Tenho presentes e a casa está toda decorada, e tem até um peru vegano. Mas não tenho amigos e família. Não tenho a única coisa que importa no Natal.

E não consigo mais fingir. Baixo a cabeça e começo a chorar em silêncio, com a cabeça apoiada nos joelhos, para Minnie não perceber que tem alguma coisa errada.

Como o primeiro Natal que organizei aqui em casa pode ter dado tão errado? Onde foi que eu errei?

Meus ombros estão tremendo, meu nariz, escorrendo, e meus olhos estão fechados... E, quando ouço a voz do Luke, acho que estou sonhando.

— Becky? — Sinto os braços dele me envolverem. — Becky! Minha nossa, o que foi que aconteceu?

— Ah. Oi. — Logo levanto a cabeça e esfrego o rosto. — Está tudo bem. Sabe, é só que... hum... Ninguém mais vem pro Natal. Todo mundo cancelou de última hora e eu fiquei um pouco chateada. Mas vai ficar tudo bem.

— Cancelou? — Luke fica me encarando sem entender.

— É. Desistiram de vir.

— Quem cancelou?

— Todo mundo. A minha mãe, o meu pai, a Janice, a Suze... a Jess...

Por um momento, Luke parece incapaz de falar. Então ele diz com a voz formal que usa na frente da Minnie.

— Becky, você pode vir até a cozinha por um momento?

Eu o sigo até a cozinha e fechamos a porta. Luke se vira para mim.

— Que porra é essa? Que *porra* é essa? Começa do começo. O que foi que aconteceu?

— Bem, primeiro a Jess mandou uma mensagem dizendo que não vem por questões pessoais. Logo depois, a minha mãe ligou dizendo que ela e o papai estão doentes. E a Janice disse que decidiu passar um Natal tranquilo em casa com o Martin, e a Suze avisou que vai passar o Natal na casa do tio do Tarkie.

— Isso é inacreditável — comenta Luke em tom baixo e sombrio. — *Inacreditável.* — Ele ficou pálido. Não costumo ver meu marido ficar lívido. — As pessoas não desmarcam um compromisso de Natal na véspera do Natal. Ninguém pode tratar alguém assim.

— Se eles não querem vir, é escolha deles — respondo, arrasada.

— Porra nenhuma! — explode Luke. — Eles têm que se explicar. Eu não aceito isso, Becky. Não aceito *mesmo*. Você se dedicou muito pra organizar um dia perfeito pra eles e eu *não* vou aceitar que tratem você desse jeito.

— Você também ajudou — digo para ser justa. Mas Luke nega com a cabeça.

— Mas eu não assumi as coisas como você fez. É o seu Natal. A sua criação. A sua dedicação e você *não* merece isso.

Ele já está pegando o celular e ligando. Depois de um tempo, franze a testa e diz:

— Caixa postal... Oi, Jane, aqui é o Luke. Eu agradeceria se você retornasse a ligação.

Ele deixa a mesma mensagem para Suze, Janice e Jess, então guarda o celular, de cara feia. A cozinha parece muito fria de repente. Nem um pouco natalina.

— Quer café? — pergunta Luke por fim. — Ou uma bebida?

Balanço a cabeça, sentindo-me apática. Luke assente e coloca a chaleira no fogo. Ao fazer isso, ele olha para a caixa de papelão. Levanta-a e se encolhe ao ver o peru de rosquinhas.

— Meu Deus. O que é *isso*?

— Um peru vegano — respondo, desanimada. — Ele se chama Peppa Pig.

— Certo.

Vejo que Luke está tentando processar essa informação, mas desiste e coloca a caixa no lugar. Ele faz uma xícara de café e fica mexendo, devagar.

— Então você não falou com nenhum deles? Me conta tudo de novo.

— Eu falei com a Suze e com a minha mãe. A Suze estava muito esquisita. Não parecia ela mesma, sabe? Luke, eu tenho certeza de que aconteceu alguma coisa. Eu sei que parece paranoia, mas eu acho que aconteceu mesmo. Eles entraram em contato comigo num espaço de dez minutos. Foi como um... ataque coordenado.

Luke suspira. Seu olhar está distante. A raiva passou e agora ele está com a testa franzida, concentrado.

— Mas o que poderia fazer todo mundo cancelar de última hora?

— Sei lá! — Levanto os braços, impotente. — Já pensei muito, muito sobre isso. Será que ainda é por causa da Flo? Ou por causa de alguma outra briga? Será que eles têm um grupo secreto de WhatsApp que eu não estou? Sinto que todo mundo sabe alguma coisa que eu não sei — concluo, desesperada. — É como eu estou me sentindo. E ninguém me diz o que é.

Luke toma um gole de café em silêncio, olha nos meus olhos e diz:

— Tá legal, então. Quem é a pessoa mais direta da sua família?

— A Jess — respondo sem hesitar.

— Exatamente. A Jess. A gente vai arrancar a verdade dela. — Ele pega o telefone e liga de novo. — Caixa postal. Qual é o número do fixo.

— É o da casa dos meus pais. Da casa de Oxshott.

— Claro. — Ele liga de novo e aguarda. Depois diz: — Está dando ocupado. Ela está em casa. — Ele vai até a porta da cozinha e grita: — Minnie! Filha! Calça o sapato e coloca o casaco... A gente vai ver a Jess agora mesmo — diz ele para mim, decidido. — E a gente não vai sair de lá até ela contar o que está acontecendo.

Leva meia hora para chegarmos a Oxshott e, conforme nos aproximamos, sinto um nó na garganta. Estou esperando o pior. Mas o que é o pior?

Todo mundo celebrando o Natal junto, sem nós, porque começaram a nos odiar de repente. Não, eles sempre nos odiaram. Nossa vida toda foi uma mentira, um engodo. Ai, meu Deus, não pode ser isso. Para ser sincera, sinto-me um pouco descontrolada.

Quando chegamos, descemos do carro em silêncio e caminhamos até a porta. Luke toca a campainha. Estou rezando em segredo para ninguém abrir, mas, depois de um tempo, a porta se abre e Jess olha para nós.

— Oi. — Ela olha de mim para Luke e de Luke para mim. — Não esperava ver vocês por aqui.

— Não — responde Luke com voz firme. — Bem, a gente não esperava que todo mundo cancelasse o Natal na última hora. A gente pode entrar?

— Claro — responde Jess depois de uma pausa, fazendo um gesto para entrarmos.

A sala está exatamente igual. Até onde posso ver, Jess não colocou nada dela, a não ser por alguns livros de geologia na mesinha de centro e um tapete de ginástica enrolado no canto junto com halteres que parecem bem pesados. Todos nós nos sentamos no sofá e eu coloco *The Snowman* para Minnie no iPad. Então Luke olha para mim de forma encorajadora.

— Jess — começo —, eu sei que você disse que tinha motivos pessoais para não querer passar o Natal com a gente. E eu respeito esses motivos. Mas acho coincidência demais que todo mundo tenha cancelado o Natal ao mesmo tempo. — Minha voz treme. — A gente achou tudo muito estranho. E... e estamos magoados. Então eu gostaria de saber o motivo.

Ficamos em silêncio, e Jess olha para mim como se estivesse tentando interpretar a expressão no meu rosto.

— Você está chateada — comenta ela por fim.

— Sim! É claro que estou chateada!

— Você não está aliviada?

— Aliviada? — Fico boquiaberta. — O meu Natal inteiro foi arruinado. Por que eu estaria *aliviada*?

Ficamos em silêncio outra vez, enquanto o olhar de Jess vai de Luke para mim e de mim para Luke, como se estivesse tentando resolver alguma equação. Depois, ela franze a testa e diz:

— Luke, acho que o nosso plano não deu certo. Você precisa falar agora. Conta pra Becky o que você fez. Seja sincero.

— Luke? — questiono, sem entender. Olho para ele. — *Luke?*

— Eu não sei do que você está falando, Jess. — Ele parece perplexo. — O que foi que eu fiz?

— O seu e-mail — explica Jess de forma direta.

— Que e-mail?

— Para a Suze. Ela encaminhou para todo mundo. Todo mundo leu.

— Que e-mail para a Suze? — pergunta Luke ainda sem entender. — Do que você está *falando?* Eu não mandei e--mail nenhum. Eu estava fora do país. Eu cheguei em casa e encontrei a Becky devastada e isso é tudo o que eu sei. O que está acontecendo?

Mais silêncio, e Jess fica olhando de mim para Luke. Ela pega o celular e começa a mexer nele por um tempo, então entrega o aparelho para Luke.

— Não foi você que enviou esse e-mail?

Quando Luke olha para a tela, seus olhos se arregalam.

— Lukebrandonwork@LBC.com — diz ele, chocado. — Esse não é o meu e-mail, só pra começar. Que porra é essa?

Eu não estou olhando para o endereço do e-mail, estou lendo avidamente o texto.

Querida Suze,

Não sei como dizer isso, mas sou obrigado a pedir a vocês que desistam de passar o Natal com a gente e falem com a Becky com o máximo de tato possível. Por favor, inventem uma desculpa, qualquer desculpa. Becky está esgotada, nervosa e muito preocupada. Nós tínhamos planejado um Natal tranquilo, só nós três, até todo mundo começar a se convidar para vir. Desde então, Becky está tão estressada que estou preocupado com ela, com todas as exigências que vocês fizeram e mensagens de WhatsApp. Ela só chora, está exausta e ofendida com todos vocês...

Ergo a cabeça, agitada, sentindo o rosto queimar. É isso que todo mundo está achando?

— Jess, eu não estou ofendida. Não estou exausta. Não sei o que é isso, mas não sou eu...

— Não fui eu que enviei esse e-mail. — Luke está irritado. — Eu *não* enviei esse monte de bobagens...

Continuo lendo até o fim.

Mas, acima de tudo, NÃO entrem em contato com a Becky nem deixem que ela saiba desse e-mail. Ela é muito orgulhosa e vai negar tudo, colocando em risco sua saúde. Pode crer em mim quando digo que Becky precisa que essa festa de Natal seja discretamente cancelada. Deixo nas mãos de vocês.

Atenciosamente,

Luke

Fico olhando para as palavras com o coração disparado. Tem alguma coisa ali... Alguma coisa que me faz lembrar...

Pode crer em mim quando digo... Pode crer em mim quando digo...

— Ai, meu Deus! — Olho para Luke. — Nadine! Foi a Nadine que mandou esse e-mail!

— Nadine? — Luke me encara, surpreso. — *Nadine?*

— Essa não é a sua nova amiga? — Jess franze a testa, parecendo confusa.

— Ela não é nossa amiga — explico, agitada. — Ela é nossa inimiga. Ela odeia a gente. E ela sabia. — Eu me viro para Luke. — Ela *sabia* que esse era um jeito de se vingar da gente. A gente conversou sobre o Natal, lembra? Ela sabia que eu estava estressada. — Começo a contar nos dedos. — Ela sabia que todo mundo tinha se convidado para o Natal. Ela sabia do grupo de WhatsApp. — Aponto para o e-mail. — As pessoas não costumam dizer "pode crer em mim quando digo". *E* ela gosta dessas coisas de tecnologia. Foi ela. Você não viu o jeito como ela olhou pra gente antes de ir embora? Ela quer se vingar.

— Meu Deus. — Luke ofega.

De repente me lembro da voz melosa de Nadine, naquela noite na casa dela: "*Você vai ter o seu Natal com a família e os amigos, Becky.*"

Ela sabia o quanto aquilo era importante para mim — e tentou tirar de mim. Nós a subestimamos.

— Ela é pior que o Grinch — digo com voz sombria. — Ela é muito mais cruel que o Grinch. O Grinch só roubou coisas. Ela roubou *pessoas*.

— Mas a gente não devia ter deixado isso acontecer! — exclama Jess, de repente parecendo angustiada. — Becky, mil desculpas...

— Então o que aconteceu? — Eu a interrompo, soando magoada. — Vocês leram esse e-mail e disseram: "Ah, tá legal, então, vamos cancelar?"

— Não! — responde Jess, parecendo chocada. — É claro que não. A gente conversou bastante sobre o assunto. Por dias. Mas, no fim, todo mundo concordou que devíamos desistir, usando desculpas diferentes pra você não desconfiar.

— Talvez tivesse sido melhor se todos não tivessem avisado pra Becky de uma vez — comenta Luke, secamente. — Isso meio que deixou óbvio que tinha uma coisa por trás disso.

— Mas por que você *acreditou* nisso? — pergunto, quase chorando.

— Porque pareceu... plausível — responde Jess, constrangida. — Você realmente estava meio estressada, Becky. Você pareceu meio perturbada no aniversário da Minnie. E a Suze disse que você estava balbuciando alguma coisa sobre cobrir peixe com cobertor...

— Eu estava perturbada na festa porque a Flo foi um pesadelo! — argumento na defensiva. — E o meu bolo foi um desastre e a Nadine apareceu na nossa porta pra tentar falar com o Luke. Foi *por isso*. E o peixe debaixo do cobertor tem uma explicação perfeitamente lógica. De qualquer forma — continuo a todo vapor —, mesmo que eu estivesse um pouco estressada, *todo mundo* se estressa no Natal! Isso não significa que a pessoa vai *cancelar* tudo. Por que ninguém tentou ligar pro Luke? — Não consigo esconder o tom de acusação na minha voz.

— É claro que a gente tentou. A Suze tentou, mas não conseguiu.

— A Nadine sabia que eu estava viajando — comenta Luke, secamente.

— A Suze deixou uma mensagem na caixa postal pra você — acrescenta Jess.

Fico tensa.

— Mensagem? Que mensagem? — Eu me viro para Luke. — Você recebeu alguma mensagem?

É como se um reconhecimento surgisse aos poucos no rosto do meu marido.

— Ah — diz ele, evasivo —, certo. Acho que eu recebi uma mensagem da Suze, mas começava com "Luke, sobre o Natal", e achei que poderia ouvir quando chegasse aqui.

Eu meio que quero exclamar: "Então tudo isso é culpa sua!" Mas é claro que não é. Não é culpa de Suze. Não é culpa de ninguém. Ergo o olhar e vejo Luke e Jess me observando ansiosamente e sinto o nariz formigar...

— Quando todo mundo cancelou, eu senti... eu achei... — Engoli em seco. — Eu não sabia o que pensar.

Ficamos em silêncio e, então, Jess se aproxima e coloca a mão no meu ombro.

— A gente também não sabia o que pensar. Se serve de consolo, ficamos tentando entender. — Ela abre o WhatsApp e me mostra um grupo chamado: "BECKY ESTÁ BEM??"

Eu sabia! Eu não estava sendo paranoica. Eles *têm* um grupo secreto de WhatsApp.

Começo a ler as mensagens — e fico chocada.

Janice
Isso é tudo culpa minha. Eu NUNCA devia ter convidado a Flo pra ir à casa da Becky. A culpa é minha.

Jane
Não. A culpa é MINHA. Nós não devíamos ter nos mudado para Shoreditch.

Janice
Nós não precisamos de uma *piñata*!!! Por que não percebi o que eu estava fazendo com minha lista de pedidos absurdos???

Suze
Todo mundo pressionou demais a Becky. Eu me sinto MUITO mal por ter me convidado para o Natal. Eu jamais pensei que fosse ser um problema.

Jane
Estou me lembrando agora. Quando pedi para Becky fazer o Natal na casa dela, ela ficou apavorada com a ideia. Ela disse que passaria noites sem dormir. Foi EXATAMENTE o que ela disse, Janice, querida. "Noites sem dormir."

Paro de ler, confusa. Tenho certeza de que minha mãe inventou isso. Tenho certeza de que eu não disse que o Natal me daria noites sem dormir.

Jane
Eu não ouvi MINHA PRÓPRIA FILHA NUM MOMENTO DE SOFRIMENTO.

Janice
Querida, não fica assim. Todos nós somos culpados.

— Jess... — Olho para minha irmã. — Isso é loucura. A gente tem que resolver isso.

— Sim. — Jess faz que sim com a cabeça e pega o celular. Digita uma mensagem e olha para mim. — Você já se aborreceu muito, Becky. Pode deixar que a gente vai resolver isso. E, só pra confirmar... — Ela hesita. — O Natal vai ser mesmo na sua casa, né?

— Claro — respondo com firmeza. — *Claro!*

Enquanto Jess digita a mensagem, observo os dedos dela, sentindo-me um pouco chocada que toda aquela discussão tenha acontecido.

— O lado bom é que todo mundo voltou a se falar — comento, depois que ela termina, e Jess olha para mim com um sorrisinho.

— Melhor ainda, a sua mãe e a Janice estão mais unidas que nunca, preocupadas com você. A Flo foi excluída.

— Sério? — questiono, sentindo o humor melhorar. — Bem, isso é a cereja do bolo.

— Vou preparar um chá — decide Luke, animado. — Vem ajudar o papai, Minnie. Pode trazer o iPad — acrescenta, quando ela abre a boca para reclamar.

— Essa tal de Nadine parece... — Jess balança a cabeça procurando uma palavra. — Vingativa.

— Acho que ela é uma pessoa que se acha no *direito* de fazer qualquer coisa, como se o mundo fosse dela — comento, franzindo a testa. — Ela achou que tinha o direito de usufruir do dinheiro do Luke. Quando não conseguiu isso, ela se sentiu no direito de estragar o nosso Natal. De qualquer forma — apresso-me a dizer quando Jess faz uma careta —, não vamos mais falar disso. A gente descobriu tudo a tempo, então... Nenhum mal foi feito.

— Graças a Deus você veio. — Jess começa a bocejar e cobre a boca com a mão. — Me desculpa. *Me desculpa.*

— Ai, meu Deus — digo, de repente morrendo de remorso. — Você está cansada, Jess? Você não está bem?

Fiquei tão obcecada com o Natal que não dei atenção suficiente para Jess. Mas, agora que estou olhando com atenção, a aparência dela está péssima. Pálida e magra. E meio agitada. Ela fica desviando o olhar, como se estivesse pensando em outra coisa.

— Jess, falando em bem-estar... — começo em tom suave. — Como estão as coisas?

Jess olha para mim em silêncio.

— Você ainda está preocupada comigo, não está?

Ela está com olheiras profundas, noto com um aperto no coração. Exatamente como as de Steph. Ai, meu Deus, aqui estou eu sendo egoísta e só pensando no Natal, quando é *Jess* que parece estar com muitos problemas.

— Estou — respondo de forma direta. — Estou bastante preocupada, Jess. Sei que não é da minha conta, mas eu estava conversando com uma amiga que passou por... dificuldades. Ela disse que talvez você esteja se sentindo tão vulnerável que não consegue se abrir. Eu só quero que você saiba que, se estiver sofrendo...

— Você acha que eu estou sofrendo — interrompe-me Jess com uma voz estranha e controlada —, porque o Tom está sendo infiel.

Olho para ela e prendo a respiração. Será que ela vai finalmente baixar a guarda?

— Becky — continua, naquele mesmo tom estranho —, os acontecimentos de hoje não ensinaram *nada* pra você sobre fazer suposições?

— Como assim? — pergunto, sem entender. Segue-se outro momento de silêncio carregado e ela parece ceder.

— Eu vou mostrar uma coisa pra você. — Jess se levanta e faz um gesto para que eu a siga. — Estamos subindo — avisa em voz alta.

— Com quem você está falando? — pergunto, confusa, enquanto subimos.

— Com o Tom.

— Tom? — repito, espantada. — O Tom está *aqui*?

— É claro que ele está aqui. Eu disse que ele vinha pro Natal.

— Claro — concordo depressa. — Claro. — Mas minha mente está confusa. Não estou conseguindo acompanhar.

— Você é muito astuta, *Becky* — comenta Jess quando chegamos lá em cima. — Eu de fato estava escondendo uma coisa de vocês. De todos vocês. É que a gente estava muito ansioso e não queria falar nada pra não dar azar.

— O quê? — Sinto uma pontinha de esperança começar a crescer dentro do peito e não quero nem dizer nada, para o caso de não... — O que é, Jess? *O quê?*

— Oi, Becky. — Tom me cumprimenta da porta. Está bronzeado e sorrindo, embora também esteja com olheiras. — Vem ver.

Ai, meu Deus... *ai, meu Deus... não pode ser...*

Tom me leva até o quarto de hóspedes, e congelo onde estou, meus olhos ficam marejados. Na cama de casal, dormindo profundamente, está uma criança de cachos pretos.

— Esse é o nosso novo filho, Santiago. A gente chegou ontem à noite. Foi um voo longo. — Tom faz uma careta. — Mas valeu a pena.

Percebo que peguei a mão de Jess sem nem notar. Não consigo afastar os olhos de Santiago. Ele deve ter uns 4 ou 5 anos, calculo. Tem cílios longos e pele dourada e está com uma camiseta bege com *Reciclado* estampado nas costas.

— Eu não sabia que vocês estavam tão perto assim — consigo falar, por fim. — Parabéns. Parabéns!

Abraço Jess e, depois, Tom e, quando os solto, estamos todos um pouco emocionados.

— A gente também não fazia ideia — explica Tom. — Quase não tivemos aviso. Quando a notícia chegou, a Jess pegou um avião...

— Você foi pro Chile e voltou? — Olho para Jess.

— É claro — responde ela, sem hesitar.

— A gente teve que resolver toda a documentação — continua Tom. — Fizemos as entrevistas necessárias e entramos num avião e...

— Vocês não conseguiram dormir.

— A gente não precisa dormir. — Tom abraça Jess.

Os dois parecem exaustos, mas felizes. Parecem exatamente pais que acabaram de ter um bebê. *Como foi que não percebi no instante em que atravessei a porta?*

— Então, há quanto tempo... Como vocês...? — Tenho tantas perguntas que nem sei por onde começar.

— Nós fomos escolhidos tem um tempo, mas não sabíamos quando o processo seria finalizado. E não queríamos contar pra ninguém — acrescenta Jess um pouco na defensiva. — Não até ser definitivo.

— Jess já tinha agendado as palestras — continua Tom. — Então a gente combinou que ela ia voltar pra casa e eu ia ficar pro caso de ter alguma novidade antes do Natal.

— Só estávamos tentando ser pacientes — explica Jess. — Não foi fácil.

É por isso que Jess andava tão tensa. Não era por uma coisa ruim. Eu sou uma *idiota* mesmo.

Mas a culpa é da Suze também. Ela encorajou toda aquela teoria sobre calçolas bege.

— Jess, me desculpa — gaguejo. — Eu sei que eu interpretei tudo errado...

— Você achou que *eu* estava tendo um caso ou que a *Jess* estava tendo um caso? — perguntou Tom, irônico. — A gente não conseguiu definir isso.

Ele olha para Jess e ela revira os olhos. Ai, meu Deus, isso é tão constrangedor. Principalmente porque Jess e Tom parecem mais apaixonados que nunca.

— O que a Janice e o Martin disseram? — pergunto rapidamente para mudar de assunto. — Eles devem estar felizes pra caramba!

— Eles ainda não sabem — responde Jess, depois de olhar de relance para Tom. — Eles saíram cedo, antes que a gente chegasse, e não queríamos contar por telefone. Então... Você é a primeira pessoa a conhecer o Santiago, Becky.

— A *primeira*? — Sinto a garganta fechar de emoção.

— Bem... Estou honrada.

Estendo a mão e toco um dos cachos de Santiago, sem querer acordá-lo, mas incapaz de resistir.

— Bem-vindo, Santiago — digo baixinho.

— Ele não pode ouvir — avisa Jess. — Ele é totalmente surdo.

— Ah — digo, assustada. — Certo. Entendi. Bem... a gente vai aprender a linguagem dos sinais então. Vamos ensinar pra ele. Vamos fazer tudo que ele precisar. Só me digam o que eu posso fazer.

Levanto-me, piscando bastante, porque um instante atrás eu nem sabia da existência de Santiago, mas agora estou determinada a facilitar as coisas para ele, para a vida dele, custe o que custar.

— Isso é maravilhoso. — Olho para Jess e Tom. — Estou tão feliz por vocês. E bem a tempo pro Natal — acrescento com um suspiro emocionado. — E isso torna o momento mais especial.

— Eu discordo — declara Jess calmamente. — Seria especial em qualquer outro dia do ano.

Mordo o lábio, tentando não rir. Isso é *a cara* da Jess. E ela está certa. É claro que está. Mas eu acho que também estou um pouco certa.

WhatsApp

SUZE & BEX

Suze
Bex!!! Ai, meu Deus!!!!!! Eu me sinto PÉSSIMA!!! Bjs

Suze
Não acredito que eu acreditei naquele e-mail!!!

Suze
Eu NUNCA mais vou acreditar em NENHUM
e-mail.

Suze
Achamos que você estava tendo um colapso
nervoso!!

Suze
Nadine é do mal.

Suze
Não acredito que você ia participar de sexo
grupal com ela.

Suze
Você não participou de sexo grupal com ela, né?
Ou participou? Pode contar. Não vou julgar.

VINTE E UM

Chegamos à nossa casa tarde, e estou emocionalmente esgotada. Suze e eu trocamos mensagens por WhatsApp no caminho. Eu garanti a ela que, sim, eu a perdoava, e que, sim, o Natal estava de pé. E não, não fizemos sexo grupal e, sim, eu teria contado para ela se tivesse feito.

Quando entramos, Luke se vira para Minnie.

— Filha, eu preciso sair pra fazer umas compras de última hora pra sua mãe. Então daqui a pouco, a gente vai na rua enquanto a mamãe descansa um pouquinho e assiste a um filme de Natal. Tudo bem pra você, Becky?

— Ótimo! — respondo, sincera.

Quando entramos na sala, olho para toda a decoração, o pisca-pisca e os presentes, e me sinto contente pela primeira vez em muito tempo. O cancelamento do Natal foi cancelado. Tudo ficou bem no fim das contas. Talvez eu possa realmente relaxar um pouco. Estou parada ali, tentando lembrar onde coloquei o controle remoto, quando vejo uma coisa cinza passar pelo meu campo de visão.

O quê?

Com certeza, não é...

Vejo novamente e, dessa vez, consigo ver melhor e ofego, petrificada de medo. Um rato! Um *rato* de verdade. Na nossa *casa*? Na *véspera* de Natal?

— Você não conhece o poema? — pergunto, furiosa, para o rato. — "Nenhuma criatura se mexia, nem mesmo um *rato*."

Argh! Não consigo controlar os gritos quando o rato passa perto do meu pé. Morro de medo de ratos, na verdade.

Nesse momento, Minnie entra na sala e meu coração afunda no peito. *Realmente* não quero que ela vá para a escola e conte para todo mundo que tem ratos na nossa casa. Mas é tarde demais. Ela já viu.

— *Latinha!* — exclama ela com o rosto iluminado de alegria. — Olha, mamãe, uma *latinha!*

Latinha? Olho para ela com a testa franzida, meio confusa.

O rato passa perto do meu pé de novo e controlo a vontade de gritar, porque gritar por causa de um rato não é uma atitude nada feminista.

— *Latinha!* — Minnie começa a correr atrás do rato. — *Latinha!* Papai Noel vai dá uma *latinha pla* mim — acrescenta ela, feliz da vida. — Ele vai *entlá* pela chaminé. Vem cá, minha *latinha quelida.*

Quando o rato passa correndo de novo, Minnie abre os braços como se fosse abraçá-lo enquanto eu fico olhando para ela, sem conseguir me mexer. As palavras dela começam a fazer sentindo na minha cabeça.

Latinha. Não latinha de comida de mentirinha da cesta de piquenique em miniatura, e sim uma *ratinha.* Ela estava pedindo uma rata, esse tempo todo, sem mudar de ideia. Uma *ratinha* de verdade.

Quando me dou conta da assustadora realidade, gelo por dentro. É véspera de Natal, as lojas estão quase fechando e só agora percebi o que minha filha realmente quer ganhar de presente. O pior pesadelo dos pesadelos de Natal acabou de se tornar realidade.

Com toda a calma, saio da sala e vou para o hall de entrada — então, agarro Luke e o puxo para o armário de casacos.

— Luke. Desastre. A Minnie quer uma ratinha de presente.

— Uma ratinha? — ele fica olhando para mim. — Mas o que...

— É, um hamster, um porquinho-da-índia ou qualquer coisa assim — eu o interrompo, desesperada. — Não temos tempo a perder. Vou sair pra comprar um enquanto você passeia com ela. Além disso, *precisamos* marcar um fonoaudiólogo pra ela — acrescento e vejo quando ele se dá conta da confusão.

— Merda. — Ele morde o lábio. — Merda. Na verdade, isso é até engraçado.

— Não tem a menor graça! Porque não temos um hamster! A não ser que você tenha comprado um. Você comprou? — pergunto, cheia de esperança, porque uma vez Luke brincou que me daria um hamster de Natal e que a chamaria de Ermintrude.

— Não, eu não comprei. — Luke parece estar se divertindo. — Becky, *relaxa* — acrescenta, colocando a mão no meu ombro. — As lojas ainda estão abertas. Tem uma pet shop na Ellerton Road.

—Ok — respondo, assentindo fervorosamente. — Eu vou até lá. Mas e se não tiver nenhum hamster?

—Com certeza lá tem. Toda pet shop tem hamster. Ou será que é melhor eu comprar?

—Não, você não pode! Você vai sair com a Minnie! Ela vai ver! Eu vou comprar. Vou agora mesmo!

—Vestida de Mamãe Noel?

Eu me viro para ele.

—Essa não é uma prioridade no momento, Luke!

Pego meu celular e minha bolsa e entro no carro. Um hamster. Não consigo acreditar. Um maldito rato!

Sigo até a Ellerton Road com o coração disparado. Não era para isso estar acontecendo. É tão injusto. Comecei as compras de Natal *com antecedência*. Eu me *organizei*. Comprar o presente da Minnie foi a primeira coisa que fiz! A primeira coisa! Mesmo assim, aqui estou eu correndo que nem uma louca na véspera de Natal, em pânico, exatamente do jeito que eu *não queria* estar.

Estaciono o carro e corro pela calçada até a pet shop e paro, chocada. Fechado. *Fechado.* A loja não pode estar fechada! Como eles podem fechar uma pet shop na véspera de Natal? E quanto às ratinhas de última hora?

Tento abrir a porta, para ver se está destrancada, mas sei que não adianta. Quando me viro para ir embora, estou praticamente resmungando de tanto nervoso, e uma senhora empurrando um carrinho de compras olha para mim com curiosidade.

—Tem uma pet shop em Bickersly, querida — informa ela. — Na rua Woodford. Você pode tentar lá.

— É mesmo! — exclamo. — Obrigada!

Nem sei onde fica Bickersly, mas posso ver no GPS. Sigo uma rota estranha passando por cidadezinhas das quais nunca ouvi falar, até chegar a uma estrada secundária com uma fileira de três lojas. Uma delas se chama Pete's Pets, e as luzes estão acesas. Graças a Deus. Graças a *Deus*.

Entro rapidamente e não consigo evitar uma sensação de dúvida. Só entrei em algumas pet shops com Suze, e todas às quais já fui eram grandes, amplas e lindas. Estou diante de um homem coberto de tatuagens que parece ter uma criação de ratos para serem usados em rituais satânicos. Mas não tenho muita escolha, então eu me aproximo com um sorriso educado.

— Olá, Mamãe Noel — cumprimenta-me ele com um sorriso debochado, olhando-me da cabeça aos pés.

— Olá — respondo. — Eu gostaria...

— Estamos quase fechando — interrompe-me ele. — É melhor ser rápida.

— Sem problemas. Gostaria de um hamster. E de uma gaiola. E de comida. — Resolvo acrescentar no final: — E de qualquer outra coisa que um hamster precise.

— Tudo bem — diz ele. — Que tipo de hamster?

— Hum... Qualquer tipo?

Ele me encara e me leva até onde está uma gaiola de plástico, cheia de hamsters em partições individuais, todos se espremendo, comendo e fazendo coisas de hamster.

— Pode escolher.

— Tá — digo, tentando soar mais segura do que me sinto.

Eles são basicamente roedores. Vou colocar um roedor na minha casa por livre e espontânea vontade. Mas Minnie vai adorar, tento me lembrar disso. Preciso me concentrar nisso.

Fico imaginando de que cor ela gostaria. Será que Luke pode perguntar para ela como quem não quer nada? Pego o celular para ligar para ele — mas estou sem sinal. Droga.

— É, o sinal por aqui é uma porcaria — comenta o cara. — Então, qual você vai querer?

Olho para aquele monte de ratinhos, tentando vê-los como Minnie os veria.

— Talvez aquele ali — digo, apontando para um bege.

— Aquele é um hamster sírio. Quer olhar mais de perto?

Ele o pega e me mostra — e tento controlar o nojo.

— Você já viu um hamster antes? — pergunta ele, olhando para mim com atenção.

— Hum, não. Mas vou seguir todas as orientações — apresso-me a dizer. Vou tomar conta dele direitinho. Prometo.

Ele faz um gesto para me entregar o bicho, e estendo minha mão. Ele é peludo e fica cheirando o tempo todo e suas patinhas me arranham.

— *Argh!* — digo, e o hamster acaba em cima da mesa e tenta fugir.

— Você não pode soltá-lo! — exclama o cara, consternado, pegando o ratinho de volta.

— Não foi minha intenção soltar o bichinho! — digo, meio triste. — Desculpa. É que levei um susto.

— Você não deveria comprar um hamster se não vai conseguir lidar com ele.

Sinto uma onda de pânico. Será que ele vai dizer que não posso ter um hamster? Será que existe algum tipo de teste e eu acabei de me dar mal?

— Eu vou conseguir — afirmo com veemência. — Vou conseguir. Prometo.

— Tá legal, então você vai levar o hamster, a gaiola, a caminha, comida... — Ele faz uma pausa. — Quer algum acessório?

Levanto a cabeça com interesse renovado. Aaaah, acessórios?

O cara me mostra uma prateleira cheia de coisas, e fico toda animada. Quem conseguiria imaginar que um hamster poderia ter tantos equipamentos? Escolho uma bolinha de exercícios, uma "casinha" e um túnel muito legal para o ratinho passar. Estou olhando outras coisas quando um pensamento terrível passa pela minha cabeça: a entrega do mercado. Meu peru. *Merda.* Com toda a confusão, acabei me esquecendo completamente dele. A entrega é daqui a meia hora. Preciso ir para casa agora mesmo.

— Tudo bem — digo, apressada. — Já escolhi tudo. Acabei.

Pago a conta e levo tudo para o carro em várias viagens, porque comprei muita coisa. A última coisa para levar é o ratinho, na gaiola, e estou prestes a pegá-la, quando tenho uma ideia. Vou tirar uma foto e mandar para o Luke! Preciso mesmo praticar lidar com ele.

Eu me ajoelho, enfio a mão na gaiola do pequeno ser, tentando não fazer careta. Prontinho. Já estou melhorando.

Ele até que é fofinho, com aquele narizinho. Precisamos pensar em um bom nome para ele.

Tiro uma foto e estou colocando-o com todo cuidado de volta na gaiola quando o cara, de repente, grita no telefone fixo: "Fica na sua!"

Levo um susto e solto o hamster por um nanossegundo.

Só por um nanossegundo. Mas é o suficiente. Para meu horror, antes que eu consiga segurá-lo de novo, o ratinho escapa da minha mão e sai correndo pelo piso da loja. Ele para e olha para mim como se estivesse dizendo "Haha!" (Tá legal, acho que eu talvez esteja viajando) e fico olhando para ele com o coração disparado.

Não posso admitir que soltei o hamster de novo. O cara vai dizer que sou irresponsável e não vai me deixar ficar com ele. Tenho que tentar capturá-lo de volta discretamente, decido. Com cuidado, estendo a mão para ele, mas o ratinho escapa. Faço um movimento mais corajoso, mas, dessa vez, o ratinho consegue fugir por uma porta lateral.

Merda.

Vou engatinhando pelo chão, atrás do hamster e passo pela porta que dá para a sala mal iluminada do estoque. Fecho a porta rapidamente e olho em volta. É um espaço pequeno e reservado. *Preciso* encontrar o ratinho da Minnie.

Fico atenta e alerta, mas não ouço nada. Acendo a lanterna do celular e começo a procurar pelo espaço em busca de dois olhinhos brilhantes. Nada.

Noto de repente uma caixa de "petiscos para hamster" em uma prateleira e tenho uma ideia. Abro a caixa, dizendo para mim mesma que vou comprá-la, e encontro umas bolinhas nojentas que supostamente são um manjar dos deuses ratinhos.

Tem uma grande caixa de papelão por perto também. Eu a viro de lado e coloco um monte de petiscos na lateral dela e me agacho, pronta para ser mais rápida que um raio e capturar meu ratinho. Eu me sinto como uma pessoa da equipe do naturalista David Attenborough, esperando para capturar um leão em um poço.

Só que, às vezes, aquelas equipes precisam esperar durante semanas, lembro-me de repente.

Não, não posso pensar assim. Acho que pode acontecer, de vez em quando, de só precisarem esperar cinco minutos até o leão aparecer. Exatamente.

Alguns minutos insuportáveis se passam. Minhas coxas começam a queimar, mas não me atrevo a mover um músculo. Ninguém da equipe do David Attenborough reclama de o nariz estar congelando ou qualquer coisa assim, não é? Então também não vou reclamar.

Mesmo assim, não consigo evitar a sensação de tristeza. Como foi que cheguei a esse ponto? Era para ter sido um Natal *organizado*. Não um Natal em que você acaba agachada no estoque de uma pet shop esperando um ratinho ficar com fome.

Estou começando a achar que tive a ideia mais idiota do mundo e que é melhor eu chamar o cara da loja para me ajudar, quando ouço, de repente, um som baixinho de patinhas no chão e congelo. Espio na penumbra — e vejo dois olhinhos brilhantes! Uau! Funcionou!

Quando o hamster se aproxima dos petiscos, preciso me controlar para não comemorar. Consegui! Sou uma encantadora de ratinhos! Tudo que preciso fazer agora é...

Espere um pouco... *Hum.*

Olho para o hamster quando ele se aproxima da caixa e não acredito no que estou vendo. É outro rato. É o rato errado. Esse é metade bege, metade branco. Devia estar escondido em algum lugar no estoque quando sentiu cheiro do petisco.

O que eu faço agora? Tento pensar em alguma coisa enquanto olho o ratinho pegar o petisco com as patinhas. (*Awn,* que fofinho!) O que eu faço? Pego esse mesmo? Mas eu não quero este, eu quero o *meu.* Onde está o *meu?*

Enquanto estou tentando decidir como proceder, outro hamster se junta ao primeiro. Mas esse também não é o meu. Ele tem um tom castanho amarronzado. Quantos hamsters pode haver num estoque?

Estou tentada a chamar o cara da pet shop para dizer que tem um monte de hamsters soltos ali, mas não consigo me mexer. Porque se aqueles hamsters foram atraídos pelo petisco, então talvez... talvez...

Fico alerta quando ouço mais um som de patinha no piso de pedra — e meu coração dispara. — Isso! É o begezinho! Ele está se aproximando com cuidado, mas congela de repente.

Vamos lá, digo em pensamento. *Venha pegar sua comidinha. Eu sei que é isso que você quer.*

Ele para e eu olho para ele, usando todos os meus poderes psíquicos de encantadora de ratinhos. *Venha... Venha logo...*

Depois de um ou dois minutos insuportáveis, ele começa a se mexer de novo. Ele avança um pouquinho... mais um pouquinho... Isso! Ele está dentro da caixa e, nesse momento, eu viro a caixa e os três hamsters e os petiscos caem no fundo da caixa. Eles estão bem presos.

Sento-me nos calcanhares, com o coração disparado e as pernas dormentes. Tá legal. Acabou o pânico. Recuperei meu ratinho. Olho para o relógio e sinto uma onda de alívio. Ainda tenho tempo de sobra para estar em casa a tempo de receber o peru. Então acabou tudo bem. Na verdade, está ótimo porque não só consegui o presente da Minnie, como tenho uma história para contar para o Luke. (A gente sempre precisa ver o lado positivo das coisas.)

— Eu encontrei alguns hamsters perdidos! — digo enquanto saio do estoque, segurando a caixa.

Mas congelo no lugar.

Está a maior escuridão na loja. Não tem mais ninguém ali.

Olho em volta, sem acreditar, para o silêncio sepulcral. A placa está na porta. A grade de ferro. A loja *fechou*? Eles *fecharam*? Comigo *lá dentro*?

Um monte de pensamentos passa pela minha cabeça. O que eu faço? O que eu *faço*? O peru vai chegar daqui a 15 minutos. Se eu não estiver lá, eles vão levá-lo embora. Preciso sair daqui. Mas como? Preciso ligar para alguém. Mas não tem sinal.

Acendo todas as luzes e vou até o caixa para usar o telefone fixo que o cara estava usando mais cedo — mas o telefone desapareceu do balcão. Onde está? *Onde está o maldito telefone?* Tento abrir as gavetas, mas estão todas trancadas. Ai, meu Deus...

Corro para a porta e começo a bater nela, gritando: "Socorro! Socorro! Me tirem daqui!" Mas a rua está deserta. Depois de cinco minutos berrando sem parar, minha garganta está dolorida, e ninguém apareceu, não há uma pessoa para me ajudar.

E agora uma série de pensamentos horríveis começam a passar pela minha cabeça. E se ninguém passar pela loja? E se ninguém me vir? Luke não sabe que estou aqui. Ninguém sabe que estou aqui. Vou ficar presa aqui o Natal inteiro. Vou perder o Natal, presa em uma loja, tendo apenas bichinhos como companhia.

Quando olho para a rua deserta, sinto que tudo aquilo é surreal demais e sinto uma ligeira vertigem. Eu estava errada. *Este é* o pior pesadelo de Natal. E estou presa nele.

Os minutos vão passando. Cinco horas; cinco e meia; seis horas. Já está escuro lá fora, e não vi uma única alma viva. Estou começando a aceitar meu destino cruel. (Se eu soubesse que ficaria presa em uma loja no Natal, teria pelo menos escolhido uma que vendesse *roupas*.)

Comecei a riscar linhas na mão com uma caneta esferográfica — cinco para cada meia hora. Porque temos de manter o moral de alguma forma. Você precisa de algum tipo de estrutura, caso contrário a insanidade toma você por completo. Vi isso em *Náufrago,* então sei bem como são essas coisas. Não quero acabar pintando um rosto em uma bolinha de brinquedo.

Fiz uma lista cuidadosa dos suprimentos disponíveis e, graças a Deus, tem um bebedouro no canto. Consigo sobreviver com sementes de girassol e, quando elas acabarem, tem a opção de comida para hamster. Se tivermos de racionar a comida, que assim seja.

O engraçado é que esses bichinhos estão me ajudando a me manter firme com seu espírito corajoso e camarada. Fiz amizade com todos eles — os hamsters, os gerbos, os peixinhos — e, quando tudo isso acabar, acho que vamos ter um vínculo para a vida toda.

A cada cinco minutos, vou até a porta e a soco um pouco, gritando sem parar — depois, me recolho, desesperada. Esta é a rua mais deserta que eu já vi. Ou talvez todo mundo esteja em casa, no aconchego do lar, assistindo a um filme de Natal e cantando todas as músicas e, por isso, ninguém me ouve.

Estou com um nó na garganta, então pego várias sementes de girassol e as mastigo, me sentindo desolada. Penso no filme *O conto de Natal dos Muppets* e em todos os filmes de Natal que eu poderia estar vendo em casa. *Um duende em Nova York*. Ou *A felicidade não se compra*. Ou, se Luke escolhesse, *Duro de matar*, que ele sempre diz que é um filme de Natal, e eu insisto que não é, e a gente começa a discutir.

Está na hora de bater na porta de novo, então reúno todas as minhas forças e soco o vidro mais uma vez e grito o mais alto que consigo. Não adianta nada. A rua continua deserta. Mas, quando paro de pedir ajuda, meus pensamentos tomam um rumo estranho.

Duro de matar. Não consigo parar de pensar em *Duro de matar.* Por quê? Eu não costumo pensar em *Duro de matar*, mas agora não consigo parar de pensar nesse filme.

Vejo Bruce Willis passando por vidraças e atirando em seis pessoas ao mesmo tempo. Recusando-se a aceitar um não como resposta. Sabendo que aquilo é o certo a se fazer e simplesmente fazendo.

E, de repente, entendo por que essas imagens estão na minha cabeça. Sei o que meu cérebro está tentando me dizer. Eu me sinto envergonhada da minha fraqueza. Por que me resignei ao destino? Por que estou pensando em *Náufrago*? Eu tenho que pensar em *Duro de matar*! Se Bruce Willis estivesse preso em uma pet shop na véspera de Natal, ele não ficaria parado, de braços cruzados, aceitando aquilo, não é? Ele subiria pela ventilação com uma arma ou arrumaria um jeito de explodir uma parede para sair dali.

Eu *não* sou uma náufraga, digo para mim mesma com convicção. *Não* sou prisioneira. Não vou ficar mofando aqui, comendo semente de girassol no Natal, na esperança de ser resgatada. Contraio a mandíbula e olho para os hamsters.

— Eu vou passar o Natal com a minha família — declaro com uma voz grossa, tentando imitar o Bruce Willis. — E ninguém vai me impedir.

Eu consigo fugir deste lugar, é claro que consigo. É só uma loja estranha com uma barra de ferro na frente da entrada e uma porta pesada nos fundos. Vamos lá, Becky, não seja medrosa!

Pela primeira vez desde que pisei nessa loja, olho para cima e vejo que tem uma portinhola lá. Deve levar a algum lugar. Ai, meu *Deus*. Por que não pensei nisso antes?

Demoro alguns minutos para encontrar uma vara com um gancho na extremidade para puxar a escada dobrável. Subo correndo e vejo que estou em um sótão com um carpete imundo e caixas empilhadas. Procuro uma saída. Talvez tenha alguma placa com a palavra "Saída".

Tá legal. Não tem nenhuma placa indicando o caminho. Mas tem uma claraboia. Posso usar isso. A tranca está meio emperrada, mas finalmente consigo abri-la. Encontro uma cadeira velha e subo nela e mergulho a cabeça no ar frio. Consegui! Bom, mais ou menos. Respiro fundo o ar frio da noite, olhando a rua lá embaixo, me sentindo meio emocionada. Nunca mais vou pensar na liberdade como uma coisa corriqueira! Nunca mais.

A única questão é que a claraboia é bem estreita. Mas talvez eu consiga me espremer e chegar ao telhado de alguma forma. E descer do telhado... de alguma forma.

Com toda minha força, consigo me levantar de uma maneira que minha cabeça e meus ombros passem pela claraboia. Eu me espremo e me retorço, tentando subir desesperadamente... mas não adianta. Meu quadril com certeza não vai passar. Droga de programa da Myriad Miracle.

Por fim, decido voltar para a loja e tento pensar em outro plano. Mas, quando tento descer... não consigo por algum motivo. Depois de muitas tentativas infrutíferas, percebo a constrangedora verdade: estou presa. Estou entalada na claraboia. Metade do corpo para dentro e outra metade para fora.

Tá legal, nada de pânico, digo para mim mesma com convicção. Então, estou entalada em uma claraboia na véspera de Natal, e ninguém sabe onde estou. Deve haver uma solução. Sempre há uma solução.

Espero que a solução se apresente — mas ela obviamente está se sentindo tímida no momento. Estou começando a perder o otimismo. Mas espere um pouco... Aquilo é um *floco de neve?*

Fico olhando sem acreditar enquanto pontinhos brancos minúsculos caem no meu cabelo e no meu pescoço. *Sério, céu?* Você escolheu este momento para realizar minha fantasia de um *Natal branco?* E se eu tiver uma ulceração de frio? E se eu congelar até a morte? Eu nunca deveria ter ouvido meu Bruce Willis interior, sou uma completa idiota...

Mas tenho uma ideia. Existe mais uma pequena e minúscula chance de eu conseguir sair daqui.

Com o coração cheio de esperança, pego meu celular no bolso e o levanto o mais alto que consigo, alongando meu braço e olhando para a tela... E um milagre acontece! É o milagre da rua Woodford! Aparece uma barrinha de sinal! Digito imediatamente uma mensagem:

Luke! Pete's Pets. Presa. Rua Woodford em Bickersly. Socorro!!! bj

Aperto "Enviar" e prendo a respiração enquanto fico olhando para a tela — depois vejo a palavra "Entregue" aparecer. Então todas as partículas do meu corpo relaxam de alívio. Ele vai ver. Está tudo bem. Eu vou ser salva.

Agora que consegui um sinal, um monte de mensagens começa a aparecer no meu telefone e, quando começo a lê-las, sinto o rosto ficar um pouco quente.

Becky, podemos conversar?

Becky, estamos nos sentindo péssimos!!!

Becky, meu amor, seu pai e eu estamos a caminho, precisamos explicar tudo

Becky, ONDE VOCÊ ESTÁ??? Estamos PREOCUPADOS!!!!

Se um dia achei que minha família e meus amigos não se importavam comigo, essa é a prova de que eles se importam. E sei que eu não deveria precisar de nenhuma prova. Mesmo assim... Vou guardar essas mensagens por um bom tempo.

Enquanto estou lendo, um barulho chama minha atenção e, quando olho, prendo a respiração. Gente! Gente de verdade na rua! Meus salvadores! É um casal e um garotinho, do outro lado da rua, e eles estão apontando para mim e sorrindo. Olho para eles, um pouco ressentida. Por que eles estão *sorrindo,* pelo amor de Deus?

— Socorro! — grito, mas não sei se eles conseguem me ouvir, porque eles ficam sorrindo. O pai chega a levantar o filhinho para que ele me veja melhor. Por um momento, não entendo o que está acontecendo, mas então me dou conta. Estou vestida de Mamãe Noel. Eles devem estar achando que é algum tipo de apresentação de Natal!

— Estou *presa!* — grito. — Não sou a Mamãe Noel, estou *presa!*

Mas eles estão longe demais para me ouvir. Eles sorriem e acenam para mim, e o pai tira uma foto minha — que cara de pau. Eles todos acenam de novo e vão embora.

Que ótimo. Muito bom *mesmo.* Você vê alguém vestida de Mamãe Noel em um telhado na véspera de Natal... E não passa pela sua cabeça salvar essa pessoa? Em que mundo estamos vivendo hoje?

Estou escrevendo uma carta indignada para o *Times* sobre isso quando escuto um carro parando bem abaixo de onde estou e vejo Luke saltar dele. Ele vai até a porta e bate.

— Becky?

— Oi! — grito. — Luke! Aqui em cima! No telhado!

— *Becky?* — Ele dá uns dois passos para trás e olha para mim. Fica boquiaberto. — Mas o que aconteceu? Eu já localizei o dono. Ele está a caminho... Você está bem?

— Estou bem! — grito, quando outro carro para e saem Suze, Janice, meus pais e Minnie dele.

— Becky! — grita minha mãe, horrorizada ao me ver.

— Cuidado pra não cair, filha! Graham, olha, ela está no telhado!

— Já vi! — retruca meu pai, irritado. — Eu não sou cego. Becky, querida, aguenta firme.

— Becky, sinto muito — grita Suze. — A gente nunca quis magoar você.

— Nós todos queremos passar o Natal com você, querida! — grita Janice com sua voz fina. — Ah, Jane, será que ela vai ficar bem? — Ela pega a mão da minha mãe e a de Suze, como se precisasse de consolo. — E se ela cair e morrer?

— Não se preocupem! — grito para eles. — Eu estou feliz que descobrimos tudo!

— Essa tal de Nadine é um monstro — grita meu pai. — Que comportamento chocante!

— Nós entendemos tudo errado! — continua Suze, bem alto. — Nós fomos muito idiotas mesmo!

— Todos nós vamos amanhã! — acrescenta minha mãe.

— Todo mundo! E eu não me importo com a comida nem com nada disso, querida. Só o que importa é você! Está ouvindo, filha? Só VOCÊ!

Todos eles ficam olhando ali para mim, de mãos dadas, enquanto os flocos de neve caem do céu. Está parecendo o desenho dos "Quem" do livro do Grinch da Minnie. De repente sou tomada por um sentimento maravilhoso que bloqueia todas as minhas preocupações. Nada será perfeito. Mas, ao olhar para as pessoas que eu amo... percebo que não me importo.

VINTE E DOIS

Eu *tenho* um peru!

Quando o tiro do forno, todo dourado, crocante e suculento, nem consigo acreditar. Estou aqui. No dia de Natal. Com todo mundo. O almoço está com uma aparência ótima. E todo mundo está feliz...

E eu estou com um vestido Alexander McQueen que me serve!

Luke me deu de presente hoje cedo, logo depois de vermos Minnie cumprimentar sua *latinha* toda feliz. Ele me entregou um embrulho e disse de forma direta:

— Eu sei que vamos trocar os presentes mais tarde, mas acho que é esse vestido que você quer, não é?

Fiquei olhando para o embrulho sem entender e então rasguei o papel. Fiquei de queixo caído quando vi qual era.

Era exatamente o mesmo vestido maravilhoso que comprei na promoção, mas dois números maior! (Luke disse que "localizou" o modelo, o que deve ter sido quase impossível, mas é claro que ele disse que não foi nada de mais.) É um presente fantástico e atencioso.

Tá legal, eu talvez preferisse ter entrado no vestido menor. Mas precisamos nos lembrar que o Natal, como o padre nos disse hoje cedo na igreja, não tem a ver com o tamanho da sua roupa nem com se espremer em um vestido e morrer sufocada, escutando todo mundo dizer "E bem no dia de Natal". O Natal tem a ver com usar um vestido no qual você possa respirar e mexer os braços, porque você precisa fazer essas duas coisas — com todos os abraços e exclamações, brindes e a comida.

E foi quando eu estava me admirando no espelho, Luke me deu o melhor presente de todos. Ele saiu do banheiro, de banho tomado e cheiroso e, quando olhei para ele pensando "Tem alguma coisa diferente... alguma coisa está diferente", foi que percebi. Ele estava sem bigode!

— Seu bigode, Luke! — exclamei com cuidado. — Você... Onde...

— Você não se importa, não é, Becky? — perguntou ele. — Você ficou chateada? Eu sei que você amava o bigode, mas acho que não tem muito a ver comigo.

— Imagina — digo, com generosidade. — Você tem que fazer o que deixa *você* feliz, Luke.

— Você *realmente* amou o bigode? — perguntou ele, me olhando nos olhos. E então notei um tom de provocação na voz dele.

— Claro que amei. Foi o que eu disse, não foi?

— Foi, amor — concordou ele, parecendo debochado. — Você falou isso mesmo.

Ainda não sei como ele descobriu — mas não me importo. Tenho um marido sem bigode! Temos um bom resultado!

São duas horas da tarde, e sinto que já fiz um milhão de coisas. Ouvimos o medley de Natal do padre, que foi um verdadeiro desastre, encoberto pelos pandeiros animados. As crianças já bateram na *piñata* e gritaram quando as balas caíram. Mamãe e Janice colocaram velas na cabeça para cantar músicas suecas, mas só conseguiram por trinta segundos porque ficaram nervosas. Então Janice fez a transformação de Natal em todo mundo, e agora todos estamos com maquiagem brilhosa, carregada e estranha.

Servimos champanhe, Baileys, xerez doce, *mojitos* natalinos e *kombucha* orgânica (Jess). Servi canapés de salmão defumado no pão, em biscoitos e no espeto.

Agora sinto que chegou a hora do peru e sinto... Como eu me sinto?

— Estou tão *sprygge* — digo, percebendo como estou me sentindo quando Suze entra na cozinha. — Estou totalmente *sprygge*.

— Eu também — responde Suze com sinceridade. — Sabe, ontem à noite nós pensamos que você tivesse sido sequestrada! Acho que meu coração até parou de bater.

Coloco papel laminado em volta do peru como Mary Berry manda fazer e digo:

— Agora ele está descansando.

Estou usando meu tom de anfitriã de Natal que sabe exatamente o que está fazendo. (Não sei bem qual é esse "lance" de descansar, mas confio minha vida a Mary Berry.)

— *Quantos* tipos de recheios você fez? — pergunta Suze, olhando para o forno.

— Três. Além de falafel condimentado — digo, apontando para a bandeja de cima.

— Falafel condimentado? — Suze fica olhando para mim.

— Todo mundo ama falafel condimentado no Natal — digo, na defensiva. — É uma coisa ética. Vamos, está na hora dos presentes.

— Bem, o peru está lindo, Bex — elogia Suze quando saímos da cozinha e voltamos para a sala. — Está tudo maravilhoso. Graças a Steph!

Porque foi Steph que salvou o dia em relação ao peru. Quando finalmente chegamos da pet shop, todos um pouco histéricos (e doloridos, no meu caso, porque ficar presa em uma claraboia estreita não é tão divertido como você pode imaginar), lá estava ela. Sentada na porta da nossa casa, com um peru enorme ao seu lado e a fantasia da Minnie no colo.

— Eu recebi a entrega! — exclamou ela quando entramos pelo portão. — Não precisa se preocupar, não houve nenhuma reposição!

— Steph! — exclamei, emocionada. — Você é incrível! Muito obrigada! Mas... a sua família...

— Era o mínimo que eu podia fazer — respondeu Steph. — Luke me ligou pra dizer que você tinha sumido e pra perguntar se eu tinha alguma notícia sua. Quando ele falou que estava saindo pra procurar você e eu pensei "Bem, pelo menos posso garantir que eles recebam o peru". Então eu vim direto pra cá. Minha mãe concordou que eu deveria fazer isso, quando eu contei. Ela... nós todos somos muito gratos a você.

— Bex, por que Steph Richards está na sua casa? — perguntou Suze, espantada. — Do que ela está falando?

E eu não sei bem como vou explicar minha nova amizade sem revelar muito.

Mas eu nem precisava ter me preocupado, porque, quando nos aproximamos, Steph se levantou e disse, resoluta:

— Oi, Suze, não sei se a Becky comentou, mas meu marido me deixou.

— Oh! — exclama Suze, surpresa. — Entendi. Não, eu não fazia ideia. Sinto muito.

— Bem, eu estava mantendo isso em segredo — continuou Steph. — Mas não estou mais. E, bom, a Becky me deu muita força nessas últimas semanas... então estou muito feliz por poder retribuir de alguma forma. — Ela me entregou a fantasia de seda azul e acrescentou: — E a Minnie deveria usar isso no dia de Natal. É dela. Foi você que fez, Becky. Deve aproveitar.

Nesse momento, Suze arregalou ainda mais os olhos e disse:

— Essa é a fantasia da Minnie? Mas... Bex...

Aí eu tive que explicar. E Suze então disse que *sabia* que eu provavelmente deveria ter feito uma fantasia melhor do que aquela com a echarpe da Denny e George. Mas ela desdisse na hora para o caso de eu ficar ofendida, afirmando que, na verdade, até *preferia* a que Minnie tinha usado porque era muito criativa.

Por fim, Steph disse que era melhor ir andando, mas me deu um abraço apertado e disse no meu ouvido:

— Que nosso Natal seja muito feliz!

Quando ela foi embora, pela primeira vez, acreditei que talvez Steph conseguisse isso.

Quanto a mim, estou tendo o Natal mais feliz de que me lembro, apesar de a neve ter parado agora. (Típico.) Coloquei música de Natal. O cheiro da comida está maravilhoso. Minnie está feliz da vida. Mamãe e Janice voltaram a ser melhores amigas, e mamãe está inclusive usando um dos conjuntos de Janice com um colar dourado. Quando estávamos tomando drinques hoje cedo, ela disse "Nós curtimos Shoreditch, querida. Como curtimos férias. Mas não é..." e bateu no peito. Não precisou dizer mais nada, mas acho que sei o que ela queria dizer.

Embora, ao dizer isso, Janice tenha mencionado pela centésima vez que ela quer começar a visitar mais minha mãe e a participar de "oficinas e eventos" e que "talvez Martin até procure um apartamento em Shoreditch também". Então, não sei como isso vai ficar. Quanto à Flo, ninguém mais tocou nesse assunto. É como se ela nunca tivesse existido.

O astro do show, com certeza, é Santiago. Todos fingimos que estamos interessados no papo e nas piadas uns dos outros, mas, na verdade, ninguém consegue parar de olhar para ele. Agora ele está brincando com os outros, um jogo novo da Clemmie que envolve fotos de chapéu. As outras crianças estão sendo tão meigas e cuidadosas tentando incluí-lo na brincadeira que isso me enche de alegria.

— Ele é incrível — digo para Jess a cada cinco minutos, porque ele é. É mesmo.

Também é a criança vestida de forma mais ética que já vi, com tecido reciclado de bambu e algodão e sapatos de couro vegano. *Além disso,* ele foi a única criança que demonstrou interesse na minha árvore ecológica e ganhou pontos extras, diferente do meu afilhado Ernest, que simplesmente perguntou: "O que é isso? É pra reciclar?" Pra ser justa, não é a coisa *mais* impressionante do mundo. É um galho do jardim decorado com três colheres. Mas Santiago acariciou as colheres e sorriu — o sorriso dele é lindo —, e, quando vi que Jess ficou olhando para ele, percebi que ela está totalmente apaixonada.

Na verdade, acho que ela deve estar em algum tipo de transe, porque uma hora atrás, nós todos vimos que a Minnie tinha enfeitado o lindo Santiago com coroas douradas e pisca-pisca e eu corri, horrorizada, para tirar tudo aquilo dele, pensando "Ai, meu Deus, plástico do mal, coroa do mal, a Jess vai ficar ofendida e vai embora", ela segurou meu braço, me olhando com um olhar humilde, e pediu:

— Espera. Ele está tão lindo. Vou tirar uma foto.

Ela tirou uma foto do próprio filho enfeitado com plástico! Jess, que odeia qualquer coisa de plástico! Acho que é o novo papel dela como mãe. Isso deve ter afetado o cérebro dela.

Estou prestes a bater com o garfo em uma taça para sugerir que a gente abra alguns presentes, quando Suze chega um pouco ofegante.

— Bex. Você pode vir aqui um minutinho?

Ela me leva até o hall e me mostra uma caixa de papelão, coberta de manchas de chuva e cocô de passarinho.

— Isso estava no seu jardim! — exclama ela. — Eu fui colocar o lixo para reciclagem lá fora e vi um pedaço da caixa atrás do arbusto de rosas. Acho que alguém deixou isso aqui há alguns dias.

— Ai, meu Deus — digo, culpada. — Deve ser alguma coisa que comprei pela internet.

— O quê? — pergunta Suze, curiosa. — É bem grande.

— Não faço ideia. Não conta pro Luke.

Começo a abrir a caixa rápido, para que eu possa esconder o que quer que esteja dentro dela embaixo da cama — mas o que vejo me faz praticamente congelar. É de couro. Couro marrom escuro. Quando abro mais a caixa, meu coração está disparado, e vejo a alça. Um pingente de metal com as iniciais LB. Vou abrindo a caixa freneticamente, e lá está: o *portmanteau*. Não *acredito*.

— Uau! — exclama Suze. — Isso é fenomenal! Onde você comprou isso?

Não consigo responder. Começo a procurar por algum envelope, um bilhete ou alguma coisa assim — e, de repente, vejo. Abro o caro envelope e me vejo diante de um papel de carta personalizado com uma mensagem escrita à mão:

Querida sra. Brandon (nascida Bloomwood),

Fiquei sabendo que a senhora conseguiu que mulheres possam se associar ao clube London Billiards. Meu marido, Sir Peter Leggett-Davey, não gostou nada disso. Como resultado da ira dele, comecei a desejar que eu tivesse feito alguma coisa sobre isso há muitos anos. Admiro muito sua coragem e determinação.
Simon Millett me disse que a senhora queria muito ganhar este item na rifa. Então, é com enorme prazer que lhe envio esse presente, com os melhores votos de felicidade e congratulações.

Lady Rosamund Leggett-Davey
(nascida Wilson)

— Quem foi que mandou? — pergunta Suze quando acabo de ler, quase saltitante.

— Foi só... uma pessoa — digo por fim. E, então, ouço a risada de Luke e entro em ação. — Rápido, Suze. Me ajuda a embrulhar isso.

Em cinco minutos, estamos levando o embrulho para a árvore. Bato então com o garfo na taça.

— Vamos abrir alguns presentes antes do almoço! — digo, e todos se reúnem em volta da árvore. — Luke, quero começar com este aqui. Feliz Natal.

— Mas eu já vi o meu presente — argumenta ele, um pouco confuso. — É bem menor.

— Foi pra... Despistar — improviso. — Ah, te enganei! Tudo bem. Vou dar o suéter para ele no aniversário.

Luke rasga o papel do embrulho e eu o observo, mordendo o lábio, enquanto ele encara o presente, pisca, olha com mais atenção, passa a mão no couro, abre e fecha, observa as costuras e o pingente com LB, todos os detalhes incríveis... finalmente ele olha para mim, parecendo emocionado.

— Becky — diz ele, por fim, aproximando-se para me dar um beijo. — Que presente incrível. *Onde* foi que você conseguiu isso?

— Hum... — hesito. Talvez eu conte a história toda para o Luke um dia, mas não agora. — Eu vi em uma vitrine — digo, o que é totalmente verdade. — E era tão perfeito que eu decidi comprar na hora. Então... — acrescento rapidamente dando continuidade à conversa — ... Vamos dar pra Janice os presentes pra agradecer a adorável transformação que ela nos proporcionou.

Não consigo evitar olhar para todo mundo com um sorriso, porque a verdade é que nós planejamos isso. Na verdade, temos um grupo secreto de WhatsApp chamado "Presentes para Janice" — e mal posso *esperar* para ver a reação dela.

O presente da minha mãe é um embrulho sem graça e, quando Janice o abre, encontra um desenho da sua casa em Oxshott.

— Olha só, querida! — exclama minha mãe, toda feliz. — Tem todos os detalhes. Espero que você e Martin gostem!

Meu presente é uma escova de cabelo com o nome "Janice" gravado na parte de trás. Tom escolheu um bule de chá, também personalizado, e Jess dá a ela uma caixa de bombons com as palavras "Para minha sogra, Janice".

— Minha nossa — diz Janice, um pouco confusa. — Que presentes maravilhosos. Adorei.

— Mas, Janice — diz Martin —, e quanto ao seu armário de presentes? Você não pode dar esses presentes pra ninguém.

— Martin! — Janice se irrita com ele, enrubescendo.

— Ah, Janice! — digo, colocando a mão na boca. — Acho que você vai ter que *aproveitar* seus presentes dessa vez. — Dou um sorriso para ela ver que estou brincando, e Janice fica ainda mais vermelha.

— Sim! — responde ela, afofando o cabelo e parecendo constrangida. — Muito obrigada. Muito obrigada a todos. — Ela pega o bule e de repente parece radiante. — Eu vou gostar *muito* de usar isso. Vou *mesmo*.

— Então, agora chegou a hora do presente pra Suze — anuncio. — Jess disse que ia dar presentes lixo zero e isso nos inspirou. Então, decidimos escolher uma coisa que já temos pra dar. Só que eu não consegui me decidir, então... Esperem um pouco...

Vou até o armário de casacos e pego uma sacola com um grande laçarote vermelho que escondi ali e a puxo até a sala.

— Suze, tem um monte de coisa aqui. Pode escolher o que você quiser. Sinceramente, acho que tudo combina com você.

— Bex! — ofega Suze. — Eu fiz a mesma coisa! — Ela pega três sacos de lixo atrás do sofá e eu fico olhando para eles tomada de animação. Três sacos de lixo cheios de coisas da Suze? Esse é o presente de Natal mais perfeito do mundo! Não consigo resistir. Abro um deles e pego um suéter de cashmere cor-de-rosa clarinho.

— Eu sempre amei essa blusa — declaro, feliz.

— E eu sempre amei esse casaco! — exclama Suze, pegando meu cardigã Ally Smith com botão da marca. — Ai, meu Deus, Bex, tem certeza?

— Claro! Experimenta! Vamos ver como fica!

— Talvez seja melhor fazer isso depois do almoço — sugere Luke, rapidamente. — Ou... quem sabe até depois do Natal. Acho que já está na hora do almoço, não? Vamos dar o restante dos presentes depois?

— Sim — respondo, relutante, guardando um boá de plumas. — Então de repente tenho uma ideia. — Acho que Jess e Tom deveriam dar os presentes deles antes do almoço. Vocês ainda vão nos dar palavras? — pergunto, olhando curiosa para Jess.

— Vou — responde ela, corando um pouco. — Temos uma palavra pra cada um de vocês.

Mal posso esperar para ouvir essas palavras. Eu nunca ganhei uma palavra de presente *na vida*.

— Maravilha, então — digo. — Vamos começar.

Jess e Tom se levantam e vão até meu pai, que diz:

— Vão começar comigo?

Ele dá uma risada nervosa e, depois, fica em silêncio enquanto Tom e Jess olham sério para ele. Os dois ficam olhando para ele em silêncio por mais alguns instantes e eu começo a ficar inquieta. Isso tudo na verdade parece um pouco mágico. Olho para todos e acho que todo mundo está se sentindo da mesma forma — um pouco intimidados, curiosos para saber o que vai acontecer em seguida. De repente, é como se estivéssemos em algum tipo de cerimônia especial.

— Graham — diz Tom, sério. — Gostaríamos de te dar a palavra... "sábio".

— Minha nossa! — exclama meu pai, parecendo surpreso. — Bem... Obrigado. Muito obrigado mesmo!

Como se tivessem ensaiado tudo (o que provavelmente fizeram), Tom e Jess caminham juntos até Clemmie e olham para ela com a mesma seriedade.

— Clemmie — declara Jess com voz suave. — Gostaríamos de te dar a palavra "rouxinol".

Rouxinol! Foi uma escolha genial! Porque Clemmie realmente tem uma voz linda e afinada.

— Obrigada — agradece-lhe Clemmie, parecendo um pouco confusa.

Tom e Jess se aproximam de Tarkie.

— Tarquin — começa Tom. — Gostaríamos de te dar a palavra "dinâmico".

Essa foi uma escolha muito inteligente para Tarkie, porque consigo ver que ele ficou orgulhoso. Agora eles estão vindo na minha direção, com uma expressão intensa — e, apesar de tudo, sou tomada por uma onda gigantesca de nervosismo. Por favor, que não seja "gastadora". Nem "excêntrica".

— Becky — diz Jess com voz séria. — Gostaríamos de te dar a palavra "alegria".

Alegria? Eles escolheram "alegria" para mim? Eu me sinto ridiculamente feliz e abro um sorriso contente para Luke. Eu ganhei "alegria".

Enquanto Jess e Tom andam de um lado para o outro pela sala, estou hipnotizada. Na verdade, todos estão. Janice ganha "beleza", o que a faz corar de prazer. Luke ganha "integridade", que sei que vai deixá-lo feliz pelo resto do dia. Por fim, cada um recebeu sua palavra, e Tom e Jess olham um para o outro, com Santiago no meio, com aqueles olhos enormes e solenes.

— Tom — diz Jess com seriedade. — Eu te dou a palavra "Força".

— Jess — complementa Tom. — Eu te dou a palavra "determinação".

Então os dois se viram para Santiago e começam a fazer gestos que imagino ser a língua dos sinais, enquanto ele observa os aqueles olhos arregalados. Quando eles terminam, segue-se uma pausa e eles respiraram fundo e dizem juntos:

— Santiago. Nosso filho. Nós te damos a palavra "querido".

Querido. Ai, meu Deus. Sinto minha garganta se fechar de emoção e decido que nunca mais vou querer nenhum presente de Natal a não ser uma palavra. Palavras são demais. Palavras são o máximo. Palavras são o melhor presente do mundo.

Vinte minutos depois, estamos sentados em volta da mesa. Todo mundo ainda está um pouco impressionado com as palavras que ganharam.

— Minha palavra é "valente" — conta Ernie para todo mundo, orgulhoso. — Isso quer dizer que eu sou muito corajoso.

— Ah, Becky! — exclama Janice de repente. — Eu já ia me esquecendo. Comprei outra lembrancinha pra você. Não é nada de mais, na verdade, mas escolhi na Feira de Estilo de Natal. Era pra eu ter te dado naquele dia, como agradecimento, mas acabei me esquecendo. Achei bem bonito, na verdade. — Ela vai até o corredor e me entrega uma sacolinha. — Como eu disse, é só uma lembrancinha...

Enfio a mão na sacola, esperando um batom ou algo assim — mas meus dedos tocam um objeto macio, embrulhado em papel de seda. Puxo o objeto e vejo algo prateado. Meu coração quase para.

Não pode ser, *não pode ser.*

Rasgo o papel de seda — e lá está! É o enfeite de lhama prateada! Eu não acredito! Janice *tinha um o tempo todo?*

— Como eu disse, é só uma lembrancinha — repete Janice em tom de desculpas. — Mas chamou minha atenção e...

— Janice! — Eu a abraço. — Eu *amei*!

— Que bom! — exclama ela, feliz. — Que bom. Feliz Natal, querida!

Não consigo resistir, então vou até a sala e penduro a lhama na árvore na mesma hora. Coloco bem na frente da árvore e dou um passo para trás para admirá-la. Nossa árvore inteira foi transformada.

Sigo para a cozinha e vejo Luke, imóvel, olhando para o celular.

— Será que o peru já está bom? — pergunto. — Ele parece descansado? Luke? — chamo novamente quando ele não responde. — *Luke?*

Por fim, Luke levanta a cabeça e fica olhando para mim por alguns segundos.

— Becky — diz ele com a voz estranha. — Acabei de receber um e-mail de um homem chamado Simon Millett me desejando feliz Natal e me contando umas coisinhas.

O quê? Ele mandou um e-mail para o Luke? Que fofoqueiro.

— Ah — digo rapidamente. — Bem, não dê atenção a ele...

— De acordo com ele, você fez muito mais do que só "ver meu presente na vitrine". Ele me mandou um link pra newsletter do clube London Billiards, que eu *recebo* também — acrescenta ele, em uma voz ainda mais estranha. — Só que nunca leio. Porque jamais esperaria ver a foto da minha mulher lá.

Ele vira o telefone para mim e vejo uma foto na qual estou falando com os senhores de 93 anos, os braços para cima e a boca aberta. *Quem* escolheu aquela foto horrorosa? Aposto que foi *Sir* Peter.

— Ah, foi — digo para Luke, que parece estar esperando uma resposta. — Eu entrei de sócia. — Tento soar casual. — Eu ia te contar. Mas você pode entrar como meu convidado, se quiser.

— Becky... — Luke para de falar, parecendo não saber o que dizer. — Um clube de *bilhar*.

— Bem... Eu queria o *portmanteau!* — digo, na defensiva. — Tinha até suas *iniciais!*

— Aí você mudou o estatuto de um dos clubes mais antigos da cidade — conclui Luke, olhando para mim como se houvesse mais mil coisas que ele queria dizer, mas não soubesse por onde começar. — De acordo com esse Simon Millett, você acabou com eles. *Gostaria* de ter visto.

Dou de ombros.

— Bem, você sabe... Eu não podia simplesmente comprar um presente sem graça como uma loção pós-barba...

E então não consigo falar mais nada, porque Luke me abraça bem apertado. Tão apertado que mal consigo respirar.

— Não existe ninguém como você, Becky — diz Luke, rouco, e sinto a respiração dele no meu pescoço. — Ninguém no mundo inteirinho é como você.

Isso é uma coisa que Luke sempre diz para mim. E, às vezes, não sei dizer se é de um jeito bom ou ruim. Mas, nesse momento, tenho quase certeza de que é de um jeito bom.

Por fim, nos separamos e respiro fundo e me lembro do que *temos* que fazer, que é servir o almoço de Natal. Luke leva o peru para a mesa, e eu vou atrás com o peru vegano Peppa Pig. Todo mundo comemora, e Tarkie exclama:

— É assim que se faz!

Os minutos seguintes se passam em um borrão de trinchar o peru e servir comida e passar pratos de um para o outro. Mas, por fim, todo mundo tem um prato de comida à sua frente e nós estouramos os tubos de surpresinhas (sustentáveis e decorados manualmente com carimbos por mulheres nepalesas), e todos estão usando chapéu de papel — e o almoço segue feliz. A mesa está fabulosa com laçarotes escoceses. Tem confetes com cores fluorescentes na toalha e castiçais escandinavos. (No fim das contas, escolhi o tema "eclético".) Martin colocou um monte de couve-de-bruxelas no prato, e Suze se serviu de brócolis, e todo mundo comeu pelo menos uma rosquinha. Peppa Pig está fazendo o maior sucesso — acho que vou fazer um peru vegano de rosquinhas todos os anos agora.

— Bem — começa minha mãe, que ganhou a palavra "fonte" e acabou de me contar que achou que Tom e Jess tivessem falado "ponte". Foi tudo muito confuso, e eles tiveram que explicar. — Que Natal maravilhoso! — Ela se levanta e bate com a colher de sobremesa no prato até todo mundo ficar em silêncio. — Gente! Eu gostaria de dizer algumas palavras. Todos nós sabemos que esses últimos dias não foram nada fáceis pra Becky. Mas aqui estamos nós, passando esse Natal maravilhoso juntos, e eu gostaria dizer pra vocês, Becky, Luke e Minnie... Muito obrigada!

— Ela levanta a taça. — Um brinde aos Brandons!

— Aos Brandons! — repetem todos, se levantando.

Suze acrescenta:

— Nascidos Bloomwood!

Então todo mundo começa a rir e se senta de novo, voltando a comer com satisfação.

Eu me sento de volta na minha cadeira e fico olhando para todos por um instante, apenas absorvendo a felicidade do momento: minha mãe cortando o peru para Minnie, Suze se olhando no espelho para ajeitar o chapéu de papel, Jess lendo, desconfiada, o panfleto sobre a prova de sustentabilidade dos tubos de surpresinhas. Natal é a melhor época do ano. Mesmo dando tudo errado, ainda é a melhor época. Então olho para Luke, que está sentado à minha esquerda, na cabeceira da mesa.

— O que você achou das palavras? — pergunto, aproveitando que todos estão distraídos conversando. — O presente da Jess e do Tom — esclareço.

— Impressionante — diz Luke. — Não foi bem o que eu esperava.

— Nem eu. — Balanço a cabeça antes de perguntar no tom mais casual que consigo: — Então... que palavra você me daria?

— Ah, não sei — responde Luke com uma risada.

— Ah, Luke, eu quero que você me dê uma palavra de Natal. — Eu estou brincando, mas falando sério também. De repente, quero muito saber qual palavra ele me daria. O que ele escolheria para mim.

Como se sentisse isso, Luke solta a faca e o garfo. Ele olha para mim, e nós ficamos nos olhando por muito tempo, antes de ele dizer bem baixinho.

— Amada.

Sinto o rosto queimar e uma comichão no nariz. Amada. Essa é a palavra dele para mim. Amada.

Amei meu vestido. É claro que amei. Mas esse é o presente de que sempre vou me lembrar.

— É uma ótima palavra — digo, tentando manter minha compostura. — Obrigada.

— Foi um prazer. — Luke pega o garfo e a faca e começa a comer de novo. — Agora você tem que me dar uma palavra. Uma coisa boa, por favor.

Fico em silêncio por um tempo. Pensando. Então respiro fundo, um pouco nervosa, e respondo:

— Tudo bem. Eu vou te dar uma palavra.

— Que bom! — Luke limpa a boca com o guardanapo. — Eu vou gostar?

— Acho que vai — digo, com o coração disparado. — Acho que vai gostar muito. Posso falar?

Espero enquanto ele solta o garfo e a faca, até que se vire para mim e olhe diretamente nos meus olhos. Eu espero e espero.

Então, aproximo os lábios do ouvido dele e sussurro:

— Grávida.

London Billiards
Clube de bilhar e música de salão
St. James St.
Londres

Prezada sra. Brandon, nascida Bloomwood

Agradecemos sua carta recente requisitando o uso do salão Príncipe de Gales para seu "chá de bebê", um termo americano, creio eu.

Sinto muito, mas isso será impossível. E essa finalidade seria completamente inadequada para o salão supracitado. Além disso, está fora de cogitação encher um dos nossos salões com "zilhões de balões", como a senhora mencionou. Alguns membros do nosso clube são muito idosos, e esse tipo de evento pode ser um pouco assustador, para não dizer fatal, para eles.

Atenciosamente,
Sir Peter Leggett-Davey
Presidente

London Billiards
Clube de bilhar e música de salão
St. James St.
Londres

PAUTA DA REUNIÃO TRIMESTRAL DOS ASSOCIADOS (cont.)

ASSUNTO 6

Que a sra. Brandon (nascida Bloomwood) tenha autorização para:

1. Usar o salão Príncipe de Gales para seu chá de bebê; 2. Decorar o salão Príncipe de Gales com balões a gás; 3. Criar uma "cascata de cupcakes"; 4. Servir Proseco; e 5. Usar amplificadores de som para tocar a música de uma artista popular conhecida como "Beyoncé".

Proposta da sra. Rebecca Brandon (nascida Bloomwood)

Apoiada por Lorde Edwin Tottle

Votado: 56 a 3.

Agradecimentos

Gostaria de agradecer aos maravilhosos leitores — principalmente aqueles que sempre perguntaram, com tanto carinho, sobre a Becky. O entusiasmo e o amor de vocês foram uma grande inspiração para que eu escrevesse este livro.

Um agradecimento especial a Linda Evans, por voltar à ativa, depois da aposentadoria, pela Becky!

Este livro foi composto na tipografia ITC
Souvenir Light, em corpo 11/16, e impresso
em papel off-set 75g/m² no Sistema Cameron
da Divisão Gráfica da Distribuidora Record.